Marion Schreiner

Vielleicht gab es keine Schuld

Zur Autorin:
Marion Schreiner ist seit über zwanzig Jahren Schriftstellerin. Sie gründete einen Kleinverlag, dann eine Literaturgruppe und begann für die Fachzeitschrift »Kanada aktuell« und regionale Medien zu schreiben. Ihre Spezialität sind Thriller besonderer Art, die sie nach dem Opfer-Täter-Prinzip verfasst. Ihre erste Trilogie wurde sofort zum Beststeller und ihr Erstroman bekam 2014 eine Nominierung zum »Indie Author Award« auf der Leipziger Buchmesse, wo sie fünf Jahre infolge Gast war. Mittlerweile ist sie einer der beliebtesten Autoren unter den Thriller-Autoren und lebt seit 2016 an der Küste von North Devon.

Bücher von Marion Schreiner

Thriller:

Die Gelton-Trilogie
1. Teil Die Scheune
Teil Das blaue Haus
3. Teil Vielleicht gab es keine Schuld

Edition M - mörderisch gut
Stumme laute Schreie

Die Kale-Hatfield-Story
1. Teil Es blieb nur dieser Blick
2. Teil Lydias Haus
3. Teil Rachels Zimmer

Sach-und Erfahrungsbücher:
Deutschland adé - Eine Ausreise nach Kanada
Denkmomente 1 - habe ich das Asperger Syndrom?
Denkmomente 2 - habe ich das Asperger Syndrom?
Denkmomente 3 befindet sich in der Vorbereitung

Website: www.marionschreiner.com
Facebook-Fanpage: www.facebook.com/schreinermarion/
Email: schreinermar@googlemail.com

Marion Schreiner
Vielleicht gab es keine Schuld

ISBN-13: 978-1539946069
ISBN-10: 1539946061

2. Auflage

Printed by CreateSpace Amazon

Covergestaltung: Marion Schreiner
Coverbild: Lizenz by Shutterstock
Technische Umsetzung/Layout: Michael Schreiner

Lektorat: Elke Krüßmann

Christopher Gelton

Prolog

Mein Name ist Bob Koman. Ich bin 28 Jahre alt und von Beruf Kinder- und Jugendpsychologe.

Zu Beginn meiner Berufslaufbahn wurde ich in einem Heim für schwererziehbare Jungen eingestellt. Meine Aufgabe sollte darin bestehen, Konflikte unter den Jungen zu lösen und deren seelisches Wohl zu fördern. Mit anderen Worten, die Aufgabe einer Vertrauensperson erfüllen, um das Gleichgewicht zwischen Lehrern, Lehrstoff, Disziplin und verunglückten Kinderseelen herzustellen und zu erhalten. Ich sah bei meinem Berufseinstieg als ehemaliger Student der Psychologie eine großartige Herausforderung darin, in so einem Heim anzufangen. Mit ein paar Schulkindern würde ich unter Garantie meinen ersten Berufserfolg verbuchen können.

Bereits in meiner vierten Woche im Heim holte Mr. Mintz, der Leiter der Institution, einen Jungen aus Leadville, einer Kleinstadt in Colorado, zu uns. Sein Name war Christopher Gelton. Ein hübscher Knabe mit dichtem, dunkelbraun glänzendem Haar, dunkelbraunen Augen, tadellos weißen Zähnen und einem strahlenden Lächeln. Allerdings sah sein rechtes Auge etwas lädiert aus, als hätte er gerade eine Prügelei hinter sich gehabt. Unter dem Auge verlief eine drei Zentimeter lange Narbe quer über seine Wange. Sie war gut verheilt, aber sichtbar.

Jeder Junge, der in diesem Heim aufgenommen wurde, hatte eine Geschichte. Die Unterlagen, die ich zu Beginn meiner Tätigkeit zu lesen bekam, glichen einander. Meistens steckte ein gewalttätiges Elternhaus, Kriminalität, Drogen, Alkohol oder gar der plötzliche Tod eines oder beider Elternteile dahinter, was eine große Verlustangst in den Kindern verursacht. Deswegen unterscheidet sich das Verhalten der Jungen auch nicht großartig voneinander.

Das Heim, in dem ich arbeitete, war ein sozialer Brennpunkt, bei dem Aggressionen, Wut und Hass auf Disziplin, Regeln und Sanktionen prallten. Ich entwickelte ein Konzept aus den Vorstellungen der Heimleitung und den Fähigkeiten der Jungen, das einigermaßen angenommen wurde und funktionierte. Bis dato. Zwei Tage vor der Ankunft von Christopher Gelton hatte Mr. Mintz mir die Unterlagen des Jungen gegeben, damit ich mich auf die Neuaufnahme einstellen konnte. Es war wichtig zu wissen, mit welchem Hintergrund sich dieser Junge hier einfinden würde.

Schon fast routiniert begann ich seine Unterlagen zu studieren. Doch je weiter ich las, desto stärker unterschieden sie sich von denen, die ich bisher studiert hatte. Damit will ich sagen: So etwas hatte ich noch nie zuvor gelesen! Ich ertrank in einer Informationsflut, die ich nicht mehr sortiert bekam. Das war der Moment, in dem ich mir zum ersten Mal wünschte, diesen Beruf niemals ergriffen zu haben. Und dennoch, ich musste mich als Jugendpsychologe in diesem Heim durch den Dschungel dieser Tatsachen und Herausforderungen hindurchschlagen. Also begann ich direkt mit der Vorgeschichte der Eltern von Christopher Gelton, um von dieser Seite einen ersten Eindruck zu gewinnen.

Ich möchte jetzt nicht seitenlang diese Akte rezitieren, sondern nur eine knappe Zusammenfassung von dem, was ich eine Nacht lang studierte, hier aufführen, um die nachfolgende Geschichte besser zu verstehen. Hier also vereinzelte Originalauszüge:

Christopher Gelton ist der Sohn von Dane und Sarah Gelton, geborene Newshorn. Beide sind mittlerweile verstorben. Dane Gelton wurde erschossen, Sarah Gelton erlag einem Suizid durch Tabletten.

Dane Gelton wurde als Kind über viele Jahre von seinem pädophilen Vater misshandelt und missbraucht. Seitdem lebte er mit einer gestörten Wahrnehmung. Nach einem posttraumatischen Erlebnis wurde eine genetisch bedingte Neigung zur Psychopathie bei ihm diagnostiziert. Das brachte ihn mit 38 Jahren in eine psychoanalytische Klinik, wo er seine spätere Frau Sarah kennenlernte.

Sarah Gelton hatte eine 14jährige, gewalttätige Ehe hinter sich und nutzte ebenfalls diese Klinik, um ihre Scheidung zu verarbeiten und einen neuen Anfang zu finden.

Beide wurden in dieser Klinik ein Paar. Sie zogen auf die Farm der verstorbenen Eltern von Dane Gelton in Kansas und heirateten dort.

Gelton isolierte seine Frau und durchlebte Phasen schizophrener Entgleisungen. Dadurch entglitt ihm sein Beziehungsleben. Als Sarah Gelton beschloss, sich von ihrem Mann zu trennen, lief Dane Gelton Amok und tötete fünf Menschen. Er kam in eine Psychiatrie, doch ihm gelang die Flucht. Er versteckte sich viele Monate bei einem alten Mann namens Raymund Geers und dessen Pflegetochter Julie Prescott. In dieser Zeit erfuhr er durch die Medien, dass er seine Frau Sarah kurz vor dem Amoklauf noch geschwängert hatte. Er suchte und fand sie. Die Begegnung löste einen Schock und vorzeitige Wehen bei seiner Frau aus. Gelton brachte sie in seiner Panik zu seiner ehemaligen Farm, wo sie ihren gemeinsamen Sohn zur Welt brachten. Es kam zu einer dramatischen Entwicklung: Die Polizei ortete den Flüchtling Dane Gelton und erschoss ihn laut Aussage in Notwehr, kurz nachdem das Kind geboren wurde. Sarah Gelton erlitt einen weiteren Schock, das Neugeborene überlebte.

Sarah Gelton konnte keinen emotionalen Kontakt zu ihrem Sohn, den sie Christopher nannte, aufbauen. Dennoch wollte sie ihn großziehen.

Christopher wuchs bei seiner tablettenabhängigen Mutter auf, ungewünscht, unbeachtet, zurückgewiesen, ausgestoßen aus ihrem Leben und ohne jegliches Gemeinschaftsgefühl. Von ihrem späteren Lebensgefährten Brad Livingston wurde Christopher anfangs sehr aufmerksam behandelt, später aber mehrmals unter Alkoholeinfluss geschlagen und misshandelt.

Brad Livingston war schwer alkoholkrank und lebte Christopher eine unangemessene, sexuelle Freizügigkeit vor, die den Jungen zusätzlich verwirrte. Das Jugendamt holte den schwer misshandelten Jungen schließlich aus dem Haushalt heraus. Er hatte schwere Verletzungen am Kopf, im Gesicht und am gesamten Körper. Der Junge verbrachte vier Wochen zur Genesung im Krankenhaus. Sein rechtes Auge war fast erblindet. Es wurde empfohlen, den Jungen in ein Heim für schwererziehbare Jungen unterzubringen, da erhebliche Reaktionen auf die letzten Geschehnisse zu befürchten seien.

Soweit die Vorgeschichte von Christopher.

Mir machte die Geschichte seiner Eltern viel mehr zu schaffen als die des Jungen. Dabei habe ich hier noch nicht einmal alle Details erwähnt. Die Geschichte war vollgespickt mit Ereignissen, die mich fassungslos machten. Wie sollte ich diese Informationsflut nun bei meiner Arbeit mit dem Jungen zusammenbringen? Konnte ein Mensch mit einer derart schlimmen Vorgeschichte überhaupt ohne psychiatrische Betreuung leben? Und: Was wusste Christopher überhaupt von dem Leben seiner Eltern? Was hatte seine Mutter ihm erzählt?

Ich verdaute den Bericht über mehrere Stunden und wusste nicht, wie ich dem Jungen begegnen sollte: mitfühlend, streng führend oder gelassen? Irgendwie hatte ich das Gefühl, viel zu viel von der Geschichte seiner Eltern erfahren zu haben. Wie sehr würde mich das bei meiner Arbeit mit ihm beeinflussen? Jetzt befand ich mich gerade erst in der vierten Woche bei meiner ersten Arbeitsstelle, und schon kroch Panik in mir hoch. Doch ich besann mich. Hier hatte jeder Junge eine schlimme Vorgeschichte. Meistens waren körperliche und psychische Gewalt in Elternhäusern an der Tagesordnung gewesen, auch unter Alkoholeinfluss. Und diese Eltern kamen auch wiederum aus gewalttätigen Elternhäusern. Also, was unterschied diesen Knaben von den anderen? Ganz einfach:

Diesmal hatte ich es mit dem Sohn eines mehrfachen Mörders zu tun. Las ich nicht *genetisch bedingte Neigung zur Psychopathie*? Das musste ich unbedingt im Auge behalten. Das sind oftmals trickreiche und sprachgewandte Menschen oder auch Blender mit Charme. Sie haben ein übersteigertes Selbstwertgefühl und beherrschen oft ein sogenanntes pathologisches

Lügen, was so viel bedeutet, dass sie es so geschickt anwenden, dass man es so gut wie gar nicht nachweisen kann. Es ist auf eine veränderte Hirnstruktur zurückzuführen. Diese Lügner haben kein Gewissen, keine Scham und kein Reuegefühl, wenn sie lügen und andere Menschen damit verletzen. Ihre mangelnde Bereitschaft und Fähigkeit, Verantwortung für eigenes Handeln zu übernehmen, führt oft zu betrügerischem Verhalten. Sie haben einen Mangel an Empathie, und ihre Gefühle sind rein oberflächlich bis hin zur vollkommenen Gefühlskälte. Ich will jetzt gar nicht von weiteren Dimensionen schreiben. Das bisher genannte ist schon fordernd genug und brachte mich völlig aus dem Konzept. Ich stellte mir die Frage, ob all diese Merkmale seinem Vater zuzuordnen waren. Und wenn ja, wie stark waren sie ausgeprägt und aufgetreten? Ich fragte mich, wie dieser Junge in dieses Heim überstellt werden konnte, ohne zuvor gründlich psychiatrisch untersucht worden zu sein.

Psychopathie ist ein sehr heikles Thema. Derjenige, der daran erkrankt ist, hat nichts in der Freiheit verloren. Machen wir uns doch nichts vor: Es ist eine Neigung zur Freude am Quälen und sogar Töten. Dieser Mensch ist eine tickende Zeitbombe. Das hat Dane Gelton bewiesen. Seinetwegen sind fünf Menschen ums Leben gekommen.

Dennoch musste ich beachten, dass Christopher Gelton keineswegs das Gen geerbt haben musste. Ich sollte es aber auch nicht aus den Augen verlieren. Also musste ich sehr auf den Jungen achten, um nichts falsch zu interpretieren.

Ich bereitete mich zunächst wie bei allen Neuzugängen auf einen aggressiven, hassenden und abweisenden Jungen vor. Umso erstaunter war ich, als sich Christopher Gelton freundlich, friedlich, folgsam und aufmerksam zeigte. Keine Spur von einer misshandelten Seele, die um Aufmerksamkeit schrie. Oder war das schon ein Merkmal des sprachgewandten Blenders mit Charme? Ich musste mich zusammenreißen, um nichts falsch zu machen.

Christopher und ich begegneten uns erstmals im Flur des Hauptgebäudes, als wären wir in einem Supermarkt mit unseren

Einkaufswagen versehentlich zusammengestoßen, und grüßten uns entschuldigend. Ich empfand sofort Sympathie für ihn. Es war eine ganz merkwürdige Begegnung. So, als kannte ich ihn schon lange Zeit, was natürlich nicht stimmte. Doch nach nur wenigen Tagen riss er das ganze Heim aus den Fugen – auf eine Art und Weise, die ich nicht einmal als bösartig oder berechnend beschreiben möchte. Es war einfach nur auffallend, wie er Regeln und Abmachungen umsetzte. Immer wieder fand ich verschiedene Merkmale, die auf eine psychopathische Grundstruktur hinweisen konnten. Aber ich hatte in diesem Heim eine ganz andere Aufgabe, als Christopher zu diagnostizieren. Ich sollte ihn nur in unsere Gemeinschaft integrieren. Also berief ich mich immer wieder auf meine Aufgaben.

Ich musste mir etwas ganz Besonderes einfallen lassen, um ihn halbwegs an die Regeln der Schule und des Heims anzupassen und wandte ausgefallene Methoden an, die nicht immer auf Mr. Mintz' Verständnis stießen.

Chris zeigte keinerlei Anzeichen von Zurückgebliebenheit oder Dummheit, und doch stellte ich schnell fest, dass er die Welt mit visuellen und akustischen Missverständnissen erlebte. In ihm zeigte sich keine klarsichtige Denkweise oder Erkenntnis, wie wir sie besitzen, dafür eine beeindruckende, aber irreführende Logik.

Um es kurz zu machen: Ich scheiterte an meiner ersten Herausforderung und wurde nach nur einem halben Jahr von Mr. Mintz wieder gekündigt. Irgendwie war das klar. Von Anfang an hatte ich vermutet, dass Christopher in diesem Heim fehl am Platz sein würde. Er gehörte in eine Kinder- und Jugendpsychiatrie. Ich konnte ihn nicht in die Gemeinschaft des Heimbetriebes und dessen Regeln integrieren und war für Mr. Mintz inkompetent für diese Stelle.

Ich fand eine neue Stelle in einer Jugendpsychiatrie in Denver und verabschiedete mich nicht einmal. Dazu war ich zu feige. Wie sollte ich mich von Christopher verabschieden, der so auf mich gebaut hatte?

Als ich (sein bester Freund im Heim) für Chris nicht mehr erreichbar war, verlor der Junge vollkommen den Boden unter den Füßen und musste mit starken Verhaltensstörungen und nach einem Suizidversuch aus Selbstschutz und zum Schutze anderer in eine Jugendpsychiatrie überwiesen werden. Er wünschte sich so sehr, zu mir nach Denver zu dürfen, sodass ich bis heute nicht mit Klarheit sagen kann, ob seine Inszenierungen reine Berechnung waren, um wieder mit mir zusammen sein zu dürfen, oder ob er nach meiner Entlassung tatsächlich durchdrehte. Ich vermute mal Ersteres.

Als Chris zu mir nach Denver kam, fragte ich, ob er mir seine Lebensgeschichte und seine Gedanken in ein Buch schreiben würde. Ich hatte aus seinen Unterlagen einen ungefähren Einblick in sein bisheriges Leben bekommen und einige Monate mit ihm im Heim verbracht. Mir schwebte eine Kindheits-Psychose vor, die so vielseitig sein kann, wie es Sterne am Himmel gibt. An eine Kindheits-Schizophrenie traute ich mich noch nicht heran. Um dieser Erkrankung einen gewissen Rahmen zu verschaffen, kam mir die Idee, seine Erlebnisse aufschreiben zu lassen. Es wäre vielleicht aufschlussreich, Abläufe und Zusammenhänge aus seiner Sicht darstellen zu lassen und damit Vieles verständlicher zu machen – auch wegen der Diagnose.

Als ich Chris um diese Niederschrift bat, war er so folgsam wie immer, setzte sich sofort hin und begann, meinen Wünschen gerecht zu werden. Er war immer bestrebt, das Richtige zu tun, und lieferte mir nach wenigen Tagen ein Skript ab, das ich in dieser Form noch nie gelesen hatte. Ich habe beschlossen, dieses Skript, bis auf kleine Ausdrucks- und Rechtschreibfehler, unverändert hier als Dokument abzudrucken. Seine Art, die Welt zu betrachten und Zusammenhänge auseinanderzureißen, aber auch neue Zusammenhänge zu modellieren, ist unglaublich und beeindruckend zugleich. Dazu kommt die ungewöhnliche Wortwahl, die er benutzt, um alles zu erklären. Auch die Sichtweise ist außergewöhnlich.

Eine Untersuchung ergab, dass bei Chris keine neurologischen Schäden oder andere geheimnisvolle Gehirnleiden vorlagen. Alles war also ein Prozess, der sich in seinen Gedanken abspielte. Ich will es so formulieren: Chris erlebte eine Kindheit, in der er sich vielerlei zusammenreimte. Das nennt man auch ein verzerrtes Erinnerungsvermögen. Es werden ständig passende Details mit in die Erinnerung eingeflochten, auch wenn sie nichts damit zu tun hatten. Das war ihm nicht zu verdenken, nach allem, was er bislang erlebt hatte.

Seinen nun nachfolgenden Text muss man sich auf der Zunge zergehen lassen. Danach werde ich mein weiteres Leben mit Chris in der Jugendpsychiatrie beschreiben. Doch jetzt tauchen Sie erst einmal in die Welt von Christopher Gelton ein.

Christophers Geschichte

Ich habe von Bob, meinem besten Freund und Kunstkenner, den Auftrag bekommen, mein Leben aufzuschreiben. Junge, das wird eine Aufgabe werden, sag ich euch. Aber ich werde mein Bestes tun. Man soll ja schließlich gehorchen.

Ab heute habe ich Ferien und werde in dieser Zeit alles aufschreiben, was mir einfällt und woran ich mich erinnern kann. Manchmal kann ich mich nicht ganz erinnern. Dann muss ich viel nachdenken. Ein bisschen habe ich auch vergessen, dann wird es nicht so wichtig gewesen sein. Wichtig ist doch nur, woran man sich erinnert. Und ich erinnere mich an verdammt viel in meinem Leben. Deswegen lässt Bob mich alles selber schreiben. Er kann sich nicht an so viel erinnern wie ich, sagt er. Ich kann stolz sein, so eine Erinnerungsgabe zu haben, sagt er auch. Also fange ich jetzt mal an, damit ich die Aufgabe schaffe und Bob sich freut.

Hallo Bob, hier ist meine Geschichte:

Mein Name ist Christopher. Wenn ich jetzt meinen Nachnamen sage, wird jeder sagen: großer Gott, *dieser* Gelton! Ich bin nämlich sehr bekannt. Ich bin der Sohn von Dane Gelton. Man hat mir gesagt, mein Vater sei ein Mörder gewesen, aber das stimmt so nicht. Er hat zwar viele Menschen umgebracht, das stimmt, aber wenn man seine Geschichte kennt, kann man das verstehen. Ich zumindest. Ich finde, ein Mörder ist man dann, wenn man sinnlos tötet, oder? Mein Vater hat nicht sinnlos getötet.

Bob sagte, mein Vater sei so gewesen, weil seine Seele von seinen Eltern zerstört wurde. Die waren sehr gemein zu ihm. Er hatte damals niemanden, der ihm half oder richtig liebte. Heute weiß ich, was eine Seele ist, denn sie tut manchmal ganz schön weh.

Bob erklärte mir auch, dass mein Vater früher von seinem Vater sehr schlecht behandelt wurde, und das hat meinen Vater sein ganzes Leben lang verrückt gemacht. Dann ist er Amok gelaufen. Also Amok ist, wenn das Hirn ausrastet und man nicht mehr weiß, was man tut. Auch nicht, wenn man wirklich böse Sachen macht, die man besser lassen sollte.

Ich wurde von meinem Vater auf die Welt geholt, auf seiner Farm in Kansas, in einer Scheune.

Es sollte mich eigentlich gar nicht geben, denn meine Mutter wollte mich nicht. Ich meine, sie wollte nicht, dass ich gezeugt wurde. Sie fand, man solle die Dinge nicht wiederholen. Ich frage mich bis heute, was soll man nicht wiederholen? Meine Mutter sagte einmal, dass man Grausamkeiten über Generationen pflegen kann. Mein Vater war dann wohl so ein *Pflegekind*.

Ich habe meinen Vater nie kennengelernt, obwohl ich ihm einmal begegnet bin. Wie das sein kann? Na, bei meiner Geburt. Da war er dabei gewesen. Kurz danach war er tot. Er wurde von einem anderen Mann erschossen. In den Hals. Unter seinem Kopf war eine riesige Blutlache!

Meine Mutter erzählte mir einmal, ich hätte damals furchtbar geschrien. Das ist doch normal, wenn Babys geboren werden, oder? Aber ich schrie noch viele Jahre danach, immer dann, wenn ich Geräusche hörte, die wie eine Sirene klangen. Mein Vater konnte mich nicht mehr im Arm halten, aber er hat mich berührt, meine Nabelschnur durchgeschnitten und mich in kaltem Wasser gewaschen. Er sagte dabei (das habe ich gelesen): „Wir haben leider kein warmes Wasser. Gewöhn dich dran. Es wird noch öfter in deinem Leben etwas kälter werden.“

Obwohl ich diese Worte nie wirklich gehört habe, träume ich oft von ihnen. Er spricht sie mit klarer, dunkler Stimme. Ich habe ein Bild von ihm. Wenn ich es ansehe, kann ich ihn lachen hören. Nachts fühle ich seine Hand auf meiner Wange und tagsüber auf meiner Schulter. Er hat mir meinen Namen gegeben. Genau wie er habe ich braune Augen und dunkles Haar. Auch mein Großvater, der Vater meiner Mutter, war bei meiner Geburt dabei. Einmal erzählte mir meine Mutter, er hätte mich anfangs wie einen Festbraten gehalten. Meine Mutter lag unter Schock auf dem Boden und mein Vater in einer Blutlache vor ihr.

So begann mein erster Tag.

Schon damals wurde in den Zeitungen geschrieben, dass ich eine Missgeburt sei. Nicht äußerlich.

Meine Mutter hatte in den ersten Wochen überhaupt kein Interesse an mir. Bob sagte, sie hätte bei der Geburt so sehr unter Schock gestanden, dass es ihr aufs Gemüt geschlagen ist. Sie konnte die ersten Wochen gar nichts fühlen. Noch nicht mal meine weiche Haut. Das nennt man ein Trauma.

Bob hat mir erzählt, dass sie damals mit mir auf eine kleine Farm in Topeka gezogen ist. Das ist in Kansas. Der Freund von meinem Vater, er heißt Jim, war mit seiner Frau Linda und seinem Sohn Patrick ganz in unsere Nähe gezogen, um uns zu helfen. Patrick wurde sofort mein Freund.

Das große Wohnhaus meiner Eltern in Valley Falls ist leider abgebrannt. Mein Vater hatte es angezündet. Er hat sicherlich mit Feuer gespielt. Das darf man aber auch nicht. Man sieht ja, was dabei herauskommt.

Ich habe das Haus einmal kurz mit meiner Mutter besucht, als sie alles verkaufte. Sie machte damals Fotos davon, die ich später gefunden habe. Es war eine tolle Farm.

Einmal habe ich sie gefragt, warum sie das Haus damals nicht wieder neu gebaut hat. Sie sagte, es gibt Dinge, die man nicht wiederholen muss. Die Farm war also auch so ein Ding, das man nicht wiederholen sollte. Was auch immer sie damit meinte.

Ich habe eine besondere Gabe von meinem Vater geerbt: Ich kann sehr gut malen. Wenn ich Fotos habe, kann ich sie haargenau abmalen. Ich durfte mein Zimmer hier anmalen. Leider nur in einer Farbe. Das Zimmer ist sehr klein. Es war mal weiß, aber Bob hat mir erlaubt, es hellblau zu streichen. Blau ist psychologisch gesehen die beste Farbe für ein Schlafzimmer, habe ich gelernt.

Wenn ich mich hier umschaue, habe ich es doch recht gut angetroffen. Immerhin bin ich nicht von meinem Heimleiter aufgehängt worden, sondern in einer Klinik gelandet. Das war aber auch verdammt knapp, das mit dem Aufhängen. Bob sagte, ich sei gefährdet. Meine Hemmschwelle sei sehr niedrig. Ich werde gleich einmal nachsehen, was Hemmschwelle bedeutet. Nun bin ich genau da gelandet, wo es eine Zeitung schon mal über mich geschrieben hat. Die Welt ist ein Zuchthaus des Tratsches, hat Jim einmal zu mir gesagt. Lass dich nicht ärgern von dem, was andere sagen. Das tue ich nicht. Bis heute nicht.

Mein Vater wurde einmal am Kopf untersucht. Jim sagte, da sind schlimme Sachen bei rausgekommen. Bei ihm war wohl auch die Hemmschwelle ziemlich niedrig.

Man nannte mich damals *Mörderbaby*. Es wurde viel über mich geschrieben. Das Wort hört sich doch gut an. Zumindest besser als *Zuckerbaby*.

Die Farm meines Vaters ist das schönste Bild, das ich je von einem Foto abgemalt habe. Es hängt jetzt in meinem Zimmer über meinem Schreibtisch.

Gestern habe ich Bob gefragt, wie lange ich bei ihm wohnen darf. Er hat gelächelt und *bis auf Weiteres* gesagt. Ich habe einen Kalender. Da steht am Ende jetzt *bis auf Weiteres* drin.

Es ist schön hier. Morgens helfe ich in der Küche und nachmittags schreibe ich über mein Leben.

Ich kann gut kochen. Auch das muss ich von meinem Vater geerbt haben. Manchmal komme ich mir vor wie ein Restaurantbesitzer. Ich habe ein Schild gemalt, das hängt über der Ausgabetheke. Da steht *Running Horse* drauf. So hieß das Restaurant meines Vaters einmal. Ist das nicht cool? Mein Vater hat sein Restaurant erst mit 23 Jahren bekommen, ich mit 12. Ich bin eindeutig besser als er. In allem. Auch im Sex.

Also mit dem Sex ist das so eine Sache bei mir. Das fing schon so früh an. Oh, ich glaube, jetzt bringe ich die Reihenfolge durcheinander.

Also, ich kann mich erinnern, als ich mit vier Jahren zum ersten Mal in den Kindergarten musste. Patrick, mein einziger Freund, war schon länger dort, weil er ein bisschen älter ist als ich. Meine Mutter und ich kamen dort also an, und eine total alte und schrumpelige Frau bückte sich zu mir herunter und sagte laut und deutlich: „Also das ist der *kleine* Gelton."

Ich höre noch, wie sie *kleine* sagte.

Meine Mutter sagte: „Das ist Christopher. Manchmal kann man auch Chris zu ihm sagen, aber niemals Chrisi."

Die alte Tante nickte und wiederholte: „Niemals Chrisi."

„Nein", antwortete meine Mutter. „Chrisi ist ein rotes Tuch für ihn. Nennen Sie ihn einfach immer Christopher. Dann machen Sie nichts falsch."

Ich hasste sie dafür, dass sie es immer wieder allen sagte. Konnte sie mich nicht einfach als Christopher vorstellen? Dabei hatte sie es nur gut gemeint, sagte Bob, und wollte Missverständnissen vorbeugen.

Ich kam also in diese Gruppe, und alle starrten mich an. Wäre ich schon größer gewesen, hätte ich gesagt: „Hey, was geht?" Aber ich grinste alle an und rannte in die Bauecke, wo einige Kinder eine große Burg gebaut hatten. So groß, dass es mir ganz viel Spaß machte, sie in Grund und Boden zu trampeln. Ich schrie vor Vergnügen! Das war ein tolles Spiel hier. Endlich hatte mal jemand für mich ein Spiel aufgebaut. Bei Patrick zu Hause war das anders. Da mussten wir die Spiele immer selber aufbauen. Aber hier war wirklich was los. Hier war schon alles fertig.

Ich wollte mir gerade ein neues Spiel suchen, da hielt mich diese schrumpelige Frau fest und sagte: „Kleiner Mann, so läuft das hier nicht." Sie sah zu meiner Mutter und sagte: „Vielleicht lassen Sie ihn heute erst mal zwei Stunden hier. So zum Eingewöhnen."

Meine Mutter nickte und sah mich an. „Bis gleich", sagte sie und verschwand.

Die Frau schob mich zu Patrick an einen Tisch. Der puzzelte gerade. Ich sah interessiert zu. Das war kein normales Puzzle. Es musste anders zusammengebaut werden und hatte viele verschiedene Zeichen drauf. Bob erklärte mir, das war wahrscheinlich ein didaktisches Puzzle. Die sind ganz schön schwer. Auf jeden Fall war es unheimlich toll. Ich habe die ganze Zeit damit gespielt, bis meine Mutter mich wieder abholte.

Am zweiten Tag durfte ich schon länger bleiben. Doch diesmal war ich schlauer. Ich trat nicht die Bauecke zusammen. Ich hatte nämlich keine Lust, das gleiche Puzzle wieder zu machen. Ich fand einen Tisch mit Blättern und Wachsmalstiften. Dieser Tisch wurde zu meinem Lieblingstisch. Ich blieb dort sitzen, bis meine Mutter mich abholte.

Am nächsten Tag durfte ich wieder länger bleiben.

Ich wollte sofort zum Maltisch, doch diese Schrumpeltante hielt mich zurück und sagte: „Chrisi", sie sagte: „Chrisi, heute geh'n wir alle turnen." Chrisi!! Ich hasste dieses schrille *iiii* am Ende meines Namens wie die Pest. Bob sagte, dass dies ein Trauma von meiner Geburt sei. Es wurde damals viel geschrien. Außerdem sind meine Mutter und ich mit einem Krankenwagen ins Krankenhaus gefahren worden, der die ganze Zeit die Sirene anhatte. Kennst du dieses *iiii*? Das wird es wohl gewesen sein. Auf jeden Fall erzählte diese Tante meiner Mutter später, dass ich sie gekniffen hätte. Das stimmte aber gar nicht, ich habe nur geschrien. Kneifen und Schlagen tat ich nur bei lauten Knallgeräuschen.

Ich habe so laut geschrien, dass die Tante mich stehen ließ. Sie wusste nicht mehr, was sie tun sollte. Aber erzählt hat sie, dass ich sie gekniffen habe. Das bringt doch alles durcheinander! Ich war sehr wütend, denn meine Mutter glaubte der Frau. Zu mir sagte sie: „Mach das nie wieder!" Dabei konnte ich doch nichts dafür, dass ich bei diesem *Chrisiii* immer schreien musste. Ich durfte deswegen lange nicht mitturnen, auch an den Maltisch nicht. Ich hätte am liebsten die ganze Zeit die Bauecke niedergetrampelt, aber ich wollte dieses Puzzle nicht mehr machen.

Ich war wütend. Als ich wieder an den Maltisch durfte, wurde ich immer wieder weggeholt. Zum Singen, zum Tanzen, zum Basteln, zum Turnen und zum Spielen im Freien. Ich wollte es aber nicht. Dieser Tisch war das Großartigste, was mir im Kindergarten begegnet war. Ich konnte stundenlang die Blätter mit schwarzer Farbe vollmalen. Bob sagte, das könnte das abgebrannte Farmhaus, das ich mal mit meiner Mutter besucht habe, ausgelöst haben. Traumata fangen schon ganz früh an. Direkt nach der Geburt. Das Haus war auch wirklich rabenschwarz. Bob sagte, das wäre wie ein Déjà-vu, das in mir tobte.

Ich sage mal was: Schwarz ist die schönste Farbe für mich, neben Rot und Weiß. Damit bin ich beim nächsten Dilemma. Alle Kinder sollten blaue Sportsachen tragen. Ich wollte das nicht. Ich wollte schwarze. Ich bekam blaue und bockte so lange herum, bis die Tante meine schwarzen Sportsachen erlaubte. Danach rannte ich wie ein Wiesel durch die Halle und war nicht zu stoppen. Bis zu dem Tag, als die Praktikantin zusammen mit der Tante eine Bank trug, die ihr aus der Hand rutschte und auf den Boden knallte. Der Knall löste einen Stillstand in mir aus. Ich sah die Praktikantin an, rannte auf sie zu und prügelte schreiend auf sie ein. Von dem Moment an musste meine Mutter mich wieder früher abholen.

„Ich weiß nicht, was er hat", sagte die Schrumpeltante und hielt mich gewaltsam an den Handgelenken fest. Mein Gesicht sprühte vor Zorn. Tränen und Rotz liefen über mein Gesicht. Die Praktikantin heulte auch. Wie konnte sie nur so einen Knall verursachen? Bob sagte, das könnte ein Trauma von meiner Geburt sein. Der Schuss, der meinen Vater tötete.

Ich bekam noch lange Zeit großen Zorn, wenn ich einen Knall hörte.

Der Maltisch wurde mir wieder für ein paar Tage verboten, dafür, dass ich die Praktikantin geschlagen hatte. Ich konnte doch nichts dafür! Es war einfach über mich gekommen.

Ich hatte keine Freunde, so wie Patrick, der immer Freunde um sich hatte. Ich saß alleine in irgendeiner Ecke und biss mir in den Daumen. Da kam plötzlich dieses rote Zeug raus, das ich mit großen Augen betrachtete. Toll! Je mehr ich drückte, desto mehr Farbe kam heraus. Jetzt hätte ich gerne ein Blatt gehabt. Ich wollte die Farbe doch nicht vergeuden und drückte meinen Daumen zusammen. Eine kleine Lache lief auf dem Boden zusammen. Irgendwann kam nichts mehr heraus und ich beschloss, diese Farblache zu formen. Mit allen Fingern schmierte ich darin herum, bis sich die Tante über mich beugte und ganz leise fragte: „Christopher, was tust du da?“

Ich zeigte auf mein Kunstwerk und sagte: „Malen.“

Sie hob mich vorsichtig hoch und rief die Praktikantin zu sich. „Holen Sie schnell ein Handtuch! Christopher hat sich irgendwo verletzt.“

Susan, die Praktikantin, rannte sofort los, weil sie wohl Schlimmeres bei mir erwartete. Die Tante, ich kann mich an ihren Namen nicht mehr erinnern, hielt mich wie einen nassen Hund auf Abstand. Vielleicht tropfte meine Farbe noch irgendwo. Ich war enttäuscht. Niemand bewunderte mein Kunstwerk auf dem Boden. Die Praktikantin wischte es einfach mit Handschuhen, Lappen und Wasser weg. Ich musste die ganze Zeit auf einem Stuhl sitzen und auf meine Mutter warten. Bob sagte, das mit dem Blut könnte ein Trauma von meiner Geburt sein. Der Schuss, der meinen Vater in den Hals traf, hatte eine große Blutlache verursacht.

Also, jetzt will ich an dieser Stelle mal was sagen, Bob: Ich habe in einem Buch nachgeschaut. Ein neugeborenes Baby kann gar nicht richtig sehen. Und … weißt du, wie viele Kinder gerne mit schwarzen Stiften kritzeln, wie viele Kinder schreien, wenn sie etwas hassen, und wie viele Kinder ihr eigenes Blut toll finden? Warum war alles so schlimm und falsch bei mir?

Ich lernte sehr schnell, dass schwarze Stifte, laute Schreie und Farbe aus dem Daumen im Kindergarten falsch waren, denn jedes Mal verbot man mir danach den Maltisch. Meinen liebsten Platz. Ich hatte so viel Angst, noch mehr falsch zu machen, dass ich nichts anderes mehr tat, als didaktische Puzzle zusammenzubasteln. Ich malte mit allen Farben, außer mit schwarz.

Einmal fragte Susan, die Praktikantin: „Warum malst du das Dach vom Haus nicht schwarz?"

Ich sah sie erschrocken an. Wollte sie mich verarschen? Ich mochte die Praktikantin und die Schrumpeltante überhaupt nicht. Was auch immer ich tat, sie holten mich da weg. Sie waren nie freundlich zu mir oder haben mir etwas erklärt. Es dauert eine Weile, bis man herausbekommt, was funktioniert. Ganz schlimm für mich war, dass ich nie die Dinge machen durfte, die mir wirklich Spaß machten. Immer wollten sie, dass ich etwas anderes machte. Langweilige Dinge, die jeder machte. Da Patrick den ganzen Vormittag mit mir im Kindergarten war, kam er nicht mehr zu mir nach Hause zum Spielen. Irgendwie war der Kontakt zu ihm abgebrochen. Auch Jim, der Freund meines Vaters, kam meine Mutter nicht mehr besuchen. Auch Linda nicht, Jims Frau. Niemand kam mehr. Als ich fünf war, sind sie nach Kalifornien gezogen. Meine Mutter sagte, Jim hätte dort früher einmal gelebt und als Arzt gearbeitet. Mein Vater hatte dort auch einmal gelebt und ein Restaurant gehabt. Ich wollte auch gerne einmal nach Kalifornien und sehen, wo mein Vater gelebt hat, aber meine Mutter wollte es nicht. Sie sagte, man solle bestimmte Dinge nicht wiederholen. Tja, meine Mutter, Sarah Gelton. Es war schon komisch mit ihr. Irgendwie hat sie mich nie in den Arm genommen oder mir einen Kuss gegeben. Vielleicht hat sie mich nicht geliebt. Geliebt hat mich nur mein Vater. Doch der lebt nicht mehr. Ich frage mich, wer mich überhaupt liebte und wollte. Da fällt mir jetzt nur Großvater Ben ein, aber der kam nur zweimal im Jahr zu uns. Zu meinem Geburtstag und zu dem meiner Mutter. Dann kam er aber auch den ganzen Tag. Ich glaube, dass es meiner Mutter so ganz recht war. Heute überlege ich, ob sie überhaupt wollte, dass ich mit jemandem zusammen war.

Bob sagte, das könnte auch mit meiner Geburt zu tun haben. Der große Schock und so. Und für Großvater Ben? Der war doch auch dabei gewesen und hatte *keinen* Schock. Warum hatte der mich dann so lieb? Er sagte einmal, dass er meinen Vater auch sehr gerne gehabt habe. Er liebte auch seine Tochter. Nur seine Frau, Großmutter Elli, nicht. Da hörte der Spaß für ihn auf. Mit sechs Jahre erfuhr ich, warum. Da lernte ich sie nämlich zum ersten Mal kennen. Sie ist ein Kaktus, den man vertrocknen lassen sollte!

Meine Mutter nahm mich mit nach Golden bei Denver, wo meine Großmutter lebt. Es war Herbst, und der Wind pfiff während der ganzen Fahrt um unser Auto. Meine Mutter war nicht glücklich. Sie sagte, dass es aber sein müsste. Schließlich wäre sie meine Großmutter. Heute frage ich mich, wofür man eine Großmutter braucht?

Unsere erste Begegnung war grausam. Sie grinste ganz komisch und rief von weitem: „Da ist ja unser Chrisiiii!" In diesem Moment knallte die Haustür im Sturm zu. Mein Hirn rastete aus. Ich schrie laut und rannte auf sie zu, um sie so richtig zu prügeln. Meine Traumata waren also alle noch da!

Dass nach diesem ersten Treffen niemals etwas aus uns werden konnte, lag doch auf der Hand. Die ganze Familie meiner Mutter war komisch zu mir. Auf der Heimfahrt fragte ich meine Mutter: „Habe ich noch mehr Familie oder war das alles?"

„Das war alles", sagte sie kurz, und ich war sehr traurig.

Mein Zimmer war voll mit selbstgemalten Bildern von mir. Ich war stolz. Zu Hause durfte ich nämlich mit Schwarz malen. Ich malte ganz viele Gesichter. Meine ganze Familie. Bob sagte, die Gesichter würden alle schreien. Schwarze Gesichter mit blutenden Mundhöhlen. Also, mir gefielen sie richtig gut. Das könnte noch ein Trauma von meiner Geburt sein. Es haben viele Menschen dort geschrien, erklärte mir Bob.

Also, ich weiß nicht. Kann man bei einer Geburt schon so

viel hören und sehen? Ich kann mich daran wirklich nicht erinnern. Würde ich jetzt Karten spielen, würde ich sagen: Ich passe. Ha, ha. Kleiner Witz! Ich musste nie wieder nach Golden zu Großmutter Elli. Jetzt wusste ich, warum Großvater Ben nicht mit ihr zusammen leben wollte. Wer will schon mit einem Kaktus leben? Es ist gut, wenn man als Kind schon so viel begreift. Das nimmt die Traurigkeit.

Ich konnte mit sechs Jahren schon viele Worte und Zahlen schreiben und kam in die Vorschule. Das gefiel den Lehrern gar nicht, denn meine Worte ergaben kleine Horrorgeschichten von blutenden Daumen und riesigen Blutlachen. Manchmal fraß auch ein grünes Dach alle Kinder auf. Schwarze Dächer benutzte ich besser nicht. Man kann ja nie wissen und lernt dazu. Meine Mutter wurde einmal in die Schule eingeladen, zu einer *Besprechung*. Da sprechen Lehrer mit Müttern. Die Lehrer fragten, ob ich viel fernsehen würde, wegen meiner Bilder. Was die sich so alles zusammenreimten! Wir hatten zwar so ein Fernseh-Ding, aber es war fast immer aus. Meine Mutter war vormittags in einem Blumengeschäft und nachmittags arbeitete sie im Gemüsegarten oder ging mit mir einkaufen. Wir lebten sehr ruhig miteinander und sprachen sehr wenig. Während sie im Garten arbeitete, schaukelte oder spielte ich draußen. Alleine. Einmal baute sie einen Drachen mit mir. Das war wirklich schön. Wir gingen aufs Feld und ließen ihn in die Luft steigen. Er kam wieder runter und zerbrach. Danach hat meine Mutter nie wieder etwas mit mir gebaut. Schade, denn es war sehr schön gewesen.

Kurz nach Weihnachten, als ich schon sieben war, lernte ich zum ersten Mal Brad kennen. Er besuchte uns öfter und war ungefähr so alt wie meine Mutter. Nur viel größer. Viel. Am Anfang war Brad richtig nett, zu mir und meiner Mutter. Sie war irgendwie fröhlicher geworden, auch zu mir. Ich dachte, na ja, wenn Brad es schafft, dass sie mich mehr mag, dann darf er bleiben.

Brad baute mir ein richtiges Holzhaus im Garten. Das war

cool. Ich durfte es zum Schluss anmalen. Ich malte es schwarz an. Brad fand es in Ordnung, meine Mutter nicht. Er musste das Haus vor meinen Augen zerschlagen. Danach baute er nichts mehr mit mir. Er sagte, er wäre zu müde von der Arbeit. Er war doch auch vor der Geschichte arbeiten gewesen!

Brad kam anfangs immer abends zu uns. Manchmal blieb er auch über Nacht. Dann passierte mal das: Ich wollte abends noch schnell zum Klo gehen. Die Schlafzimmertür meiner Mutter stand auf und Brad wollte auch gerade aufs Klo. Da stand er vor mir und hatte … oh, ist mir das jetzt peinlich! Also bei mir hing der immer. Ich hatte das bei Brad noch nie gesehen, wenn er eine Hose trug.

„Da staun'ste, was?", sagte er, als er mein Gesicht sah. Ich glotzte seinen Penis an.

„Da, fühl mal", sagte er lachend. Ich schüttelte sofort den Kopf.

„Das kannst du auch haben. Reib mal dran rum und du wirst sehen, wie groß der wird."

(Bob ist der Meinung, ich solle besser *Glied* sagen. Das höre sich viel anständiger an. Das finde ich nicht. Ich sage Penis, egal wie peinlich es ist.)

Ich musste nicht mehr aufs Klo. Alles war weg. Brad ging an mir vorbei, und ich sah auf seinen nackten Arsch. Ich habe es danach nicht ausprobiert, das mit dem Reiben. Ganz bestimmt nicht. Aber am nächsten Tag habe ich Billy in der Elementary School angesprochen. Mit dem kam ich am besten klar. Ich erzählte ihm von Brad und fragte ihn, ob er das schon mal ausprobiert hatte. Nein, hatte er nicht.

Bob sagte, dass jeder, der etwas auf gute Kindererziehung hält, seinem Kind so etwas nicht beibringt. Billy hatte eine gute Kindererziehung. Mir erschien ein erster Versuch als sehr spannend. Also verabredete ich mich in der großen Pause mit Billy auf dem Schulklo. Wollten doch mal sehen, ob Brad recht hatte. Ich konnte mich kaum im Unterricht konzentrieren. Ständig musste ich daran denken, was passieren würde, wenn der Versuch klappen würde. Wir würden im Leben die Hosen nicht mehr anbekommen! Wie sollten wir dann an den nächsten Stunden teilnehmen? Kurz vor der Pause kam mir eine Idee: Ich hatte einen Parka dabei. Der war sehr lang. Im Zweifelsfall würde ich den drüber ziehen und sagen, mir wäre schlecht, meine Mutter solle mich bitte abholen. Dann würde ich Brad abends fragen, wie das Ding wieder kleiner wird.

Der Plan war perfekt. Wir trafen uns um zehn auf dem Klo. Ich erzählte Billy meinen Plan und zog die Hose runter. Aber es passierte nichts. Dann berührte Billy ihn mit seinen kalten Fingern, und ich musste stöhnen.

„Ey“, sagte Billy, „du pisst ja!“

Ich sah, wie ein kleiner weißer Tropfen zu Boden fiel. Das war eindeutig eine Entzündung mit Eiter! „Scheiße!“, rief ich und spürte auch schon den Schmerz. Billy wurde ganz weiß im Gesicht. „Was ist?“

Ich sagte: „Ich glaube, ich bin schwer krank“, und sank in die Knie. Billy rannte weg. Mr. Jones, mein Mathelehrer, klopfte und wollte, dass ich ihm die Tür öffnete. Doch das konnte ich nicht! Ich war schwer krank! So sollte er mich nicht sehen. Dann hörte ich, wie er mit dem Schlüsselbund klapperte und die Tür entriegelte.

Meine Mutter musste mich abholen. Ich bekam mein erstes *Disziplinarverfahren* direkt in der ersten Klasse. Bob sagte, das passiert, wenn einer etwas tut, was er nicht soll. Bob hat recht. Zu Hause gab es einen riesen Streit mit Brad. Ich hörte den Streit vom Zimmer aus, denn ich hatte Stubenarrest. Es ging eindeutig um mich und Brad. Was war falsch daran, ein Mann zu sein?

Ich musste die Schule verlassen. Meine Mutter hielt es für das Beste. Sie steckte mich in eine andere Schule, die ich mit dem Fahrrad besuchen musste. Es fuhr kein Schulbus, der mich für diese Schule abholte. Bob sagte, das hätte etwas mit dem Einzugsgebiet zu tun. Einzugs … was?

Es war Winter.

Ich rührte meinen Penis lange nicht mehr an. Beim Pinkeln benutzte ich Klopapier, um gar nicht damit in Berührung zu kommen. Beim Duschen benutzte ich einen Waschlappen, um ihn gar nicht zu spüren.

Brad hatte kein Wort mehr darüber verloren. Ich hörte mal einen Abend, wie meine Mutter sagte: „Wenn du den Jungen nur einmal anfasst, bringe ich dich um!“

Ich dachte in dem Moment, dass ich ab heute Brad nie wieder berühren durfte. Nicht mal seine Hand bei der Begrüßung. Dann würde meine Mutter ihn umbringen. Dafür mochte ich Brad zu sehr. Er war der Einzige hier im Haus, der mich gut behandelte.

Brad zog bei uns ein und begann Alkohol zu trinken. Es war schön, dass er bei uns einzog. Das bedeutete, dass meine Mutter nicht mehr böse auf ihn war. Aber sie war nicht mehr so fröhlich wie am Anfang. Irgendwie war es nichts Besonderes mehr, wenn Brad abends zu uns kam. Ich bin ihm auch nie wieder abends auf dem Weg zum Klo begegnet. Das war auch nicht mehr möglich, denn ich bekam ab vier kein Trinken mehr und musste nachts nicht mehr aufs Klo. Mann, war das manchmal schlimm! Besonders im Sommer. Dafür lag ich nachts um drei wach und hatte Schmerzen im Rücken. Aber das hielt ich aus.

Großvater Ben kam mich zu meinem achten Geburtstag besuchen. Das war das Größte für mich! Es war Samstag, und er holte mich morgens um acht Uhr schon ab.

„Überraschung“, sagte er mit einem Riesengeschenk in der Hand. Ich packte es wie wild aus. Er hatte mir eine Staffelei, Pinsel und Ölfarben geschenkt! Ich konnte mich vor Glück kaum rühren und schrie: „Boah!“ Ich hätte so gerne sofort gemalt, aber Großvater Ben sagte, er würde mir später zeigen, wie man Ölfarben mischt. Abends, wenn wir zurück sein würden. Ich kann mich beim besten Willen nicht erinnern, was meine Mutter und Brad mir geschenkt haben.

Großvater Ben fuhr mit mir in eine große Stadt. Dort fand ein Jahrmarkt statt. Er wollte mir zeigen, wie die Schausteller ihre Karussells aufbauten. Das war sehr spannend, denn jedes Karussell musste jeden Morgen geprüft werden, ob es noch ganz war. Sonst würde es ein großes Unglück geben, sagte Großvater Ben. Da turnten dann Männer mit Werkzeugschürzen herum. Ich war hin und weg. Die Männer klopften und rüttelten überall herum. Dann sah ich, wie ein Mann den Halt verlor und bestimmt zehn Meter in die Tiefe stürzte. Er kam direkt mit dem Kopf auf. Aus seinem Ohr kam Blut. Eine riesengroße Blutlache kam unter seinem Kopf hervor. Viele Leute kamen zusammengelaufen und schrien. Mein Hirn rastete aus, und ich musste auch schreien. Ich sah den Mann zwischen all den Beinen verschwinden und schrie und schrie. Großvater Ben versuchte mich wegzuziehen, aber ich wehrte mich und versuchte zwischen der Menschenmenge hindurch zu dem Mann zu kommen. Ich schaffte es nicht, denn Großvater Ben war sehr stark und zog mich weg. Er schrie mich an. Wir setzten uns neben dem Jahrmarkt ins Gras und tranken Limo, die Großvater Ben im Rucksack mitgenommen hatte. Die Plätzchen mochten wir nicht. Wir redeten nicht. Ich wusste nicht, dass Blut auch aus den Ohren kommen kann. Bei mir kam es immer aus den Armen und Beinen. Heute weiß ich, dass der Kopf des Mannes geplatzt war, denn meiner wäre auch schon mal fast geplatzt. Diese Geschichte schreibe ich später noch auf.

Großvater Ben und ich versuchten danach wieder fröhlich zu sein, aber es klappte nicht. Auch mit dem Hunger nicht.

McDonald‘s hatte uns an diesem Tag nicht gefallen. Leider hatten wir kein einziges Karussell benutzt. Wir hatten nämlich große Angst danach. Eigentlich war ich froh darüber. So konnten wir wenigstens nicht runterfallen.

Am Nachmittag fuhren wir wieder heim. Als wir ankamen, waren meine Mutter und Brad nicht da. Großvater Ben hatte aber einen Schlüssel dabei. Er zeigte mir, wie man die Staffelei aufbaut und Ölfarben mischt, und wie man Grau- und Blautöne für den Himmel mischt. Ich probierte rot und braun aus, die man zu Blutlachen mischen konnte.

Erst malte ich einen Himmel, dann eine Blutlache. Großvater Ben fand es großartig. Er sagte, das Blut wäre mir außerordentlich gut gelungen. Zum ersten Mal durfte ich ein Erlebnis auf eine Leinwand malen.

Meine Mutter kam heim und sah mein Bild. Ich erzählte ihr von dem Unfall, und sie schickte mich in mein Zimmer. Dann hörte ich, wie sie unten meinen Großvater beschimpfte. Ihren eigenen Vater! Das muss man sich mal vorstellen! Aber der schimpfte zurück. Ich hatte zum Glück meine Staffelei mit hochgenommen. Wer weiß, was sie damit noch gemacht hätte! Oben malte ich in aller Ruhe mein Bild weiter. Es war wirklich sehr gelungen. Seitdem weiß ich, dass manchmal Unfälle passieren, bei denen Menschen sterben. Großvater hat es mir genau erklärt. Das ist die Realität, sagte er.

Ich ließ das Bild am offenen Fenster trocknen und wollte es gerade aufhängen, als Brad in mein Zimmer kam. Er setzte sich auf mein Bett und sagte: „Chris, ich muss mit dir reden."

„Wo ist Großvater?", fragte ich.

„Weg."

Ich legte das Bild traurig auf meinen Schreibtisch und setzte mich zu Brad aufs Bett. Der sah überhaupt nicht gut aus. „Weg?", fragte ich. „Warum?"

Brad erklärte mir: „Der Tag war lang, und er war müde. Großvater Ben ist ein alter Mann."

Das verstand ich. Nur schade, dass er sich nicht verabschiedet hatte.

„Ich muss mit dir reden", sagte Brad.

„Okay", sagte ich. „Rede."

„Deiner Mutter geht es nicht so gut." Er sah dabei an die Wand anstatt zu mir.

„Ist sie krank?", fragte ich.

„Ja … nein. Nicht so, wie du denkst. Sie macht sich große Sorgen um dich."

Sorgen? War das nicht ein Wort, das Menschen benutzen, die sich lieben? Also fragte ich: „Welche Sorgen?"

Jetzt sah mich Brad an und nahm meine Hand. Ach herrjeh,

ich zog sie sofort wieder zurück. Wenn das meine Mutter sehen würde! Sie würde Brad umbringen! Doch Brad sah mich komisch an. „Was ist los?“, fragte er.

„Geht nicht“, flüsterte ich.

Er nickte und ließ die Situation so. Ich wartete, dass er weiterredete. Das wollte er doch schließlich: reden. Doch er tat es nicht mehr. Ich dachte, dass ihn die Berührung auch sehr erschreckt haben musste. Er musste sich doch schützen.

Dass die Menschen, die mit meiner Mutter zusammen sind, sterben, wusste ich ja. Besonders die, die ich mochte. So wie meinen Vater. Also waren Brad und ich uns einig, und wir schwiegen gemeinsam.

„Was macht ihr da?“, fragte meine Mutter auf einmal. Sie war ganz leise in mein Zimmer gekommen. Hoffentlich hatte sie nichts gesehen. Sie sah auf mein Bild, und ich wollte es ihr voller Stolz noch einmal zeigen. Diesmal hatte ich keine schreienden Gesichter gemalt. Doch sie nahm das Bild in die Hand und zertrampelte es! Brad wollte dazwischen gehen und es retten, aber es war zu spät. Ich schrie wie eine Sirene. Ich höre heute noch das Reißen des Papiers und das Brechen des Holzrahmens! Sie knallte mir eine ins Gesicht. Brad hielt sie fest und zerrte sie aus dem Zimmer. Ich sah das zerstörte Bild auf dem Boden und malte ein neues Bild auf Papier. Es war wieder ein schreiendes Gesicht geworden. Diesmal mit Ölfarbe. Ich war stolz und hing es mit Reißnägeln auf. Meine Bilder wurden immer besser.

Als ich mal nachmittags aufs Klo ging, da hörte ich, wie Brad mit meiner Mutter unten am Küchentisch sprach. Brad sagte: „Du brauchst Hilfe.“

Ich überlegte, ob sie das Putzen oder den Gemüsegarten nicht mehr schaffte. Kein Problem, das konnte ich auch übernehmen. Brad sagte weiter: „Auch Chris braucht Hilfe.“

Jetzt überlegte ich. Ich war doch gut in der Schule, hielt still, ließ meinen Penis von niemandem mehr anfassen und malte nicht mehr mit Schwarz. Ich machte meine Hausaufgaben, duschte jeden Tag, räumte mein Zimmer auf und räumte immer mein Geschirr in die Maschine. Ich fuhr mit meiner Mutter einkaufen und sagte ihr nie, niemals, ein böses Wort. Wobei brauchte ich Hilfe?

Ich hörte meine Mutter unten weinen. Brad sagte: „Du schaffst das nicht."

Sie weinte weiter.

Brad sagte: „Chris ist so ein guter Junge."

Das ging mir runter wie Honig. In dem Moment beschloss ich, Brad wirklich zu lieben. Ich hörte weiter: „Du musst lernen, ihn zu verstehen. Seine Bilder müssen unbedingt einem Psychologen gezeigt werden."

Jetzt liebte ich ihn noch mehr. Er wollte meine Bilder wirklich jemandem zeigen! Was oder wer auch immer ein Psychologe war, es hörte sich unglaublich gut an. Vielleicht bekäme ich bald eine eigene Ausstellung. Ich wusste, dass es so etwas von guten Malern gab. Also war ich wirklich gut. Ich ging zum Klo und sah mir meinen Penis an, wickelte ihn in Klopapier und pinkelte. Dabei dachte ich an Billy. Wir hatten uns seit einem Jahr nicht mehr gesehen. In der neuen Schule hatte ich keinen Freund mehr wie Billy.

Als ich in der neuen Schule meinen ersten Schultag hatte, hörte ich wieder, wie alle sagten: „Ach, *dieser* Gelton." Niemand kam mir zu nahe. Meine Noten waren aber auch wirklich gut. Sie hatten wohl Angst vor meiner Klugheit. Der Stoff, den die Lehrer in der Schule lehrten, ging wie Honig in mich hinein. Ich machte meine Schularbeiten und schrieb meine Klassenarbeiten. Ich erledigte alles im Handumdrehen. Dass ich außerordentlich gut malen konnte, merkten die Lehrer auch bald und unterhielten sich darüber. Wenn ich Bilder malen durfte, die ich selber aussuchte, malte ich immer schreiende Gesichter. Wenn ich Bilder malen durfte, die die Lehrer aussuchten, wurden sie in der Schule im Flur aufgehängt. Ich malte wieder mit schwarz, ohne Ärger zu bekommen. Das war wirklich gut.

Die Gespräche zwischen meiner Mutter und Brad wurden immer lauter. Brad trank ganze Flaschen mit gelbem Zeug leer. Spät in der Nacht hörte ich die beiden nebenan turnen. Brad stöhnte dann immer, meine Mutter nie. Sie war aber auch nicht sehr sportlich. Brad hatte einen tollen Körper. Mit ganz vielen Muskeln. Eines Tages fragte er mich, ob er mit mir von Mann zu Mann reden könne. Ich nickte stolz.

„Was weißt du von Sex?“, fragte er mich, und ich sah ihn wie ein Fragezeichen an.

„Was weißt du von Männern und Frauen?“

Jetzt konnte ich schon besser antworten und erzählte ihm alles, was ich im Biounterricht gelernt hatte.

„Und sonst nichts?“, fragte er. „Hattet ihr nie Sexualkunde?“

„Sex … was?“, fragte ich.

„Na, Sexualkunde. Geschlechtsverkehr. Zeugung von Kindern. Menstruation bei Mädchen. Onanieren. Samenerguss.“

Ich starrte ihn an. „Nö.“

„Na, dann wird's Zeit“, meinte er und holte ein Buch aus dem Schlafzimmer. „Ich werde dich jetzt aufklären. Du wirst nächste Woche neun.“

In dem Moment kam meine Mutter heim. Sie war beim Zahnarzt gewesen. Sie sah das Buch, und dann sah sie Brad an. Der sagte: „Sarah, es wird endlich Zeit.“

Ich dachte, ja, es wird endlich Zeit, dass du Abendbrot machst. Mir hing der Magen schon ganz unten. Aber sie nahm nur das Buch an sich und sagte: „Das wirst *du* nicht machen!“, und verließ die Küche. Nein dachte ich, das will er ja auch gar nicht. Ich meine, das Abendbrot machen.

Brad ging zum Kühlschrank und holte sich eine Flasche gelbes Zeug raus. Er schickte mich nach oben. Ich malte und dachte über Worte wie Geschlechtsverkehr, Onanieren und Samenerguss nach. Das Ding mit den Mädchen war mir ziemlich egal. Was war Onanieren? Das Wort hatte ich noch nie gehört. In der Schule hatte ich überhaupt keine Freunde. Allerdings sah ich oft andere Schüler in kleinen Gruppen in den Ecken stehen und kichern und lachen. Was hatten sie besprochen? Das Onanieren? Ich beschloss, morgen meinen Biolehrer zu fragen.

Das tat ich und bekam einen Riesenärger. Ich sagte vor der ganzen Klasse, dass es Zeit für mich wäre, etwas über das Onanieren zu lernen. Und für die anderen übrigens auch. So Brads Worte. Die Klasse schrie vor Vergnügen. Es musste also was Lustiges sein. Das freute mich. Der Lehrer schickte mich zum Direktor. Ich solle dort warten.

„Was liegt an?“, fragte mich Mr. Cooper, der Direktor, als er mich auf der Wartebank sitzen sah.

„Ich werde etwas über das Onanieren lernen“, sagte ich ihm und nickte dazu. Damit war ich von der Wartebank befreit und saß direkt im Direktorenzimmer. Mr. Cooper sah mich wütend an. Was war los?

Ich fragte: „Kennen Sie onanieren?“ Das wiederum hatte zur Folge, dass genau 15 Minuten später Brad neben mir saß. Meine Mutter konnte nicht kommen, sagte er. Das war auch besser so. Mit Brad konnte man viel besser alles klären. Ich sagte: „Das ist Brad. Er kennt onanieren. Er wird es mir erklären.“ Das wiederum bewirkte, dass ich wieder auf die Wartebank im Vorzimmer kam, während Brad dem Direktor wohl das Onanieren erklärte. Dann konnte der wiederum mir alles erklären, und ich konnte es dem Biolehrer erklären, der es dann meinen Mitschülern erklären konnte. Aber alles kam ganz anders. Erwachsene begreifen oft nichts.

Bob sagte, dass ich viele Dinge unglaublich schnell verstünde, dafür aber andere Dinge gar nicht. Auf jeden Fall hatte ich damals eine Woche Stubenarrest.

Was nun das Onanieren wirklich war, erfuhr ich zwei Tage nach meinem neunten Geburtstag, also eine Woche später. Von Kenny, in der Schule. Ich mag gar nicht davon schreiben, aber Bob sagte, ich soll alles aufschreiben, was mir einfällt. Puh! Also, in der Klasse war meinetwegen eine riesen Diskussion ausgebrochen. Die Lehrer beobachteten mich überall in den Pausen auf dem Schulhof und nahmen mich im Unterricht nicht mehr dran. Sie wollten wohl nichts mehr von mir hören.

In den Pausen kicherten alle Schüler herum und zeigten mit ihren Fingern auf mich.

Kenny war ein Junge, der immer mittendrin in einer Gruppe stand und plötzlich auf mich zukam. Er war schon elf. Das war, weil er zweimal eine Klasse wiederholt hatte. In vielen Dingen war er sehr klug, nur in der Schule nicht. Genau umgekehrt wie ich.

„Hey“, rief er, „Gelton.“

Ich sah hin und ging zu ihm. Wir gingen in eine Ecke des Schulhofs. Ich war stolz. Endlich lästerte auch mal jemand mit mir in der Ecke.

„Na, wie weit biste mit dem Onanieren?“, fragte er.

Endlich! Es interessierte sich jemand dafür. Der hatte bestimmt Informationen für mich. Brad wollte mit mir nicht mehr darüber sprechen. Die Geschichte wurde die erste richtig große Demütigung für mich.

Bob sagte, das hätte daran gelegen, dass man mich in Vielem nicht aufgeklärt habe. Mir wäre das Leben nie richtig erklärt worden.

Kenny schleppte mich also am Nachmittag nach der Schule in den Wald. Meiner Mutter sagte ich vorher Bescheid, dass ich mir neue Farben in der Stadt holen wolle. Da es meine Mutter nicht kümmerte, wo ich war, war es auch egal, was ich ihr sagte. Ich fragte Kenny: „Weißt du Bescheid?“

„Klar!“, sagte er. „Ich werd's dir erklären.“

Wir gingen tiefer in den Wald.

Kenny sagte: „Zieh die Hose runter.“

Ich fragte: „Was?“, und musste an die Geschichte mit Billy denken. Ich wollte meine Hose nicht runterziehen. Da sah mich Kenny ganz böse an. Mir wurde komisch, und ich gehorchte ihm. Kenny zog seine Hose nicht runter, und ich fragte: „Und du?“

„Ich zeig's dir“, sagte er. „Du willst doch, dass es bei dir funktioniert. Nicht bei mir, oder?“

Oh, Gott!, dachte ich, das ist was mit meinem …! Das wollte ich schon gar nicht mehr. Mir wurde schlecht. Kenny sah sich im Wald um, als hätte er Angst. Er fasste mich plötzlich an, und ich explodierte! Im Kopf. Im Unterleib. In den Knien. In dem Moment kamen die anderen hinter den Bäumen hervor! Ich kann mich noch an ihr Lachen erinnern!

Abends lag ich im Bett, gerade neun geworden, frisch onaniert und dachte: Ich bin nicht normal!

Am nächsten Morgen hatte ich Bauchschmerzen, und mir war schwindelig. Ich konnte auf keinen Fall in die Schule gehen und fragte meine Mutter: „Wann kann ich endlich mit der Schule aufhören?"

Sie sah mich an und sagte: „Wenn du die 10. Klasse beendet hast."

Ich war gerade in der 3. Klasse!

Meine Bauchschmerzen wurden schlimmer. Wie sollte ich es schaffen, meine Mutter die nächsten sieben Jahre zu täuschen? Wo sollte ich mich aufhalten, wenn ich eigentlich in der Schule sein sollte?

Die Schmerzen wurden schlimmer. Meine Mutter brachte mir Kamillentee und eine Wärmflasche ans Bett. Wie gerne wäre ich in diesem Moment von ihr in den Arm genommen worden. Wem sollte ich dieses Erlebnis erzählen? Ich vertraute es meinen Bildern an. Aus den schreienden Mündern wuchsen nun steife Penisse. Was das wieder nach sich zog, war doch klar! Meine Mutter sagte: „Wir werden dein Zimmer neu renovieren. Mit Fototapete. Dann brauchst du diese Bilder nicht mehr aufzuhängen. Du kannst sie dann in einer Mappe sammeln."

Das fand ich in Ordnung. Ich sammelte sie wie ein Künstler in eine große Mappe – für den Psychologen.

Brad sagte unten in der Küche zu meiner Mutter: „Lass ihn malen. Das ist wichtig. Das braucht er. Er wird bald in die Pubertät kommen."

Brads Worte freuten mich. Aber was war Pubertät? Etwa eine neue Schule? Eine Kunstschule? Das würde mich freuen. Brad verstand mich.

Es war an einem warmen Sommertag. Meine Mutter hatte im Gemüsegarten gearbeitet, und ich durfte Kaminholz für den Kamin zurechtsägen. Brad hatte es mir gezeigt. Meine Mutter kam mit Früchtetee und gab mir ein Glas mit diesem herrlichen, roten Getränk. Sie setzte sich zu mir ins Gras. Das war ein großartiges Gefühl. Sie sagte: „Ich war bei einem Psychologen."

Wow! Sie hatte einen Kunstkenner für mich gesucht! Das hätte ich ihr gar nicht zugetraut. Sie sagte weiter: „Er ist der Meinung, dass es gut wäre, wenn ich mal für ein paar Wochen Urlaub machen würde."

Was hatte meine Mutter damit zu tun?

„Wäre es schlimm für dich, wenn du mit Brad alleine wärst? Ich meine, ein paar Wochen lang?"

Und die Kunst? „Wieso alleine sein?", fragte ich, denn ich verstand sie nicht.

„Es sind bald Sommerferien. Brad hat sich drei Wochen Urlaub genommen. Er wäre dann ganz für dich da."

Das hörte sich doch gut an, und ich sagte: „Okay." Das war alles.

Sie stand auf und räumte die Gartengeräte in den Schuppen.

Ich trank mein Glas leer und sägte an dem Holz weiter, bis es dunkel wurde. Dann kam Brad heim und nahm mich mit ins Haus. Er schickte mich unter die Dusche und mit Butterbrot und Milch ins Bett. Die Milch machte mir in der Nacht so schwer zu schaffen, dass ich den Urin nicht mehr zurückhalten konnte und mich zum Klo schlich.

Bob sagte, es wäre endlich an der Zeit, *Wasser lassen* und *Toilette* zu sagen, anstatt pinkeln und Klo.

Ich schlich mich also zur Toilette. Unten im Wohnzimmer war noch Licht an. Also schlich ich so leise, dass ich mich selbst nicht hören konnte, und traute mich auch nicht, abzuziehen. Doch meine Mutter hatte mir beigebracht, Urin und Anderes immer mit Wasser herunter zu spülen. Also zog ich den Duschschlauch vorsichtig zur Toilette und ließ ganz leise Wasser reinlaufen, damit mich ja keiner hörte. Und Brad schon gar nicht. Ich wollte eigentlich leise zum Bett zurück, war aber doch neugierig, was unten so los war. Also schlich ich zum Geländer und erhaschte einen Blick aufs Sofa und den Fernseher. Brad saß dort allein. Im Fernseher kämpften ein Mann und eine Frau miteinander. Oder turnten sie? Auf jeden Fall stöhnten sie vor Anstrengung. Dann stöhnte Brad. Sein Kopf fiel dabei nach hinten. Er hatte wohl Schmerzen, dachte ich. Sollte er doch eine Pille dagegen nehmen. Die lagen unten in der Küchenschublade zuhauf herum. So ging ich ins Bett.

Ich freute mich, als meine Mutter in Urlaub war und ich mit Brad alleine. Endlich durfte ich ihn berühren, ohne dass er umgebracht wurde. Eines Abends saßen wir zusammen vor dem Fernseher und Brad fragte: „Liebst du deine Mutter?" Da ich nicht wirklich wusste, was Liebe war, sagte ich: „Ja."

„Hast du das Gefühl, dass sie dich auch liebt?", wollte er wissen.

Da ich nie andere Mütter kennengelernt habe, antwortete ich wieder mit: „Ja."

Brad nickte und machte uns eine Pizza.

In der ersten Woche konnte ich noch zweimal seine Schmerzen vor dem Fernseher beobachten. Das machte mir dann doch Angst. War er sehr krank? Brad war ein richtiger Mann, groß, stark und freundlich. Was konnte er wohl haben?

Eines Nachts lungerte ich also oben an der Treppe und wartete, bis seine Schmerzen wiederkamen. Als ich den Reißverschluss seiner Hose hörte, dachte ich, er muss wohl Bauchschmerzen haben. Macht wohl besser die Hose auf. Dann kneift es nicht so. Das kenne ich. Ich schlich runter, um ihm zu helfen. Ach, du große Neune! Ich durfte am nächsten Tag nicht mehr runterkommen, hatte Stubenarrest bekommen. Es war der Tag, an dem Brad anders zu mir wurde. Er wurde streng, schrie mich an, verbot mir zu malen und ließ mich stundenlang Holz sägen. Abends schloss er meine Zimmertür ab. Zuvor stellte er jedoch einen kleinen Eimer in mein Zimmer. Fürs Wasser lassen. Ich malte auf kleinen Blockzetteln mit Bleistift schwarze, verfaulte Penisse und steckte sie in meine Mappe.

In der zweiten Woche, in der meine Mutter in Urlaub war, hörte ich eines Nachts eine fremde Frauenstimme unten aus dem Wohnzimmer. Ich bin mir ganz sicher. Es lief zwar der Fernseher, aber die Stimme von Brad kenne ich. Sie tuschelten und stöhnten, und ich versuchte mir vorzustellen, was sie wohl tun würden. Brad rang nach Luft. Viel stärker als sonst. Viel lauter. Ich presste mein Ohr an die Tür, um ja nichts zu verpassen. Das Stöhnen wurde hektischer, dann Tooor! Ein Jubel! Schauten sie etwa Fußball?

Ich war einfach zu dumm. Dabei war ich in der Schule der Klassenbeste und tat zu Hause Dinge, die kein anderer in meiner Klasse tat. Ich frage mich, was Dummheit von Klugheit unterscheidet.

Auch in der dritten Woche war diese Frau da. Jeden Abend. Und jedes Mal schauten sie Fußball.

Als meine Mutter wieder heim kam, war diese Frau weg. Eigentlich schade, denn meine Mutter konnte ein bisschen Freude gebrauchen.

Brad erklärte mir, dass meine Mutter nun Tabletten schlucken müsse, damit es ihr besser ging. Ihre Laune wurde besser. Bis zu dem Tag, als wir hörten, dass Großvater Ben an einem Schlaganfall gestorben sei.

Wir mussten nach Boulder zur Beisetzung. Dort wohnte Großvater Ben bis zum Schlaganfall.

Meine Mutter wollte mich nicht mitnehmen, aber ich heulte Rotz und Wasser. Ich wollte doch Großvater Ben noch einmal sehen.

Als wir ankamen, suchte ich verzweifelt Großvater Ben in der Kirche, bis Großmutter Elli, der Kaktus, mir sagte, Großvater sei in dieser Dose. Sie zeigte auf eine Keksdose mit Deckel. Ich sah Großmutter Elli an und zeigte auf dieses Ding. Da drin? Wie um Himmels Willen sollte das funktionieren? Ich ging also die Treppen hinauf zu der Urne, nahm den Deckel ab und sah hinein. Es befand sich nur graues Pulver darin. Ich dachte, mit Wasser gemischt wäre es eine gute Farbe.

Großmutter Elli schrie: „Chrisiii!“, und ich ließ die Dose mit

Deckel auf die Marmorstufen fallen. Das gab einen grausam lauten Knall! Also schrie ich auch, grell und laut, rannte auf den Kaktus zu und begann ihn zu schlagen. „Wo ist Großvater Ben?", schrie ich dabei.

Brad gab mir eine gewaltige Ohrfeige. Dann noch eine und noch eine. Ich fiel zu Boden, der Kaktus schrie, meine Mutter heulte, und Brad schlug weiter und weiter. War das eine Beisetzung?

Meine Traumata waren also immer noch da.

Bob versuchte mir immer die Zusammenhänge des Lebens zu erklären, wenn ich ihm im Heim etwas von meinem Leben erzählte. Es seien andere als in Mathe, Deutsch oder Physik. Bob fragte mich einmal: „Haben sich deine Mutter und Brad mal mit dir zusammengesetzt und all deine Fragen beantwortet? So richtig lange geredet?"

„Wie?", fragte ich.

„Hast du jemals Fragen an sie gestellt?"

„Welche?", fragte ich.

„Zum Beispiel, warum alle immer so komisch auf dich reagieren?"

„Warum?"

„Weil du oft die Reaktionen nicht verstanden hast. Dir fehlten die Zusammenhänge."

„Nein", sagte ich, um das Gespräch abzubrechen. Nach diesem Gespräch mit Bob kann ich mich erinnern, dass ich Brad einmal fragte: „Warum mag sie (meine Mutter) meine Bilder nicht?"

Brad antwortete: „Weil sie deine Bilder nicht versteht. Sie hat einen anderen Geschmack als du."

Gut, das konnte ich akzeptieren. Aber gleich immer alles kaputtmachen? Danach fragte ich meine Mutter: „Welche Bilder magst du denn?" Damit wenigstens die ganz blieben. Und sie sagte: „Wälder, Felder, Sonne, Wiesen."

Ich setzte mich draußen mit meiner Staffelei hin und versuchte meine Umgebung zu malen. Aber sie wollte nicht richtig aus mir herauskommen. Die Sonne war hinter einem düsteren Himmel, die Wälder brannten, die Wiesen waren vergilbt und die Felder verdorrt.

Na gut, dachte ich, wenigstens sind alle Motive drauf, und schenkte ihr das Bild zum Geburtstag. Sie lief heulend aus dem Zimmer. Hatte sie sich so gefreut?

Zwei Wochen nach diesem Vorfall fand ich ein Foto in einer Schublade im Wohnzimmerschrank, wo ein Mann drauf war. Ich hatte meinen Vater gefunden! Ich setzte mich in den Garten, stellte das Foto auf einen Gartenstuhl und sah es an. Ich sah ganz tief in seine Augen. Sie sahen aus wie meine. Er lachte, doch ich sah Qual. Nur Qual.

Ich stellte das Bild beiseite und setzte mich vor die Staffelei, die ich mit in den Garten genommen hatte. Wie malt man Qual?

Ich sah im Duden nach. Da stand: *intensiver, körperlicher oder seelischer Schmerz. Große körperliche oder seelische Qualen leiden. Die Qualen der Hölle. Unter Qualen sterben. Leiden.*

Meine Bilder wurden anders. Für mich war die Qual rot. Ich malte rote Bilder in sämtlichen Schattierungen. Es kam immer ein schreiendes Gesicht heraus. Ich war wieder am Anfang. Ich wollte mehr über meinen Vater erfahren. Wie war seine Kindheit gewesen? Sein Leben? Wen sollte ich fragen? Meine Mutter? Sie wollte doch nur, dass sich nicht alles wiederholte. Ich wusste zu dieser Zeit noch nicht, dass ein Buch über meinen Vater existierte. Ich wunderte mich nur ständig, warum mich viele Menschen *dieser* Gelton nannten. Wer war eigentlich *dieser Gelton*?

Ach, ich will noch kurz erzählen, was aus der Sache mit Kenny im Wald geworden ist. Da kann ich alle beruhigen. Ich durfte wegen der Bauchschmerzen eine Woche zu Hause bleiben. Am ersten Tag in der Schule wurde ich sehr gehänselt und wartete geduldig, bis alles vorbei war. Freunde hatte ich sowieso nicht. Also hatte ich nichts zu verlieren. Kenny und seine Freunde hatten diese Geschichte nicht den Lehrern erzählt. Das verstand sogar ich. Die Lehrer mochten mich irgendwie wieder. Ich sah auch sehr nett aus mit meinen dunklen Haaren. Und trotzdem musste meine Mutter oft in die Schule. Es war doch alles in Ordnung? Ich fragte niemanden etwas, malte gute Bilder und machte meine Aufgaben sogar mit Sternchen. Meine Schrift war so sauber, das glaubt mir keiner. Ungelogen. Mit der Zeit hatte ich eine Kunstschrift entwickelt, die alle Lehrer beeindruckte. Ich schrieb mit echter Tusche. Brad hatte mir einen Tuschekasten geschenkt. Ich war so aus dem Häuschen wie damals, als Großvater Ben mir die Staffelei schenkte. Meine Schrift bekam immer mehr Verzierungen. Sie sah wie ein sprühendes Kunstwerk aus. Die Lehrer wurden immer zurückhaltender. Mein Großvater hat einmal zu mir gesagt: „Wenn die Leute nicht mehr mit dir sprechen, dann haben sie großen Respekt vor dir."

Meine Mutter hat versucht, mir das Bild meines Vaters wegzunehmen. Ich schrie so lange, bis sie es wiederbrachte. Sie hatte es schon in die Mülltonne getan! Eigentlich wollte ich sie fragen, ob sie mir etwas über meinen Vater erzählen könnte, aber nach der Sache mit der Mülltonne war mir die Lust vergangen. Dabei hatte ich so viele Fragen. Ich versuchte mir immer vorzustellen, wie er gewesen sein könnte.

Ich begann meine Mutter zu beobachten. Ihr Gesicht hatte sich irgendwie verändert. Die Augen. Sie lagen wie in tiefen Höhlen. Die von Brad aber auch. Bei ihm war es bestimmt der Alkohol, weil er noch dicke Säcke unter den Augen hatte. Da sammelte sich wohl das Zeug. Die hatte meine Mutter nicht. Ich sah, dass sie häufig Tabletten nahm und mit Wasser herunter spülte. Wie hatte mein Vater das nur mit ihr ausgehalten? Wen konnte ich fragen? Ob Brad etwas wusste?

Ich fragte ihn: „Hast du meinen Vater gekannt?"

„Nein", antwortete er. Er roch nach Alkohol. „Warum?"

„Nur so", versuchte ich abzulenken.

Abends hörte ich Brad in der Küche sagen: „Er beginnt nach Dane zu fragen."

Dane. Ich fand, dass das ein komischer Name für einen Mann

war. Brad fand ich viel besser. Härter. Dane klang so weich. Doch das war mein Vater gewiss nicht gewesen.

Brad sagte noch zu meiner Mutter: „Du solltest ihm die Fotos zeigen und etwas Nettes erzählen. Das hilft ihm."

Ich hörte sie weinen. „Das kann ich nicht."

„Du musst, Sarah. Sonst wird er andere fragen. Die erzählen ihm womöglich Sachen, die er nicht versteht. Du kennst die Leute."

Das erschreckte mich! Zum ersten Mal hatte ich Hitze in mir, ohne dass ich schreien musste. Früher habe ich geschrien, wenn ich Hitze und Zorn spürte. Das wurde also besser. Dafür kroch etwas anderes in mir hoch. Ich begann, mich in den Arm zu schneiden. Erst waren es nur kleine Schnitte, die ich kaum spürte. Dann machte ich größere. Ich benutzte dafür die ungebrauchte breite Schreibfeder aus meinem Tuschekasten. Ich machte es immer nach den Hausaufgaben, weil es so gut tat und ich mich total entspannen konnte. Die blutigen Taschentücher packte ich in die Schultasche und warf sie auf dem Schulweg irgendwo in den Mülleimer. Ich fuhr sowieso alleine mit dem Rad zur Schule.

Eines Tages kam mir die Idee, das Blut als Tinte zu benutzen.

Ich ließ eine kleine Lache auf meinen Schreibtisch tropfen und sog sie mit der Feder aus meinem Tuschekasten in den Füller hinein. Das klappte prima. Es war ein klares Rot, das sich während des Schreibens braun färbte. Ich beschloss, damit Horrorgeschichten zu schreiben. Das habe ich schon mal in der ersten Klasse getan. Doch jetzt waren sie wirklich perfekt; nicht nur die Schrift, sondern auch das Gefühl dabei, mit echtem Blut zu schreiben.

Zwei Tage später war ich sauer, denn das Blut bröckelte wie Pulver vom Blatt und hinterließ nur eine blasse Schrift. Ich musste mir etwas einfallen lassen. Ich musste es mischen. Mit echter roter Tinte. Das funktionierte. Gott sei Dank blieb auch das tolle Gefühl dabei.

Ich fragte einmal meine Deutschlehrerin, ob sie eine Horrorgeschichte von mir lesen wolle. Sie war begeistert und nahm ein blutgetränktes Bündel Papier mit heim. Am nächsten Tag reichte sie es zurück und bemerkte, dass mit der Tinte etwas nicht stimmen könnte. Sie blättere ab. Ich lächelte und nickte. Sie hatte ja recht. Ich sagte ihr, dass ich mich darum kümmern würde. Vom Inhalt her lobte sie mich. Ich hätte Talent zum Schreiben. Es hätte sie wirklich gegruselt. Sie war echt freundlich.

Eine Woche später wurde sie plötzlich unfreundlich zu mir. Ganz anders als früher. Sie wollte nie wieder eine Geschichte von mir lesen.

Meine Blutgeschichten habe ich in einem Karton aufbewahrt, damit das Blut nicht herausbröckelte. Der Karton stand immer neben meinem Schreibtisch. Ich durfte ihn nicht mit in diese Klinik nehmen. Das war gemein. Andere Schriftsteller behalten auch ihre Manuskripte. Bob sagte, das hätte etwas mit der Hygiene zu tun. Mit der Sauberkeit. Mein Blut ist doch nicht dreckig! Hier in der Klinik muss ich einen Bleistift benutzen, den man kaum auf dem Papier sieht. Weißt du, wie unhygienisch der ist? Dann lutsch mal dran! Das führt zu einer Bleivergiftung!

Jetzt macht mir das Schreiben von Horrorgeschichten keinen Spaß mehr. Bob sagte, wenn ich genug mit Bleistift geschrieben hätte, dann dürfte ich alles in seinen Computer einspeisen. Ich habe noch nie einen Computer gehabt. Kann der wirklich essen? Wenn ja, wird es mir eine große Freude sein, dabei zuzusehen, wie er meine Geschichten frisst. Kleiner Scherz nebenbei.

Es klingt wahrscheinlich ziemlich dumm, aber ich habe kaum ferngesehen, hatte kein Radio, keine CDs oder einen Recorder. Keine Freunde. Keinen Computer. In der Schule standen so Dinger überall herum, aber ich habe mich nicht getraut, sie zu benutzen. Meine Mitschüler lachten schon genug über mich.

Ich kam in die Junior-High-School und damit in einen anderen Teil des Schulgebäudes. Auf einmal waren nur noch Jugendliche um mich herum. Aber da ich älter aussah, als ich war, fiel ich nicht auf. Ich bekam neue Mitschüler, viele neue Fächer und Lehrer. Ich wartete auf den Spruch: Ach, *dieser* Gelton, aber der kam nicht. Dafür kamen viele schöne Mädchen in mein Blickfeld, die ich aus meiner Ecke auf dem Schulhof wunderbar beobachten konnte. Viele hatten schon einen richtigen Busen. Viele aber auch zu viel – von allem. Ich beobachtete gerne wie sie lachten und tuschelten. Ich wusste ja von Brad und meiner Mutter, dass ein Mann und eine Frau immer zusammengehören. Und jetzt weiß ich auch, dass es sonst keine Kinder geben würde. Ich bin ja auch ein Kind des Samenergusses meines Vaters. Man lernt dazu. Auch wenn es keiner merkt.

Bob wird meine Geschichte übrigens korrigieren. Dann wird sich alles hoffentlich viel klüger anhören, als ich es vorgeschrieben habe. An dieser Stelle schon mal: Danke!

Bob sagte, dass es in den Schulen üblich ist, das Thema Sexualität im Unterricht zu behandeln. Ob ich denn nichts von Geschlechtsverkehr mitbekommen hätte. Nein, hatte ich damals nicht. Da es kein Prüfungsthema war, interessierte es mich nicht. Ich langweilte mich in dieser Zeit im Unterricht und malte heimlich Bilder.

Die Schule gab uns Broschüren mit heim, um sie mit den Eltern noch einmal durchzuarbeiten. Meine Mutter hatte sie weggeworfen, als ich sie ihr gezeigt hatte. Dabei hätte es mich um so vieles weitergebracht. Und … vor schlimmen Dingen geschützt, die ich noch erzählen werde. Stattdessen beschäftigte mich wieder das Onanieren.

Ich kam von der Schule heim, und Brad saß alleine in der Küche. Er hatte den Kopf auf dem Tisch liegen und die Arme darüber. Als ich vor ihm stand, sah er hoch. Er war stinkbesoffen. Ich roch den Alkohol. Seine Augen waren blutrot, und er grinste.

„Wo ist meine Mutter?“, fragte ich ihn.

„Beim Arzt“, lallte er und bekam einen mächtigen Schluckauf.

„Warum bist du nicht arbeiten?“, fragte ich weiter.

„Weil ich rausgeschmissen wurde“, sagte er.

Kein Wunder, bei dem Alkohol.

„Und nun?“, fragte ich.

Er rülpste und zuckte mit den Schultern.

Ich hatte Hunger, konnte in der Küche aber nichts Essbares finden. Also trank ich Milch und ging in mein Zimmer.

Das Bild meines Vaters war weg!

Ich wurde sehr wütend und raste die Treppe hinunter. Ich schrie Brad an: „Wo ist das Bild von meinem Vater!?“

Er sah mich besoffen an und zuckte mit den Schultern.

Ich schrie: „Du weißt es! Gib's zu!“

„Nein“, lallte er, „weiß ich nicht.“

Dann tat ich etwas, das ich noch nie zuvor getan hatte: Ich ging auf Brad zu und schlug ihn mit aller Kraft ins Gesicht. Er fiel fast vom Stuhl, konnte sich aber gerade noch halten. Sein Gesicht machte mir Angst. Er stand auf und schlug mich in Grund und Boden. Da blieb ich auch liegen, bis meine Mutter kam.

Ich verbrachte die Nacht mit großen Schmerzen in der Brust. Da mein Gesicht ziemlich geschwollen war, ging meine Mutter nicht mit mir zum Arzt. Sie machte einen festen Wickel um meine Brust und sagte, ich hätte zwei Wochen schulfrei. Aus der Küche hörte ich lautes Geschrei zwischen meiner Mutter und Brad. Zu schade, wo ich Brad doch so gemocht hatte. Er war fast wie ein Vater zu mir gewesen.

Unten flog ein Stuhl an die Wand. Ohrfeigen klatschten. Rauferei war zu hören. Es war mir egal, wer gewann. Meinetwegen konnten sie sich alle beide zum Teufel scheren. Ich vermisste das Bild von meinem Vater.

Als ich am nächsten Morgen wach wurde, war alles ruhig. Ich konnte nicht aufstehen, weil meine Brust so schmerzte. Doch ich musste zur Toilette. Ich rief nach meiner Mutter, damit sie mir wenigstens den kleinen Eimer aus der Ecke reichen konnte. Doch es kam niemand. Mir stiegen die Tränen in die Augen, so stark war der Schmerz in der Blase. Ich zwang mich unter lautem Geschrei in die Höhe und dann zur Toilette. Der Urin kam ganz langsam. Ich dachte, ich müsste sterben.

Ich rief wieder nach meiner Mutter. Es war keiner im Haus. Nicht einmal Brad, der jetzt arbeitslos war.

Meine Mutter arbeitete seit mehreren Wochen nicht mehr. Sie sei zu krank, sagte Brad. Vielleicht war sie heute wieder arbeiten gegangen, weil sonst kein Geld reinkam.

Es lag nicht einmal ein Zettel auf dem Tisch. Der Kühlschrank war leer und die Vorratskammer auch. Was sollte ich essen? Ich hatte seit gestern früh nichts mehr gegessen. Da merkte ich zum ersten Mal, wie arm wir waren. Ich bekam kein Taschengeld und kein Mensageld.

Also ging ich wieder ins Bett, weil das Liegen mir am wenigsten Schmerzen bereitete. Ich sah auf den Platz, wo sonst das Bild von meinem Vater stand. Ich weinte und schlief ein.

Brad war nicht ganz weg. Er war abends wieder da.

Alles lief weiter wie immer, nur dass Brad vormittags zu Hause war. Nachmittags war er auf Stellensuche.

Meine Mutter ging wieder ins Blumengeschäft. Und Essen war auch wieder da.

Ich fand die schulfreie Zeit toll, auch mit Schmerzen. Was blieb mir sonst übrig? Niemand brachte mir die Hausaufgaben vorbei. Meine Mutter oder Brad kümmerten sich auch nicht darum. Sie sagten, ich sei so gut, ich könne das mit Leichtigkeit nacharbeiten.

Ich glaube, dass sie froh waren, nicht zur Schule zu müssen.

Der Schmerz wurde irgendwann weniger. Mein Gesicht heilte gut, und ich durfte wieder in die Schule. Man fragte mich, was ich hatte. Ich sagte, ich sei die Treppe runtergefallen und hätte mir ein paar Rippen gebrochen. Der Klassenlehrer wollte es nicht glauben, weil ich doch sonst so ein drahtiges Kerlchen wäre. Er wollte noch mal mit meiner Mutter reden. Hoffentlich hielt sie dicht.

Es klingelte an der Tür. Eine fremde Frau stand davor. Ich wusste nicht, was ich machen sollte, denn es war keiner zu Hause.

Sie sagte, sie hieße Monica und sei eine gute Freundin von Brad. Ich sah sie an und sagte, das sei mir nicht bekannt. Sie sagte, sie sei heute mit meiner Mutter und Brad verabredet. Meinetwegen.

Wegen mir?

Gott sei Dank kam Brad gerade nach Hause. Ich war nämlich ratlos. Ich durfte keine Fremden ins Haus lassen.

Brad gab Monica einen Kuss auf die Wange und sagte: „Schön, dass du da bist."

Ich war etwas entsetzt. Er küsste meine Mutter nie!

Monica kam mit ins Haus, und Brad kochte Kaffee für sie. Ich stand nutzlos herum und hatte von nichts eine Ahnung. Also schickte mich Brad aufs Zimmer. Dort hörte ich, wie beide lachten und flüsterten.

Die Situation kam mir sehr bekannt vor. Als meine Mutter vor einigen Wochen in Urlaub war, kam abends immer eine Frau zu Brad. Sie lachte und flüsterte damals mit ihm. Es war die gleiche Stimme. Klar, Monica war schon öfter bei uns gewesen und hatte mit Brad Fußball geschaut. Sie hatte also nicht gelogen, sie war eine gute Freundin von Brad.

Irgendwie kam mir die Situation komisch vor. Sie schauten zwar kein Fußball, aber sie redeten sehr lange miteinander. Ich konnte leider kein einziges Wort verstehen, denn sie redeten sehr leise.

Dann ging Monica.

Kurz danach kam meine Mutter heim. Warum hatte Monica nicht so lange gewartet? Dann hätte sie meiner Mutter *Hallo* sagen können.

Ich wollte runtergehen, aber Brad schickte mich direkt wieder in mein Zimmer. Er sagte: „Ich muss gleich mit dir reden."

Okay. Also wartete ich und malte etwas.

Meine Mutter und Brad stritten sich wieder. Irgendwie konnten sie nie ohne Zank miteinander reden.

Bob sagte, das sei der Grund, warum sie auch mit mir nie vernünftig geredet hätten. Sie *konnten* es nicht.

Türen knallten, Glas zersplitterte.

Als ich Brad die Treppe hochstampfen hörte, wurde mir angst und bange. Was hatte ich getan? Ich überlegte ganz schnell, aber mir fiel nichts ein.

Brad kam ins Zimmer. Ich saß zitternd auf meinem Bett. Er setzte sich neben mich und sagte: „Ich muss mit dir reden."

Ich sagte: „Ich weiß." Auch wenn ich gar nichts wusste.

Er sagte: „Gut. Dann mach ich's kurz. Monica ist eine Freundin von mir. Sie würde dich gerne für vier Wochen nach Leadville einladen. Was hälst du davon?"

Ich sah Brad an. Was hieß *einladen*?

Brad sagte: „Urlaub machen."

Oh, Urlaub! Davon hatte ich schon mal gehört. Meine Mutter war in Urlaub gewesen. Danach fraß sie Pillen. „Nein, danke", sagte ich also.

So sei das nicht, sagte Brad. Monica wohne mit vielen anderen Kindern zusammen. Da sei ein Schwimmbad, ein Spielplatz und ein Pizza-Restaurant.

Das hörte sich ganz gut an. Es war warm draußen. Da konnte man so einiges machen. Nur schwimmen konnte ich nicht. Brad sagte: „Kein Problem, das lernst du dort."

Ich solle es mir durch den Kopf gehen lassen.

Am nächsten Morgen war ich einverstanden. Wann sollte es losgehen? Am Wochenende, also in vier Tagen.

Ich fragte, was mit der Schule wäre. Das sei schon geregelt, sagte Brad.

Meine Mutter redete nicht mit mir. Brad organisierte meinen Urlaub ganz allein.

Dafür wusch meine Mutter meine Kleidung und packte sie in einen Koffer.

Monica kam ganz pünktlich mit einer riesengroßen roten Limousine an. Der Wagen war schon sehr alt. Ich saß wie in einem Wohnzimmer. Alles war mit Teppich und Stoff ausgeschlagen. Der Urlaub begann richtig toll.

Ich fragte Monica: „Schaust du gerne Fußball?“

Sie fragte: „Was? Wie kommst du denn darauf?“

Wie sollte ich ihr erklären, dass ich sie und Brad belauscht hatte. Meine Mutter sagte immer, dass man so etwas nicht tue. Also sagte ich nichts. Ich wollte nicht zu Beginn des Urlaubs schon Ärger.

Wir kamen in Leadville an. Das ist in Colorado. Überall waren riesige Berge zu sehen. Die Stadt sah ganz gemütlich aus. Viele bunte Geschäfte. Dann sah ich Pizza-Hut. Brad hatte Recht. Es gab ein Pizza-Restaurant. Wir fuhren daran vorbei, und die Gegend wurde immer schäbiger. Bis es gar nicht mehr schäbiger sein konnte.

Monica fuhr auf einen großen, mit Müll überhäuften Platz, wo überall alte Wohnwagen standen. Mittendrin! Ich dachte, sie wollte noch schnell Müll wegbringen, als sie neben einem vergammelten Wohnwagen hielt und sagte: „Da sind wir. In Leadville. Es wird dir gefallen.“

Das bezweifelte ich sehr. Das war Müllville!

Sie holte meinen Koffer aus dem Kofferraum und nahm mich mit in den Wohnwagen. Darin sah es gar nicht so schlimm aus. Es war sogar sehr gemütlich. Alles in Rot mit viel Teppich und Gardinen. Wirklich schön. Ich liebe Rot! Es war so schön, wie in der Limousine.

Monica zeigte mir ein kleines Zimmer mit einem Bett, einem Regal und einem Stuhl. Sie sagte: „Das ist dein Reich.“

Das *Zimmerchen* war gelb, aber gemütlich. Allerdings konnte ich nirgends malen, aber ich hatte sowieso keine Staffelei dabei. Monica sagte: „Ich hoffe, dass du dich wohl fühlst. Hier leben ganz viele Kinder. Es ist ganz lustig.“

Kinder im Müll? Lustig? Ich fand es eklig. Zu Hause war es zwar nicht immer aufgeräumt, aber es war nie so dreckig. Doch hier im Wohnwagen war Gott sei Dank alles sauber.

Monica kochte Kartoffeln und briet Steak für mich, während ich meinen Koffer auspackte. Das Essen schlang ich runter wie ein Tier. Ich konnte mich nicht erinnern, jemals so gut gegessen zu haben. Als Nachtisch gab es Eis. Ich aß zum ersten Mal Eis. Urlaub war großartig.

Abends sahen wir fern und tranken Cola. Köstlich.

Ich konnte die Nacht nicht schlafen. Monica wohl auch nicht. Sie schaute wieder mit einem Mann Fußball.

Am nächsten Morgen nahm Monica mich mit zu den anderen Kindern. Die sahen total dreckig aus, waren aber sehr lustig. Überall gab es Süßigkeiten. Den ganzen Tag lang. Niemand hatte Hunger auf Mittagessen. Ich auch nicht, aber Monica hatte eine leckere Suppe gekocht, sodass ich nicht widerstehen konnte. Mein Bauch war danach zehn Tonnen schwer. Ich mochte Monica. Sie lächelte mich immer an und war freundlich. Warum konnte meine Mutter das nicht? Es lag also nicht an mir.

Monica sagte, dass ich den ganzen Nachmittag draußen spielen müsse. Sie müsse arbeiten. Das verstand ich. Merkwürdigerweise sah ich sie nicht den Wohnwagen verlassen und zur Arbeit gehen. Im Gegenteil. Andauernd gingen Männer zu ihr hinein und dann wieder heraus. Vielleicht hatte sie ihr Büro im Wohnwagen. Von sowas hatte ich schon mal gehört. Die Nachbarskinder zeigten mir einen Pool voller Wasser. Das war wohl das Schwimmbad. Alle zogen sich aus und gingen hinein. Ich fand das peinlich, alle nackt zu sehen. Ich wollte mich nicht ausziehen. Wer weiß, was passieren würde, wenn mich jemand berührte! Ich stand gelangweilt herum.

Am nächsten Tag fuhr Monica mit mir zu Pizza-Hut. Das Essen war einfach köstlich. Für fünf Dollar konnte ich mir den Magen bis zum Platzen vollschlagen. Danach kaufte Monica mir ein T-Shirt mit *Leadville* vorne drauf. Das musste ich unbedingt in der Schule zeigen.

Die Kinder in Leadville gingen irgendwie nicht zur Schule. Zumindest viele davon nicht. Im Grunde hatten sie recht. Bis heute habe ich noch nichts von dem Stoff gebrauchen können, den ich gelernt habe, außer Schreiben und Lesen. Aber das konnte ich auch schon vor der Schule.

Hier in Leadville musste man spucken, rülpsen, furzen, schimpfen, kloppen und meckern können. Meckern war überhaupt das Größte hier. Wir haben über alles gemeckert: die Eltern, den Müll, die Schule, das Wetter und die blöden Nachbarn. Über den Präsidenten, die Welt und das Weltall. Dann ging uns der Stoff aus. Ich achtete darauf, dass niemand über Monica meckerte. Sie war nämlich schwer in Ordnung. Ich durfte abends länger draußen bleiben, weil Monica noch arbeiten musste. Ihr Büro lief wohl richtig gut.

Wir setzten uns um ein Lagerfeuer und fühlten uns mächtig erwachsen.

So ein Urlaub war etwas Großartiges. Jemand holte eine Zigarette raus und reichte sie rum. Auch zu mir. Ich dachte, warum nicht? Die Jungs waren schwer in Ordnung. Ich hustete mir die Seele aus dem Leib.

Monica rief mich rein. Sie sagte: „Du darfst das Zeug nicht rauchen. Es bringt dir Ärger. Lass es."

Sie holte eine Tüte Chips und Limo. Cola war nicht gut für mich. Es machte mich nachts zu einem Hamster im Rad. Monicas Filme im Fernsehen waren viel besser als die von Brad. Sie waren lustig und nicht so anstrengend. Niemand turnte, niemand stöhnte. Wir lachten den ganzen Abend.

Die erste Woche war schnell vorbei. In der zweiten Woche gab es viel Regen, und ich konnte nicht raus, weil draußen alles matschig war. Ich fragte Monica, ob ich ihr im Büro helfen könne. Sie sah mich nur an. Dachte sie, dass ich zu dumm dafür sei? Dann hatte sie meine Schrift noch nicht gesehen. Sie gab mir ein paar Filzstifte, einen Block und sagte: „Jetzt richtest du dir dein eigenes Büro ein", und schickte mich ins Zimmer. „Ich hol dich, wenn ich fertig bin", sagte sie.

Okay. Ich beschloss, Monica ein Bild zu malen. Es sah ein bisschen gequält aus, aber sonst war es gut gelungen.

Monica machte laute Musik bei der Arbeit. Sie erklärte mir später, das sei klassische Musik gewesen. Die Musik würde sie bei der Arbeit inspirieren.

Bob sagte, das heißt anregen, Lust und Freude machen, Ideen zu bekommen.

Es ist gut, wenn man Freude an der Arbeit hat. Ich habe auch Freude beim Malen. Allerdings ohne klassische Musik. Ich brauche das nicht.

Monica freute sich sehr über das Bild und hängte es gleich an einen Küchenschrank. Das hat meine Mutter nie getan. Sie hat immer nur geheult.

Monica brachte mir immer neue Spiele ins Zimmer, wenn sie arbeiten musste. Also, da waren: Worträtsel, Sudoku, Mikado, Puzzle und Comics. Es war nie langweilig.

In der dritten Woche durfte ich wieder raus.

Einige Kinder waren plötzlich verschwunden. Ich fragte, wo sie seien. Jemand sagte nur: „Läuse."

Nun wollte ich aber nicht ganz so dumm dastehen und sagte mit nickendem Kopf: „Bei mir auch immer."

Einer fragte: „Immer?"

Ich sagte: „Ständig und immer."

Alle rannten weg.

Ich ging zurück in den Wohnwagen und erschrak fürchterlich. Jemand versuchte gerade Monica umzubringen! Ein Mann drückte so stark auf ihr herum, dass sie sicherlich bald ersticken musste. Ich schrie und rannte in die Küche, um ein Messer zu holen. Monica schrie, der Mann schrie, und ich stand vor ihnen mit einem riesen Fleischmesser.

Der Mann rannte weg. Ich hatte Monica das Leben gerettet! Dank der Läuse.

Bob sagte, wenn bestimmte Situationen wie ein Wunder zusammenpassen, dann nennt man das Schicksal. Das hier wäre aber kein Schicksal gewesen. Es hätte mir nur an Aufklärung gefehlt.

Bob fragte, ob ich im Fernseher bei Brad nie genau hingeschaut hätte, was Mann und Frau dort machen. Ich sagte: „Nö."

Monica stand so unter Schock, dass sie nicht mehr mit mir

redete.
Ich sollte besser wieder rausgehen.

Den Nachmittag verbrachte ich alleine draußen. Alle waren wie vom Erdboden verschluckt.

Abends klopfte jemand an unseren Wohnwagen. Monica sah mich überrascht an. Die Mutter von einem anderen Jungen stand draußen und schimpfte mit Monica. Es ging wohl um Läuse.

Monika kam zu mir und fragte: „Warum hast du überall herumerzählt, dass du Läuse hast?“

Ich fragte: „Hab ich denn keine?“

Ihr fehlten wohl die Worte. Sie ging zu der Mutter zurück und sagte, es sei ein Missverständnis.

Monica kam zurück und sagte: „Ich muss mit dir reden.“

Das musste Brad auch immer.

Sie fragte: „Weißt du überhaupt, was Läuse sind?“

Mein Blick genügte, und sie erklärte mir genau, was es mit den Läusen auf sich hat. Ich schämte mich anschließend, dass ich Monica so gedemütigt hatte. Es war nämlich eine Regel in Leadville, dass Kinder mit Läusen nicht raus durften.

Zwei Tage dauerte es, bis ich draußen wieder Kontakt hatte. Manche lachten über meine Dummheit. Aber das war mir lieber, als Monica zu demütigen. Sie war so nett zu mir.

Man bot mir wieder Zigaretten an. Ich dachte an Monicas warnende Worte: „Lass es.“

Man nannte mich danach einen *Feigling* und lachte mich aus. Ein Feigling war so etwas wie Läuse haben. Niemand will mehr mit dir zusammen sein. Also rauchte ich mit, denn ich musste ja noch einige Tage hier bleiben. Und weil Monica mich nicht immer im Wohnwagen haben wollte, musste ich mich mit allen guthalten. Ich würde es Monica einfach später erklären. Das brauchte ich nicht, denn sie fand mich abends voll bekifft neben dem Pool und brachte mich heim. Mein Gesicht war grün, erzählte sie mir später.

Am nächsten Tag fragte sie: „Wie lange möchtest du noch

leben?“
Ich überlegte und sagte: „Noch sehr lange, wieso?“

„Weil man vom Kiffen stirbt“, sagte sie und kochte Mittag für uns.

Ich kiffte nie wieder.
Merkwürdigerweise starb niemand in der Zeit, als ich da war. Aber wahrscheinlich ging's kurz danach los.

Vom Kiffen hatte ich schon in der Schule gehört, hatte nur nicht gewusst, was das war. Aber auch da starb niemand. Oder ich habe es nicht mitbekommen. Das ist durchaus möglich. Was ich nicht verstand, war, warum das Gefühl dabei so toll war. Ich fühlte mich wie im Himmel. Aber es war wohl ein Gesetz der Erde, dass man nach dem Wohlfühlen immer bestraft wird. Das sah ich ja an Brad und meiner Mutter.

Ich schlenderte gelangweilt über den Platz. Es war schon dunkel und niemand mehr draußen. Monica musste arbeiten. Da hörte ich aus einem Wohnwagen ein Geschrei. So, wie bei uns zu Hause, wenn Brad wütend war. Ich blieb stehen und hörte, wie ein Junge geschlagen wurde. Das machte mich wütend, denn ich wusste inzwischen, wie schlimm das war. Also klopfte ich an die Tür und schrie: „Aufhören!“ Doch es hörte mich niemand. Dann hörte ich auch eine Frau schreien. Genau wie bei uns, dachte ich. Wir waren also ganz normal. Ich klopfte wieder und schrie. Da öffnete sich die Tür, und ein Mann schmiss einen Jungen aus dem Wohnwagen. Er landete übel zugerichtet vor meinen Füßen.

Da Monica mir immer Papiertaschentücher in die Hose steckte, konnte ich den Jungen damit versorgen. Ich streckte ihm die Hand entgegen und sagte: „Chris.“

Er ließ sich von mir hochhelfen und sagte: „Steve.“

Wir hatten die gleichen Väter, das heißt, die gleichen Männer zu Hause. Brad war ja nicht mein Vater.

Steve blutete überall im Gesicht. Gekonnt untersuchte ich seine Nase und befand sie als in Ordnung. Wir suchten uns eine abgelegene Ecke und machten ein kleines Feuer. Nun konnten wir uns besser sehen.

Steve sah schlimm aus. Wie ein Boxer nach verlorenem Kampf.

Steve fragte: „Wie alt?“

Ich wollte ihm eine Hilfe sein und sagte: „Dreizehn.“

Er nickte und sagte: „Elf.“

Ich fragte: „Wie oft?“, und zeigte auf sein Gesicht.

Er sagte: „So zweimal die Woche.“

„Oh“, sagte ich und schätzte mich glücklich.

„Und du?“, fragte Steve.

Ich antwortete: „Einmal im Monat.“

„Glückskind“, sagte Steve.

Ja, ich war ein wahres Glückskind.

Steve fragte: „Wo wohnst du?“

Ich antwortete: „Bei Monica.“

„Die Hure?“, fragte Steve.

„Die was?“, fragte ich zurück.

„Monica ist eine Hure. Die macht's mit allen. Meine Eltern sagen, sie ist Abschaum. Das heißt, sie ist dreckig und verkommen.“

Ich sagte: „Das stimmt nicht. Monica ist sehr sauber und kann gut kochen. Sie arbeitet hart. Jeden Tag.“

Steve nickte. „Is' klar.“

„Dein Vater ist Abschaum“, sagte ich.

Darauf konnte Steve nicht antworten.

Wenn Monica von den anderen beschimpft wurde, was waren dann die anderen, die Schläger und Schreier? Gute Menschen? Ich sagte zu Steve: „Es schimpfen immer die, die noch schlechter sind.“ Ich war dreizehn (vor Steve) und musste recht haben.

„Ja“, sagte Steve, „dann lieber nur schlecht als noch schlechter.“

Genau. „Was haste gemacht?“ Ich zeigte auf seine geschwollenen Lippen.

„Ein Glas umgekippt.“

Ich nickte wissend und sagte: „Das reicht.“

„Warum lebst du bei Monica?“, fragte Steve.

„Sie hat mich zum Urlaub eingeladen. Sie ist eine Freundin von Brad. Er ist nicht mein richtiger Vater."

„Trinkt der?"

Ich nickte. „Ziemlich."

„Meiner auch", sagte Steve.

„Und dann schimpft er auf Monica? Die trinkt nämlich nicht."

Steve nickte. „Es sind immer die Richtigen."

Wir überlegten, ob wir zusammen eine Weltreise machen sollten, aber ich fand es Monica gegenüber gemein und wollte dann doch nicht.

„Vielleicht später", sagte ich, „wenn Brad mich wieder geprügelt hat. Dann bin ich auch in Stimmung. Aber jetzt? Nö."

Steve verstand mich. Er sagte, er könnte warten und kratzte sich am Kopf. Ein paar Minuten später kratzte ich mich auch am Kopf. Und wie!

Monica rief nach mir. Ich musste heim. Steve blieb am Feuer sitzen.

Ich fragte Monica, ob Steve bei uns schlafen könnte. Sie sagte, sie wolle mit den Midlands nichts zu tun haben. Mr. Midland würde sie dafür schlagen. Das hatte er schon einmal versucht. Stattdessen brachte Monica Steve eine Decke.

Ich konnte die ganze Nacht nicht schlafen, musste immer an Steve denken. Sein Zuhause war viel schlimmer als meins. Irgendwie ging es mir richtig gut.

Ich kratzte mich am Kopf. Die ganze Nacht.

Am nächsten Morgen war ein riesiger Tumult auf dem Platz. Steve war verschwunden! Mit Decke!

Mr. Midland packte mich am Kragen und schrie mich an. Ich ließ mich zweimal von ihm ohrfeigen und stellte fest, dass Brad viel stärker war als er. Doch die ganzen Prügel nützten nichts. Sie brachten Steve nicht wieder zurück. Er hatte mir aber seine Läuse dagelassen.

Schade, dass meine Stimmung nicht für Steves Weltreise gereicht hatte. Es wäre bestimmt toll gewesen.

Monica kämpfte mit meinen Läusen. Es machte ihr viel Arbeit, aber sie schaffte es, sie von meinem Kopf zu bekommen. Wir fuhren zum Independence Pass, der höchsten Passstraße in Colorado, und sie machte ein Foto von mir. Wir wanderten und hatten ein Picknick. Die Sonne verbrannte uns den Kopf. Der Ausflug war einfach toll.

Zwei Tage vor meiner Heimreise lernte ich Joshuah auf dem Platz kennen. Er war neu in Leadville und brachte Wodka mit. Für jeden einen Schluck. Und noch einen Schluck. Und noch einen … Das brannte wie Feuer im Hals. Ich wollte nicht mehr, aber er stopfte mir die Flasche in den Hals und hielt meine Nase zu.

Ich wachte im Krankenhaus wieder auf. Monica saß an meinem Bett und hielt meine Hand. Sie sagte: „Du hast zu viel Alkohol getrunken. Du hast dich vergiftet. Du wärst beinahe gestorben."

Mir war immer noch schlecht. Ich hatte einen Schlauch im Arm.

Monica fragte: „Wer war das?"

Ich flüsterte: „Joshuah."

Sie sagte: „Kenn ich nicht. Aber ich werde herausfinden, wer das ist."

Ich sagte: „Er ist neu."

Sie nickte und ging für mehrere Stunden von mir weg. Als sie wiederkam, sagte sie: „Erledigt."

Ich fragte: „Was?"

„Joshuah ist weg."

Sie nahm mich am Abend mit heim und legte mich mit Zwieback und Tee aufs Sofa vor den Fernseher. Sie sagte: „Schade, ich wollte morgen noch mit dir Pizza essen gehen. Aber du darfst erst übermorgen wieder richtig essen."

Ich hasste Joshuah für den versauten Abschied von Monica. Sie drückte mich, packte mir alle Spiele und Rätsel ein und brachte mich wieder nach Topeka zu Brad und meiner Mutter. Ich dachte, dass es mir zu Hause gar nicht so schlecht gehen würde, wenn Monica doch nur meine Mutter wäre. Auch als Hure. Dabei war sie gar nicht dreckig.

Zu Hause bemerkte niemand, dass ich wieder da war. Dabei hatte ich so viel zu erzählen. Doch es interessierte niemanden. Es interessierte niemanden, dass ich gekifft und gesoffen und Läuse auf dem Kopf gehabt hatte. Dass ich die höchste Passstraße in Colorado gesehen und Pizza im Restaurant gegessen hatte. Dass ich Worträtsel und Sudoku gelöst hatte. Ich hatte in den vier Wochen mehr erlebt und gelernt als in den letzten elf Jahren. Das nennt man einen Bildungsurlaub.

Mein Gefühl zu Brad hatte sich verändert. Ich wusste nicht mehr, was ich von ihm halten sollte. Er sagte einmal zu mir: „Kannst ja ein scheiß Bild von mir malen."

Das tat ich. Ich malte, wie er im Wohnzimmer onanierte. Ganz viel schwarz, rot und weiß. Viel weiß.

Ich zeigte es niemanden, nur später Bob. Der schüttelte den Kopf und sagte, dass so etwas nie vor einem Kind passieren dürfe. Es könnte ein Trauma und spätere sexuelle Störungen auslösen. Ich habe wohl beides wieder mitbekommen.

Das Bild von meinem Vater bekam ich vorerst nicht mehr zurück. Dabei hatte ich es so sehr geliebt. Aber ich erinnerte mich, dass Brad einmal zu meiner Mutter sagte, sie solle mir die anderen Fotos zeigen. Sie hatte also irgendwo Fotos von meinem Vater.

Ich wartete an einem Samstag so lange, bis beide zusammen das Haus verließen. Dann ging ich auf die Suche. Ich fand die Fotos im Schlafzimmer. Im Nachtschrank meiner Mutter zwischen vielen Tablettendosen. Es waren zwölf Fotos. Ich war wie erstarrt! Jetzt konnte ich nicht nur sein Gesicht sehen, sondern auch seinen ganzen Körper! Jetzt war er endlich einmal ganz. Es hatte ihn also wirklich gegeben.

Auf einem Bild war er mit meiner Mutter drauf. Ich überlegte kurz, ob diese Frau hier überhaupt meine Mutter war. Das Gesicht hatte kaum Ähnlichkeit mit ihr. Sie hatte so schönes Haar, so lachende Augen, so schöne Ohrringe. Mein Vater musste ein toller Mensch gewesen sein, dass sie sich für ihn so zurechtgemacht hatte.

Jetzt liebte ich meinen Vater noch mehr! Er sah toll aus. Ganz schlank und sehr sauber. Nicht so wie Brad.

Ich nahm das Bild mit ins Badezimmer und hielt es zum Spiegel gewandt neben mein Gesicht. Sah ich ihm ähnlich? Ja. Wir waren fast gleich. Die Augen, die Nase, der Mund.

Bob sagte, dann war er zweifellos mein biologischer Vater. Ich hätte das Bild so gerne behalten, aber meine Mutter durfte nichts merken. Also legte ich alle Bilder zurück.

Im Zimmer malte ich meinen Vater mit Ölfarben. Aber irgendwie wollte mir das Gesicht nicht ganz gelingen. Es sah so aus wie alle meine Gesichter: gequält.

Ich nahm meine Tuschefeder, sog schwarze Farbe in sie hinein und begann, Geschichten über meinen Vater und mich zu schreiben. Das beschäftigte mich viele Wochen. Bei uns zu Hause beruhigte sich alles.

Ich beschloss, mir endlich ein Buch über Geschlechtsverkehr zu besorgen. Einmal wurde ich nämlich nachts wach und hatte einen harten Penis. Ich geriet in Panik und überlegte, ob Brad heimlich in meinem Zimmer gewesen war. Es hat mich den Rest der Nacht nicht schlafen lassen. Morgens sah ich ihn misstrauisch an. Er war dicker geworden. Es war, als ob sich alle Muskeln im Bauch gesammelt hätten und zu Fett geworden wären. Sein Gesicht quoll auf, und er stank ständig ekelig. Würde er mich anfassen? Nachts, wenn ich schlief? Onanierte er mit mir? Mittlerweile traute ich ihm alles zu.

Ich bat meine Mutter um Geld für Schulsachen. Sie gab mir das Geld und kümmerte sich nicht weiter darum, also merkte sie auch nicht, dass ich mir ein Sexlexikon kaufte. Damit begann für mich ein völlig neues Leben. Ich schämte mich seitdem für mein altes Verhalten. Für alles, was ich gedacht und gemacht hatte! Es standen Sachen in dem Buch, die mich sehr erregten. Doch nichts passte so richtig zu Brad und dem, was er gemacht hatte. Von meiner Mutter weiß ich in dieser Richtung gar nichts. Vielleicht saß Brad deswegen so oft unten und … ich will es jetzt gar nicht mehr denken.

Der Penis musste also in eine Scheide. Ich sah einen nackten Mädchenkörper im Buch. Die Scheide befand sich an einer denkbar ungeeigneten Stelle. Ich konnte mir nicht vorstellen, erst zu onanieren und dann diese Scheide zu suchen. Aber so funktionierte es wohl.

Meine Noten wurden schlechter, seit ich dieses Lexikon besaß. Es beschäftigte mich Tag und Nacht. In der Schule ließ ich mir bei den Jungs nichts anmerken, denn ich konnte nicht abschätzen, wie viel die schon wussten. Bei den Mädchen war es mir unmöglich festzustellen, was da los war in Sachen Sex. Ich interessierte mich nur für die Mädchen aus der höheren Stufe. Bei denen der Busen schon richtig zu sehen war. Meine Ölbilder bekamen neue Gesichter, aber alle hatten einen gequälten Ausdruck.

Mit dem Onanieren wollte es einfach nicht klappen. Obwohl ich oft morgens mit einem steifen Penis wach wurde. Sollte ich doch mal Brad ansprechen? In der Schule wollte ich niemanden mehr in die Sache reinziehen. Das brauchte ich auch gar nicht, denn kurze Zeit später flog ich von der Schule runter. Ich verstehe bis heute nicht, warum.

Wir hatten Sport und mussten duschen, alle.

Es war das erste Mal, dass ich so viele nackte Jungs um mich erlebte. Es war eine Riesenschubserei: 17 Jungs und 6 Duschen. Ich wollte nicht duschen. Es war mir peinlich. Es wurde noch peinlicher, als mein Penis plötzlich steif wurde. Einfach so. Ich frage mich bis heute, warum nur mir das passierte.

Meine Mutter sagte, der Direktor habe ihr schlimme Sachen mitgeteilt, die ich unter der Dusche getrieben hätte. Sie sagte, es wäre besser, wenn wir alle die Stadt wechseln würden.

Was habe ich getan? Kann mir das mal einer erklären? Ich kann mich nämlich an nichts erinnern, das falsch war.

Bob sagte, dass es sein könnte, dass ich das Erlebnis verdrängt hätte.

Das kann nicht sein, denn ich kann mich an alles erinnern. Als mein Penis plötzlich steif wurde, bin ich aus der Dusche gerannt und habe mich angezogen. Jemand muss Lügen über mich erzählt haben. Aber niemand hat mich gefragt. Wie immer. Zu Hause schlug mich Brad erneut zusammen. Meine Mutter schrie. Dann schlug er sie. Wir lagen beide am Boden. Ich sagte zu ihr: „Das geschieht dir recht." Weil sie mich von der Schule abgemeldet hatte, ohne mich zu fragen, was los war. Sie hatte nur mit dem Direktor gesprochen. Ganz klar: Da waren irgendwelche Lügen erzählt worden.

Jetzt, wo ich in der Ecke neben meiner Mutter lag, dachte ich, dass ich Brad nichts mehr fragen wollte.

Sooft es ging, ging ich das Bild meiner Eltern im Schlafzimmer anschauen. Das konnte unmöglich meine Mutter sein, die Frau, bei der ich lebte. Ich machte mir neue Schnitte in den Arm. Das tat gut.

Wir zogen nach Leadville. Allerdings nicht dahin, wo Monica wohnte, sondern in eine richtige Wohnung. Sie war kleiner als unser Haus in Topeka. Und wir hatten keinen Garten mehr. Meine Mutter verkaufte dafür das Haus. Ich fragte sie, warum wir kein neues Haus für das Geld kaufen würden. Sie sagte, wir hätten viele, viele Schulden. Großmutter Elli, der Kaktus, tauchte plötzlich auf. Sie schrie meine Mutter an. Als wäre es nicht schon genug, dass Brad es jeden Tag machte. Sie schrie: „Du bist nicht in der Lage, dein Kind zu erziehen!"

Für diese Worte mochte ich sie kurzzeitig. Sie hatte mich Kind genannt! Nicht *Chrisiii*! Kind klingt so weich, so lieb.

Der Kaktus kam in mein Zimmer gerannt und blieb vor mir stehen. Sie wartete. Würde ich schreien? Würde ich sie schlagen? Nein, ich sah sie nur an.

„Du kommst mit", sagte sie und zerrte mich aus dem Zimmer.

Hatte ich richtig gehört? Ich sollte mit diesem Kaktus gehen? Wohin? „Warum?!“, schrie ich. „Meine Bilder!“, schrie ich. „Meine Geschichten!“, schrie ich. Die Fotos!, dachte ich. Als der Kaktus mit mir an der Haustüre angekommen war, kam Brad gerade heim. Er stellte sich ihr in den Weg. Er schlug mir ins Gesicht, so, dass ich gegen die Wand flog und zu Boden ging. K.O. in der ersten Runde. Der Kaktus rannte weg.

Brad schleifte mich in die Wohnung und verriegelte die Tür. Eine halbe Stunde später stand die Polizei vor der Tür. Brad machte auf und sagte, dass alles in Ordnung wäre. Elisabeth (Kaktus) Newshorn sei eine alte, vertrocknete und vergrämte Spinnerin.

Ich überlegte, was *vertrocknete* heißen konnte. Ein vertrockneter Kaktus, klar.

Zwei Tage später stand das Jugendamt vor der Tür. Sie sahen sich mein Zimmer an und fragten mich, ob ich von Brad geschlagen würde. Ich überlegte. Sagte ich ja, müsste ich zum Kaktus. Sagte ich nein, bliebe ich weiter bei Brad und bezog weiterhin Prügel. Ich sagte „Nein“ und beschloss, ab morgen Krafttraining zu machen.

Brad fand eine neue Arbeit. Er arbeitete jetzt als Nachtwächter bei einer Firma Sowieso. So waren meine Mutter und ich jeden Abend alleine in der Wohnung. Das beruhigte unser ganzes Leben.

Tagsüber schlief Brad, und abends war er weg.

Ich fragte meine Mutter: „Warum lebt Brad noch bei uns?“

Sie sagte: „Wegen des Geldes.“

„Ich kann jetzt auch welches verdienen. Dann kann Brad gehen“, sagte ich zu ihr.

Sie sagte: „Schau lieber, dass deine Noten besser werden.“

Es war nur ein kurzes Gespräch, aber es war eins.

Meine Noten wurden nicht besser. Die Schule, in der ich gelandet war, war ein Desaster.

Bob hat mir dieses Wort gegeben. Es bedeutet, dass alles durcheinander war.

Es war laut, dreckig und vulgär (von Bob). Ich traf dort einige Jungs von dem Wohnwagenplatz wieder, auf dem Monica lebte. In der Schule herrschte eine sexuelle Hemmungslosigkeit (auch von Bob) unter den Schülern. Mädchen fassten Jungs an und umgekehrt. Auf den ersten Blick sicherlich peinlich, aber mir gefiel das irgendwie.

Ich malte in der Zeit kaum noch Bilder und fand auch das Foto von meinen Eltern nicht mehr wieder.

Meine Mutter döste auf dem Sofa. Ich fragte sie: „Hast du das Bild von meinem Vater?"

Sie schüttelte den Kopf. Sie kann nicht meine Mutter gewesen sein. Mütter tun so etwas nicht. Ich ging in mein Zimmer und schnitt mir den zweiten Arm auf.

Ich kam von der Schule heim, und niemand war da. Das passierte öfter, war aber nicht so schlimm, denn ich hatte einen Schlüssel. Aber es kam auch bis abends niemand. Es wurde dunkel, und ich wusste nicht, ob meine Mutter und Brad mich verlassen hatten. Deswegen musste ich weinen. Ich sah zur Straße hinaus, aber Brads Wagen kam nicht. Da beschloss ich, durch die Stadt zu bummeln. Das Alleinsein üben. Ich sah mir die Geschäfte an und war traurig, als ich viele Familien lachen sah. Da tauchte ein Gesicht vor mir auf, das ich kannte. Es war Steve vom Wohnwagenplatz. Der Junge, der auf Weltreise gegangen war.

Ich konnte kaum glauben, dass seine Reise schon zu Ende war. Er musste das Flugzeug genommen haben.

Ich sagte: „Hi, Steve. Was' los?"

Er sah mich an und sagte: „Hi, Chris. Alles klar?"

Ich nickte, und wir bummelten zusammen durch die Stadt. Ich fragte Steve, was er mit Monicas Decke gemacht habe. Er habe sie verloren, war auch nur vier Tage weg gewesen, da er vor Hunger fast gestorben war. Ich sagte, dass man von Prügel nicht stirbt. Ich wäre auch heimgegangen. Wir hatten beide Hunger bis in die Füße. Ich fragte, was er so spät noch in der Stadt mache. Er sagte, das Gleiche wie ich. Ich nickte. Woher wusste er, dass ich verlassen worden war?

Wir hatten kein Geld. Nicht einen Cent. Das Essen in den Geschäften lachte uns an. Ich hatte noch nie gestohlen. Aber Steve. Er sagte, man müsse nur schnell sein. Bei Kindern wäre Stehlen nicht so schlimm wie bei Erwachsenen. Da konnte was dran sein. Wir überlegten, was wir stehlen sollten. Ich sagte: „Wir können gleich zu mir. Da ist sowieso niemand."

Wir stahlen drei Äpfel, eine Tafel Schokolade und eine Flasche Cola. Ein richtiges Festmahl. Wie gingen zu mir und fanden noch zwei Eier im Kühlschrank und eine Dose Ananas. In der Küche begannen wir, unsere Einsamkeit zu feiern. Ich fand noch Bier und Cognac. Wir machten den Fernseher an und grölten bei jeder Szene vor uns hin. Mann, was hatten wir gute Laune! Ich dachte, wenn mich morgen keiner zur Schule wach machen würde, dann könnte ich auch bis in die Nacht feiern. Mit Steve, der genauso dachte.

Irgendwann in der Nacht stand Brad vor uns und sah die versaute Wohnung. Zuerst wusste ich gar nicht, was er in meiner Wohnung machte. Dann hagelte es Ohrfeigen. Für Steve und für mich. Steve rannte weg. Ich wurde in eine Ecke gedrängt und dachte: Meine letzten Sekunden sind da. So böse sah Brad aus. Doch er schlug mich nicht. Er stand vor mir und sagte: „Deine Mutter ist im Krankenhaus. Die haben ihr den Magen ausgepumpt."

Ich dachte nur: Na und? Vielleicht was Falsches gegessen. Kann ja passieren. Dann kotzte ich. Direkt gegen Brads Bein. Der Cognac war's wohl.

Brad zerrte mich unter die Dusche, mit allen Klamotten, und duschte mich kalt ab. Das machte mich wieder klar.

Morgens weckte mich niemand zur Schule. Später weckte mich die Türklingel. Brad schlief noch. Ein fremder Mann stand davor und fragte nach meinen Eltern. Ich rief Brad und musste in mein Zimmer gehen. Als Brad mich wieder rief, war der Mann weg. Brad sagte: „Du hast gestern Abend gestohlen."

Ich sagte: „Ja, ein bisschen. Ich hatte so einen Hunger."

Brad nickte, anstatt zu prügeln. Er sagte: „Ich möchte, dass du heute Abend das Geschäft von Mr. Benson putzt. Und zwar das ganze, klar?"

Ich sagte „Klar" und musste die ganze Nacht putzen. Das Geschäft war ziemlich groß.

Ich fragte Brad, ob ich meine Mutter im Krankenhaus besuchen dürfte. Er sagte, das ginge nicht. Es wären eine Menge Ärzte bei ihr. Mit denen müsse er erst reden.

Brad fasste mich die ganze Woche nicht an. Wenn er kam, ging ich schlafen. Und wenn ich kam, ging er arbeiten. Das klappte gut. Ich aß sieben Tage lang Cornflakes mit Milch. Besser als gar nichts. Steve sah ich nie wieder.

Dann tauchte Monica plötzlich wieder auf. Mann, was habe ich mich gefreut! Sie brachte Ordnung und gute Laune in die Wohnung.

Brad war wieder etwas fröhlicher.

Monica war ein Engel. Ach, wenn sie doch nur für immer geblieben wäre. Sie fragte nach meinen Rätseln und Spielen, die sie mir mitgegeben hatte. Leider hatte ich sie noch nicht ausgepackt. Dafür zeigte ich ihr meine Bilder. Sie nahm mich in den Arm und drückte mich ganz lange. Sie war wohl sehr gerührt. Monica kochte jeden Tag frisches Essen. Es war eine große Freude, nach der Schule heimzukommen und warmes Essen zu bekommen. Sie sah mir beim Essen zu und kontrollierte meine Hausaufgaben. Alles machte richtig Spaß.

Monica schlief auch nachts bei uns. Wir waren eine richtige Familie.

Monica organisierte einen Familientag in der Woche, wo wir ins Kino gingen oder abends Karten spielten. Dann gab es Chips und Limo.

Meine Noten in der Schule wurden wieder besser. Meine Kleider hatten keine Löcher mehr. Ich bekam sogar eine neue Hose. Merkwürdigerweise hatte die schon Löcher drin. Monica sagte, das trage man jetzt so. Es gibt Löcher und Löcher. Eine verrückte Welt, nicht wahr?

Von meiner Mutter sah und hörte ich nichts. Vielleicht war sie auch gestorben.

Brad und ich wuschen das Auto zusammen und bespritzten uns mit Schaum. Monica kam und brachte Schnittchen zum Abendbrot und wurde dann auch von uns mit Schaum bespritzt. Mann, war das ein Leben!

Dann wurde Brad wieder schlecht gelaunt. Plötzlich schrie er Monica an und schlug sie. Dann rannte sie weg.

Meine Mutter kam wieder heim. Sie saß den ganzen Tag auf dem Sofa und zählte ihre Pillen. Ich fragte mich, wann sie endlich fertig wäre. Fünf Pillen morgens, fünf Pillen mittags, fünf Pillen abends. Das konnte doch nicht so schwer sein! Ich konnte sie sogar aus der Entfernung zählen.

Als Brad arbeiten war, fragte ich meine Mutter: „Spielen wir Karten?“

Sie fragte: „Was?“

„Na“, sagte ich, „das haben wir mit Monica jede Woche gemacht. Und wir waren im Kino. Und wir haben jeden Tag warmes Essen gehabt. Und …“ Weiter kam ich nicht, denn meine Mutter ging wie ein wildes Tier auf mich los. Sie zerkratzte mir das Gesicht und riss an meinen Haaren. „Du Missgeburt!“, schrie sie. „Du Missgeburt deines Vaters!“

Ich glaube, sie hat mir ein paar Haarbüschel vom Kopf gerissen. Dabei war ich auf mein dichtes und dunkles Haar so stolz. Ich spürte, wie sie mir die Augen auskratzen wollte. Also musste ich mich schützen. Ich rutschte bei dem Gerangel vom Sofa und versuchte in mein Zimmer zu robben. Da hielt sie mich am Hosenbein fest und zerriss meine neue Hose. Jetzt war das Loch einfach zu groß, um sie noch weiter zu tragen, dachte ich. Meine Mutter trat so lange nach mir, bis ich mich unters Bett in die hinterste Ecke verkrochen hatte. Da kam sie nicht mehr hin. Ich würde die Hose nähen müssen.

Als Brad heimkam, rief ich ihn. Zuerst suchte er mich, denn ich lag noch unter dem Bett. Hatte mich nicht getraut, rauszukommen.

„Was is’ los?“, fragte er.

„Ist meine Mutter noch da?“, fragte ich.

„Was is' los, habe ich gefragt?" Jetzt wurde er laut.

„Sie hat mir meine Haare ausgerissen", sagte ich. „Und meine Augen fast ausgekratzt."

Brad rannte in die Küche und schrie. Da saß meine Mutter wohl. Er schrie und schrie und schrie. Aber er schlug sie nicht. Mit Monica war alles anders gewesen. Auch Brad.

Wie hatte mein Vater das nur mit dieser Frau ausgehalten? Warum brachte niemand meine Mutter endlich um?

Zwei Tage später kam eine Familienbetreuerin zu uns. Sie passte auf meine Mutter auf und kochte Essen. Sie putzte, nähte (auch meine neue Hose), sie ging einkaufen und räumte ständig auf. Aber sie redete nicht. Nicht ein Wort. Das war echt gruselig.

Meine Mutter saß nur auf dem Sofa und zählte ihre Pillen. Mein Gott! Ich dachte, ich sollte Monica wieder holen und ging auf den Wohnwagenplatz. Monicas Wohnwagen war weg! Auch Steves! Alle, die ich mochte, rannten weg. Was war nur los mit mir?

Mein Gesicht hatte zwei Narben von den Schlägen meiner Mutter zurückbehalten. Quer über die rechte Wange, direkt unter dem rechten Auge. Die rechte Seite war wohl nicht meine Seite. Sie war jetzt zu einem Kunstwerk der Gewalt geworden. Meine Bilder bekamen auch auf der rechten Seite eine Schlagseite. Irgendwie sah sie immer anders aus als die linke. Es waren schon komische Gesichter, die ich malte.

Was mich jedoch sehr freute, war, dass meine Haare wieder nachwuchsen. Schön dicht und dunkel.

Leadville war leer ohne Monica und Steve. Ich begann meine Klassenkameraden zu beobachten. Hatten sie auch Narben im Gesicht? Ich konnte nichts entdecken. Ich packte zu Hause eine kleine Tasche mit Pullis, meinen Bildermappen und meinen Geschichten. Ich malte ein Schild und stellte mich direkt vor das große Kaufhaus und wartete.

Auf dem Schild stand: ICH SUCHE NEUE ELTERN.

Irgendwann kam Brad und holte mich dort weg. Er ging zum

ersten Mal mit mir alleine Cola trinken. Er sagte: „Es tut mir so leid."

Ich fragte: „Was?"

„Dass du so leidest."

Tat ich das? Oder litt er? Oder litt meine Mutter? Wir waren ein Haufen voller Leid, das war klar.

Brad sagte: „Deine Mutter ist sehr krank."

Ja, ja, das wusste ich schon. Und warum heilte sie niemand? Ich fragte: „Wann stirbt sie endlich?"

Brad gab mir eine Ohrfeige und eine Woche Stubenarrest.

Wenn ich von der Schule nach Hause kam, schaute ich immer erst in den Briefkasten und brachte die Post mit in die Wohnung.

Ich fand zum ersten Mal einen Brief an mich. Er war von Patrick Clark aus Kalifornien. Mein früherer Freund aus Topeka. Ich riss den Brief voller Freude auf.

Hallo Chris!
Wie geht's, altes Haus?
Biste auch größer geworden?
Wollte mich mal melden und fragen, wie's Dir geht.
Was machste so?
Dein Freund Patrick

Es lag ein Bild von ihm mit seinen Eltern dabei.

Ich dachte, ich könnte doch auch so ein Foto schicken. Dann stellte ich mir Brads und das Gesicht meiner Mutter vor. Ich ließ es.

Ich erzählte zu Hause nichts von dem Brief. In der Nacht erinnerte ich mich, dass Patricks Vater Jim doch mit meinem Vater einmal befreundet war. Vielleicht konnte ich von ihm etwas über meinen Vater erfahren. Das war eine echte Chance! Ich schrieb Patrick von meiner neuen Schule, meinen Bildern und meinen Blutgeschichten. Eine Woche später kam ein Brief von Jim an meine Mutter an. Hatte ich was Falsches geschrieben? Sollte ich den Brief meiner Mutter geben? Was stand da wohl drin? Informationen über meinen Vater oder gar Fotos? Ich fühlte ein Kärtchen aus Pappe in dem Brief. Das konnte ohne weiteres ein Foto sein! Ich öffnete den Brief auf der Toilette. Es war kein Foto drin. Nur eine Postkarte aus Kalifornien.

Liebe Sarah!
Christopher hat Patrick einen Brief geschrieben. Du musst unbedingt Kontakt mit mir aufnehmen.
Gruß, Jim

Ich war begeistert! Er hatte die Kunst meiner Bilder erkannt! Ich zeigte den Brief freudestrahlend meiner Mutter.

Als Brad abends für die Nachtschicht aus dem Bett kroch, kam er in mein Zimmer gestürzt, in Unterhose! Er riss mich vom Stuhl und schlug mich von einer Ecke in die andere. Dabei schrie er: „Man ... liest ... nicht ... in ... fremden ... Briefen ... herum!" Als der Satz fertig war, waren auch die Prügel beendet. Mir schoss das Blut aus sämtlichen Poren. Ich musste an Steve denken. Meine Mutter kam hereingestürzt und entdeckte noch zu allem Unglück meine aufgeritzten Arme. Ich dachte noch, oh nein, jetzt gibt's noch mal Prügel. Doch sie sank nur heulend zu Boden, während Brad pissen ging.

Das Jugendamt kam wieder, doch diesmal sahen sie mein zerschlagenes Gesicht. Ich erklärte ihnen, dass ich mich in der Schule geprügelt hätte. Sie sagten, ich sei seit Wochen nicht mehr in der Schule gewesen. Also, welche Schule?

Jetzt gingen mir die Argumente aus.

Meine Mutter bekam eine Einladung zu einem Gespräch. Sie sollte ein Gesundheitszeugnis und ihren Einkommensnachweis mitbringen. Zweites ging ja, aber erstes?

Brad schlug mich diesmal so sehr ins Gesicht, dass ich fast die Besinnung verlor. Ich sei an allem schuld, schrie er, und ging saufen. Ließ mich einfach liegen.

Meine Mutter war beim Arzt wegen des Gesundheitszeugnisses. Als sie heimkam, sagte Brad zu ihr, ich würde schon schlafen. Wäre so müde gewesen. Sie glaubte es, denn sie kam nicht mehr in mein Zimmer.

Ich konnte nicht rufen, denn es war alles zugeschwollen. Wenn das so weiterging, konnte ich nicht mal mit dem Krafttraining beginnen. Wer würde mir schon eine Gewichtsstange verkaufen, bei dem Gesicht? Und Geld hatte ich auch keins.

Am nächsten Morgen klingelte es schon sehr früh an der Haustüre. Ich lag immer noch auf dem Boden und konnte nichts sehen. Meine Mutter war schon zur Arbeit und Brad fluchte, weil er aufstehen musste. Er war doch gerade erst von der Nachtschicht heimgekommen.

Ich dachte: die Polizei, das Jugendamt oder die Schule. Ich war seit Wochen nicht mehr dort gewesen.

Es war niemand von denen, es war Patricks Vater, Jim Clark aus Kalifornien. Mein Kunstinteressent! Mann, war ich froh, als ich seine Stimme hörte. Hören konnte ich nämlich noch. Nur sprechen und sehen nicht.

Die Männer schrien sich an der Tür an.

„Ich will zu Christopher!“, schrie Patricks Vater.

„Der ist in der Schule!“, schrie Brad zurück.

„Stimmt nicht!“, hörte ich wieder Patricks Vater schreien. „Ich war gerade da! Er ist seit fünf Wochen nicht mehr dort gewesen! Wo ist er?!“

So lange schon?

„Das geht Sie nichts an!“, schrie Brad.

So zog sich eine endlose Schreierei durch unseren Hausflur. Ich lag auf dem Boden, hielt den Finger wie in der Schule hoch und flüsterte: „Hier … hier …“

Brad hatte Patricks Vater nicht rein gelassen. Jim kam später mit meiner Mutter wieder. Die hatte nämlich einen Schlüssel. Es muss gegen Mittag gewesen sein. Ich lag immer noch auf dem Boden. Da fiel mir erst auf, dass ich mich nicht bewegen konnte. Irgendwie war meine Schulter kaputt. Dann die schlimmste Entdeckung überhaupt: Ich hatte mich vollgepinkelt! Ich hörte noch, wie Patricks Vater sagte: „Großer Gott!“, und dann musste ich eingeschlafen sein. Ich habe mich wohl so gefreut.

Patricks Vater brachte mich ins Krankenhaus. Meine Mutter brachte er vorerst woanders hin. Gegen Brad erstattete er Anzeige wegen Misshandlung und schwerer Körperverletzung. (Hat Bob mir erzählt)

Meine Schulter war völlig hin, ebenso mein Kiefer, und ich konnte mit dem rechten Auge nichts mehr sehen. Wie ich schon einmal sagte, die rechte Seite ist nicht meine Seite. Jetzt hatte ich auch noch ein kaputtes Auge über den Narben meiner Wange. Eine wahre Schlagseite.

Die Schwestern waren sehr nett. Eine fasste sogar meinen Penis an, als ich in die Flasche machen sollte. Aber es passierte nichts, außer dass Urin kam. Ich war erleichtert.

Patricks Vater kam mich direkt am nächsten Tag besuchen. Meine Mutter nicht. Brad konnte nicht, weil er ja festsaß. Gott sei Dank!

Patricks Vater erklärte mir, dass meine Mutter sehr krank sei. Das bin ich auch, dachte ich. Ich konnte nicht sprechen. Mein ganzer Kopf war verbunden, glaube ich. Also nickte ich.

„Schmerzen?“, fragte er.

Ich schüttelte den Kopf.

„Hat Brad dich schon öfter geschlagen?“

Ich nickte.

„Hat er auch deine Mutter geschlagen?“

Ich nickte wieder.

„Die Polizei hat ihn jetzt mitgenommen. Er wird niemanden mehr schlagen“, sagte er.

Ich nickte. Ich wollte fragen, ob ich hier im Krankenhaus malen dürfe, aber sprechen konnte ich ja nicht. In der Klasse wäre ich wieder eine Riesenlachnummer gewesen. Die hatten mir nämlich den Kiefer zugebunden.

Zwei Tage später kam Patricks Vater wieder. Meine Mutter nicht.

Patrick hat einen tollen Vater. Den hätte ich auch gerne. Er hat sich toll um mich gekümmert. Aber sein Gesicht war traurig, und er sah die Zimmerdecke an. Hallo, ich bin hier unten, dachte ich mit zugebundenem Mund. Ich konnte ihn nicht fragen, was los sei, also schaute ich ihn an, bis er zu mir runter sah. „Deine Mutter ist heute Morgen gestorben."

Ich sah ihn ungerührt an.

„Sie war sehr krank", sagte er und sah mir direkt in die Augen. Na, ja, in eins. Das andere war zugeklebt.

„Ich muss eure Wohnung auflösen."

Jetzt wurde ich unruhig und zappelte mit Händen und Füßen. Ich dachte an meine Staffelei, meine Kunstmappen, meine Blutgeschichten, meinen Tuschekasten und an die Geschichten mit meinem Vater. Wollte Patricks Vater das alles gar nicht sehen? Ich stöhnte vor mich hin, aber er verstand mich nicht. „Ein Zettel", stöhnte ich. Aber es hörte sich nicht wie ‚ein Zettel' an. Ich wollte ihm meinen Kummer aufschreiben, aber niemand hat mir einen Zettel gegeben.

„Ich werde alles aus deinem Zimmer in einen Karton packen", sagte er, und ich nickte erleichtert. Der Rest war mir egal.

Zwei Tage später kam er wieder. Er sah wieder traurig aus und druckste herum. „Deine Mutter wird nächste Woche eingeäschert und dann beigesetzt", sagte er. „Willst du bei der Beisetzung dabei sein?"

Ich überlegte. Was war *eingeäschert*?

„Brad wird auch dort sein. Natürlich in Polizeibegleitung. Es wird dir also nichts passieren."

Ich überlegte weiter. Dann schüttelte ich den Kopf, denn reden konnte ich immer noch nicht. Nein, ich wollte nie mehr bei einer Beisetzung dabei sein. Ich wollte mich nicht noch einmal in Grund und Boden schlagen lassen. Also schüttelte ich den Kopf.

„Das verstehe ich", sagte Patricks Vater. „Aber denkst du

nicht, dass es wichtig wäre, wenn du dich von deiner Mutter verabschieden würdest?", fragte er.

Oh, nein! Das kannte ich schon! Ich wollte mich mal von meinem Großvater verabschieden, habe ihn aber nicht gefunden. Nein, ich ließ mich doch nicht ein zweites Mal verarschen.

„Ich werde bei dir sein", sagte er und sah mich fordernd an.

Das war eine Überlegung wert. Patricks Vater konnte mir vielleicht suchen helfen. Und mich vor Brad schützen. Er hatte mich ja auch von ihm weggeholt.

Mein Verband am Kopf wurde abgemacht. Mein rechtes Auge war fast blind, aber der Kiefer funktionierte wieder. Ich konnte *hallo* sagen. Der Blick des Arztes aber blieb bekümmert. Er sagte, er schicke mir noch einen Augenspezialisten vorbei.

Patricks Vater kam wieder. Er sah mich zum ersten Mal ohne Verband und blieb wie angewurzelt an der Tür stehen.

„Hallo", sagte ich und quälte mir ein Lächeln ab.

„Du siehst aus wie dein Vater", sagte er ganz leise. Danach war er irgendwie anders. Verhalten, sagt Bob, heißt das.

Was hatte ich getan?

Patricks Vater blieb auf Abstand und sah mir immer wieder ins Gesicht.

Ich sagte wieder: „Hallo." Da mein Oberkörper noch verbunden war, konnte ich ihm nicht die Hand geben. Das wäre höflich gewesen.

„Du hast die gleichen Haare und die gleichen Augen."

Ich nickte, denn ich wusste, dass er meinen Vater meinte. Ich war stolz, denn mein Vater war ein schöner Mann gewesen. Ich genoss die Bewunderung von ihm.

Patricks Vater sagte: „Ich habe deine Sachen gepackt. Einen Karton mit Bildern und Geschichten und einen Karton voll Kleidung und anderen Sachen."

Ich war froh, dass er meine Kunstsachen in einen extra Karton gepackt hatte.

„Hattest du keinen Recorder?", fragte er.

Ich sah ihn erstaunt an.

„Musik", sagte er. „CD oder Kassette."

Ich schüttelte den Kopf und zwängte das Wort ‚Pinsel' durch mein steifes Gebiss.

Patricks Vater nickte. Klar, Kunstkenner verstehen sich.

„Ich habe deine Bilder gesehen", sagte er.

Ich strahlte! Endlich! Und?

„Sie sind sehr außergewöhnlich", sagte er.

Das fand ich auch!

„Die müsste sich mal ein Fachmann anschauen."

Auch das fand ich richtig!

„Deine Geschichten konnte ich noch nicht lesen. Tut mir leid, aber ich hatte noch keine Zeit dazu."

Ich zwinkerte verständnisvoll mit dem linken Auge. Das rechte war noch zugeklebt. „Macht nichts", zwängte ich durch das steife Gebiss.

„Ich werde es aber noch tun", versprach er mir. „Warum ist in einem Karton so viel braunes Pulver?", fragte er.

Ich lächelte. „Blut", krächzte ich.

Ich sah, wie seine Augen groß wurden, und er fragte: „Blut?"

Ich nickte. War das nicht eine fantastische Idee?

Patricks Vater beendete danach sofort seinen Besuch. Was hatte ich falsch gemacht?

Bob meinte, dass Jim vielleicht darüber entsetzt gewesen war, dass ich mit Blut Geschichten geschrieben habe. Das wäre sehr außergewöhnlich. Das mag nicht jeder.

Am nächsten Tag kam er aber wieder. Er blieb weit weg von mir stehen. Am Anfang, als mein Gesicht noch verbunden war, saß er immer auf meinem Bett. Die Zeit war vorbei. Er sah lange in mein Gesicht. Ich muss außergewöhnlich gut ausgesehen haben.

Am Nachmittag wollte der Augenspezialist kommen und mein Augenpflaster entfernen.

„Hallo", sagte ich zu Patricks Vater.

Er nickte.

Ich wartete. Gab's nichts Neues?

„Deine Mutter wird heute eingeäschert", sagte er.

Ich nickte. Ich weiß. Was *einäschern* auch immer war. Es war mir egal. Wenn er es in Ordnung fand, war es das auch.

„Nächste Woche ist die Beisetzung", sagte er.

Ich nickte.

„Hast du dir überlegt, ob du nicht doch mit dabei sein willst?"

„Und du?", fragte ich. Mein Gebiss funktionierte immer besser.

„Ich werde dabei sein", sagte er.

„Okay", sagte ich, „dann werde ich auch dabei sein."

Wir schwiegen.

„Ich habe mir deine Geschichten mit dem … Blut angesehen."

Ich sah ihn erwartungsvoll an. Mehr sagte er nicht dazu.

Patricks Vater kam drei Tage lang nicht wieder. Er war wohl krank.

Ich langweilte mich fast zu Tode. Ich wollte malen, durfte es aber nicht. Ich wollte schreiben, durfte aber auch das nicht. Ich durfte fernsehen, wollte es aber nicht.

Als Patricks Vater wiederkam, hatte er einen Recorder dabei. Für mich!

Er sagte, damit könne ich Musik hören.

Ich starrte das Ding an und wartete darauf, was ich zu hören bekam.

Er fragte: „Hast du niemals in der Schule so einen Recorder gesehen?"

Ich wusste es nicht. „Kann sein", sagte ich.

Ich habe ein Sexlexikon, dachte ich, sagte es aber nicht. Oder wusste er es schon? Er hatte doch meine Sachen eingepackt. Also sagte ich: „Ich habe ein Sexlexikon", um zu prüfen, ob er es eingepackt hatte.

Er nickte. „Ich weiß."

Ich war zufrieden.

Er stellte den Recorder auf meine Nachttischablage und erklärte mir: „Du musst den Stecker in die Steckdose stecken." Er machte es vor. „Dann drückst du hier drauf", und er zeigte mir einen Knopf. Kurze Zeit später erklang Musik. Er sagte, das sei Klaviermusik. Es klang wunderschön. Wir hörten zusammen Klaviermusik. Den ganzen Nachmittag.

Am nächsten Tag musste ich zur Krankengymnastik. Das tat höllisch weh. Aber der Therapeut sagte mir, dass ich bald wieder alleine auf Toilette dürfte. Das gab mir Kraft, all meine Übungen besonders gut zu machen.

Der Therapeut hieß Marc und war sehr lustig. Ich fragte ihn, ob ich ihm ein Bild malen dürfe. Das sei eine Ehre für ihn, sagte er. Es hatte sich im Krankenhaus sicher schon herumgesprochen, dass ich ein guter Maler bin. Leider brachte mir niemand meine Staffelei und Ölfarben. Marc gab mir einen Kuli und ein Blatt. Er sagte: „Zeichne mich."

Ich malte ihn, so gut es eben ging. Er sah sich das Bild an und wurde ernst. Na, ja, der Mund sah wohl etwas gequält aus. Marc nahm das Bild an sich und sagte nicht einmal *danke*. Ich vermute, weil es ihn so beeindruckt hat.

Patricks Vater kam wieder. Er sagte: „Morgen ist die Beisetzung deiner Mutter. Gleich hier in der Kirche neben dem Krankenhaus. Bist du bereit?"

„Klar", sagte ich. Hauptsache, ich fand sie, meine Mutter, und konnte mich verabschieden.

Patricks Vater holte mich um neun Uhr ab. Meine Schulter tat immer noch sehr weh, wenn ich aufrecht ging.

In der Kirche sah ich Brad. Er saß zwischen zwei Polizisten. Sie hatten ihm Handschellen angelegt. Auf der anderen Seite – Bob sagte, das nennt man ein Schiff – also auf dem anderen Schiff saß der Kaktus und noch viele Ableger davon.

Patricks Vater brachte mich nach vorne. Die Bank war ganz frei. Alle stierten mich an. Der Kaktus hielt sich die Hand vor den Mund, als er mich sah. Sie brauchte keine Angst zu haben. Ich würde schon nicht schreien und schlagen. Die Zeit war längst vorbei.

Als ich mich mit Patricks Vater hinsetzte, suchte ich meine Mutter, aber ich konnte sie nicht finden. Ging das Spiel schon wieder los?

Diesmal hatte ich Hilfe dabei und fragte: „Wo ist sie?"

Er zeigte nach vorne auf eine Keksdose mit Deckel. Ich sah hin. „Wo?"

„In der Urne", sagte er.

Aha, in der Kirche heißt eine Keksdose also Urne. Ich schüttelte den Kopf und sagte: „Stimmt nicht. Großvater war auch nicht drin. Habe selber reingesehen." Ich kannte das ja schon.

„Doch", sagte Patricks Vater. „Sie ist eingeäschert worden."

Nun fragte ich doch: „Was ist einäschern?"

Zum ersten Mal fragte ich nach den Dingen des Lebens.

„Der tote Körper wird in eine Holzkiste gelegt und dann in einem Spezialofen verbrannt, und die Asche kommt dann in so eine Urne. Die wird dann in der Kirche vom Pfarrer geweiht und in der Erde vergraben. Manche Familien bekommen die Urne auch mit heim, aber deine Mutter bekommt ein richtiges Urnengrab. Damit du sie immer besuchen kannst."

Jetzt verstand ich. Ich stellte mir vor, wie sich der Körper meiner Mutter im Feuer gekrümmt haben musste. Das habe ich mal mit Brad abends im Fernsehen gesehen. Es amüsierte mich.

„Wo ist das Urnengrab von meinem Vater?", fragte ich, doch Patricks Vater legte den Finger vor den Mund und sagte: „Leise."

Der Pfarrer kam, und alles passierte genauso, wie er es vorausgesagt hatte.

Im Krankenhaus saß plötzlich ein fremder Mann in meinem Zimmer, als ich von der Beisetzung zurückkam. Ich erschrak, denn der Mann hatte zerzaustes Haar und ungebügelte Hosen an.

Als ich mit Patricks Vater wieder in mein Zimmer kam, erhob sich der Mann. Man half mir aus der Jacke und brachte mich zum Bett.

„Ich bin einen Tag früher als abgesprochen", sagte der Mann.

„Das ist heute ein denkbar ungünstiger Moment", sagte Patricks Vater schroff. Er kannte den Mann wohl. „Christophers Mutter ist gerade beigesetzt worden."

Der fremde Mann hielt mir die Hand hin. „Herzliches Beileid", sagte er, und ich sah seine Hand an.

„Nimm sie und sag danke", sagte Patricks Vater. Ich tat es. Was auch immer das zu bedeuten hatte.

„Es ist besser, Sie kommen morgen wieder", sagte Patricks Vater. „Ich habe noch nicht mit ihm gesprochen."

Worüber?, fragte ich mich. Worüber gesprochen?

Der Mann nickte und verschwand.

„Ich muss mit dir reden", sagte Patricks Vater und setzte sich wieder weit weg von meinem Bett. „Das war George Mintz. Er ist Leiter eines Jungenheims."

Diese Worte genügten, um eine große Not in mir auszulösen. Er sprach weiter: „Da du keinen Erziehungsberechtigten mehr hast, keine Eltern, hat das Vormundschaftsgericht einen neuen Erziehungsberechtigten für dich bestimmt."

Neue Eltern? War das mein neuer Vater? Das hörte sich gar nicht gut für mich an.

„Mr. Mintz leitet ein Heim mit Jungen, die alle keinen Erziehungsberechtigten mehr haben."

Das hörte sich noch schlimmer an. Heim! Irgendwo hatte ich davon schon mal gehört. Richtig! Brad hatte mich mal angeschrien: „Wir stecken dich in ein Heim! Da wird dir Hören und Sehen vergehen! Da gibt's Prügel von morgens bis abends! Und nur Wasser und Brot!"

Ich zitterte überall und brach zusammen. Als ich wieder zu mir kam, war Patricks Vater weg.

Marc, mein Krankentherapeut, saß bei mir am Bett und sagte, dass Jim heute Abend noch mal wiederkommen würde. Aber er kam nicht. Ich weinte.

Warum konnte ich nicht bei Jim, Linda und Patrick wohnen? Dann hätte ich endlich eine richtige Familie. Und einen Bruder. Bob sagte, dass viele Erwachsene Angst vor zu viel Verantwortung haben. Jim war überfordert. Was auch immer das heißen mag.

Ich sah Jim, Patrick und Linda nie wieder.

Mr. Mintz kam am nächsten Morgen wieder. Ich sah mir direkt seine Hände an, ob sie aussahen wie die von Brad. Ich wollte mich nie wieder in Grund und Boden prügeln lassen. Nie wieder.

„Hi, Christopher", sagte Mr. Mintz sehr freundlich.

Ich sagte nichts. Ich stellte mir vor, wie ich nun mein Hören und Sehen verlieren würde. Na, ja, das eine Auge war ja schon erledigt. Aber an meine Ohren wollte ich nun wirklich niemanden lassen. Dann könnte ich nie wieder diese schöne Klaviermusik hören. Ich war auf der Hut!

Mr. Mintz hatte Fotos dabei. Sie zeigten das Heim, die Sporthalle, die Betreuer, die Lehrer, die Köche, den Arzt und den Heimpsychologen. Das machte mich dann doch neugierig. In dem Heim arbeitete ein Psychologe! Ich fragte sofort: „Darf ich dem Psychologen meine Bilder zeigen?"

„Aber unbedingt", sagte Mr. Mintz.

Ich verlor meinen Schrecken vor dem Heim. Wenn dort ein Kunstkenner arbeitete, dann konnte es nicht so schlimm sein. Ich erkundigte mich vorsichtig nach dem Essen: „Gibt es auch Wasser und Brot?"

Mr. Mintz musste lachen. „Wer hat dir denn das erzählt?" Gab es etwa nichts? „Brad", sagte ich.

„Brad", wiederholte Mr. Mintz und nickte. Er kannte wohl Brad. Hatte Brad ihm auch das Prügeln beigebracht? Er war der Einzige, den ich kannte, der so richtig prügeln konnte.

„Kennen Sie Brad?", fragte ich vorsichtig.

Er nickte. „Ja, aus den Akten."

Etwa Prügelakten? Ich fragte vorsichtig: „Welche Akten?" Vielleicht konnte ich herausfinden, wie Mr. Mintz prügelte.

„Die das Jugendamt mir gegeben hat. Das Jugendamt hat einen Bericht über dich geschrieben. Auch über Brad und deine Mutter."

Das Jugendamt schrieb also auch Geschichten. Das fand ich klasse.

„Und?“, fragte ich.

„Du brauchst unbedingt einen Psychologen.“

Ja! Und nochmals: ja! Ich hielt ihm die Hand hin und sagte: „Danke.“

Er nahm meine Hand an und sagte: „Gern geschehen.“

Die Akte hatte also nichts mit Prügeln zu tun. Bei Mr. Mintz war ich mir nicht so sicher.

Drei Tage später wurde ich von Mr. Mintz abgeholt. Er hatte meine zwei Kartons hinten im Kombi. Das machte mich glücklich.

„Erzähl mir von dir“, sagte er während der Fahrt.

„Ich male und schreibe“, sagte ich ihm.

„Ich weiß“, sagte er. „Ich habe deine Bilder schon gesehen. Nur die Geschichten konnte ich noch nicht lesen.“

Das fand ich irgendwie sehr nett. Er wollte sich für die Geschichten wirklich Zeit nehmen. Die hatte er wohl im Moment nicht. Also erzählte ich ihm von meinen Blutgeschichten und dass meine Deutschlehrerin auch schon eine gelesen hatte. Mr. Mintz sah etwas blass aus. Er wechselte das Thema. „Erzähl mir von der Schule. Wie hat es dir dort gefallen?“

Ich fragte: „*Welche* Schule?“

Er schwieg. Dann fragte er: „Wie viele Schulen hast du denn besucht?“

„Zwei.“ Nein. „Drei.“ Oder doch zwei?

„Wie alt bist du?“, fragte er.

„Ich glaube zwölf, Sir“, antwortete ich höflich.

„Wann hast du Geburtstag?“, fragte er weiter. Er war sehr interessiert an mir. Wegen der Biografie des Künstlers, dachte ich. „Im Sommer, glaube ich“, antwortete ich wieder höflich.

„Welcher Tag und welcher Monat?“

Das wusste ich nicht mehr. Mein letzter Geburtstag wurde nicht mehr gefeiert. Da habe ich wohl das Datum vergessen. Ich zuckte also mit den Schultern.

„Wen magst du am liebsten?“, fragte Mr. Mintz.

„Meinen Vater“, sagte ich sofort. Da musste ich nicht nachdenken.

Mr. Mintz nickte. Er wusste wohl etwas von ihm. Also fragte ich: „Wissen Sie, wo das Urnengrab meines Vaters ist?"

„Ja, Christopher, das weiß ich. Ich fahre gerade mit dir dort hin."

Das durfte doch nicht wahr sein! Ich fuhr gerade zu meinem Vater!

„Er liegt in Kansas City auf dem Edwardsville Cemetery. Er hat kein Urnengrab. Er wurde in einem Sarg beerdigt. Das nennt man eine Erdbestattung", informierte mich Mr. Mintz.

„Nicht eingeäschert?", fragte ich sicherheitshalber nach.

„Nein, nicht eingeäschert. Sein ganzer Körper befindet sich im Sarg."

Sein ganzer Körper! Mein Vater war noch ganz! Er war nicht verbrannt!

Eine starke Unruhe überkam mich. Womit hatte ich das verdient? Ich sah das Schild des Friedhofs. Wir stiegen aus und betraten den Friedhof. Ich konnte wieder etwas besser geradegehen und fühlte mich zwischen all den Gräbern sofort wohl. Wir gingen an einigen weißen Kreuzen vorbei, bis Mr. Mintz stehen blieb und auf ein Kreuz zeigte, das viele Meter entfernt stand.

Er sagte: „Dort liegt dein Vater. Ich möchte, dass du ganz alleine hingehst und so lange bleibst, wie du willst. Ich werde dort drüben", und er zeigte auf eine Bank, weit entfernt, „auf dich warten." Dann ging er zu der Bank.

Ich stand wie angewurzelt da und konnte mich nicht rühren. Ich war ganz alleine und schloss die Augen. Dann nahm ich all meinen Mut zusammen und ging zu dem Grab meines Vaters. Ich blieb vor dem weißen Kreuz stehen. Jemand hatte einen frischen Strauß dort niedergelegt. Mitten im Kreuz befand sich ein kleines Foto von meinem Vater. Es war das gleiche Bild wie meines damals in meinem Zimmer in Topeka! Meine Mutter hatte es also gar nicht wirklich weggenommen. Sie hatte es hierher gebracht, damit ich eines Tages das Grab meines Vaters finden könnte! Sie war also gar nicht so schlecht gewesen.

Ich trat näher. Mein Herz raste, als wenn es aus meinem Körper springen würde. Ich beugte mich zu dem Bild hinunter und sah ihm in die Augen. Es war, als stünde er direkt vor mir und würde mich anlächeln. Ich sagte: „Hallo, Vater." Er lächelte. Hallo Christopher!

Dann wurden meine Knie weich, und ich sackte zusammen. Hatte keine Kraft mehr. Ich fiel auf die Blumen und heulte einfach drauflos. Ich streckte Arme und Beine aus und legte mich direkt über ihn.

Irgendwann kam Mr. Mintz und sagte: „Christopher, es wird dunkel."

Ich sah auf. Es war kalt geworden. Ich nickte.

Er sagte: „Ich gehe schon voraus, okay?"

Ich nickte wieder. Als er weg war, kratzte ich das Bild vom Kreuz – es war meins! – und lief Mr. Mintz hinterher. Auf der Fahrt ins Heim sagte ich zu Mr. Mintz: „Ich will werden wie mein Vater."

Mr. Mintz' Blick verdunkelte sich, und zum ersten Mal wurde er unfreundlich. „Nein, das wirst du nicht!", sagte er und redete nicht mehr mit mir.

War das nicht der Wunsch eines jeden Vaters? Ja, ja, ich weiß, es fehlte mir an Aufklärung.

Wir hielten vor einem großen Haus. Einem ganz großen. Es hatte zwei riesige Türen mit einer gewaltigen Treppe davor. „Da sind wir", sagte Mr. Mintz. Er zeigte auf das Schild an der Seite der Treppe. Dort stand: *Hope – Heim für schwer erziehbare Jungen.*

Schwer erziehbar? Wann war ich je schwer erziehbar gewesen? Ich bin niemandem zur Last gefallen und habe mich in Grund und Boden prügeln lassen. Ich habe keine Fragen mehr gestellt und seit dem letzten Vorfall nicht mehr onaniert. Mein steifer Penis am Morgen war nicht von mir! Vielleicht war es doch Brad gewesen. Ich habe Brad nie angegriffen (na ja, einmal), ich habe nie meine Mutter beschimpft. Wo war ich schwer erziehbar, bitte schön?

Gott sei Dank hörte Brads Terror hier auf.

Es war schon sehr spät am Abend. Es war niemand mehr zu sehen. Mr. Mintz und ich stellten meine Kartons ab, und er ließ mich die große Halle ansehen. Alles war so gewaltig!

„Dieses Heim ist schon sehr alt“, hörte ich Mr. Mintz sagen. „Über 70 Jahre. Damals gab es noch Gitter vor den Fenstern. Die sind aber schon lange weg. Das Heim wurde 1995 neu renoviert und befindet sich in einem guten Zustand.“

Er redete mit mir wie mit einem Erwachsenen. Das gefiel mir. „Wenn du fertig geschaut hast, sag Bescheid. Dann zeig ich dir dein Zimmer.“

Er ging in eine Ecke der Halle und zapfte einen Becher Wasser aus einer riesigen Wasserflasche. Ich kannte diese Dinger. Sie standen überall in den Geschäften herum. Ich wollte auch so einen Becher, aber Mr. Mintz drohte schnalzend mit dem Finger: „Heute Abend gibt's für dich nichts mehr. Bei uns wird nachts nicht auf die Toilette gegangen.“

Ich sah ihn an und dachte daran, dass ich oft nachts um drei schon Schmerzen in der Blase hatte. Aber zu Hause hatte ich das auch ausgehalten. Und doch hatte ich so viel Durst. Hatte seit mittags nichts mehr getrunken. Also sah ich Mr. Mintz zu, wie er seinen Becher leer trank und leise rülpste.

Ich wollte mein Zimmer sehen. Wir gingen durch das Gebäude hindurch zum Hinterhof hinaus. Mr. Mintz erklärte mir, dass das große Gebäude die Schule wäre, die Schlafzimmer sich aber im hinteren Gelände befänden. Ein paar Lampen brannten auf dem Hof. Ein großer, viereckiger Klotz war das Schlafgebäude. Ich sah zurück zum Schulgebäude. Das waren mindestens zehn Minuten zu gehen, vom Zimmer zur Schule. Mr. Mintz begleitete mich in den 2. Stock. Gut, das waren noch mal zwei Minuten mehr bis zur Schule.

Dann einen schmalen Gang entlang. Noch mal eine Minute. Dann klopfte Mr. Mintz leise an eine Türe. Ich sah auf ein Namensschild, das an der rechten Seite der Tür klebte. Dort stand *Jason*. Die Zeile darunter war frei. In den nächsten Tagen würde dort *Christopher* stehen.

Wir betraten leise das Zimmer. Es war groß, fand ich. Mein letztes Zimmer war viel kleiner gewesen. Aber ich musste es ja auch mit einem anderen Jungen teilen.

„Hier rechts steht dein Bett“, sagte er.

Ich konnte im Schein des Flurlichts ein leeres Bett erkennen.
„Zieh dich aus“, sagte Mr. Mintz.

Wie? Ganz? „Ganz?“, fragte ich.
„Ganz“, antwortete Mr. Mintz. „Hier wird nicht in Tageskleidung geschlafen.“

Das war eine ganz neue Erfahrung für mich. Ich schlief immer in meinen Klamotten ein. Außer der Hose, die zog ich aus.

„Ganz!“, sagte Mr. Mintz nun strenger. „Du bekommst morgen einen Schlafanzug, wenn du keinen hast.“

Ich zog die Unterhose aus und sah ihn an.

Er sagte: „Dreh dich.“

Ich drehte mich im Schein der Flurlampe.

„Gut“, sagte er. „Alles in Ordnung. Ab ins Bett. Kein Wort. Kein Licht, keine Toilette. Morgen früh um halb sechs geht im Flur der Wecker. Das heißt, sofort aufstehen und Betten aufschlagen. Alles andere wird dir Jason zeigen. Schlaf gut.“

Ich versuchte ein bisschen Freundlichkeit in seinem Gesicht zu sehen, aber da war nichts. Seit ich ihm mitgeteilt hatte, dass ich wie mein Vater werden wolle, war es aus mit der Freundlichkeit. Was machte ich nur immer falsch?

Als Mr. Mintz die Tür schloss, war es komplett finster. Ich konnte meine Hand vor den Augen nicht mal erkennen. Ich hörte Jasons Atem und konnte nicht einschlafen. Ich vermisste die Geräusche aus dem Krankenhaus und das Nachtlicht. Jason drehte sich und furzte dabei. Das kannte ich von Brad, wenn er auf dem Sofa schlief.

Es war komisch, so ganz nackt unter der dünnen Decke zu liegen. Jason drehte sich erneut. Ich war genervt.

Der Wecker war eine Sirene. Wie im Krieg schrillte sie um halb sechs über den Flur. Ich schrak hoch und schrie wie am

Spieß. Mein Trauma hatte mich also wieder.
Jason machte Licht und sprang auf mich drauf. „Halt's Maul“, zischte er und hielt mir den Mund zu. Auch die Nase. Ich bekam Panik und schlug auf ihn ein. Dabei fiel die Decke runter, und ich lag nackt vor ihm. So lernte ich Jason kennen. Jason war schon 15 und viel größer als ich. Das beeindruckte mich sehr, denn ich konnte sicherlich viel lernen von ihm. Er war blond, im Gegensatz zu mir, und sehr muskulös. Es musste hier eine Krafttrainingshalle geben. Das freute mich. Endlich konnte ich anfangen.

Mr. Mintz befreite mich am ersten Tag von der Schule. Er wollte, dass ich meine Sachen ordentlich in den Schrank räumte, mir zwei Schlafanzüge in der Wäschekammer holte und tüchtig frühstückte. Danach musste ich zum Heimarzt. Der befahl mir, mich wieder nackt auszuziehen, obwohl Mr. Mintz noch im Zimmer war. Mir blieb wohl nichts anderes übrig. Doch ich hielt alles mit beiden Händen zu.

Der Arzt schrie: „Hände weg!“

Ich sah, wie er grinsend seine Gummihandschuhe anzog und auf mich zukam. Mr. Mintz erzählte ihm von meinem letzten Krankenhausaufenthalt. Der Arzt prüfte, ob alles gut verheilt war. Er war zufrieden. Dann sah er in meine Ohren, meine Nase, meinen Mund und in die Augen. „Armer Kerl“, bemerkte er wegen meines rechten Auges.

„Muss zum Zahnarzt“, sagte er zu meinen Zähnen. Er fragte mich: „Warst du schon mal beim Zahnarzt?“

Ich schüttelte den Kopf.

„Das sieht man. Wirst gleich nach dem Mittagessen hinfahren, klar?“

Ich nickte unruhig.

Dann fasste er mir ans Geschlechtsteil. Er durchknete meine Hoden, als wollte er sie zerdrücken und hob meinen Penis an. „Umdrehen“, sagte er scharf.

Ich ging nach vorne ab wie eine Rakete, als er versuchte, mich ins Poloch zu fassen.

„Herkommen“, befahl er, als ich bis zur Wand gerannt war.

Ich schüttelte den Kopf.

„Herkommen!“

Das klang einfach zu streng.

Mr. Mintz teilte mir nach der Untersuchung mit, dass ich nach dem Mittagessen erst zum Zahnarzt, dann zum Orthopäden müsste. Mein Rücken wäre nicht in Ordnung. Er würde mich mit seinem Wagen hinfahren. Ich nickte, hatte Angst. Ich war noch nie bei solchen Ärzten gewesen. Musste ich mich da auch ausziehen?

„Hier ist die Hausordnung.“ Mr. Mintz reichte mir zwei Blätter voller Regeln.

„Die schreibst du bis Mittag dreimal ab. Wenn du zehn davon auswendig kannst, bekommst du Nachtisch. Wenn nicht, schreibst du sie noch dreimal ab. Und so weiter.“

Er reichte mir einen Packen Blätter und einen Filzstift. Ich fragte, ob ich mit meiner Tusche schreiben dürfte. Er nickte und nahm den Filzstift zurück.

Im Zimmer suchte ich meinen Tuschekasten und holte drei Federn heraus. Ich ritzte meinen linken Arm auf und ließ viel Blut auf den Schreibtisch tropfen. Das mischte ich dann mit roter Tinte und sog sie in die Schreibfeder ein. Ich begann zu schreiben. Mr. Mintz hatte sicher noch nie so sauber abgeschriebene Regeln zu sehen bekommen. Ich lernte 25 Regeln auswendig und bekam zweimal Nachtisch. Dann ging's zum Zahnarzt.

Ein Stuhl wie ein Fernsehsessel. Ich ließ mich erfreut darin versinken. Der Zahnarzt sah mir in den Mund. „Zwei Karieszähne“, sagte er. „Brauchst du eine Spritze?“

Was war los? Ich sagte mal ganz mutig „Klar“ und bekam sie. Herr, wie ich mich verkrampfte! Ich sollte in Zukunft vorsichtiger mit meinem Mut sein.

Mein ganzer Mund schwoll an. Ich muss wie ein Affe aussehen, dachte ich. Das Spülwasser lief mir am Hals herunter. Meine Lippen schlossen nicht. Scheiße, dachte ich, es wird mir nicht nur Hören und Sehen vergehen. Auch mit dem Sprechen wird es jetzt vorbei sein.

Weiter ging's zum Orthopäden. Genau wie ich's erwartet hatte: „Ausziehen!"
„Ganz?", fragte ich mit betäubten Lippen.
„Ganz."
Was sollte es, ich tat es. Meinen frisch geritzten Arm hielt ich geschickt an mich gedrückt.
Der Orthopäde klopfte meinen Rücken ab und drückte und tastete bis zu den Pobacken runter.
„Misshandelt?", fragte er Mr. Mintz.
„Ja", antwortete er. „Mehrmals."
„Könnte sich rauswachsen", sagte der Orthopäde. „Kann man jetzt noch nichts machen."
Ich durfte mich wieder anziehen. Gott sei Dank keine Spritze! Wie sollte ich auch mit einem tauben Arsch im Wagen sitzen? Mr. Mintz schickte mich zur Bibliothek, wo ich Schulbücher, Hefte, Stifte und eine Schultasche bekam. Ganz schön schwer alles zusammen.
Ich sollte alles ins Zimmer bringen und sofort wieder zurück ins Büro kommen. Die Taubheit in meinen Lippen ließ nach. Der Zahnarzt war gar nicht so übel.
Mr. Mintz stellte mir Mr. Koman, den Psychologen, vor. Endlich! Ich gab ihm höflich und hocherfreut die Hand.
Er sagte: „Ich habe gehört, dass du malst?"
Ich nickte eifrig.
„Das freut mich. Ich würde deine Bilder morgen gerne einmal sehen."
Ich nickte wieder eifrig.
„Nach der Schule und den Hausaufgaben kommst du zu mir. Mein Büro ist auch hier unten im Gebäude. Zimmer Nummer fünf. Sagen wir um fünf?"
„Ja, Sir. Fünf um fünf, Sir", sagte ich, erfreut wie ein Hund.
„Vergiss die Bilder nicht." Nein, das würde ich nie! Er verließ den Raum.
Mr. Mintz sagte: „Ich werde dir jetzt das ganze Gelände zeigen."
Wir gingen wie zwei Geschäftsleute über das Gelände, und

ich nickte zu all seinen Erklärungen. Da waren Klassenräume, Mensa, Toiletten, Küche, Wäschekammer, Büro von Mr. Mintz, Büro von Mr. Koman, Praxis von Dr. Sowieso, Freizeiträume, Bibliothek, Sporthalle, unsere Schlafräume, die Duschen und der Bunker.

Ich fragte, was denn der Bunker sei, denn er öffnete nicht die Tür. Er sagte, das würde ich erfahren, wenn es mal so weit wäre. Ich war gespannt. Vielleicht ein Raum für eine Kunstausstellung.

Nach der Führung gab es Abendbrot. Es war köstlich. Also, über das Essen konnte ich wirklich nicht meckern.

Danach hatte ich frei. Das heißt, ich durfte mich bis zum Schlafen um zehn Uhr im Zimmer aufhalten. Ohne Trinken und ohne Musik. Man hatte mir den Recorder weggenommen. „Nicht auf dem Zimmer“, hatte man mir gesagt.

„Wo dann?“, fragte ich. Man gab mir keine Antwort. So war's auch mit der Klaviermusik vorbei.

Jason hockte auf dem Bett und löste Kreuzworträtsel. Ich baute meine Staffelei auf und verbrauchte meine letzten Ölfarben. Jason war begeistert von dem Bild.

„Mr. Mintz“, sagte ich, und er sagte: „Voll geil!“

Ich gebe zu, sein Mund sah ein bisschen gequält aus. Aber Jason gefiel es. Ich sagte ihm, dass sich morgen ein großer Kunstkenner meine Bilder ansehen wollte.

Er sagte: „Ich kann nicht malen. Ich kann aber gut dichten.“

Ich fragte, was er denn so dichtete, und er las mir ein paar Gedichte vor. Die waren echt gut. Ich zeigte ihm meine Kartons voller Geschichten. Noch an diesem Abend brachte ich ihm das Mischen von roter Tinte mit Blut bei. Wir verstanden uns prächtig.

Ich war froh, in einem Schlafanzug schlafen zu dürfen. Es machte das Liegen gemütlicher. Als ich so lag, fiel mir ein, dass mein Sexlexikon fehlte. Das machte mich ganz unruhig. Ich flüsterte: „Jason?“

„Psst!“, kam es zurück.

„Jason?“

Stille.

„Hast du ein dickes Buch von mir gesehen?"

Keine Antwort.

Ich schaltete das Licht ein und sah, wie Jason samt Kopf unter der Bettdecke verschwand. Ich wusste nicht, was das bedeutete. Aber als die Tür plötzlich aufflog und ein großer glatzköpfiger Mann in grauen Schlabbersachen hereinstürmte, wusste ich, dass ich irgendetwas falsch gemacht hatte. Er packte mich am Handgelenk und schleifte mich über den Flur. Hinaus über den Hof. Hinein in das Schulgebäude. Hinein in den Bunker. Tür auf, Arschtritt rein, Tür zu.

Alles war dunkel. Ich war nass bis auf die Knochen. Es regnete draußen in Strömen. Meine Füße waren voller Matsch. Ich tastete mich umher. Ich befand mich in einem kleinen, viereckigen Raum. Nackte Wände, Betonboden. Ich rief: „Hallo?" Alles blieb ruhig. Der Raum war genau richtig für eine kleine Kunstausstellung wie meine. Ich sackte auf den Boden und schlief ein.

Am nächsten Morgen holte mich dieser glatzköpfige Mann wieder heraus.

Ich sagte: „Nicht schlecht für eine Kunstausstellung", und ließ mich wieder am Handgelenk über den Hof und den Flur in mein Zimmer schleifen. Kurze Zeit später ging die Sirene. Ich schrie. Jason stopfte mir das Maul mit seiner dreckigen Unterhose.

Ich hatte viel Schmutz vom Hof ins Zimmer gebracht und musste das schleunigst wegmachen. Dafür gab es auf jedem Zimmer Schaufel und Besen.

„Was war das?", fragte ich Jason.

„Der Bunker", antwortete er mir. „Sobald geredet wird oder das Licht nach zehn angeht, geht's in den Bunker."

Ich nickte. Das stand auf dem Regelblatt der Hausordnung. Regel Nummer 13: Kein Reden, kein Licht, keine Toilette nach zehn.

Alle Regelverstöße hatten also den Bunker zur Folge.

„Wie merken die das?“, fragte ich ratlos.
„Kameras, Abhörgeräte. Was weiß ich.“
„Wo?“
„Weiß nicht.“
Wir mussten zum Duschen. Alle nackt. Große und kleine Jungen.
Ich fiel nicht auf und ließ mich von niemandem anfassen.
„Wie war's im Bunker?“, fragte mich Jason unter der Dusche.
„Cool“, sagte ich. „Ein cooler Kunstraum.“
„Was?“, hörte ich Jason gurgeln. Er hatte sich gerade an dem Wasser verschluckt. Man soll auch nicht reden mit Wasser im Mund.
„Ich werde dort meine Kunstausstellung aufbauen.“ Ich war ganz sicher.

Das mit der Ausstellung sprach sich schnell rum. Einige, die noch nie im Bunker waren, wurden neugierig und sagten, sie würden demnächst versuchen, da mal rein zu kommen.
Ich musste wegen des Vorfalls heute noch vor dem Unterricht zu Mr. Mintz ins Büro.
„Sagte ich dir nicht, dass du kein Licht machen sollst?“, fragte er erbost.
„Ja, Sir. Aber nicht, dass ich nicht reden darf, Sir.“
Er schlug die Faust auf den Tisch. Dieser Knall war mir zu laut. Mein Hirn rastete aus, ich rannte auf Mr. Mintz zu und schlug ihn. Drei Minuten später war ich wieder im Bunker. Mein Trauma, ich weiß.
Egal ob Tag oder Nacht, der Bunker war immer stockfinster. Und kalt. Doch diesmal hatte ich Schuhe und Klamotten an. Es ging also.
Mir war furchtbar langweilig. Ich war auch nicht müde und überlegte, was man in der Dunkelheit alles machen könnte. Ich hatte eine Idee: Zuerst zog ich meinen Pullover aus. Dann kratzte ich die Kruste von meinem letzten Schnitt auf. Ich spürte, wie das Blut die Hand hinunterfloss. Ich könnte mich doch mal ganz anmalen, dachte ich und malte Kreise und

Striche mit dem Blut auf meine Brust, ins Gesicht und auf die Arme. An den Rücken kam ich nicht dran.

Ich musste cool ausgesehen haben. Das war doch mal was: Ein lebendiges Kunstwerk im Kunstraum.

Dann war mir wieder langweilig.

Als mich viele Stunden später ein Mann aus dem Bunker holte, fand etwas sehr Witziges statt: Er schloss auf, und Licht fiel in den Raum. Ich stand, bis auf die Unterhose, nackt, mit gespreizten Armen und Beinen in diesem Lichtkegel und strahlte ihn an. Na, was würde er wohl sagen?

Er sagte nichts, schloss die Tür wieder zu und ging. Er holte wohl noch andere, weil ich so außergewöhnlich ausgesehen haben musste. Und das stimmte absolut. Kurze Zeit später kam er mit Mr. Mintz und Mr. Koman, dem Kunstkenner, wieder. Ich stand wieder im Lichtkegel und grinste. Drei bewegungslose Männer starrten mich an. Sie starrten und starrten und starrten. Ich grinste und grinste und grinste.

Mr. Koman kam als Erster auf mich zu. Klar, als Kunstkenner. Er drehte mich, um festzustellen, ob mein Rücken auch bemalt war. Doch da musste ich ihn enttäuschen. Er besah sich meinen linken Arm und fand die Wurzel allen Übels. Er zeigte sie Mr. Mintz. Der fragte: „Wann hast du das gemacht?"

„Gestern, Sir", sagte ich.

„Er gehört Ihnen", sagte Mr. Mintz zu Mr. Koman und ging. Mr. Koman brachte mich unter die Dusche und wusch mich sauber. Er war ganz vorsichtig und fasste mich nirgends an, wo ich es nicht wollte. „Du kannst mich Bob nennen", sagte er, während er mir den Arm mit Salbe einrieb und in einen Verband einwickelte. Danach nahm er mich mit in sein Zimmer. Ich dachte, ich sollte erst um fünf kommen, aber er wollte sich mehr Zeit für mich nehmen als geplant. Das freute mich außerordentlich. Was auch immer ich tat, es kam immer etwas Gutes dabei raus.

Ich musste auf einem Stuhl sitzen und sah mir das Zimmer an. Es war langweilig. Hier gehörten ein paar Bilder hin. Er sagte: „Ich möchte nicht, dass du dich noch einmal ritzt, verstanden? Nirgendwo, klar?“

Ich nickte gehorsam.

Dann setzte er sich auf einen Stuhl, mir genau gegenüber, und sah mich lange Zeit an. Das war komisch. Ich versuchte, ihm nicht meine Langeweile zu zeigen.

„Warum hast du Mr. Mintz heute Morgen geschlagen?“, fragte er, als ich nichts sagte.

Ich dachte nach. „Weil der Knall so laut war.“

„Welcher Knall?“, fragte Bob.

„Von Mr. Mintz“, sagte ich brav.

„Du hast einen Knall gehört?“

Ich nickte.

Bob verließ das Zimmer und ließ mich alleine zurück. Ich sah mich wieder gelangweilt um und überlegte, wie ich das Zimmer schöner machen könnte. Bob war doch ein Kunstkenner. Da fehlten Zeichnungen, überall.

Bob kam zurück und sagte: „Stimmt, Mr. Mintz hat heute Morgen einen Knall verursacht. Du hast recht.“

Ich war zufrieden. Bob war nett. Er glaubte mir.

„Hast du schon öfter andere Menschen geschlagen, wenn du einen Knall gehört hast?“

Ich dachte nach. „Ja, habe ich.“

„Wen?“

Ich dachte wieder nach. „Die Schrumpeltante, den Kaktus und Brad.“

Bob schwieg und nickte. Dann fragte er: „Wer ist die Schrumpeltante?“

„Die Frau im Kindergarten“, antwortete ich brav. Ich konnte mich noch gut an sie erinnern.

„Und wer ist der Kaktus?“

„Die Mutter von meiner Mutter.“ An die konnte ich mich besonders gut erinnern, auch wenn ich es nicht wollte. Bob nickte wieder.

„Haben die beiden Frauen auch Namen?“, fragte Bob.

„Nein“, antwortete ich. Nicht, dass ich mich erinnern konnte.

Bob nickte. „Brad hat bei dir und deiner Mutter gewohnt,

stimmt's?“

Ich nickte. Hatte er.

„Brad hat dich geschlagen, stimmt’s?“

Was Bob alles wusste!

„Stimmt, Sir“, antwortete ich sehr erwachsen. „In Grund und Boden, Sir.“

Bob rieb sich das Gesicht und sah zur Seite. Er fragte: „Musst du immer schlagen, wenn du einen Knall hörst?“

Ich nickte.

„Warum musst du das?“, fragte er weiter.

Ich zuckte mit den Schultern und erklärte irgendwie: „Mein Hirn rastet dann aus.“

„Aha. Seit wann schlägst du schon?“, fragte Bob weiter.

„Seit ich denken kann.“

„Gut“, sagte Bob und ging im Zimmer herum. „Male mir einen Knall auf.“

Er gab mir ein Blatt und viele bunte Filzstifte. Zuerst nahm ich schwarz und malte eine Explosion. Dann nahm ich rot und malte Blut. Ich fand das Bild äußerst gelungen. Bob betrachtete es fachmännisch. „Sieht toll aus.“

Nicht wahr!?

„Sag mir etwas dazu“, forderte mich Bob auf.

Ich sah ihn an. Sollte ich *bumm*! sagen?

„Sag mir, warum du schwarz zuerst gemalt hast.“

Jetzt konnte ich antworten: „Weil der Schuss zuerst da war. Dann das Blut.“

Bob nickte. Seine Lippen formten stimmlos *Schuss*. Er ging zu einem Regal und holte einen Ordner hervor. Er schlug ihn auf und las darin herum. Er sah wieder auf und fragte: „Christopher, weißt du eigentlich, wo du geboren wurdest?“

Ich dachte nach. Meinte er wo oder wo? Der Ort oder das Land?

„Wie?“, fragte ich.

Bob holte Luft. „Okay. Weißt du, ob du in einem Krankenhaus oder woanders geboren wurdest?“

„Nö.“ Die Antwort war klar.

Bob nickte.

„Wo wurde ich denn geboren?“ Ich vermutete, dass er das irgendwo in diesem Ordner aufgeschrieben haben musste.

„In Kansas“, sagte Bob. „In einer Scheune.“

Das reichte mir. In Kansas also.

„Christopher?“, fragte Bob.

Ich sah ihn an.

„Kannst du mir die anderen Bilder von dir holen?“

Darauf hatte ich die ganze Zeit gewartet! Ich lief schon los, ehe ich antworten konnte.

Ich hatte mittlerweile drei Mappen vollgemalt. Sie waren sehr schwer zu tragen. Ich war schon ziemlich groß, aber nicht sehr stark. Da war es ein langer Weg von den Schlafräumen bis zum Schulgebäude. Dennoch schleppte ich sie bis in Bobs Büro. Bob hatte inzwischen seinen Schreibtisch und die Stühle an den Rand des Zimmers geschoben, sodass in der Mitte viel Platz entstanden war. Er fragte: „Sind die Bilder sortiert?“

„Ja“, antwortete ich.

„Wie?“

Wie, wie?

Er fragte: „Nach Motiven oder nach Datum. – Die Reihenfolge.“

Oh, was war ich plötzlich erwachsen. „Zeitraum“, erschien mir angemessen.

„Gut“, sagte Bob. „Dann werden wir jetzt alle Bilder nacheinander hier auslegen. Was nicht mehr passt, hängen wir an die Wände.“

Eine gute Idee! Ich war begeistert und leerte die erste Mappe. Da war der Raum schon voll, an den Wänden und auf dem Boden. Bob schüttelte den Kopf. „So geht das nicht“, sagte er, als er noch die anderen Mappen sah.

„Warte“, sagte er und verschwand.

Ich betrachtete meine alten Kunstwerke und war stolz. Vielleicht war der Kunstraum doch zu klein.

Ich hörte, wie Bob mit Mr. Mintz zurückkam und mit ihm

stritt. „Wir sind ein Heim, keine Klinik“, sagte Mr. Mintz erbost.

Bob sagte: „Das müssen Sie erst mal sehen.“

Beide kamen herein, und Mr. Mintz schrie: „Herr im Himmel! Was ist *das*?“

„Meine Bilder“, antwortete ich stolz.

Er drehte sich um und wedelte mit den Armen herum, als er wieder in sein Büro ging. Ich hörte Bob noch sagen: „Aber ich brauche die Halle. Sonst kann ich nicht alle Bilder sehen, Mr. Mintz. Bitte!“

Mr. Mintz schrie aus seinem Büro: „Also gut! Von drei bis fünf. Und nicht eine Minute länger!“

Ich bekam die Turnhalle als Ausstellungsraum! Bob war ein wirklicher Profi! Wie toll er das organisierte! Er kam zurück und sagte: „Pack alles wieder gut ein. Wir gehen heute Nachmittag damit in die Turnhalle.“

Beim Mittagessen erzählte ich allen von meiner Kunstausstellung in der Sporthalle heute Nachmittag und lud sie ein. „Was war heute Morgen los?“, wollte Jason wissen.

Ich erzählte allen, dass ich Mr. Mintz geschlagen hätte, mich dann im Bunker mit Blut vollgemalt hätte und dafür jetzt eine eigene Ausstellung bekäme. Damit war ich am zweiten Tag der Star des Heims. Der Bunker wurde zu einem besonderen Raum und seitdem hoch begehrt. Doch das kommt später. Zunächst zu meiner Ausstellung.

Als Bob und ich kurz vor drei zur Sporthalle gingen, waren fast alle Jungen des Heims schon vor dem Eingang versammelt. Bob bekam einen Wutanfall. Er hatte wohl nicht mit so viel Publikum gerechnet und fragte mich: „Was hast du getan?“

Ich erschrak vor seinem Ton. Er setzte nach: „Was soll das?“ Mir stiegen Tränen in die Augen, und Bob zerrte mich in eine ruhige Ecke. Er sagte ganz leise zu mir: „Was hast du dir dabei gedacht, Christopher?“

Ich heulte. „Dass vielleicht ganz viele meine Bilder sehen wollen.“ Ich war doch so stolz.

Bob sah mich an, und dann passierte etwas, was noch nie ein

Mann mit mir gemacht hatte: Bob nahm mich in den Arm und drückte mich. „Ich weiß", sagte er ganz leise. „Aber vielleicht ist es besser, wenn wir uns die Bilder erst einmal alleine ansehen."

Ich nickte und schniefte.

„Sieh mal", sagte er noch und hielt mich an den Schultern wie ein Vater, der seinem Sohn etwas erklärt. „Wenn jetzt alle in die Halle stürmen, werden sie achtlos auf deine Bilder treten. Ist es nicht besser, wir planen eine kleine Ausstellung von dir? Woanders?"

Ich nickte und schniefte den letzten Rotz aus meiner Nase in ein Taschentuch.

„Warte hier", sagte er und schickte das ganze Publikum weg. Mr. Mintz kam aufgebracht angelaufen. „Was ist denn hier los?", schrie er.

Bob ging ihm entgegen und sprach in einer anderen Ecke mit ihm, sodass ich nichts hören konnte. Bob war sehr erregt, aber Mr. Mintz war nun mal sein Chef. Und der verbot für heute meine Ausstellung.

Ich sah Bob an und dachte: ‚Siehste, du bist auch nicht besser dran als ich.'

In der Nacht gab es viel Tumult auf dem Flur. Jeder wollte in den Bunker. War noch Blut von mir drin?

Ich glaube, Mr. Mintz war die ganze Nacht auf den Beinen. Er konnte doch nicht zwanzig Leute gleichzeitig in den Bunker stecken. Tja, selbst schuld, wenn man nur einen Bunker hat. Ich lag brav unter meiner Decke, kein Wort, kein Licht, keine Toilette. Es war nach zehn.

Ich musste wieder zu Mr. Mintz ins Büro. Wieder vor dem Unterricht, den ich einfach nicht besuchen konnte.

„Setz dich", befahl er.

Oh, ich kam dem Befehl gleich nach!

„Du hast es geschafft, das ganze Heim auf den Kopf zu stellen." Er wartete. Ich auch. Dann: „In nur zwei Tagen!" Er hielt zwei Finger in die Höhe. Als wenn ich nicht bis zwei zählen könnte!

Ich sah betroffen zu Boden. Was kann ich denn dafür, dass ich so außergewöhnlich bin?

„Christopher Gelton! Sieh mich an!“

Ich sah ihn an.

„Ab heute wirst du brav zur Schule gehen und dich an alle Regeln halten, ist das klar?“

Hatte ich das nicht? Ich nickte gehorsam. „Das werde ich, Sir“, sagte ich folgsam, damit er wieder stolz auf mich sein konnte.

„Gut“, sagte er und erhob sich. „Lassen wir‘s fürs erste gut sein.“

Ich hätte so gerne gefragt: Und fürs zweite?

Er sah meinen schelmischen Blick und fragte: „Was wäre für dich das Schlimmste, was dir passieren könnte?“

Ich dachte nach. Sollte ich ihm sagen, dass mein Onanieren nicht richtig klappte? Nein, das war ganz sicher keine gute Idee. Das hatte mir immer nur Ärger gebracht. Also sagte ich: „Dass man mich wieder in Grund und Boden prügelt, Sir. – Sir!“

„Gut“, sagte Mr. Mintz. „Dann wissen wir jetzt beide Bescheid.“ Er entließ mich in den Unterricht.

Mr. Jones war mein Klassenlehrer. Ich wurde in die 5. Klasse eingestuft, obwohl ich viele Wochen lang den Unterricht versäumt hatte.

Mr. Jones war sehr nett. Er unterrichtete Mathe, Physik und Sport. Er war sehr muskulös. Und groß. Fast so wie Brad. Ich kam an einen Einzeltisch und war von der ersten Stunde an sehr aufmerksam. Ich hatte alle Schulsachen mitgeschleppt, weil ich noch keinen Stundenplan hatte.

Mr. Jones war von meiner Schrift sehr beeindruckt. Er sagte, er habe noch nie eine so saubere Schrift gesehen. Das freute mich. Er fragte, ob ich viel schreiben würde. Sollte ich ihm von meinen Geschichten erzählen? Wenn ja, von welchen? Den Blutgeschichten oder den Geschichten mit meinem Vater? Ich fand, dass ihn die Geschichten mit meinem Vater nichts angingen. Also sagte ich: „Ich habe eine ganze Kiste voller … Blutgeschichten." Es kam einfach so aus mir heraus. Ich sollte doch ehrlich und gehorsam sein. Stimmt's, Mr. Mintz?

Mr. Jones sah mich etwas verwundert an. Er hatte das Wort wohl noch nie gehört und fragte: „Was sind Blutgeschichten?"

Ich lachte: „Na, blutige Geschichten."

„Horrorgeschichten?"

So konnte man es auch nennen. Also nickte ich. Das Wort war vielleicht besser. Zumindest verstanden es mehr Leute.

„Bring mal eine mit", sagte er interessiert, und ich freute mich, so einen freundlichen Klassenlehrer zu haben.

Nach dem Unterricht schickte mich Mr. Jones zur Kleiderkammer. Ich solle mir Sportsachen geben lassen. Morgen seien zwei Stunden Sport. Er gab mir meinen Stundenplan.

Am Mittagstisch hatte ich das Gefühl, dass meine Welt wieder in Ordnung war. Zumindest die letzten vier Stunden. Mr. Mintz konnte wieder stolz auf mich sein. Dann fiel irgendwo in der Mensa eine Blechschüssel auf den Boden. Das gab so einen fürchterlichen Knall, dass mein Hirn wieder ausrastete. Ich suchte den Schuldigen und schlug ihn nieder. Dann saß ich wieder bei Mr. Mintz, meine Hände zwischen die Schenkel geklemmt. Er sagte, Bob würde gleich kommen. Das war gut. Ich wollte sowieso mit Bob über meine Ausstellung sprechen. Bob war sehr außer Atem. Er war schnell hierher gerast. „Tun Sie was dagegen", sagte Mr. Mintz. Ich dachte den Satz weiter: Sonst schlag ich ihn in Grund und Boden.

Bob, immer noch außer Atem, sagte, ich solle mit ihm in sein Büro kommen. Dort hatten wir dann mehr Ruhe.

„Du hast wieder geschlagen", sagte er ernst.

Ich nickte.

„Wegen eines *Knalls*?"

Ich wusste, dass er fast *Schuss* gesagt hätte. Ich nickte wieder.

„Dein Hirn ist wieder ausgerastet?"

Ja.

„Das muss aufhören", sagte er und klang sehr ernst dabei.

„Kann ich aber nicht. Es kommt so über mich."

Bob nickte.
„Wir werden etwas ausprobieren. Komm mit."

Er nahm mich mit in die Sporthalle. Wir waren ganz allein. Ich fragte mich, warum wir nicht jetzt die Bilder auslegen konnten.

Bob hatte eine kleine Tasche dabei. Er sagte: „Zieh deine Schuhe aus. Und Socken. Wir werden barfuß laufen."

Wir liefen zwei Runden durch die Halle und erzählten über den ersten Unterricht von heute Morgen.

„Bist du warm?", fragte er, und ich sah ihn an. Wie?

Bob begriff und fragte: „Ist dir vom Laufen warm geworden?"

Ich verstand und nickte.

„Gut", sagte er. „Dann holen wir uns jetzt eine große Matte."

Wir zogen ein riesiges Ding aus dem Lager in die Halle. Bob sagte: „Du stellst dich da hin und ich hier."

Wir standen uns jeweils an den langen Enden der Matte gegenüber, das Ding genau zwischen uns. Wie bei einem Boxkampf.

„Bist du bereit?", fragte Bob.

Wofür auch immer. Mit Bob machte alles Spaß. Ich sagte: „Bereit."

Er holte aus der Tasche eine Pistole! Ich erschrak zu Tode. Jetzt war alles vorbei. Ich wollte wegrennen, aber Bob schrie: „Bleib stehen!"

Ich gehorchte, wenn auch unter starkem Zittern. Bob zielte zur Decke und schoss! Natürlich mit Platzpatronen. Der Schuss knallte so laut durch die Halle, das glaubt mir keiner. Mein Hirn rastete sofort aus, und ich lief über die Matte auf Bob zu, um ihn in Grund und Boden zu schlagen. Ich sah noch, wie Bob die Waffe wegschmiss und auch auf mich zugerast kam. Wir trafen uns in der Mitte der Matte, und ich prügelte auf Teufel komm raus auf ihn ein. Solange, bis ich nicht mehr konnte. Die Luft ging mir aus.

Bobs Luft war auch zu Ende. Er hechelte wie ein Hund: „Okay, stell dich wieder da hinten an die Matte."

Ich lag auf der Matte, japste nach Luft und schüttelte den Kopf. Bob zerrte mich dann dahin. Er lief auf die andere Seite, nahm wieder die Waffe und schrie: „Steh auf!“

Ich rappelte mich auf und sah, wie Bob wieder schoss. Wieder peitschte der Schuss ohrenbetäubend durch die Halle. Mein Hirn rastete wieder aus, und ich rannte auf Bob zu. Er schmiss die Waffe weg und rannte auch auf mich zu. Ich prügelte wieder auf ihn ein. Ich weiß nicht wie lange, aber irgendwann bekam ich gar keine Luft mehr. Wieder zerrte er mich an das andere Ende der Matte und stellte meinen wackeligen Körper auf. Ich weiß heute nicht mehr, wie oft Bob das Spiel mit mir gespielt hat. Aber eins weiß ich noch: Irgendwann konnte Bob so viel schießen wie er wollte, mein Hirn rastete nicht mehr aus. Ich stand nur noch da und sah ihn an. Erst da ließ sich Bob zu Boden fallen und japste auch wie ein Hund nach Luft. Geschafft!

Mr. Mintz stand an der Hallentür und klatschte in die Hände. Ich durfte unter die Dusche und musste zum Arzt. Der sollte mich untersuchen, ob ich mir irgendwas gebrochen hatte. Aber es war alles in Ordnung. Nur Bob hatte Prellungen.

Die Geschichte mit der Schießerei hatte sich schnell herumgesprochen, und ich war wieder einmal der Held des Tages. Ich reagierte nie mehr auf laute Knallgeräusche mit Prügellust. Bob hatte mir eine große Last genommen.

Ein Problem war immer noch die Sirene am Morgen. Jason hatte schnell spitzbekommen, dass ich danach immer schreien musste. Er sagte, ich solle mir dann einfach einen Waschlappen in den Mund stopfen. So tief, bis ich würgen musste. Dann konnte ich nicht mehr schreien.

Das half wirklich. Allerdings konnte ich den Waschlappen nicht überall mit hinschleppen. Aber er beseitigte erst einmal das Problem am Morgen.

Ich ging wieder auf die Suche nach meinem Sexlexikon. Wer mochte es genommen haben? Ich konnte Mr. Mintz nicht danach fragen. Das war doch zu heikel. Vielleicht wusste Bob es. Ich wollte sowieso von ihm wissen, wann wir endlich die Bilder auslegen konnten. Deshalb hatte ich vor, mich ganz ordentlich bei ihm anzumelden. Doch er war nicht da.

Ich hörte ihn aus Mr. Mintz' Büro. Irgendwie konnten die beiden nie leise miteinander reden.

Bob schrie: „Ich brauche Sie aber dafür!"

„Das ist Wahnsinn! Wir sollten versuchen, ihm Disziplin in der Schule beizubringen! Dann erledigt sich das andere bald von alleine!"

Stille.

Mr. Mintz tobte: „Wir haben Sie hier nicht für Therapien, sondern für zwischenzeitliche Probleme und Vermittlungen eingestellt! Ist Ihnen das klar?"

Stille.

Mr. Mintz schrie weiter: „Wenn Sie eine Therapie durchführen wollen, dann gehen Sie woanders arbeiten. Wir sind hier ein Heim und keine Klinik!"

Den Satz hatte ich schon mal gehört.

Bob kam aus dem Büro und entdeckte mich sofort. Er war rot, sah zu Boden und ging an mir vorbei in sein Büro. Ich lief hinterher und klopfte höflich an seine Türe.

„Komm rein, Christopher", hörte ich seine genervte Stimme. Ich hatte vergessen, was ich wollte, und ging gar nicht erst rein.

Der Unterricht lief gut. Ich verstand den Stoff sehr schnell und konnte meine Schrift gut üben. Ich überreichte Mr. Jones eine Blutgeschichte. Hatte sie vorher gut abgestaubt, damit er nichts merkte. Es reichte, wenn ich wusste, dass sie mit meinem Blut geschrieben war.

Übrigens, Jason schrieb jetzt auch mit seinem Blut. Cool. Mr. Jones bedankte sich und nahm die Klasse mit zum Sport. Ich dachte, wir sollten vielleicht alle mal das Schießspiel machen und erklärte es ihm. Es tat mir gut, warum also nicht auch den anderen?

Mr. Jones war irgendwie entsetzt. Wir machten Zirkeltraining.

Danach sah ich Mr. Jones im Büro von Mr. Mintz verschwinden. Vielleicht musste er sich dort eine Waffe ausleihen. Als Mr. Jones herauskam, fragte ich ihn, ob ich mal für eine halbe Stunde in die Halle dürfte. Ich wolle noch ein bisschen Konditionstraining für mich machen. Das fand er gut und sah im Hallenplan nach. Es ging. Sogar für eine Stunde. Am Nachmittag von vier bis fünf. Er vertraute mir den Schlüssel an. Um vier rannte ich mit all meinen Bildermappen in die Halle und legte sie ordentlich sortiert, Reihe für Reihe auf dem Boden aus. Ich ließ keinen einzigen Ritz dazwischen. Der ganze Hallenboden war voll mit schwarz, rot und weiß. Gequälte Gesichter, Explosionen, Penisse und Samenergüsse.

Ich rannte auf die Tribüne und sah mir mein Werk an. So was hatte ich noch nie gesehen! Fantastisch! Irre! Außergewöhnlich! Das musste ich unbedingt Bob zeigen und rannte ihn holen. Bob wusste nicht, was los war, als ich ihn zur Sporthalle zerrte. Ich wollte ihn ja überraschen. Als er die Halle betrat, hielt er die Luft an. „Oh, mein Gott“, flüsterte er.

Ja, ich war ein wahrer Künstler. Bob hatte recht. Die Halle eignete sich hervorragend für meine Ausstellung.

Ich zerrte Bob auf die Tribüne, damit er aus dieser Sicht das Gesamtbild sehen konnte. Er stand neben mir, und ich platzte vor Stolz. Na, was sagst du, Bob?, dachte ich.

Er flüsterte wieder „Oh, mein Gott“ und musste sich setzen. Er hatte wohl meine Fähigkeit erkannt. Als Kunstkenner musste er das.

Bob sah mich an. Er schwitzte und zitterte. Was war los? War es Überwältigung oder waren meine Bilder nicht gut genug? „Bekomme ich jetzt eine eigene Ausstellung?“, fragte ich erwartungsvoll.

Er sagte: „Du bekommst mehr als das. Warte hier. Ich komme gleich wieder.“

Bob stand auf und verließ die Halle.

Ein paar Jungen hatten sich inzwischen in der Tür gesammelt und starrten auf den schwarz-rot-weißen Boden. Ich rief: „Kommt doch hier rauf!“

Als Bob wiederkam war die ganze Tribüne voll. Kein Laut ging durch die Reihen. Alle waren sprachlos. Dass ich so ein guter Künstler war, hatte ich nicht gedacht.

Bob hatte eine Digitalkamera geholt und machte Fotos von der Tribüne aus. Es kamen immer mehr Heimjungen dazu. Die Tribüne platzte aus allen Nähten. Niemand trampelte auf meinen Bildern herum.

Dann kam Mr. Mintz. Auch er starrte auf meine Bilder. Er flüsterte: „Großer Gott!" Es war sicherlich die größte Kunstausstellung, die er je gesehen hatte.

Bob sagte mir, es wären genau 632 Bilder. Alle zusammen ergaben *ein einziges gequältes Gesicht*!

Ich brauchte die Bilder nicht wegzuräumen. Mr. Mintz wollte, dass sie liegen blieben. Er schloss die Halle ab. Sieben Tage lang. Es gab keinen Sportunterricht während dieser Zeit. Ich schätze, dass er sie nur noch für ausgesuchtes Publikum öffnete. Wie das so läuft in den Kreisen.

Ich war mächtig stolz, dass alle meine Bilder gesehen hatten. Jetzt konnte ich auch so mutig sein und Mr. Jones erzählen, dass meine Geschichten mit echtem Blut geschrieben waren. Respekt hatte ich nun genug.

Alle machten einen großen Bogen um mich, sogar die Lehrer. Ich war eine richtige Persönlichkeit geworden.

Jason war mächtig stolz auf mich. Er sagte, er hätte noch nie so einen außergewöhnlichen Freund gehabt. Ich erkundigte mich bei Bob, wann ich die Bilder wiederhaben dürfte. Bob bat mich jedoch, sie noch eine Weile behalten zu können. Er wolle sie noch einzeln ansehen.

„Klar", sagte ich.

Ich fragte Mr. Mintz, ob ich bald neue Ölfarben bekommen könnte. Er sagte: „Nein!"

Das verstand ich nicht.

Bob rief mich ins Büro. Er hatte sich meine Bilder angeschaut und wollte mit mir darüber reden. Klar doch!

Erst wollte er nicht so richtig mit der Sprache raus, aber dann fragte er: „Sind das alles männliche Glieder?"

„Penisse", sagte ich unbekümmert. Das sah man doch! Bob wollte wissen: „Warum sind sie manchmal rot und manchmal schwarz?"

Endlich hatte ich jemanden gefunden, mit dem ich über das Onanieren sprechen konnte. Ich erzählte ihm die Geschichte, als ich Brad nachts unten im Wohnzimmer vor dem Fernseher onanieren gesehen hatte. Es hatte mir anschließend viel Ärger gebracht. Ärger ist schwarz.

Bob stellte fest: „Also, immer wenn du Ärger mit …", er zeigte zwischen seine Beine, „… hast du sie schwarz gemalt."

Ich sagte: „Ja." So ungefähr.

Bob schickte mich wieder raus. Ich war enttäuscht, dass ich nicht mehr mit ihm über das Thema sprechen konnte. Vielleicht ein andermal.

Am nächsten Tag musste ich wieder zu Bob ins Büro. Er sah mich an und sagte: „Du hast 417 schwarze Glieder gemalt."

Waren das so viele? „Oh", sagte ich peinlich berührt.

Bob meinte, dass ich unbedingt eine Therapie bräuchte, er das aber nicht machen könnte.

Ich fragte: „Warum?"

„Dafür bin ich hier nicht eingestellt. Ich werde einen guten Therapeuten von draußen suchen. Vertrau mir."

Ich vertraute ihm. Er fand keinen. Er war der Einzige, der das tun konnte. Aber er durfte nicht.

Weihnachten kam. Die Flure wurden geschmückt.

Ich hatte kein Gefühl für Weihnachten, aber ich erinnerte mich, dass meine Eltern kurz nach Weihnachten geheiratet hatten. Ich fand mal ein Foto von ihrer Hochzeit. Da war noch ein Tannenbaum im Hintergrund. Und viele andere Gesichter. Jim, Patricks Vater, war auch dabei gewesen. Und Linda, Patricks Mutter. Das brachte mich wieder zu meinem Vater. Wo konnte ich neue Informationen über ihn bekommen? Ich wollte doch so werden wie er. Wie konnte ich das, wenn ich nicht wusste, wie er war?

Ich ging also zu Bob und fragte: „Kannst du mir was über meinen Vater erzählen?“

Bob zögerte, das merkte ich. Er sagte: „Dein Vater hat dich auf die Welt gebracht.“

Wow! Mein Vater! Und? Was noch? Ich sah ihn an.

„Er sah fast so aus wie du. Und du siehst verdammt gut aus.“

Das schmeichelte mir.

Bob sagte, dass er jetzt keine Zeit mehr habe und schickte mich raus. Die paar Informationen reichten mir überhaupt nicht. In diesen Ordnern stand bestimmt noch vieles mehr. Ich musste irgendwie an diese Ordner kommen. Das würde bestimmt verdammt schwer werden. Zunächst einmal mussten meine Schulleistungen wieder richtig gut werden. Die hatten in letzter Zeit etwas nachgelassen, weil mich so viele Dinge beschäftigt hatten. Doch als ich mir wieder Mühe gab, floss der Stoff wie Honig in mich hinein.

Außerdem durfte ich auf keinen Fall mehr gegen irgendeine Regel verstoßen. Ich musste also mit meinen Ideen etwas vorsichtiger sein. Auch wenn sie gut waren. Aber sie erregten immer Aufsehen. Das durfte mir in nächster Zeit nicht passieren. Alle mussten merken, wie sehr sie mir jetzt vertrauen konnten. Ich stand auf dem Flur und las jeden Tag die Hausordnung. Ich lernte die verdammten 25 Regeln wie das Alphabet auswendig. Ständig murmelte ich vor mich hin, um sie ja nicht zu vergessen.

Mr. Mintz bestellte mich in sein Büro und sagte, dass er in den letzten Wochen sehr zufrieden mit mir gewesen sei. Ich sollte so weitermachen, und er sagte mir eine große Zukunft voraus.

Ich dachte, das muss wohl an Weihnachten liegen. Da wurden alle immer so wohlig gelaunt.

Ich sagte den anderen Jungs, dass sie sich mehr um die Regeln bemühen sollten. Der Bunker blieb wochenlang leer.

Ich hatte mich zu einem Musterschüler gemausert und war zufrieden. Meine Bilder bekam ich allerdings immer noch nicht wieder.

Das Verhältnis zu Bob wurde besser, weil ich nicht mehr therapiert werden musste. Alle vertrauten mir. Bald konnte ich versuchen, an die Ordner zu kommen.

Bob und ich saßen mal wieder in seinem Büro, als er plötzlich auf die Uhr sah und eilig wurde. Ich malte noch. Ich durfte bei ihm im Büro immer malen. Allerdings nur mit Wasserfarben und unter Aufsicht. Das war okay. Ich konnte die Farben jedoch nicht mit Blut mischen, das traute ich mich in Bobs Büro nicht. Außerdem hatte ich zurzeit keine Schnitte auf den Armen. Zu blöd.

Bob musste also weg, und ich war noch nicht fertig. Das war ihm zwar nicht recht, aber es ließ sich nicht ändern. Ich legte meinen treuesten Blick ins Gesicht und sagte: „Bitte lass mich fertigmalen."

„Das geht nicht, Christopher. Ich muss weg."

„Ich kann doch abschließen", bot ich listig an. „Du weißt doch, dass ich nicht in meinem Zimmer malen darf. Bitte, Bob!"

Er sah mich lange an. „Gut", sagte er. „Gut, ich vertraue dir. Enttäusch mich nicht, Bursche." Dann war er weg.

Ich holte sofort die Ordner und suchte meine Eintragungen. Es standen nur ein paar Sätze über meine Mutter drin, dass sie tablettenabhängig war, dass Brad alkoholsüchtig und gewalttätig war, und dass ich mehrmals in Grund und Boden geprügelt worden war. Dann standen da noch die Namen meiner Schulen und etwas über meine Blutgeschichten.

Nichts Aufregendes für mich.

Bob hatte verschiedene Eintragungen von unseren Treffen gemacht, aber nichts *Aufregendes.*

Bob sagte, dass er zum Schluss eines Gesprächs immer das Ergebnis aufschreiben muss. Das heißt, warum einer etwas machte. Aber wen interessiert das schon? Ich meine das *warum.*

Nachdem ich gar nichts über meinen Vater fand, wurde ich sehr wütend und schmiss den Ordner in eine Vitrine aus Glas. Das Glas zerbrach, und ich schrie wie am Spieß. Mr. Mintz kam aufgeregt hereingerannt und schrie mich an. Besser wäre gewesen, wenn er einen Waschlappen dabei gehabt und ihn mir tief ins Maul gestopft hätte.

Mr. Mintz schlug mir ins Gesicht, als ich auf sein Schreien nicht reagierte. Ich dachte, aha, jetzt geht's los. Jetzt schlägt er dich in Grund und Boden, genau wie Brad es vorausgesagt hatte. Aber Mr. Mintz setzte sich mit hochrotem Gesicht auf einen Stuhl und wartete, bis ich nicht mehr schreien konnte. Mir ging nämlich irgendwann die Luft aus, und ich sah ihn an. Auch mit hochrotem Gesicht.

Er sagte: „Zieh dich aus!“

Ich fragte: „Ganz?“

Er befahl: „Ganz!“

Dann schaute er mich von oben bis unten an, an den Beinen, an den Armen und nickte zufrieden. „Zieh dich wieder an!“

Was sollte das? Veränderte man seinen Körper, wenn man schrie, oder die Farbe der Haut oder was?

Als ich wieder angezogen war, brachte er mich in den Bunker. Das erste Mal wieder nach vielen Wochen. Ich saß da, im Dunkeln, und dachte: verdammt, nicht mal anmalen konnte ich mich. Ich hatte derzeit keine Wunde, die sich aufkratzen ließ. Ich musste die ganze Nacht da drin gesessen haben, denn als mich Bob herausholte, war es kurz vor Schulbeginn. Bob brachte mich in die Mensa und sah zu, wie ich gierig frühstückte. Dann schickte er mich zum Duschen und holte mich anschließend in sein Büro.

Ich sah auf die zerschlagene Vitrine. Der Ordner lag immer noch davor.

„Was hast du gemacht?“, fragte er in ganz ruhigem Ton. Konnte man das nicht sehen? Ich sagte: „Den Ordner in die Vitrine geworfen.“

Bob nickte. „Das sehe ich. Warum?“

Ich verstand die Erwachsenen oft nicht.

„Warum hast du das gemacht?“, fragte Bob, immer noch ruhig.

Aha, jetzt wurde es schon schwieriger. Wir kamen der Sache näher. Die Erwachsenen brauchen oft so lange, bis sie auf den Punkt kommen. Ich dachte nach. „Weil ich so wütend war“, antwortete ich brav.

„Worüber warst du wütend?“, fragte Bob.

Die Frage gefiel mir, denn sie brachte mich näher an mein Ziel. „Weil ich meinen Vater nicht finden konnte.“

Bob schwieg und nickte. „Du hast Unterlagen über deinen Vater gesucht?“

Jetzt nickte ich.

„Was denkst du denn, wo du deinen Vater finden kannst?“

Ich zeigte auf den Ordner. Mensch! War das so schwer? Jetzt verstand er.

„Du willst mehr über deinen Vater erfahren, stimmt's?“

Na endlich! Ja! Ja! Ja! Ich wurde ganz aufgeregt.

„Ich werde sehen, was ich für dich in Erfahrung bringen kann“, versprach Bob und nahm mich wieder in den Arm. Ich drückte ihn fast zu Tode.

In der folgenden Nacht hörte ich Jason onanieren. Es war ein Tag vor Weihnachten. Ich dachte, der macht sich sein Weihnachtsgeschenk selber! Ich nutzte die Gelegenheit und machte mir auch ein Weihnachtsgeschenk.

Am Weihnachtstag bekamen alle Jungen ein Weihnachtsgeschenk. Ein anderes, versteht sich! Zumindest alle, die noch da waren. Viele waren weg. Ich fragte mich, wohin die waren. Sie hatten doch alle niemanden.

Auf jeden Fall gab es ein großartiges Frühstück mit Plätzchen und Klaviermusik. Ich versank vor Glück und stopfte mir Plätzchen rein. Die Musik ließ mich alles vergessen. Danach überreichte Mr. Mintz allen ein Geschenk. Das waren dann Handschuhe, Mützen, Bücher und so. Nur ich bekam keins. Ich war entsetzt und blieb als Letzter stehen, während alle mit ihren Geschenken in ihre Zimmer gingen. Mir stiegen die Tränen in die Augen.

Dann trat Bob vor und überreichte mir ein flaches, viereckiges Geschenk. Es war blau eingepackt. Aber die Schleife war rot.

Ich vergaß sofort meine Tränen und riss das Papier auf. Es befand sich ein Bilderahmen darin. In dem Rahmen war ein Bild von meinem Vater! Eins, dass ich noch nicht kannte! Noch nie gesehen hatte! Wo hatte Bob das her?

Bob sagte: „Das ist dein Vater, als er 23 Jahre alt war."

Ich nickte, drückte das Bild an mein Herz und weinte. Dann musste ich es wieder ansehen. Ich dachte zuerst, man hätte vielleicht ein Bild von mir dort eingerahmt. Es war das großartigste Geschenk, das ich je bekommen habe. Ich nahm Bob in die Arme und drückte ihn wieder fast zu Tode. Mr. Mintz wollte ich nicht drücken. Der schaute nämlich ziemlich finster drein.

Weihnachten war wundervoll. Ich hatte bis dahin nicht gewusst, wie schön das Fest sein konnte. Der riesige Tannenbaum, der in dem großen Flur des Schulgebäudes stand, war großartig. Ich musste immer hinsehen, wenn ich vorbeiging. So schön war der.

Ich wollte mich zu gerne mal mit einem Sessel davorsetzen, um ihn stundenlang anzusehen, aber Mr. Mintz wollte seinen Sessel sofort wieder zurück in seinem Büro haben. Der Boden war zu kalt zum Sitzen.

Ich dachte, dass es Zeit würde, Bob auch endlich mal ein Geschenk zu machen. Er wollte kein Bild von sich gemalt haben. Sagte, er hätte schon genug von mir, was ihn erfreuen würde. Vielleicht hatte er auch Angst, dass sein Mund gequält aussehen würde. Ich fragte Mr. Mintz, ob ich mal alleine in die Stadt dürfte. Er antwortete: „Nein, noch nicht."

„Warum?", fragte ich. Die anderen dürften das auch. Er sagte: „Die anderen sind auch schon länger hier als du."

Das verstand ich nicht. Aber was verstand ich schon? Ich verstand sehr schnell, dass die große Türe des Schulgebäudes nicht verschlossen war. Dort hinaus ging es in die Freiheit. Dort war ich durchgegangen, als Mr. Mintz mich hergeholt hatte.

Warum sollte ich mich nicht einfach unter die anderen Freigänger mischen, ohne dass Mr. Mintz etwas merken würde? Ich wusste keine Antwort, die mich davon abhielt.

Abends um fünf, als es schon dunkel war, ging ich also los, um Bob noch ein Weihnachtsgeschenk zu holen. Doch solange ich auch ging, ich konnte die Stadt nicht finden. Die Häuser wurden immer weniger, bis ich kaum noch ein Haus sah. Straßenlampen gab es auch immer seltener, mir wurde kalt. Ich war weiß Gott wie viele Stunden schon gelaufen, und ich musste noch den ganzen Weg wieder zurück! So weit konnte die Stadt doch nicht sein!

Wenn Geschenke kaufen so anstrengend war, würde ich das nie wieder tun. Dann würde ich sie in Zukunft lieber selber machen.

Und so lief ich und lief, bis die Schmerzen in meinen Füßen so groß wurden, dass ich mich setzen musste. Ich fand eine Bank unter einer Lampe und sank darauf zusammen. Kurze Zeit später hielt dort ein Bus, und der Busfahrer fragte, ob ich mit wolle.

Ich fragte ihn: „Wohin denn?“, denn das wollte ich vorher schließlich wissen.

Er schloss wieder die Tür und fuhr weiter. Ich würde niemals mit Fremden mitfahren, die mir nicht sagten, wohin sie mit mir fahren würden. Ich zog meine Schuhe aus und sah, dass mein linker Fuß blutete. Cool, dachte ich, dann könnte ich doch ein bisschen malen. Ich drückte die Wunde ganz fest zusammen, konnte aber nur ein paar Tropfen herausdrücken. Das reichte gerade einmal für ein paar Punkte auf der Bank. Sah aber gut aus. Im Mülleimer neben der Bank fand ich eine kaputte Bierflasche. So eine, wie Brad sie immer zum Frühstück trank. Ich entdeckte, dass sie scharf wie ein Messer war und schnitt mir in den Handrücken. Uiihh, das tat doch etwas weh. Das nächste Mal sollte ich wieder den Arm nehmen. Aber Blut floss genug. Ich konnte die ganze Holzbank anmalen. Dann wurde mir schwindelig. Das Blut wollte nicht aufhören zu fließen. Meine Knie sackten weg.

Ich hörte noch, dass ein Wagen anhielt und jemand rief: „Wir haben ihn.“ Dann schlief ich ein. War wohl schon nach zehn. Als ich wieder wach wurde, lag ich nicht in meinem Bett. Ich lag bei Doktor Sowieso im Heim. Meine linke Hand war verbunden.

Der Arzt zog meine Augenlider hoch und leuchtete mit einer Taschenlampe hinein. Wollte er in mein Hirn sehen? Also, wenn ich ehrlich bin, weiß ich gar nicht, ob ich eins habe. Einer sagte mal *Hirnloser* zu mir. Aber irgendwo musste doch der ganze Schulstoff hin.

„Christopher?“, fragte Dr. Sowieso. „Kannst du mich hören?“

Ich nickte. Ja, laut und deutlich.

Er ging weg, und Bob kam. Er sah gar nicht gut aus. Seine Augen waren rot umrandet. So hatte Brad immer nach dem Saufen ausgesehen. Soff Bob etwa auch?

„Hallo“, sagte er zu mir.

Mr. Mintz würde fragen: „Was hast du dir dabei wieder gedacht?“

Aber Bob fragte: „War der Ausflug schön?“

Ich nickte. Nur etwas kalt und lang.

„Wo wolltest du denn hin?“, fragte er weiter.

Ich sagte: „In die Stadt, dir ein Weihnachtsgeschenk kaufen. Aber ich habe die Stadt nicht gefunden.“

Bob rieb sich die Augen und wandte sich ab. Er seufzte. Dann verließ er das Zimmer. Er war sicher zu gerührt von meiner Idee.

Als ich wieder in mein Zimmer gehen durfte, hörte ich Bob und Mr. Mintz streiten.

„Das muss aber sein!“, schrie Bob. Ich wusste gar nicht, dass er so schreien konnte.

„Unmöglich!“, schrie Mr. Mintz zurück. Die beiden konnten sich wohl überhaupt nicht leiden.

Ich war froh, mit Jason so gut auszukommen.

Als ich in mein Zimmer kam, war Jason weg. Sein Bett war leergeräumt, genau wie der Schrank und der Schreibtisch. Er hatte eine Pflegefamilie gefunden. Ich konnte mich nicht von ihm verabschieden. Schade. Ich war nun alleine und bekam auch keinen neuen Zimmergenossen. Wer sollte schon zu mir passen?

Das Zimmer wurde leergeräumt. Nur noch mein Bett, Schrank und Schreibtisch blieben drin. Dafür hatte ich jetzt ein riesengroßes Zimmer für mich allein. Könnte man Krafttraining drin machen. Aber das brauchte ich nicht mehr.

Ich fragte Bob, ob ich meinen Recorder wiederhaben könnte, um Klaviermusik zu hören. Abends, ganz leise. Versprochen. Nicht länger als zehn, Ehrenwort! Ich war doch einsam! Bob rang um Worte: „Das darf ich dir nicht erlauben."

Ich nickte. Mr. Mintz war der Chef und brauchte das Ding selber. Hoffentlich war meine CD nicht zu sehr abgenutzt.

„Aber, was ich kann", sagte Bob, „hier ihn meinem Büro mit dir zusammen Musik hören."

Das war eine klasse Idee! Eine Musikstunde mit Bob.

Ich brachte das Bild meines Vaters mit und zog den Sessel von Mr. Mintz in Bobs Büro. Das gab wieder mächtig Ärger, und die Musikstunde fiel aus. Was hatten nur alle gegen richtige Gemütlichkeit?

Ich musste weinen im Zimmer. Nichts mehr war wirklich schön. Jason war nicht mehr da, jetzt konnte ich weinen, ohne dass es einer merkte. Ich hätte so gerne Klaviermusik gehört.

Mr. Mintz holte mich in sein Büro und sagte mir, dass ich ein sehr kluger Junge sei. Das freute mich. Ich machte wohl wieder alles richtig. Er sagte, weil ich so klug sei, gäbe er mir eine Woche schulfrei für ein Berufspraktikum. Das hatte ich noch nie gehört.

„Was ist das?", fragte ich interessiert. Es war immer spannend, etwas Neues zu lernen.

Mr. Mintz erklärte mir: „Du darfst eine Woche zu einer Arbeitsstelle hin und dir die Arbeit anschauen. Das nennt man: *einen Einblick bekommen.*"

Ich fragte, zu welcher Arbeitsstelle ich denn dürfte.

„Das sagt dir Bob. Er hat sie für dich ausgesucht."

Ich liebte Bob. Er wusste immer, was mir guttat. Am meisten machte es mich stolz, dass Bob mir schon eine richtige Arbeit zutraute. Ich war wahrscheinlich so gut in der Schule, dass ich sie bald verlassen durfte.

Gegen Abend kam Bob zu mir ins Zimmer und setzte sich auf mein Bett. Ich konnte ihm leider keinen Stuhl anbieten. Den einzigen, den ich besaß, brauchte ich gerade selber. „Alles klar?", fragte Bob und sah auf meine Schulsachen, die ich über den ganzen Schreibtisch ausgebreitet hatte. Ich war wirklich tüchtig.

„Hat Mr. Mintz mit dir gesprochen?", fragte er.

Ich nickte.

„Was hat er denn gesagt?"

Ich sah Bob an. Das müsste er doch wissen! Aber ich erklärte es ihm noch einmal. „Dass du mir eine Arbeitsstelle gesucht hast."

Bob nickte. „Richtig … nein, nicht ganz. Ich habe dir eine Praktikumsstelle besorgt. Das ist ein Unterschied. Zu einer Arbeitsstelle geht man jeden Tag und bekommt Geld dafür. Zu einer Praktikumsstelle geht man ein oder zwei Wochen hin, um eine Arbeit kennenzulernen und bekommt kein Geld dafür. Das nennt man *einen Einblick bekommen.*"

Das hörte sich gut an. Ein richtiger Männersatz: *einen Einblick bekommen.*

Ich fragte: „Welche Arbeit soll ich denn kennenlernen?"

Bob rieb sich das Gesicht und sagte: „Die Unfallstation in einem Krankenhaus."

Ich jubelte! Ich sollte Unfallarzt werden! Ich konnte die ganze Nacht nicht schlafen, so aufgeregt war ich. Jason fehlte mir. Leider musste ich noch drei Tage in die Schule gehen. Ich konnte mich auf den Unterricht fast gar nicht konzentrieren. Musste immer darüber nachdenken, wie eine Unfallstation wohl sein könnte. Bob fielen immer außergewöhnliche Dinge ein. Genau richtig für mich.

Dann kam der Tag, an dem Bob mich nach dem Frühstück aus der Mensa holte und sagte: „Wir fahren jetzt."

Ich sagte zu den anderen: „Ich fahre jetzt", und alle sahen mich stumm an. Was dachten sie wohl? Dass ich ein ganz besonderer Junge war und Dinge konnte, die sie noch nicht konnten? Bestimmt!

Bob ging mit mir durch den großen Flur der Schule und traf Mr. Mintz, der uns ernst ansah. Wir waren jetzt drei Erwachsene.

„Und Sie sind sich sicher?", fragte er Bob.

„Ja", antwortete der nur.

„Na dann, bis nächste Woche." Er gab Bob die Hand und sagte noch: „Alles Gute."

Mir gab Mr. Mintz nicht die Hand und wünschte mir nicht alles Gute. Bob brauchte wohl mehr Ermutigung als ich. Wir stiegen in Bobs Auto und fuhren in die Stadt. Das war ganz einfach, wie ich sah. Ich war in die falsche Richtung gegangen. Darum hatte ich sie damals nicht gefunden. Wir fuhren durch die Stadt hindurch bis zu einem riesigen Gebäude. Riesig! Es war das Krankenhaus, in dem ich die nächsten Tage arbeiten durfte. Wahnsinn! Da konnte ich abends im Heim aber viel erzählen.

Es war ein großartiges Gefühl, als ich mit Bob durch die Tür schritt. Hinter einem hohen Tisch stand eine Frau und zeigte nach rechts, als sie uns kommen sah. Kannte sie Bob? Ich drehte mich noch um und sah, wie sie uns hinterher guckte. Bob war wohl überall bekannt, denn auch die Frau, die uns an dem nächsten Tisch begegnete, kannte Bob. Sie kannte sogar mich, obwohl ich noch nie da gewesen war. Wir waren wie bekannte Stars.

Bob ging mit mir durch eine große Tür, die sich von ganz alleine öffnete und hinter uns wieder schloss. Ein Mann kam uns entgegen, der Bob auch kannte. Und Bob kannte ihn. Der Mann sagte, er sei Dr. Jason. Ich sagte, dass mein früherer Zimmergenosse auch Jason geheißen hatte. Jason würde später wohl Arzt werden. Das lag doch auf der Hand. Wir lachten.

Dr. Jason nahm uns mit in sein Büro. Irgendwie haben alle erwachsenen Männer Büros. Wir setzten uns, und Dr. Jason sagte: „Ich habe deine Bilder gesehen, Christopher. Und einige deiner Geschichten gelesen."

Wie sollte ich reagieren? Das war großartig, also sagte ich: „Das ist großartig." Es hörte sich richtig erwachsen an.

„Zeig mir mal deine Arme", forderte mich Dr. Jason plötzlich auf und kam um seinen Schreibtisch herum zu mir. Ich zog beide Ärmel vom Pullover hoch bis fast an die Schultern, denn meine Ritzerei hatte sich an beiden Armen bis ganz oben ausgeweitet.

Bob hielt seine Hände vors Gesicht und stöhnte. Er kannte die Ritzerei ja schon. War auch langweilig.

Dr. Jason sah sich alles genau an und sagte: „Sie sind unterschiedlich tief. Warum?"

Meinte er mich oder Bob?

„Christopher, warum ritzt du manchmal tief und manchmal nicht so tief?"

Ah, er meinte mich. Also antwortete ich gehorsam: „Weil nicht immer Blut kommt."

Dr. Jason nickte und fragte weiter: „Du musst also Blut herauslaufen sehen?"

Ich nickte. Warum sollte ich sonst ritzen?

„Was machst du dann mit dem Blut?", fragte Dr. Jason weiter.

„Ich male damit, Sir."

Dr. Jason nickte, zog meine Ärmel wieder runter und zeigte auf meine Handgelenke innen. Er sagte: „Da darfst du niemals ritzen, denn da kommt so viel Blut auf einmal heraus, dass dir schlecht und schwindelig wird. Dann kannst du nie wieder malen."

Ich nickte mit großen Augen. Gut, dass er mich informierte, denn das hätte ich beinahe einmal getan. Aber wenn ich danach nie wieder malen konnte, ließ ich das lieber.

„Gut", sagte Dr. Jason. „Das hast du doch verstanden? Nie, klar?!"

„Ja, Sir. Nie."

„Tut dir das Ritzen weh?", fragte er weiter.

„Nein, Sir."

„Gut. Was wäre, wenn *ich* dich ritzen würde?"

Dr. Jason wollte mich ritzen? Mir wurde komisch und ich sagte kleinlaut: „Lieber nicht, Sir." Ich sah zu Bob. Hilf mir! Dr. Jason sprach weiter: „Das würde ich nie tun. Ich weiß nämlich, wie schlimm das für dich wäre. – Weißt du, warum du hier bist?"

„Weil ich einen Einblick bekommen soll, Sir."

„Ja, das ist richtig. Du wirst mit mir und einigen anderen Ärzten hier arbeiten. Und zwar auf einer ganz besonderen Station."

Ich unterbrach Dr. Jason: „Was ist eine Station? Ich habe nirgends einen Bahnhof oder einen Zug gesehen."

Bob sah irgendwie bekümmert aus. Dabei war das doch nur ein Witz!

Dr. Jason nickte. Dann erklärte er mir: „Das Krankenhaus hat ganz viele Zimmer für kranke Menschen. Alles auf einer Etage. Das ist dann eine Station. Wie ein Bahnhof mit ganz vielen Gleisen." Er hatte meinen Witz nicht verstanden, aber ich spielte mit und sagte: „Ich lag auch mal in so einem Zimmer, als Brad mich in Grund und Boden geprügelt hatte. Da waren meine Schulter und mein Kiefer gebrochen. Und mein rechtes Auge war hin. Ich wurde in so einem Zimmer auf einer Station gesund gepflegt." Nur das Auge ist noch hin, dachte ich.

Dr. Jason sah Bob an. Der nickte.

„Na dann", sagte Dr. Jason, „kennst du dich ja schon richtig gut aus. Dann weiß du schon, warum man hier liegt."

„Ja, weil man in Grund und Boden geprügelt worden ist."

Dr. Jason seufzte. „Ja, das stimmt, aber hier liegen auch Menschen, die nicht in Grund und Boden geprügelt worden sind, sondern auch solche, die einfach so krank geworden sind, dass sie zu Hause nicht mehr gesund werden und …"

Ich unterbrach nickend: „Wie meine Mutter. Die ist dann aber doch im Krankenhaus gestorben."

Bob nickte wieder. „Ja, das kann auch passieren. Dann war deine Mutter aber schon sehr krank. So krank, dass der Körper sich nicht mehr erholen konnte."

„Ja", sagte ich. „Sie sah auch ganz anders als früher aus. Ich habe nämlich ein Foto von ihr gesehen, von früher. Da ist auch mein Vater drauf. Also ganz anders."

„Ja", sagte er. „Genau das gibt es auch. Es gibt aber auch noch andere Menschen hier. Nämlich solche, die ganz schlimme Unfälle gehabt haben. Weißt du, was ein Unfall ist?"

Ich nickte. Für wie doof hielt der mich? „Ja, wenn Autos zusammenfahren."

„Richtig. Da geht das Auto so kaputt, dass auch die Menschen, die darin sitzen, manchmal schwer verletzt werden."

Ich nickte verstehend.

Dr. Jason sprach weiter: „Das ist so, als wenn sie von Glas oder Blech aufgeritzt werden."

Ich sagte „Iiihh" und verzog den Mund.

„Genau", sagte Dr. Jason. „Iiihh. Das tut nämlich höllisch weh, wenn man von fremden Dingen geritzt wird."

Das konnte ich mir gut vorstellen.

„Dann kommen hier auch noch andere Unfälle an. Kennst du welche?"

Ich dachte nach und schüttelte den Kopf.

„Manche Menschen fallen von der Leiter oder einfach irgendwo anders runter, weil sie sich nicht richtig festgehalten haben. Dann platzt nach einem Sturz schon mal die Haut auf, und es blutet ganz schlimm. Manchmal sind auch die Knochen darunter gebrochen. Das sieht man dann nicht. Dann gibt es Unfälle im Haushalt", fuhr Dr. Jason fort. „Schnitte mit Messern oder Scheren oder anderen scharfen Gegenständen. Es kommen Kinder, Erwachsene und ganz alte Menschen hier an. Die brauchen dann unbedingt unsere Hilfe. Wir helfen, die Wunden zu nähen und zu verbinden und Knochen zu heilen. Ich werde dir jetzt alles zeigen. Und du wirst mir helfen."

Das klang großartig.

„Hast du Angst vor Blut?", fragte Dr. Jason.

„Iwo", flapste ich.

„Dann bist du bei mir richtig. So einen Helfer wie dich brauche ich."

Ich war so stolz. Wie Bob nur immer solche Sachen für mich fand! Wir verließen das Büro, um endlich mit der Arbeit zu beginnen.

„Ach, und … Christopher", sagte Dr. Jason im Gehen. Ich sah zu ihm auf. „Es geht immer darum, dass wir helfen und heilen. Aber manchmal stirbt auch ein Mensch, obwohl wir alles getan haben, um ihm zu helfen. Das Sterben ist etwas, dass wir manchmal nicht aufhalten können. Alles klar?"

Jetzt wurde mir doch etwas komisch. Ich hätte Bob so gerne gefragt, wie mein Vater gestorben war, aber da sah ich schon den offenen Krankenwagen mit einem Blutmenschen hinten drin.

Es kamen plötzlich ganz viele Leute in grünen Kleidern angerannt und holten den Blutmenschen in die Unfallstation zu mir. Ich begann mit dem Einblick.

Zuerst sah ich nur einen kompletten roten Haufen auf einer Liege. Bei näherem Hinsehen konnte ich Kopf und Körper darunter erkennen.

„Brandopfer!", schrie einer der mitlaufenden Grünen. Dann schrien alle irgendwelche Worte durcheinander, die ich noch nie gehört hatte.

Eine Frau kam auf mich zu, drückte mir ein Paar Gummihandschuhe und ein grünes Hemd in die Hand und sagte: „Zieh das an." Dann rannte sie wieder zu dem Blutmenschen.

Ich zog also alles an und wartete auf meine Arbeit. Ein Mann kam angerannt und erklärte mir: „Wir werden den Mann erst mit Sauerstoff versorgen. Dann, wenn alles in Ordnung ist, wird dich Dr. Jason rufen, um zu helfen. Alles klar?"

Ich nickte.

„Setz dich solange da auf den Stuhl."

Ich sah hinter mich und tat es. Wie ich da saß, konnte ich mir die Unfallstation einmal näher ansehen. Ich hatte gar nicht bemerkt, wie viel da los war. Überall waren grüne Menschen am

Laufen und am Schreien. Überall lag Blut, überall tropfte Blut. Sie brachten noch einen Blutmenschen herein, der aber schon besser aussah.

Dr. Jason hatte mir doch gesagt, dass die Menschen nach einem Unfall Schmerzen hatten. Aber ich hörte niemanden schreien. Schreien taten nur die grünen Menschen. Das verstand ich nicht.

Wo war Bob? Er hatte sicherlich Hunger bekommen. Es musste schon Mittag sein. Aber ich war stabil.

Dr. Jason rief mich und zeigte auf den Boden. Dann brachte er einen großen Eimer und sagte: „Jetzt brauch ich unbedingt deine Hilfe. Gleich kommt das nächste Unfallopfer. Kannst du schon mal alles sauber machen? Das ist eine der wichtigsten Aufgaben hier."

Das verstand ich und begann sofort mit meiner Arbeit. Ich kniete mich nieder und sah, dass die Blutlache ziemlich groß war. Eigentlich zu schade zum Wegputzen. Das hätte mindestens 100 Seiten Geschichten gegeben. Große Seiten. Aber ich durfte hier nicht malen und schreiben. Ich war zum arbeiten da. Wegen dem Einblick. Ich machte gründlich sauber. Von Weitem entdeckte ich Bob. Er war wohl satt.

Als ich fertig war, rief mich Dr. Jason wieder und hatte schon erneut Arbeit für mich. Er fragte: „Kannst du etwas schneller sauber machen?"

Sicher konnte ich das. Warum half Bob nicht mit? Ach ja, er machte ja kein Praktikum oder wie das heißt.

Und wieder rief mich Dr. Jason. Er brachte auch einen neuen Eimer. Meiner war vor lauter Blut am Überlaufen.

Ich schaffte an einem Tag genau 13 Blutlachen und fand, dass es eine tolle Leistung war. Abends war die ganze Unfallstation blitzeblank.

Ich sah Bob immer zwischendurch. Er schrieb etwas in ein Heft. Sicher vor Langeweile. Oder Hausaufgaben von Mr. Mintz.

Mein Kopf tat mir weh, wegen der vielen Schreierei um mich herum. Und Hunger hatte ich auch. Ich ging zu Bob und fragte, ob wir jetzt nach Hause fahren könnten. Ich wäre fertig mit dem Einblick.

Bob sah auf und sagte: „Wir fahren nicht nach Hause. Auf einer Unfallstation gibt es Tag und Nacht Arbeit."

„Aber ich habe Hunger und bin müde", sagte ich. Er hatte ja nicht den ganzen Tag lang gearbeitet.

Bob nickte. „Wir gehen in die Kantine und essen Abendbrot."

Das taten wir.

Das Essen war wunderbar. Es gab in der Kantine ein Buffet. Verschiedene Brote, Wurst, Käse, Gemüse, Aufstriche und Getränke. Bob nahm Brot und eine rote Scheibe Wurst. Ich fragte ihn: „Was ist das?"

Er zeigte auf die Wurst und sagte: „Blutwurst."

Eine coole Idee für eine Wurst! Als ich Bob die Wurst essen sah, wurde mir schlecht.

Dr. Jason zeigte uns ein Zimmer mit zwei Betten. „Das ist ein Bereitschaftszimmer. Bist du bereit, Christopher?"

Was auch immer das für ein Zimmer war, für mich war es ein Schlafzimmer. Ich sagte „Bereit" und durfte rein.

„Ich habe keinen Schlafanzug dabei", sagte ich zu Bob.

„Ich auch nicht", sagte er. „Brauchen wir auch nicht. Morgen bekommen wir Dienstkleidung."

Das klang gut.

Bob schlief ein. Ich dachte daran, dass ich noch nie so viel Blut vergeudet hatte.

Kaum war ich eingeschlafen, kam ein Mann in unser Zimmer und sagte, ich müsse arbeiten. Bob kam müde mit seinem Heft hinterher. Er hatte wohl seine Aufgaben noch nicht fertig. Gut, dass der Mann uns wach gemacht hatte. Ich wischte einen halben Eimer Blut auf und durfte weiterschlafen. Wir wurden nicht mehr gestört.

Am nächsten Morgen ging es unter die Dusche. Bob duschte woanders. Wir bekamen *Wegschmeiß-Unterhosen* und grüne Klamotten. Jetzt waren wir einer von denen, diesen Helfern und

Ärzten.

Ich hörte zum ersten Mal einen Blutmenschen schreien und dachte, stell dich doch nicht so an. Aber Dr. Jason hatte ja gesagt, dass es höllisch weh tut, wenn Fremde einen ritzen. Der Mann hatte den Bauch aufgeritzt. Eine Frau schrie: „Messerstecherei!"

Oh, Mannomann! Das Blut tropfte den ganzen Gang voll. Ich war wütend, denn das bedeutete, dass ich lange auf den Knien rutschen musste.

Bob war wieder weg. Verfressener Kerl!

Da kam auch schon Dr. Jason mit dem Eimer gelaufen. „Morgen Christopher! Gut geschlafen?"

Ich winkte und sagte: „Klar!"

„Du kennst ja deinen Job. Bin froh, dich zu haben, Kollege."

Dann ging er wieder. Kollege! Das klang großartig. Ich fühlte mich mächtig gelobt. Wenn ich heute Abend wieder ins Heim durfte, hätte ich unglaublich viel zu erzählen. Bluttropfen schrubben ist anstrengender als Bluttropfen wischen.

Ich sah mich um. Heute war nicht so viel los. Nur dieser Messerstecherei-Typ. Also, warum nicht ein bisschen malen?

Dr. Jason kam angerannt. „Was machst du da?"

„Malen, Sir", sagte ich. „Hab doch Zeit."

Dr. Jason setzte sich zu mir auf den Boden, während ich weiter malte. „Hast du den Mann gesehen, der das Blut verloren hat?"

Ich nickte beim Malen.

„Das Blut ist sein Blut. Es ist aus seinem Körper gelaufen und gehört ihm. Es ist wie ein Stück Leben von ihm. Verstehst du das?"

Ich nickte und stoppte mit dem Malen.

„Damit darf man nicht malen. Überhaupt nicht. Hörst du? Das ist nicht richtig."

„Schade", sagte ich.

„Ja, schade", sagte Dr. Jason, „aber so ist das Leben nun einmal. Was anderen gehört, darfst du nicht benutzen oder wegnehmen."

Das stimmte. Das hatte meine Mutter auch immer gesagt: Du darfst nicht stehlen. So hatte ich das gar nicht betrachtet. Ich wischte das Blut also auf und brachte es dem Messerstecher-Typ. Da lag er und stöhnte.

Ich fragte: „Tut's sehr weh?"

„Und wie", stöhnte er.

Ich gab ihm einen Tipp: „Wenn du's selber machst, tut's nicht weh."

Er sah mich nur an, und ich ging Bob suchen.

Bob saß nicht weit von mir, auch in grünen Klamotten, und schrieb wieder Hausaufgaben.

„Alles klar, Christopher?"

Ich nickte und sagte erwachsen: „Heute wohl nicht viel los."

„Stimmt." Leider kamen nur noch zwei Blutmenschen herein. Eine Frau, die in Grund und Boden geprügelt und ein Kind, das von einem Hund schlimm gebissen worden war. Beide sahen scheußlich aus, bluteten aber nicht sehr stark. Die Arbeit war also schnell getan.

Ich sprach mit der Frau. Sagte ihr, dass ich das Gefühl kenne und erzählte ihr von meinem Krankenhausaufenthalt. Zu dem Jungen konnte ich nicht viel sagen, denn ich wusste nicht, ob er mich hörte. Sein Kopf war vollkommen zugebunden. Ich hatte damals wenigstens die Ohren frei. Scheußliche Sache, so ein Hund.

Bob und ich hatten ein großartiges Mittagessen. Nachmittags holte uns Dr. Jason in sein Büro. Wenn er nicht Blutmenschen heilte, ruhte er sich in seinem Büro aus. Mr. Mintz ruhte sich andauernd aus.

„Wie läuft's, Christopher?"

„Och", sagte ich, „ganz gut. Heute war nicht viel los."

Dr. Jason nickte. Er sagte: „Ich weiß ja, dass du gerne malst. Und ich dachte mir, wenn du mal weniger zu tun hast, kannst du hier bei mir im Büro malen."

Großartige Idee. Bob hatte tolle Freunde.

„Ich habe allerdings nur grüne, blaue und gelbe Farben. Kommst du damit klar?"

„Klar“, freute ich mich. Ich fragte vorsichtig: „Haben Sie auch weiß?“

Dr. Jason schaute Bob an. Der schüttelte andeutungsweise den Kopf.

Bob sagte, andeutungsweise heißt, wenn man etwas so vorsichtig tut, dass es die anderen nicht sehen sollen. Aber ich hatte es gesehen. Wie würde Dr. Jason darauf reagieren?

Er sagte: „Klar habe ich weiß.“

Er brachte mir richtige Ölfarben und ein stabiles Blatt, was er auf den Boden legte. Dann ging er raus und ließ Bob und mich alleine. Schade, dass wir keine Klaviermusik hatten. Das wäre jetzt die Chance gewesen.

Zunächst mischte ich die blaue Farbe mit weiß und malte einen wunderschönen Himmel. Bob lächelte erfreut. „Großartig“, sagte er.

„Ja“, sagte ich. „Wirklich großartig.“ Es war schon ein ganz anderes Leben unter Erwachsenen. Dann mische ich grün und gelb zusammen und bekam einen Braunton. Das ließ ich als trockene Blutfarbe durchgehen. Wenn Bob nicht da gewesen wäre, hätte ich etwas von meinem Blut beigemischt und die Farbe perfekt gemacht. Aber es ging auch so. Ich malte die geprügelte Frau und den gebissenen Jungen in einer Blutlache. Ja gut, ihre Münder sahen etwas gequält aus. Aber ich fand, dass sie sich auch gequält fühlten. Würde ich auch.

Als ich fertig war, sah ich Bob an. Der rieb sich mit beiden Händen das Gesicht, bis es rot war. Sein Mund sah etwas gequält aus.

Dr. Jason kam und holte mich zur Arbeit. Ich fragte fachmännisch: „Welcher Unfall?“

Er antwortete: „Sturz vom Gerüst. Arbeitsunfall.“

Aha, also nicht richtig festgehalten. Richtig!

So was hatte ich noch nie gesehen: Ein Kopf ohne Gesicht! Ein Kopf ohne Gesicht! Ein Kopf *ohne* Gesicht! Ich kotzte in die Blutlache, die er hinterließ. Bob brachte mich ins Bereitschaftszimmer. Ich keuchte: „Ein Kopf ohne Gesicht!“ Ich musste unbedingt malen, aber ich durfte nicht!

Wir schliefen wieder dort, und so langsam machte ich mir Sorgen, dass ich nicht alles im Kopf behalten konnte, was ich gesehen hatte, um es den anderen zu erzählen. Ich fragte Bob, ob ich einen Stift und ein Blatt bekäme. „Protokoll", sagte ich. Musste ich im Unterricht auch immer schreiben.

„Für wen?", fragte Bob.

„Für meine Freunde."

Bob packte mich am Kragen. „Du wirst für niemanden etwas aufschreiben, ist das klar, Kerl?"

Er ließ mich los und stürmte aus dem Zimmer.

Ich dachte, vielleicht ist das *seine* Hausaufgabe. Die durfte ich ihm nicht wegnehmen. Ich verstand Bob.

Kurze Zeit später kam er wieder zurück. „Entschuldigung. Es tut mir leid."

„Sind das deine Hausaufgaben?", fragte ich.

Er stutzte und sagte: „Genau, das sind meine Hausaufgaben."

Damit war die Sache zwischen uns wieder klar.

Dr. Jason hatte an diesem Tag viel Arbeit für mich. Ich muss sagen, am dritten Tag wurde mir komisch. Nicht schlecht, nur komisch. Ich fragte mich, was hier los sei? War Dr. Jason noch mehr auf Blut versessen als ich oder was war das? Was tat *er* mit all dem Blut?

Einmal habe ich gesehen, dass Blut in kleinen Beuteln an große Ständer gehängt wurde. An den Beuteln war ein Schlauch dran, der in den Arm der Menschen gesteckt wurde. Klar, Dr. Jason gab den Leuten das Blut zurück.

Am dritten Tag war mir alles klar: Wenn die Menschen ihr Blut zurückbekommen, heilen sie. Ich dachte über mich nach: Ich malte mit meinem Blut. Ich gab es mir nicht zurück. Damit war es doch klar, dass ich bald sehr krank werden würde. Ich musste unbedingt aufhören, aus meinem Körper Blut zu holen. Sonst würde ich bald sterben. Das erzählte ich Bob nach einem anstrengenden Arbeitstag. Der sagte, das sollte ich morgen Dr. Jason erzählen. Und, dass ich furchtbar klug wäre.

Bob packte sein Heft weg. Er meinte, seine Hausaufgaben wären fertig.

Am fünften Tag musste ich wieder bis zum Abend durcharbeiten. Dr. Jason holte mich danach. Ich musste am Bett einer alten Frau stehen, die gerade starb. Ich sagte ihr: „Ich werde schnell wischen, damit Sie Ihr Blut wiederbekommen und heilen." Sie lächelte und starb. Ich war zu langsam.
Dr. Jason sagte, so was passiert, weil wir nicht alles können. Ich erzählte ihm von meiner *Erkenntnis* (Bob gab mir das Wort) und er sagte, dass ich ein großartiges Praktikum gemacht hätte und morgen wieder nach Hause dürfte.

In der letzten Nacht im Bereitschaftszimmer beschloss ich, mit dem Ritzen aufzuhören. Wir fuhren heim.

Mr. Mintz holte uns sofort ins Büro.

Bob sagte: „Hat alles geklappt."

Ja, alles hatte geklappt. Ich nickte dazu.

Mr. Mintz sagte: „Christopher, ich will nicht, dass du hier in der Schule von deiner Praktikumsstelle erzählst, hörst du?"

„Warum?", fragte ich.

Bob erklärte: „Weil eine Praktikumsstelle nur für ganz besondere Jungs ist und viel Geld kostet. Wir haben so viele Weihnachtsgeschenke gekauft, dass wir kein Geld mehr haben, noch anderen Jungs Praktikumsstellen zu besorgen. Und wenn du das herum erzählst, ist doch klar, dann …"

Ich war klug: „… würden alle eine Praktikumsstelle haben wollen."

„Genau", entgegnete Mr. Mintz.

Wir drei waren uns einig, und ich schwieg wie ein Grab. Es fragten mich zwar einige, wie es gewesen wäre, doch ich sagte: „Langweilig. Würde ich nie wieder tun." Damit gaben alle Ruhe.

Ich hörte tatsächlich mit dem Ritzen auf. Bob hatte mir eine Stunde in der Woche eingerichtet, in der ich in seinem Büro malen durfte. Doch ich tat es nicht. Er gab mir kein Rot. Dabei ist Rot für alle Menschen eine wichtige Farbe.

Eines Tages stand ich auf dem Schulhof und ein paar ältere Jungs riefen mich zu sich. Sie fragten, wie es denn so wäre, alleine im Zimmer. Da könnte ich doch wunderbar und jederzeit … Dabei drückte er seine Hose im Schritt zusammen. Ich dachte, jetzt geht das wieder los! Dabei hatte ich diese Sache so schön vergessen.

Die Jungs lachten und tuschelten über Bob, Mr. Mintz und andere Lehrer, wie die das wohl machten. Das war mir peinlich, besonders bei Bob, den ich so sehr mochte. Aber ich wusste ja von Brad, dass das … eine ganz normale Sache bei jedem Mann ist. Also machte es auch Bob. Ich wollte mir das nur nicht vorstellen. Aber es war gut zu wissen, dass ich Bob deswegen einiges fragen könnte. Wo doch mein Sexuallexikon verschwunden war. Ich sagte zu den Jungs, wenn sie mal Fragen hätten, würde ich Bob für sie fragen. Einer sagte dann: „Frag Bob, ob er schon mal mit einer Frau so richtig … du weiß schon.“ Der Junge bewegte seine Hüften nach vorne und hinten. „Oder ob Bob auf Männer steht.“ Der Junge stellte sich hinter einen anderen und bewegte wieder seine Hüften nach vorne und hinten.

Ich fragte: „Wie, mit einem Mann?“

„Das geht“, sagte einer.

„Wie?“, fragte ich. „Wie geht das?“ Das hatte ich nirgends in meinem Sexuallexikon gelesen. Ein Junge kam auf mich zu und flüsterte mir ins Ohr: „Der steckt dann seinen Finger in deinen Arsch!“

Ich wich entsetzt zurück. Der Heimarzt Dr. Sowieso hatte mir einmal seinen *Finger* in meinen Arsch gesteckt. Ich konnte die halbe Nacht nicht schlafen.

Das musste ich unbedingt mit Bob besprechen und nahm mir einen Termin bei ihm.

„Hallo, Sportsfreund, wie geht's?“, fragte er mich freundlich. Seit meinem Berufspraktikum ging's ihm viel besser. Und mir auch.

Ich sagte: „Ich hätte da mal eine Frage.“

„Schieß los“, sagte Bob und setzte sich mir gegenüber.

Ich fragte: „Hast du schon mal mit einer Frau … du weißt

schon."

Bob sah mich an. Dann rieb er sich das Gesicht, bis dass es rot war. Jetzt sah er wieder wie früher aus. „Wie kommst du auf diese Frage?", fragte er, als er sein Gesicht fertig gerieben hatte.

„Weil Dr. Sowieso (Bob wusste, wen ich meinte) mal mit mir so was … du weißt schon, gemacht hat."

Jetzt starrte mich Bob an und flüsterte: „Was? Was hat Dr. Grand mit dir gemacht?"

„Na, du weiß schon." Ich wusste nämlich nicht, wie man das bei Männern nennt. Ich wusste, dass es zwischen Mann und Frau Geschlechtsverkehr heißt, aber zwischen Mann und Mann? Also fragte ich: „Wie heißt das zwischen Männern?"

Bob stand auf und ging zu seinem Schreibtisch zurück. „Wann hast du das letzte Mal gemalt?", fragte er mich.

Ich sagte: „Ist schon lange her."

Er sagte: „Wenn ich dir Rot gebe und viele andere Farben, malst du dann ein Bild für mich?"

Ich sagte: „Klar."

„Aber nicht mit Blut."

Ich sagte: „Mach ich schon lange nicht mehr", und zeigte ihm meine verheilten Arme. Es war keine Kruste mehr zu sehen, die ich aufreißen konnte.

„Gut", sagte Bob und sah gar nicht gut aus.

Ich ging zunächst zu den Jungs zurück, um mir genau erklären zu lassen, wie ich so was malen könnte, denn ich wusste ja, dass Bob ein Bild *davon* haben wollte. Ich kannte Bob. Die Jungs waren ganz aufgeregt und erklärten mir, wie das Bild auszusehen hatte.

Ich sagte Bob, dass ich bereit war zu malen, und er stellte mir sein Büro zur Verfügung. Ich durfte nach langer Zeit wieder alleine in seinem Büro sein. Die Vitrine, die ich damals kaputt geworfen hatte, war weg. Sah auch blöd aus.

Ich begann und es wurde ein fantastisches Bild! Ich rief Bob, dass ich fertig sei und strahlte ihn an. Bob strahlte überhaupt nicht mehr. Gefiel ihm mein Bild nicht? Ich gebe zu, es sah anders als die anderen aus. Aber ich wurde ja auch älter. Auf jeden Fall durfte ich direkt in mein Zimmer gehen. Ich sah noch, wie er zu Mr. Mintz ins Büro ging. Wahrscheinlich ausruhen.

Am nächsten Tag durfte ich nicht in den Unterricht. Bob sagte, ich sollte direkt nach dem Frühstück wieder in mein Zimmer gehen. Er erklärte mir nicht, warum. Irgendwann kam mich Mr. Mintz holen. Ich musste in sein Büro. Ausruhen. Ich kam rein und dort saßen schon Bob und Dr. Grand bei Mr. Mintz. Prima, dachte ich, ruhen wir uns zu viert aus. Ich setzte mich bequem in einen Sessel und genoss den Augenblick. Wir alle genossen den Augenblick. Dann fragte Mr. Mintz: „Kannst du dich noch an Dr. Grand erinnern?“

Oh ja! Ich nickte und sah zu ihm hinüber. Ich musste daran denken, dass ich damals wie eine Rakete abging, als er mir den Finger in den Arsch gesteckt hatte. Mr. Mintz war doch dabei gewesen.

In einer Ecke stand mein Bild. Bob holte es. Er stellte es vor uns an den Schreibtisch gelehnt. Wir vier betrachteten meine Kunstarbeit. Bob sorgte dafür, dass sich immer mehr Kunstinteressenten fanden. Bob war immer gut zu mir.

Wir sahen also auf das Bild, als Bob sagte: „Erkläre mal, was du gemalt hast.“

Sah man das nicht? Ich erzählte noch einmal ganz ausführlich von meiner *Untersuchung*. So nannte man doch Sex unter Männern, oder?

Dr. Grand nickte und bestätigte: „Genauso war es.“

Wo lag also das Problem?

Mr. Mintz sah Bob wie ein Fragezeichen an. Bob sah mich an und sagte: „Du sagtest mir, weil Dr. Grand mal mit mir … du weiß schon was, gemacht hat. Was genau meintest du da?“

Jetzt wurde mir die Sache peinlich. Für Bob. Es ging nämlich damals darum, ob Bob schon mal … man weiß schon was, gemacht hatte. Sollte ich das hier vor seinem Chef erzählen? Ich sah Bob gequält an. „Muss ich das erklären?“

„Das musst du“, ermahnte mich Mr. Mintz.

Also blieb mir keine andere Wahl, als Bob in eine peinliche

Situation zu bringen, denn er nickte zu den Worten von Mr. Mintz.

„Ich wollte wissen, ob Bob mit einer Frau oder einem Mann gefickt hat." Es kam einfach so raus.

Ruhe. Weiße Gesichter. Überall.

Bob stand auf und verließ das Zimmer. Ich hatte es gewusst! Verdammt, warum zwang man mich zu so was?

Ich landete mal wieder im Bunker, ohne Wunden, die ich aufkratzen konnte. Diesmal dauerte es besonders lang. Ich hörte mal wieder, wie Bob und Mr. Mintz vor meiner Tür stritten. „Es bleibt Ihre Schuld", schrie Mr. Mintz. Bob schrie nicht zurück. Wahrscheinlich hatte Bob zugegeben, dass er schon mal … man weiß schon was, getan hatte. Aber war das mein Problem? Ich klopfte von innen gegen die Tür und rief: „Darf ich bitte raus?"

Man ließ mich raus und Bob sagte: „Geh in dein Zimmer. Ich will dich im Moment nicht sehen."

Ich hatte es gewusst! Warum taten Erwachsene immer so was mit Kindern? Konnten sie nicht denken?

Ich sah Bob vorerst nicht mehr wieder. Dafür fand ich viele neue Freunde. Die, die mir das Bild erklärt hatten. Alle interessierten sich plötzlich für mich. Das war doch auch schön. Einer, ich glaube er hieß Hugh, fragte mich mal, ob ich wüsste, wie Sex unter Männern sei. Ich sagte, klar, da gehe man ab wie eine Rakete. Alle nickten dazu.

„Genau", sagte Hugh. „Willste nochmal?"

Was? Abgehn wie eine Rakete? „Nein, danke", sagte ich. Das Erlebnis bei Dr. Grand reichte mir.

„Ach", sagte Hugh. „Das kann man auch anders machen. Viel schöner. Willste mal?"

Ich sah ihn an. Viel schöner? „Wie?", fragte ich.

Hugh wollte es mir morgen unter der Dusche zeigen. Ich sagte wieder nein danke, aber da waren schon alle verschwunden. Es hatte geläutet. Ich musste auf der Hut sein.

Hugh war drei Klassen weiter als ich. Oder vier? Alle seine Freunde waren drei oder vier Klassen weiter als ich. Und größer. Und sie kamen auch zusammen in der Dusche auf mich zu. Alle waren gut gelaunt. Ich nicht. Ich ahnte, dass etwas Schlimmes passieren würde. Sie drängten mich in eine Ecke. Ich sah mich um, ob ich irgendwo Hilfe herbekommen könnte. Ich sah niemanden, außer denen, die mich umkreisten. Sie grinsten. Ich hasse es, wenn mich jemand angrinst. Dann weiß ich, dass er mir etwas Böses will. Das machte mir noch mehr Angst. Dann kamen zwei Jungen auf mich zu und alles ging sehr schnell. Und es war überhaupt nicht schön. Es war noch schlimmer als der Finger von Dr. Grand. Wie tausend Finger brannte es. Und alle lachten.

Danach sah ich Hugh nur noch von Weitem. Er traute sich mit seinen Freunden nicht mehr in meine Nähe. Das war auch gut so. Sie alle hatten mir höllisch weh getan. So weh, dass ich mich nicht traute, es Bob zu sagen. Oder Mr. Mintz. Ich wusste ja, dass alles, was ich tat, einen Riesenärger mit sich brachte. Ich bekam fürchterliche Bauchschmerzen. Mr. Mintz fuhr mich zu einem Arzt in der Stadt. Ich durfte nicht mehr zu Dr. Grand. Doch der neue Arzt konnte nichts an meinem Bauch finden. Also fuhren wir wieder heim. Ich bekam eine Wärmflasche und Kamillentee.

Bob kam mich besuchen. Ich hatte ihn lange nicht gesehen. „Wie geht's, Sportsfreund?“, fragte er.

Seine Worte gefielen mir. Sie klangen, als sei zwischen uns wieder alles in Ordnung.

„Ich muss malen“, sagte ich.

„So schlimm?“, fragte Bob.

„Schlimmer.“

Er brachte mir meine Staffelei und alle Farben, die ich haben wollte. Ich malte drei Tage lang gequälte Gesichter mit Mündern, voll mit schwarzen Penissen. Als Bob die Bilder sah, fragte er nur: „Wann?“

Ich sagte: „Vorige Woche.“

Er fragte: „Wo?“

Ich sagte: „Unter der Dusche.“

Er fragte: „Wer?“
Ich sagte: „Alle.“
Er fragte: „Wer war der erste?“
Ich sagte: „Hugh.“
Bob nickte, nahm mich in den Arm und verließ mein Zimmer. Ich hatte das Gefühl, dass ich soeben einen großen Fehler begangen hatte.

Als ich wieder zur Schule durfte, war Hugh nicht mehr da. Dafür beobachteten mich seine Freunde. Nicht alle, aber ein paar. Ich hielt mich auf Abstand und sah, dass Bob jetzt jeden Tag auf dem Schulhof war. Oh, dachte ich, er muss bestimmt noch mal nachlernen und grüßte ihn. Er lächelte und zeigte mir sein Hausaufgabenheft von Weitem.
In meinem Zimmer durfte ich wieder so viel malen, wie ich wollte. Und dabei sogar Musik hören. Das war das Großartigste, das mir überhaupt passieren konnte. Ich hatte meinen Recorder wieder, und die CD war nicht ein bisschen abgenutzt. Es war traumhaft. Ich malte 53 Bilder in drei Wochen. Ich war ein Künstler mit Haut und Haar.

Eines Abends klopfte es an meine Tür. Manchmal kam Bob noch kurz rein und sah sich die letzten Bilder von mir an. Also rief ich: „Komm rein.“ Aber es war nicht Bob. Es waren Hughs Freunde. Es waren fünf. An die Namen konnte ich mich nicht mehr erinnern. Aber an ihre Gesichter. Und die sahen überhaupt nicht gut aus.
„Was gibt’s?“, fragte ich, bekam aber keine Antwort. Einer zerlegte meine Staffelei. Ich wollte schreien, aber da schlugen die anderen mich schon in Grund und Boden. Sie ritzten meinen … oh Gott … mit einem Messer ein! Dabei ließen sie meine Klaviermusik laufen.
Gott sei Dank hatte das Heim seine Überwachungsanlage zur Nacht an, denn kurz nach zehn fand man mich. Das war auch höchste Zeit, denn ich konnte kaum noch atmen vor Schmerzen.

Ich kam wieder in ein richtiges Krankenhaus. Das war sehr schön. Essen, liegen, Musik hören. Bob brachte mir meinen Recorder mit und eine neue CD. Ich wollte keine Klaviermusik mehr hören, deshalb bekam ich Geigenmusik. Die war auch schön.

Bob fragte mich: „Wer war das?“

Ich sagte: „Kann ich nicht sagen.“

Er fragte: „Warum?“

Ich sagte nicht, dass die Jungs mir gesagt hatten, sie würden mir meinen Penis beim nächsten Mal abschneiden. Ich sagte: „Weil ich nicht kann.“

Bob nahm meine Hand und flehte: „Du musst, Christopher.“

Ich schüttelte den Kopf. Nein, ich musste gar nichts mehr!

„Aber dann laufen die Jungs weiter frei herum.“

Das war mir lieber als ein abgeschnittener Penis. Ich sagte nichts. Das war genau das Richtige, denn seit diesem Tag hatte ich Ruhe. Vielleicht sollte man nicht immer auf die Erwachsenen hören.

Meine Schulleistungen wurden schlechter. Ich konnte den Stoff irgendwie nicht richtig im Kopf behalten. Dachte, vielleicht ist irgendwo ein Loch, wo alles rausläuft. Ich konnte es nicht finden, so sehr ich mich im Spiegel auch ansah. Kleiner Witz!

Eines Tages ging ich durch den Flur der Schule, als Mr. Mintz einen riesigen Stapel mit Papieren trug. Auf dem Weg in sein Büro verlor er ein kleines Foto. Es musste ihm aus dem Stapel gerutscht sein. Ich rannte schnell hin, hob es auf und wollte es ihm hinterher bringen. Doch vorher wollte ich es ansehen. Da war ein Mann drauf zu sehen, der in einer Blutlache lag. Na, ja, dachte ich, ein cooles Motiv für ein Bild. Sollte man sich merken. Doch irgendwie kam mir der Mann bekannt vor. Ich setzte mich auf den Boden und sah den Mann an. Er lag in der Lache, als wenn er schlafen würde. Seine Haare waren ganz dunkel, wie die von meinem Vater. Dann erschlug es mich wie ein Blitz.

Der Mann auf dem Foto *war* mein Vater! In einer Blutlache! Hatte er sich geritzt oder war er geritzt worden? Ich sah mir das Bild genauer an und entdeckte, dass er am Hals geritzt war. Eine denkbar schlechte Stelle. Es war eine Stelle, die mir Dr. Jason sicher verboten hätte. Mein Vater lag in seinem eigenen Blut.

Ich presste das Bild an mein Herz. Wir sahen uns sehr ähnlich. Ich rannte in mein Zimmer und schloss ab. Bob hatte mir nach den letzten Prügeln von den Jungs einen Schlüssel besorgt. Er hatte aber auch einen. Und Mr. Mintz. Es war ein Spezialschloss, das man von innen und außen schließen konnte, hatte Bob mir erklärt. Nur für den Fall, dass ich mal in Not käme und abgeschlossen hätte.

Ich sah mir das Bild von meinem Vater noch einmal an und dachte, dass ich es auf eine Riesenleinwand malen sollte. Doch meine Staffelei war kaputt. Aber sie wäre sowieso zu klein dafür gewesen.

Ich fragte Bob, ob er mir einen großen Malblock mit stabilen Blättern besorgen könnte. So 200 oder 500 Blatt. Bob versprach mir, dafür zu sorgen. Danke!

Niemand vermisste das Foto. Also hatte ich alle Zeit der Welt, mein größtes Malprojekt vorzubereiten. Allerdings gab es einen Haken: wo sollte ich so viel Blut herbekommen, um diese Blutlache naturgetreu zu malen? Ich dachte sehr stark nach und schlief darüber ein.

Am nächsten Morgen klopfte es an die Tür. Ich hatte abends abgeschlossen. Ich schloss jetzt immer ab, auch wenn ich nur meine Jacke holte.

An der Tür stand Bob mit einem Kuchen in der Hand und Kerzen drauf. Angezündet! So etwas hatte ich noch nie erlebt!

„Herzlichen Glückwunsch, Sportsfreund!“, sagte er und kam in mein Zimmer. Ich ließ schnell das Foto in meinem Nachtschrank verschwinden. Bob hielt mir den Kuchen entgegen, und ich sah ihn mit großen Augen an.

„Zum Geburtstag“, meinte er.

Ich hatte heute Geburtstag? Ich zählte die Kerzen. Es waren

elf. Ich bin schon elf, dachte ich und lachte.

„Jetzt musst du dir etwas wünschen, ganz heimlich, und dann die Kerzen auspusten. Dann geht dein Wunsch in Erfüllung."

Ich dachte an mein größtes Malprojekt und pustete die Kerzen aus. Alle auf einen Schlag. Bob hustete und reichte mir den Kuchen. „Der ist ganz alleine für dich", sagte er.

Ich war so gerührt, dass ich den Kuchen schnell auf meinen Schreibtisch stellte, Bob umarmte und „Danke", sagte.

Die Zahl elf nahm ich sofort als Glückzahl und gab mir elf Wochen Zeit für mein Projekt. Das könnte ich schaffen. Ich sah auf den Kuchen und wusste, dass ich es schaffen würde!

Bob fuhr mit mir in die Stadt und fragte mich, was ich mir am meisten wünschen würde. Ich sagte sofort: „Farben! Ganz viele! Und Blätter!"

„Okay", sagte Bob, und wir kauften den ganzen Laden leer. „So wenig Rot?", fragte Bob.

„So wenig Rot." Ich würde es nur zum Mischen brauchen. Bob lächelte zufrieden.

Vielleicht sollte ich Dr. Jason fragen, ob ich einen seiner Bluteimer bekäme, von jemandem, der gestorben war. So was passiert manchmal. Aber dann fiel mir ein, dass das Blut Bobs Auto versauen könnte. Ich musste mir etwas anderes einfallen lassen. Ich würde schon eine Lösung finden.

In der Schule lernten wir etwas über Geheimbünde. Das brachte mich dann auf die Idee. Ich gründe einen Geheimbund, in dem man Blut spenden musste, um Mitglied zu werden, dachte ich mir. Ich lese zu den Treffen aus meinen Blutgeschichten vor und stelle meine Bilder aus.

Ja, genau das war es! Ich wollte einen Geheimbund gründen! Das war meine wirkliche Aufgabe in diesem Heim! Nach jedem Treffen könnte ich ein bisschen an meinem Riesenbild weitermalen.

Die ganze Idee bekam am selben Abend noch einen Haken: Wo bitte sollte ich das Bild malen?

Am nächsten Tag konnte ich mich in der Schule nicht konzentrieren. Wo sollte ich das Bild malen? Dann hörte ich, wie mein Lehrer lehrte: „... und diese ganze Geschichte setzte sich wie ein riesiges Puzzle zusammen und wurde zu einem gewaltigen Ganzen." Danke, Lehrer!

Ich brauchte einen Namen. Einen Namen. Einen Namen. Was war ein wirklich guter Name für einen Geheimbund? Vielleicht sollte ich Bob fragten. Natürlich durfte ich ihm nicht sagen, wofür. Nur einfach so fragen, wie er einen Geheimbund nennen würde. Deshalb lief ich zu Mr. Mintz' Büro, der mich fürchterlich beschimpfte, weil ich nicht angeklopft hatte. Aber Bob war da drin. Weil wir alle ziemlich sprachlos waren, vergaß ich die Frage. Auf dem Tisch von Mr. Mintz lagen viele Zeitungsartikel verstreut. Er machte wohl auch gerade ein Puzzle. Ich fragte, ob ich mir sein Puzzle mal ansehen dürfte und ging zum Tisch. Doch Bob packte mich direkt an den Schultern und schmiss mich erbost aus dem Büro. Ich sollte das Puzzle sicher erst sehen, wenn es fertig war. Aber, ha, *ein* Puzzleteil hatte ich lesen können! *Mörderbaby* stand drauf. Damit hatte mein Geheimbund einen Namen! Mal sehen, ob Mr. Mintz' Puzzle so groß und gut werden würde wie meins.

Bob sagte mal, dass ich an vielen Wettbewerben teilnehmen könnte, weil ich so viele Begabungen hätte. Ich würde jetzt selbst einen veranstalten.

Mein Geheimbund durfte auf keinen Fall bekannt werden. Das hatte ich in der Schule gelernt. Sonst wäre es kein Geheimbund mehr. Das war mir auch ganz recht, denn ich hatte ja so einiges vor, das nicht jedem gefallen würde. Und es durften nur *Auserwählte* kommen.

Ich überlegte, wie ich Auserwählte finden könnte. Ich wollte ja Blut. Viel Blut. Also schaute ich mir alle Jungen auf dem Schulhof an, die schön rot im Gesicht waren. Meistens waren sie auch dick, aber das war mir egal. Ich fragte nach ihren Namen und schrieb sie auf. Ich dachte so an 25 Auserwählte. Das würde für elf Wochen reichen. Ich würde alle zwei Tage ein

Mitglied aufnehmen und hätte dann Blut für elf Wochen. Nach drei Tagen hatte ich meine 25 Namen zusammen. Allerdings wusste noch niemand von meinem Vorhaben. Ich musste noch überlegen, wo sich der Geheimbund treffen sollte. Das war schon schwieriger, denn ich durfte das Gelände nicht verlassen. Also kam eine Höhle oder so etwas nicht in Frage, was eigentlich gut passen würde.

Ich rannte zu Bob und fragte: „Wenn ich einen Menschen überraschen will, wo bereite ich am besten die Überraschung vor?"

Bob dachte nach und antwortete: „Da, wo man es am wenigsten vermutet. Und das ist meistens mittendrin."

Ich sah ihn entsetzt an. Ich konnte doch nicht mitten im Flur der Schule einen Geheimbund gründen!

Bob fragte: „Was planst du denn?"

„Eine Überraschung für Mr. Mintz", sagte ich.

Bob fragte: „Kann ich dir helfen?"

Ich sagte: „Ja, ich werde dir alles vorher zeigen."

Er lächelte mich zufrieden an. „Das finde ich toll von dir. Das wird bestimmt ganz großartig."

Damit war immer noch nicht geklärt, wo ich den Geheimbund gründen sollte. Doch Bob sagte: „Warum bereitest du die Überraschung nicht in deinem Zimmer vor? Ich werde dafür sorgen, dass Mr. Mintz dort vorerst nicht rein kommt. Vorausgesetzt, du lässt *mich* regelmäßig rein."

Bob war toll! Das war die Lösung. Ich hatte doch einen Schlüssel für mein Zimmer. Ich würde einen Plan machen, wann sich der Geheimbund dort treffen und wann Bob dort rein dürfte.

Ich sagte: „Du darfst alle zwei Tage gucken kommen. Solange brauche ich immer, bis ein Teil fertig ist."

Bob nickte. „Du machst doch keine Dummheiten?"

Oh nein! Ich war klug. Damit Bob nichts merkte, sagte ich: „Ich brauche doch ganz viel Rot. Ich habe das letzte Mal zu wenig gekauft."

Bob sah mich direkt an und sagte: „Christopher? Was ist los?"

„Kein Blut von mir!“, schwor ich. Kein Blut *von mir*. „Du kannst ja immer rein und mein Zimmer und meine Arme untersuchen.“

„Okay“, sagte Bob. Er würde morgen 20 Tuben Rot mitbringen. Ich sagte 120. Damit er nichts merkte. Es sollte doch eine große Überraschung werden.

Mein Plan war fast fertig. Ich hatte den Namen, die Auserwählten, den Treffpunkt, das Material und die Geschichten. Jetzt fehlte mir nur noch ein Gefäß, in dem ich das Blut sammeln konnte. Ich glaube, die Auserwählten konnten sich gar nicht vorstellen, wie viel Blut ich brauchte.

Ich entschied mich für einen Messbecher. So ein Ding kannte ich aus dem Chemieunterricht. Das war eine gute Idee, denn so konnte ich feststellen, welche Menge ich für ein Bild brauchen würde. Dann brauchte ich nicht unnötig Blut vergeuden. Wäre auch zu schade.

Im Chemieunterricht war ich sehr aufmerksam und meldete mich fürs Aufräumen. Dabei durfte ich in die Materialkammer. Wir nannten sie *Knallkammer*. Das klang viel cooler.
Ich entschied mich für einen kleinen 100ml-Messbecher und versteckte ihn unter meiner Jacke.

Eine Stunde später war mein Geheimbund komplett vorbereitet. Ich machte einen Plan: Montags, mittwochs und freitags durften die Auserwählten kommen. Jedesmal ein Mitglied mehr. Dienstags, donnerstags und samstags durfte Bob kommen, um die Bilder zu sehen.

Alles war perfekt. Ich hätte gerne noch mein Zimmer schwarz gestrichen, aber ich glaube, das wäre zu weit gegangen. Ich würde meine Nachttischlampe einfach etwas zudecken und Geigenmusik spielen lassen. Meine Arbeit begann.

Als Ersten lud ich Billy ein und teilte ihm das geheime Codewort mit, mit dem er mein Zimmer betreten durfte. Billy war eine Klasse über mir und freute sich über meine Einladung. Er kam Montagabend um sechs vorbei und klopfte. Ich fragte: „Codewort?“

Er sagte: „Mörderbaby". Daraufhin ließ ich ihn in mein Zimmer und wir schlugen die Handflächen wie zwei alte Kumpels gegeneinander. Ich hatte meine schwarze Sporthose und mein schwarzes Sporthemd angezogen. Billy war richtig beeindruckt. Ich zeigte ihm meine vernarbten Arme und erklärte ihm, dass ich schon seit vielen Jahren ein Geheimbundleiter sei und auch viel Blut dafür gespendet hätte. Billy musste schließlich erfahren, dass man bei einer Aufnahme in einen Geheimbund immer Blut spenden musste. Jetzt wurde Billy unruhig. Ich fragte ihn: „Bist du stabil?"

„Ich weiß nicht", antwortete er leise.

Ich sagte ihm: „Nur stabile Auserwählte dürfen hier bleiben. Du bist der erste. Es ist eine große Ehre für dich."

Billy fragte: „Was macht dein Geheimbund alles?"

Ich sagte: „Ich werde dir eine Stunde lang echte Blutgeschichten vorlesen. Die sind mit dem Blut früherer Mitglieder von Geheimbünden geschrieben worden. Auserwählte aus der ganzen Welt. Diese Geschichten verleihen eine geheime Macht, die jeder für sich selber entdecken muss. Aber die Macht darf niemals preisgegeben werden. Wer das tut, wird mit einem Fluch belegt und stirbt unter furchtbaren Umständen. So funktioniert ein Geheimbund."

Billy war entsetzt. „Wie muss ich Blut spenden?"

Jetzt musste ich vorsichtig sein und sagte ganz leise: „Durch Ritzen. Das ist nicht schneiden. Ritzen ist viel weniger und man merkt es kaum. Es tut nicht weh, wenn du es selber machst. Ich zeige es dir."

Ich holte ein altes Küchenmesser hervor, das ich letzte Woche bei der Küchenarbeit gestohlen hatte. (Lieber Gott, vergib mir.) Da ich mich nicht mehr ritzen durfte, erklärte ich Billy: „Meine Arme sind voll. Ich habe meine Aufgabe erfüllt. Jeder Ritz war ein Geheimbund. Ich bin jetzt ein Meister. Ich darf mich nicht mehr ritzen. Sonst verliere ich meine Macht."

Billy war wie erstarrt. Ich machte das wohl richtig gut und sprach weiter: „Jeder Ritz, den du dir zufügst, bringt dich näher zum Meister. Jeder Geheimbund kostet dich einen Ritz. Nun zeige mir deine Arme, damit ich sehen kann, wie viele Geheimbünde du schon besucht hast."

Billy zog seinen Ärmel hoch und sagte: „Keinen."

„Gut", sagte ich. „Dann darfst du heute anfangen."

Ich hielt Billy das Messer hin und starrte ihn wie ein Geier an. Das war so cool, dass ich selber Angst vor mir hatte. Ich glaube, ich hätte mir in die Hose gepinkelt, wenn ich Billy gewesen wäre. Billy nahm das Messer und sah auf die Klinge. Ich hielt ihm meinen alten Waschlappen hin und sagte: „Beiße beim ersten Mal auf dieses heilige Tuch. Es wird dir helfen, deinen Schmerz besser zu ertragen. Denn beim ersten Mal tut es immer ein bisschen weh." Ich hatte diesen Spruch in meinem Sexuallexikon gelesen und fand ihn passend. Billy zögerte, doch er nahm das Tuch.

Ich sagte: „Es wird dir wirklich helfen, und es gibt dir die Macht, dies alles hier zu ertragen."

Jetzt hatte ich Billy endlich überzeugt. Wurde auch Zeit, denn mir gingen die Sprüche aus. Ich musste diese Sprüche ja alle zwei Tage wiederholen. Darum durften es nicht zu viele werden.

Ich sah zu, wie Billy sich ritzte. Erst zaghaft, dann tiefer. Ich hielt sofort den Messbecher darunter. Es lief prima! Billy biss wie wild auf dem Waschlappen herum und heulte. Ich hielt den blutenden Arm fest, damit kein Blut verloren ging. Billy kam auf 15 ml. Das war doch schon mal ein Anfang.

Als es aufhörte zu bluten, reichte ich ihm ein Taschentuch und lobte ihn. Ich sagte: „Jetzt bist du in den Geheimbund ‚Mörderbaby' aufgenommen. Damit verpflichtest du dich, niemandem etwas zu sagen, denn wer von einem Geheimbund erzählt, wird früher oder später sterben. Jeder Geheimbund hat einen Geist. Der wird dich holen."

Billy nickte mit großen Augen.

Ich mischte das Blut sofort mit der Farbe, damit es mir nicht wegtrocknete, zog eine Frischhaltefolie über den Becher und las Billy die erste Blutgeschichte vor. Um sieben mussten wir zum Abendbrot.

Mein Geheimbund hatte den ersten Auserwählten.

Um halb acht war ich wieder in meinem Zimmer und begann das erste Bild zu malen. Vor mir lag das Foto. Ich malte das erste Puzzleteil. Das Blut reichte gut aus.

Am nächsten Tag kam Bob und sah mein erstes Bild. Er wusste natürlich nicht, was es war, denn ich zeigte ihm das Foto nicht. Ich erklärte ihm nur, dass ich einen abstrakten Kunststil ausprobieren würde. Das Wort hatte ich irgendwo gelesen. Bob nickte und sagte: „Finde ich prima."

Am Mittwoch lud ich Greg ein. Der kam dann mit Billy zusammen. Ich erzählte wieder das gleiche, wobei mir Billy diesmal richtig gut zur Seite stand. So war auch Greg schnell von der Idee begeistert.

Das Ritzen war bei ihm viel unkomplizierter. Es ging rasch und er tropfte mir 12 ml in meinen Messbecher. Prima, dachte ich. Je mehr Blut ich hatte, desto öfter könnte ich ein Puzzleteil der Blutlache malen. Bekam ich wenig Blut, malte ich ein anderes Puzzleteil.

Am Donnerstag kam Bob und bewunderte meine Vielfältigkeit. Ich sagte, man könne noch nichts erkennen, aber wenn ich mit dem Ausprobieren fertig wäre, würde Mr. Mintz ein wunderschönes Bild bekommen. Bob nahm mich in den Arm und sagte mir, wie stolz er auf mich sei. Das war ich auch.

Am Freitag kam der dritte Junge, am Montag der vierte. Und so liefen meine Tage weiter. Es kam natürlich auch vor, dass sich jemand weigerte. Dann bedrohten wir ihn alle mit Prügel und schmissen ihn raus. Dafür lud ich beim nächsten Mal eben zwei neue Jungen ein.

Für das Malen war es nicht sehr schlimm, denn ich musste auch Teile malen, die kein Rot brauchten. Dann war Bob immer besonders stolz auf mich. Und so waren das auch gute Tage. Mein Geheimbund lief wie am Schnürchen. Ich hatte bereits 14 Auserwählte, da rief mich Mr. Mintz. Ich sollte zu Dr. Grand in die Praxis kommen. Wollte der jetzt Sex?

Als ich eintrat, saß dort Jamie, der gestern bei mir im Geheimbund eingetreten war. Seine Ritzwunde sah gar nicht gut aus. Mr. Mintz zeigte mir den Arm und fragte: „Hast du etwas damit zu tun?“

Ich sah hin und sagte: „Nein, Sir. Nein.“

Dann sah er Jamie an und fragte: „Hat Christopher das gemacht?“

Ich sah Jamie an, wie er sagte: „Nein, hat er nicht.“

Weiter, dachte ich! Weiter! Sag's ihm. Er sagte: „Das habe ich ganz alleine gemacht.“

Ja! Gut so! Alleine gemacht! Stabil!

Mr. Mintz fragte weiter: „Hat Christopher etwas damit zu tun?“

Oh, Jamie! Bloß nicht schwach werden!

Jamie sagte: „Nein, Christopher hat gar nichts damit zu tun. Das war ich ganz alleine.“

Stabil! Ja, so waren meine Jungs!

Mr. Mintz schickte mich wieder weg und holte Bob. Ich hörte noch, wie er sagte: „Nummer zwei, Dr. Koman.“

Dann machte ich mich davon. Aber wie!

Wie konnte es nur passieren, dass sich Jamies Arm so entzündet hatte? Er kam auch nicht wieder zu unserem Geheimbundtreffen. Das war auch egal. Hauptsache, er hielt dicht. Ich hatte ja sein Blut. Er tat mir nur leid. Ich schenkte ihm für die Schmerzen die Blutgeschichte, die ich an dem Tag vorgelesen hatte, als er Mitglied geworden war. Ich sagte ihm, er bleibe trotzdem immer ein Mitglied von *Mörderbaby* und Gott möge ihn beschützen. Ich dachte aber: ‚Der Teufel hole dich, wenn du petzt.‘

Jamie petzte nicht. Niemand petzte. Meine Bilder wurden viel früher fertig als geplant. Genau am 31. Mai. Ich weiß das so genau, weil es der letzte Schultag war. Einige meiner Auserwählten fuhren nämlich in den Sommerferien weg. Der Geheimbund musste dann auch Ferien machen. War doch klar! Was ich danach machen wollte, wusste ich noch nicht. Aber mir würde schon was einfallen.

Wir bekamen Zeugnisse und alle eine Tafel Schokolade. Die war echt lecker. Dann bekam ich eine Einladung zu Mr. Mintz. Das freute mich sehr, denn ich wollte ihn demnächst auch zu meiner Überraschung einladen. Ich dachte, dass sein Puzzle wohl auch fertig sei. Nun würde sich zeigen, wer das bessere gemacht hatte.

Mr. Mintz saß sehr ernst in seinem Büro. Er war wohl sehr aufgeregt.

„Setz dich", sagte er.

Ich war gespannt wie ein Flitzebogen.

„Hast du mir etwas zu sagen?", fragte er und klopfte mit seinem Finger auf den Schreibtisch. Wusste Mr. Mintz von meiner Überraschung oder von dem Geheimbund?

Ich druckste herum. „Nein, Sir. Eigentlich nicht, Sir." Ich hätte nicht *eigentlich* sagen dürfen. Ein Mistwort. So fragte er: „Und was eigentlich doch?"

Jetzt hatte ich den Salat. Doch ich versuchte es noch einmal. „Nein, Sir."

Mr. Mintz wurde lauter: „Du lügst!"

„Nein, Sir", betonte ich, doch ich glaube, ich musste weinen. Meine Überraschung war hin, dabei wollte ich alles so schön machen.

„Richard, dein Zimmernachbar hat gesagt, dass du in den letzten Wochen viel Besuch im Zimmer hattest."

Arschloch-Richy! Ich musste schlucken. Wusste Mr. Mintz jetzt von meiner Überraschung oder dem Geheimbund? „Alles Freunde", antwortete ich stramm. „Alles Freunde, Sir. Ich bin sehr beliebt in der Schule, Sir."

Mr. Mintz stand auf und sagte. „Ja. – Wir werden deine Freunde jetzt besuchen gehen. Komm."

Wie bitte?

Mr. Mintz zog mich am Handgelenk durch die Schule bis in meinen Klassenraum. Die ganze Klasse war voll. 25 Paar Augen sahen mich verlegen an! Der gesamte Geheimbund saß vor mir! Großer Gott!

Mr. Mintz stellte mich an die Tafel und sagte: „Erklär mir

das!“

Ich tat so, als wüsste ich nichts. Ich war ja stabil und fragte: „Was, Sir? Was soll ich Ihnen erklären, Sir?“

Mr. Mintz gab mir vor allen Leuten eine Ohrfeige. So doll, dass ich zur Seite stolperte. Ich sah, wie mein Geheimbund zusammenzuckte. Dann zog Mr. Mintz die Ärmel von meinem Pullover hoch. Ich hatte keine neuen Ritzen! Ha! Nichts! Ha! „Du ritzt jetzt bei anderen, wie?“, schrie Mr. Mintz und gab mir noch eine Ohrfeige. Woher wusste er das? Ich meine, dass die anderen geritzt waren? Dass ausgerechnet diese 25 Jungs geritzt waren?

„Sag was!“, schrie Mr. Mintz.

Ich bekam noch eine Ohrfeige. Der Geheimbund zuckte jedes Mal mit mir zusammen. Aber ich war stabil. Ich war der Meister des Bundes und würde niemals etwas sagen. Auch wenn man mich dafür in Grund und Boden prügeln würde. Das tat Mr. Mintz dann auch. Vor allen Leuten! Ich ertrug es. Ich war der Meister! Ich war es gewohnt.

Als ich am Boden lag, hörte ich noch, wie Mr. Mintz sagte: „Jeder, der sich noch einmal ritzt, bekommt die gleiche Abreibung von mir! Jetzt bringt ihn zu Dr. Grand!“

Ich sagte keinen Ton und ließ mich von meinem Geheimbund zu Dr. Grand bringen. Ich war das gewohnt.

Mir war nichts weiter passiert. Mr. Mintz prügelte sehr geschickt. Außer ein paar blauen Flecken war ich in Ordnung. Ich fragte mich, wo Bob die ganze Zeit war. Er konnte Mr. Mintz doch erklären, dass ich so schön für ihn gearbeitet hatte. Aber Bob war weg.

Mr. Mintz kam mich im Zimmer besuchen. Wollte er sich entschuldigen? Das war wirklich nicht die feine Art gewesen. Doch er sagte: „Wenn du noch einmal so etwas anzettelst, schmeiß ich dich raus, klar?!“ Mehr sagte er nicht. Das hatte mich nicht besonders erschreckt. Mich erschreckte viel mehr, wie Mr. Mintz das herausbekommen hatte.

Jamie, mein zweiter Auserwählte erzählte es mir: „Alle Jungen, die in die Ferien fuhren, mussten sich vorher einer Untersuchung bei Dr. Grand unterziehen. Dabei fand er elf Geritzte, die einen entsprechenden Bescheid nach Hause bekommen sollten. Daraufhin kam alles raus, und Mr. Mintz ließ alle Jungen außer dir untersuchen. Vorbei!"

Ich fragte: „Wer hat gepetzt?"

„Niemand, Chris, echt! Mr. Mintz hat uns auf den Kopf zugesagt, dass du es warst. Dass er alles wüsste und dich entsprechend bestrafen würde. Vor uns allen. Damit wir sehen könnten, wie es uns erginge, wenn wir weitermachten. Dann hat er gefragt, ob einer unter uns wäre, der behauptet, dass du es *nicht* angezettelt hättest. Daraufhin hat sich niemand gemeldet. Er hat uns mit dieser Frage glatt über den Tisch gezogen. – Sind wir jetzt verflucht und müssen sterben?"

Armer Jamie! Ich konnte ihn doch nicht mit dieser Angst so stehen lassen. Also sagte ich: „Nein Jamie, ihr habt ja alle dichtgehalten. Niemand hat mich verpfiffen. Also wird euch auch nichts passieren. Sag das den anderen. Aber wir müssen den Geheimbund jetzt erst mal ruhen lassen."

Das passte mir ganz gut. Was mich jedoch weiter beschäftigte, war, warum Mr. Mintz nichts von den Zusammenhängen zwischen mir und den Geritzten wissen wollte. Er war doch ein *Warum-Mensch*. Das allerdings wäre dann ziemlich brenzlig geworden. Aber insgesamt war es eine tolle Sache gewesen!

Was sollte ich nun mit meiner Überraschung machen? Bob konnte ich nicht fragen, er war irgendwie nicht mehr da. Niemand konnte mir sagen, wo er war. Sogar sein Schild an der Tür war weg. Vielleicht war Bob in die Ferien gefahren und hatte für diese Zeit sein Schild abgeschraubt.

Ich ließ meine Überraschung erst einmal ruhen. Meine Gefühle stimmten dafür nicht.

Bob sagte, wenn die Gefühle nicht stimmen, sollte man es nicht tun. Das ist mit allem so. Was auch immer er damit meinte.

Da wir keinen Unterricht hatten, gab's wenig zu tun. Ich langweilte mich im Zimmer herum. Keiner von meinem Geheimbund kam mich besuchen. Ich malte wieder gequälte Gesichter. Eigentlich brauchte ich auch mal wieder neue Blutgeschichten. Aber ich hatte kein Blut.

Ich wollte Mr. Mintz so gerne fragen, ob ich mal raus in die Stadt dürfte, aber ich traute mich nicht. Ich wollte im Moment nicht so gerne mit ihm reden und schon gar keine blöden Fragen wegen des Ritzens beantworten. Ob er es merken würde, wenn ich heimlich das Gelände verlassen würde? Ich überlegte und entschied, es einfach zu tun.

Bob sagte mal: Wer nichts wagt, gewinnt auch nichts. Also, wer sich nichts traut, sieht auch nichts.

Zunächst beobachtete ich, wer morgens das Heim regelmäßig für den Ausgang verließ. Dabei sah ich auch die Jungs, die damals beim Männer-Sex mit mir unter der Dusche waren und mich danach verprügelt hatten. Im Grunde hatten sie damals recht gehabt. Ich würde auch einen Petzer verprügeln. Ich dachte an Jamie. Den hätte ich auch geprügelt, wenn er nicht stabil geblieben wäre. Und so dachte ich, dass die Jungs gar nicht so übel waren. Sie waren schon fast erwachsen und kannten sich in der Stadt sicherlich gut aus. Ich fragte sie. Einer, er hieß Danny, hielt das direkt für eine gute Idee. Und sie nahmen mich mit. Mr. Mintz bemerkte nichts.

Wie konnte ich nur so dumm sein! Es war das Dümmste, das ich je getan habe!

Ich rutsche mit den anderen wie Honig durch den großen Ausgang. Ich dachte, es wäre schön, wenn ich noch Geld dabei gehabt hätte. Dann hätte ich mir eine neue CD mit Geigenmusik holen können. Aber vielleicht wäre mein Geld auch für diese andere scheußliche Sache weggegangen, die mir dann passierte …

Ich sagte den anderen, dass es mir leid täte, aber ich hätte kein Geld.

„Macht nichts“, sagte Danny. „Wir haben genug für uns alle mit.“

Das freute mich riesig. Dann würde mir einer eine CD kaufen. Ich fühlte mich wie an Weihnachten. Es war ein großartiges Gefühl, in dieser Gruppe in die Stadt zu gehen. Wir trugen kurze Hosen und T-Shirts, alberten viel herum und aßen Eis. Das war so lecker! Ich bedankte mich höflich, wie sich das gehört.

„Schon gut", sagte einer und lachte mich an. Auch die anderen lachten. Ich auch.

Bob sagte, das nennt man eine gute Stimmung. Wie hatten gute Stimmung und gingen weiter. Als ich eine CD mit Geigenmusik fand, sagte mir einer: „Wenn wir zurückgehen und du dann noch die CD willst, bekommst du sie."

Das war in Ordnung. Also musste ich gut aufpassen, dass wir nicht zu viel Geld ausgaben. Ich merkte mir die CD mit der Geige drauf und fragte mich, was wohl auf den anderen CDs war, die ich sah. Also da waren Autos, Gesichter und Zahlen drauf. Gut, Autos konnte man hören, Gesichter konnten lachen, aber Zahlen? Ich wollte nicht fragen. Könnte sonst ein Lacher werden. Also tat ich so, als wüsste ich alles.

Wir gingen weiter. Einer holte sich Zigaretten. Die waren ziemlich teuer, aber weil sie sich die Dinger teilten, ging's wieder. Mir gaben sie keine. Sie sagten, ich bekäme sonst Durchfall. Das fand ich sehr rücksichtsvoll. Weiterhin kauften sie nichts. Das beruhigte mich sehr.

Nach zwei Stunden hatten wir die Stadt durchquert. Ich sagte, wir könnten doch jetzt die CD holen, aber einer sagte: „Wir gehen noch zu Sandy."

Aha, Sandy. Ich wagte nicht zu fragen, weil alle schon lachten. Irgendwie ist das Lachen immer so … Bob sagte, *demütigend* für mich. Ein blödes Gefühl einfach.

Wir kamen an ein großes Mietshaus. Überall hingen feine Gardinen in rot. Ich liebe rot und musste an Monica denken. Vielleicht wohnte sie jetzt hier. Wir gingen in das Haus hinein. Alles war rot darin und so kuschelig. Ich liebte das Haus. Später wollte ich auch mal in so einem Haus wohnen.

Eine Frau kam zu uns. Sicher die Besitzerin. Was die Frau anhatte, war nicht sehr schön. Eigentlich war sie fast nackt – an den Armen und Beinen. Dazwischen trug sie nur sehr wenig Stoff. Ich sah ihre Brüste. Die lagen auf einem rotweißen Plastikständer mit viel Rüschen rundherum. So etwas hatte ich früher mal im Fernsehen gesehen, mit Brad. Was Frauen so alles tragen!

Ich fragte nach Monica, doch die Frau kannte sie nicht. Schade, ich hätte mich gefreut, sie wiederzusehen. Die Jungs sahen mich an, als hätte ich gerade eine Ratte gefressen. Einer von ihnen flüsterte mit der Frau. Beide sahen zu mir hin. Ich winkte und fühlte mich etwas gedemütigt. Dann kramten alle in ihren Hosentaschen herum und holten Geld heraus. Wollten sie etwa eine Wohnung mieten?

Ich sagte, sie sollten noch etwas für die CD übrig lassen. Aber mir hörte keiner zu.

Die Jungs gingen eine Treppe hinauf und nahmen mich mit. Auch da war alles rot und kuschelig. Überall waren Türen mit Zahlen davor. Ein richtiges Mietshaus. Einer klopfte bei der acht an. Ich war ganz neugierig, wie die Wohnung wohl aussehen mochte. Eine Frau öffnete und holte uns herein. Das war Sandy. Ich gab ihr höflich die Hand. Die anderen nicht. Sandy wohnte wunderschön. Das sagte ich ihr. Sie hatte ein riesiges Bett und schöne, gepolsterte Stühle. Alles in Rosa. Na, ja, das war nicht ganz meine Farbe. Was ich allerdings nicht schön fand, war, dass sie ihre Brüste nicht verdeckt hatte. So langsam wurde mir komisch. Ich musste wieder an die Filme mit Brad denken. Die liefen mitten in der Nacht und Brad hatte dann immer … man weiß schon was. Jetzt bekam ich Bauchschmerzen.

Einer sagte zu mir, heute gäbe es mal Frauen-Sex, ich brauchte aber nicht mitzumachen. Das beruhigte mich, und ich schlug vor, unten so lange zu warten. Doch das wollten sie nicht. Sie sagten, sie hätten die Verantwortung für mich und würden mich nicht aus den Augen lassen. Das fand ich wiederum sehr schön, dass sie sich so um mich sorgten.

Sandy zog sich ganz nackt aus. Sie hatte, genau wie in meinem Sexlexikon, eine Scheide. Da musste der Penis rein. Das nannte man dann Geschlechtsverkehr. Dann zog Sandy Danny ganz nackt aus. Der hatte direkt einen steifen Penis, obwohl er gar nicht onaniert hatte. Ich sah, wie die beiden turnten und er zum Schluss tatsächlich in der Scheide war. Es ging also wirklich. So machte es auch der nächste Junge.

Ich dachte, Musik wäre nicht schlecht. Für mich, gegen die Langeweile. Dann sagte einer: „Jetzt du." Ich sah ihn an. Ich? Ich wollte keinen Frauen-Sex! Ich wollte überhaupt keinen Sex! Ich kann mich gar nicht richtig erinnern, wie alles abgelaufen war. Sie legten mich auf Sandy drauf. Sie sagte: „Hab keine Angst, ich tu dir nicht weh." Sie fasste mich an, machte irgendwas, und dann sah ich Sternchen.

Frauen-Sex ist wirklich schöner als Männer-Sex.

Ich dachte, das war's, und blickte allen stolz in die Augen. Ich konnte das auch!

Sandy zog sich wieder an und verließ das Zimmer. Ich zog mich auch an. Aber außer mir tat das niemand. Im Gegenteil, sie zogen mich wieder aus …!

Ich vergaß auf dem Heimweg die CD. Ich vergaß, wie ich hieß, und ich vergaß, wo mein Zimmer war. Also blieb ich in der großen Halle des Schulgebäudes stehen und wartete auf jemanden, der mir mein Zimmer zeigte. Irgendwann kam Billy. Er fragte: „Warum warste nicht Mittagessen?"

Ich sagte mit leiser Stimme: „Weil ich keinen Hunger hatte."

Ich fragte Billy: „Kannste mich in mein Zimmer bringen?"

Er sah mich zwar komisch an, aber er tat es. Ich ging ins Bett. Mit den vier Jungs bin ich nie wieder weggegangen. Aber ich habe sie auch nie verpetzt.

Seit diesem Tag fiel mir nichts Gutes mehr ein. Ich war ständig traurig und müde. Ich malte nicht mehr und hatte auch keine Lust zum Schreiben. Das Essen schmeckte mir nicht mehr, und Bob konnte ich auch nirgends finden. Die Geigenmusik interessierte mich nicht mehr, und die Sportspiele im Hof konnten mich nicht mehr locken.

Ich wollte mal mit Mr. Mintz sprechen, wo Bob denn sei, aber sein Zimmer war abgeschlossen. Ich fragte einen Betreuer, wo Mr. Mintz sei. Er sagte mir, dass Mr. Mintz für zwei Wochen in Urlaub sei. Das brauche er. Ich wusste Bescheid: Zwei Wochen in einem Wohnwagen.

Ich wartete immer noch auf sein Puzzle. Mir war wegen seiner Prügel mächtig die Lust vergangen, ihm mein Puzzle zu zeigen.

Ich saß gelangweilt in der großen Halle und sah, wie ein Postbote einem Betreuer ein Paket brachte. Sicher für Mr. Mintz, denn der Betreuer schloss das Büro auf und legte das Paket hinein. Dann ging er weg, ohne abzuschließen. Das hielt ich für eine gute Gelegenheit, mich mal in Mr. Mintz' Sessel zu kuscheln. Das könnte ich gut gebrauchen. Und es würde niemanden stören. Ich vermisste Bob wie die Hölle. Also ging ich hinein in das Büro, schloss die Tür hinter mir, kuschelte mich in seinen großen Sessel und schlief ein.

Ich wurde wieder wach, als jemand die Tür abschloss. Ich dachte, schrei nicht, sonst gibt's mächtigen Ärger. Und so konnte ich etwas länger drinbleiben. Ich hatte sowieso keinen Hunger, und niemand würde mich suchen.

Die Ruhe tat gut. Ich war sehr traurig und schlapp. Gut, dass Ferien waren. Das Büro von Mr. Mintz sah sehr geheimnisvoll aus. Es wäre ein tolles Zimmer für einen Geheimbund gewesen. Überall standen riesige, dunkle Ordner voller Geheimformeln. Mann, was hätte man daraus machen können! Ich las die Rücken der Ordner. Vielleicht fand ich eine neue Idee, die mir die Traurigkeit vertrieb. Auf einem Ordner stand mein Name: Christopher Gelton. Meine Geheimformel versuchte ich mir vorzustellen. Doch da war sicherlich nichts Interessantes drin. Das kannte ich schon von Bobs Ordnern. Aber ich dachte, es könnte nicht schaden, mal hineinzuschauen. Ich zog den schweren Ordner raus und setzte mich, wie Mr. Mintz, an den großen Schreibtisch. Ich schaltete die Lampe ein und schlug das schwere Ding auf. Ja, was sah ich da? Mr. Mintz' Puzzleteile vom *Mörderbaby*. Er hatte ja gar nichts damit gemacht! Er hatte die Teile nur abgeheftet! Ich sah sie gelangweilt durch, bis ich auf einen Artikel stieß, auf dem auch das Gesicht meines Vaters abgebildet war. Es war das gleiche Bild, das Bob mir eingerahmt zu Weihnachten geschenkt hatte. Ich war ganz aufgeregt und blätterte weiter. In einer Folie befanden sich Fotos. Sicher die, von denen ich eins im Flur gefunden hatte. Schnell nahm ich die Fotos raus. Ich sah ein abgebranntes Haus, zwei kaputte Autos in einer Scheune und meine Mutter, wie sie auf dem Boden liegt und mit einer Decke zugedeckt ist. Ich sah Großvater Ben mit einem kleinen Baby unter seinem Hemd. Es schaute nur ein kleines Köpfchen heraus. Großvater Ben hielt das Baby ganz fest an sich gedrückt.

Und dann war da noch das Foto von meinem Vater in der Blutlache. Es war etwas anders als das, was ich im Flur gefunden hatte.

Die Fotos regten mich auf. Meine Hände zitterten, und ich musste weinen, so schlimm waren die Fotos. Ich wusste, dass sie irgendetwas mit mir zu tun haben mussten, sonst wären sie nicht in meinem Ordner.

Ich blätterte den Ordner weiter durch. Es kamen viele, viele Blätter. Oben stand Psychiatrie *Heaven* drauf. Protokolle. So was kannte ich. Ich las das erste Protokoll durch. Sie schrieben über meinen Vater, wie er den ganzen Tag schlief. Im nächsten auch. Ach, wie langweilig.

Vielleicht sollte ich mal das Puzzleteil von *Mörderbaby* durchlesen. Ich nahm das Blatt heraus und las:

Mörderbaby Gelton

Sarah Gelton, geborene Newshorn, hat diese Woche erfahren, dass sie ein Baby erwartet. Das ist nichts Ungewöhnliches –, so, wie es wohl vielen Frauen mindestens einmal im Leben widerfährt. Doch bei Sarah Gelton liegen die Fakten völlig anders. Der Vater des Kindes ist der am 18. Dezember '96 verstorbene Amokläufer und Mörder Dane Gelton aus Kansas, der nach dreimonatigem Aufenthalt in der Psychiatrie Heaven verstarb. Es stellt sich nicht nur für die werdende Mutter die Frage, welch missgestaltetes Baby sie Ende Juni diesen Jahres erwarten wird. Es wurde ihr dringend angeraten, das Baby direkt nach der Entbindung zu Forschungszwecken freizugeben. Das Institut der Universität British Columbia führt Versuche in den Bereichen Gentechnik und Hirnforschung durch und ist an diesem Baby sehr interessiert. Vor knapp drei Jahren hatte sich auch der Vater Dane Gelton dort einem Untersuchungsprogramm unterzogen. Eine erblich veränderte Hirnstruktur beeinträchtigte seine Wahrnehmung und sein Wertegefühl. Sein Denken und Handeln waren zu diesem Zeitpunkt dadurch bereits schwer gestört. Das Institut diagnostizierte eine veranlagte Psychopathie. Damit scheinen die Weichen für die Entwicklung des Babys bereits gelegt zu sein. Ein normaler Lebensweg ist damit kaum möglich.

Über Generationen hinweg sind immer wieder Auffälligkeiten in der Familie Gelton aufgetreten. Selbst die Mutter war verhaltensgestört und ließ sich über viele Jahre stillschweigend demütigen und vergewaltigen. Sarah Gelton lehnt bis heute jeden Kommentar ab, und wir alle möchten sie doch inständig bitten, das wirklich Richtige zu tun. Einer Fruchtwasseruntersuchung zufolge soll es ein Junge werden. Müssen wir nun Angst vor einem neuen Dane Gelton haben?

Wir stellen uns die Fragen: Welcher Kindergarten wird das Kind je aufnehmen? Welche Schule wird es je unterrichten wollen? Welchen Berufszweig wird der Junge je einschlagen können?

Nach diesem Artikel wurde ich noch aufgeregter. So doll, dass ich pinkeln musste. Aber ich konnte doch nicht einfach in irgendeine Ecke von Mr. Mintz‘ Zimmer machen. Ich fand eine Flasche im Schrank, die fast leer war. Die benutzte ich. Glücklicherweise war das restliche Zeug darin ebenfalls gelb. So würde es wohl erst einmal keiner merken.

Meine Aufregung wurde aber nicht weniger. Das Paket, das Mr. Mintz bekommen hatte, interessierte mich plötzlich. Überall schienen Informationen für mich zu lauern. Es war also Mr. Mintz‘ Zimmer gewesen, das meinen Wissensdurst löschte, nicht Bobs.

Ich sah mir das Paket an. Es war schwer. Musste also viel drin sein. Ich las den Absender: James Richard Clark aus Kalifornien. Das war Patricks Vater Jim!! Ihn vermisste ich auch sehr.

Was schickte er wohl an Mr. Mintz? Ich dachte, dass das Paket nur für mich sein könnte, denn außer mir kannte niemand Patricks Vater. Also öffnete ich das Paket. Darin lagen wieder Fotos, viele Blätter und zwei Bücher. Überall waren meine Eltern drauf, überall standen ihre Namen. Das war eindeutig ein Geschenk von Jim für mich.

Die Fotos waren sehr schön. Ich glaube, es waren die Bilder aus der Schublade von meiner Mutter. Ich kannte sie auf jeden Fall. Die Blätter interessierten mich nicht. Die waren von einem Raimund Geers geschrieben. Den kannte ich nicht. Aber die Bücher fühlten sich ganz aufregend an. Darin war die Lebensgeschichte von meinem Vater aufgeschrieben! Endlich konnte ich alles über ihn erfahren! Endlich konnte ich so werden wie er!

Ich drückte die Bücher an mein Herz und weinte. Ich war sicher, dass Bob etwas damit zu tun hatte. Ihm hatte ich immer wieder gesagt, wie sehr ich mich danach sehnte, etwas über meinen Vater zu erfahren. Doch Mr. Mintz sagte einmal zu mir, dass ich nicht wie mein Vater werde sollte. Was wusste der schon?

Es war also keine gute Idee, diese Bücher bei Mr. Mintz zu lassen. Auch die Fotos nicht. Den Bericht von Mr. Geers konnte er gerne behalten. Also beschloss ich, die Bücher und die Fotos mit in mein Zimmer zu nehmen.

Ich hörte Schritte draußen in der Halle und bekam Angst. Wenn jetzt Mr. Mintz aus dem Urlaub kam und mich mit den Büchern in seinem Zimmer erwischte, wäre alles vorbei. Ich räumte schnell den Ordner wieder ins Regal und legte die Blätter in das Paket. Das schob ich hinter die lange Gardine am Fenster. Die Fotos legte ich in eins der Bücher, und die schob ich in meine Hose.

Jemand schloss die Tür auf. Ein Betreuer kam herein und sah mich erstaunt an. „Was machst du hier?“, fragte er böse.

„Ich wollte zu Mr. Mintz. Der war nicht da. Deshalb habe ich im Sessel auf ihn gewartet und bin eingeschlafen. Dann hat mich wohl einer eingeschlossen. Ich warte schon viele Stunden, dass mich jemand rausholt." Na, das klappte doch hervorragend mit der Erklärung!

Der Betreuer legte ein paar Briefe, die er bei sich hatte, auf den Schreibtisch und zog mich am Handgelenk aus dem Zimmer. „Warum hast du nicht gerufen, Gelton?!", schrie er dabei.

„Hab ich doch, Sir, aber es hat mich keiner gehört."

„Und das soll ich dir glauben?"

„Ja, Sir, was denn sonst?" Das hätte ich nicht sagen sollen, denn er schmiss mich in den Bunker. Ich bekam riesige Angst, denn Bob war nicht da und Mr. Mintz auch nicht. Wer sollte mich hier wieder rausholen? Ich drückte die Bücher an mein Herz und wartete.

Irgendwie hatte sich meine Traurigkeit verändert. Sie war tiefer geworden. Nach diesem Vorfall im Bunker spürte ich es zum ersten Mal. Früher war meine Traurigkeit eine Art Langeweile gewesen, denn ich wusste, es würde alles wieder gut werden. Aber jetzt war meine Traurigkeit eine richtige Angst geworden. Irgendetwas sagte mir, es würde nie wieder weggehen. Ist es das Gefühl eines Erwachsenen, der immer glaubt, jederzeit würde die Welt zusammenbrechen? Wo war das frühere Gefühl, dass die Welt schon nicht zusammenbrechen würde? Es war weg. Übrig blieb eine kalte, schmerzende Angst. Der Hausmeister holte mich viele Stunden später wieder aus dem Bunker und sagte: „Geh mal in die Mensa. Die haben Essen für dich weggestellt."

Ich bedankte mich und nickte. Aber ich konnte nicht in die Mensa gehen, denn ich hatte doch die beiden Bücher in meiner Hose. Die würde jeder sehen. Also rannte ich erst in mein Zimmer und schloss mich ein. Ich legte die Bücher auf mein Bett und sah sie an. Jetzt kroch diese neue Angst wieder in mir hoch. Wie ein Tintenfisch. Vielleicht waren die Bücher gar nicht so gut für mich. Dieser Zeitungsartikel über das Mörderbaby war irgendwie unglücklich, fand ich. Mein Vater war vielleicht gar nicht so ein Mann, wie ich gerne werden wollte. Viele Leute hatten mich oft so komisch behandelt. Und der Klügste bin ich auch nicht. Vielleicht in der Schule, aber nicht im Leben. Obwohl, in der Schule bin ich ziemlich schlecht geworden. Nichts rutscht mehr wie Honig hinunter. Zu viele Dinge haben mich vom Lernen abgelenkt. Ich hatte so vieles vom Leben nachzuholen, das glaubt mir keiner.

Doch, Bob glaubt es. Bob ist der beste Kerl, den ich jemals kennengelernt habe.

Ich vergaß, mein Essen in der Mensa zu holen und überlegte, ob ich die Bücher lesen sollte. Diese Angst ließ mich nicht los. War das jetzt eine gute Angst oder eine schlechte? Manchmal ist Angst gut. Nämlich dann, wenn sie dich von etwas abhält, was gefährlich für dich ist. Aber manchmal ist die Angst auch schlecht. Nämlich dann, wenn sie dich treibt, etwas Gefährliches zu tun. Ich bin eindeutig der zweite Typ. Jetzt kann ich sagen: Ich bin eindeutig ein Gelton. Ich entschied mich dazu, die Bücher zu lesen, und die Angst verwandelte sich in ein Kribbeln. Ich stand immer schon auf Horrorgeschichten. Warum dann nicht die meiner eigenen Familie? Ich las den Titel: *Die Scheune.* Ich setzte mich aufs Bett und schlug das erste Buch auf. Das Bild meines Vaters stellte ich so, dass ich es jederzeit sehen konnte. Falls ich Hilfe brauchte.

Es begann in Kalifornien. Wie gerne wäre ich mal nach Kalifornien gefahren. Jim, Linda und Patrick lebten dort. Ach, wäre es toll, wenn sie mich mal einladen würden.

Mein Vater besaß ein Restaurant. Das hieß *Running Horse.* (Auf dem Flur klingelte es zum Abendbrot. Ich hatte keinen Hunger. Schon lange nicht mehr. Ich las weiter.) Ich las, wie fünf Männer meinen Vater in Grund und Boden geprügelt und anschließend diesen höllischen Männer-Sex mit ihm gemacht hatten. Mir wurde schwindelig! Das Buch war wohl nicht für mich geschrieben. Ich merkte, wie mir übel wurde, und dann kotzte ich. Mitten ins Zimmer. Ich warf das Buch weg, das andere hinterher und schlief weinend ein.

Das Zimmer stank fürchterlich am nächsten Morgen. Alles war hart, mein Ekel groß.

Warum hatte Patricks Vater Jim mir die Bücher geschickt? Wollte er mich umbringen? Es ist grausam, wenn man weiß, dass sein Vater gequält worden ist.

Wie sollte ich die Kotze wegmachen? Ich machte es irgendwie.

Unter der Dusche grinsten mich die Jungs, die mit mir bei Sandy waren, an. Mein Hirn rastete plötzlich aus, und ich konnte nicht anders, als auf sie zuzustürmen und einzuprügeln. Natürlich prügelten sie zurück. Sie prügelten mich in Grund und Boden. Ein Betreuer kam rein und zog mich weg. Die Jungs sagten: „Der hat angefangen."

Sie hatten recht. Ich bekam einen Tag Bunker und konnte so viel rufen, wie ich wollte. Man holte mich nicht vorher raus.

So langsam machte mir mein Hunger Sorgen. Meine Hosen rutschten, und ich hatte keinen Gürtel. Also hielt ich sie fest und ging in den Wäscheraum, um nach einer neuen Hose zu fragen. Die Frau sah mich an und holte einen Betreuer. Der nahm mich mit zu Dr. Grand. Dort musste ich mich ausziehen. Ganz. Mir wurde schwindelig und doof. Dr. Grand legte mich in ein Bett und schob mir einen Schlauch in den Arm. „Damit du genug Flüssigkeit bekommst", sagte er. Ärzte sind komisch. Ich habe doch einen Mund.

Es ging mir danach tatsächlich besser. Dann bekam ich Tee, und der Schlauch wurde wieder weggenommen. Ich dachte, endlich haben sie es begriffen! Das mit dem Mund.

Kein Bob. Kein Mr. Mintz.

Ein fremder Mann kam auf mich zu und stellte sich als Mr. Milland vor. Mein neuer Psychologe. Nicht die Spur freundlich. Dem würde ich meine Bilder nie zeigen. Er zog in Bobs Büro ein.

Ich sagte ihm: „Ich bin sehr traurig."

Er meinte: „Dann tu was dagegen."

Das versuchte ich ja, aber es half nichts. Selbst die Geigenmusik brachte mich zum Weinen. Dann konnte ich auch genauso gut das Buch weiterlesen. Das war ziemlich schwierig, denn vieles verstand ich nicht. Wie ich schon sagte, das Buch war nicht für mich geschrieben. Aber ich las weiter. Irgendwas würde ich schon verstehen. Als ich las, wie mein Vater meine Mutter kennenlernte, ging's mir besser. Sogar richtig gut.

Mr. Milland sagte: „Geht doch."

Dann ging's wieder bergab. Mein Vater hatte Sex mit *seinem* Vater! Mit vier Jahren schon! Wie ging das an? Das muss man sich mal vorstellen! So was steht in einem Buch! Wie peinlich! Dafür prügelte er später seinen Vater zu Tode. Recht so. Das geschah ihm recht. Wenn der wüsste, wie höllisch weh so etwas tut! Mein Vater war eine richtige Schlägerkante.

Wenn ich draußen über den Hof ging, war ich mächtig stolz. Ob man mir ansehen konnte, wie stark mein Vater gewesen war? Der hatte keine Angst vor dem Prügeln. Auch wenn er nicht immer gewann.

Ich hatte Mut bekommen, weiter zu lesen. Das Leben meines Vaters las sich wie ein richtiger Krimi. Ständig prügelte er sich irgendwo herum. Er machte richtig Krafttraining. Es war Zeit für mich, auch damit anzufangen.

Dieses Buch fesselte mich Tag und Nacht. Jetzt weiß ich auch, warum meine Mutter so krank war. Sie war schon in der Zeit mit meinem Vater krank gewesen und lag in einem Krankenhaus. Zum Schluss lag mein Vater auch in einem Krankenhaus und starb dort.

Es war seltsam. Nachdem ich das Buch zu Ende gelesen hatte, betrachtete ich das Bild mit meinem Vater in der Blutlache. Davon hatte nichts in dem Buch gestanden. Es passte alles nicht zusammen. Wovon sollte das zweite Buch wohl handeln?

Meine Stimmung wurde wieder schlechter. Die Traurigkeit kam wieder. Noch doller als vorher.

Mr. Mintz kam aus dem Urlaub zurück.

Vor Mr. Mintz' Büro war ein riesen Menschenauflauf. Ich sah, dass er wie ein wilder Stier umher rannte und dachte bei mir:

Oh, Gott, er hat das Paket entdeckt! Ich rannte an der Menge vorbei, über den Hof ins Schlafgebäude in mein Zimmer und schloss ab. Mein Atem wollte sich gar nicht mehr beruhigen. Aus der Nummer würde ich niemals lebend herauskommen! Die Bücher mussten verschwinden! Ich nahm sie unter meinen Pullover, rannte wieder runter, hinter den Sportplatz und vergrub sie unter einem Baum. Ich sah wie ein verdreckter Maulwurf aus. Da hörte ich auch schon Mr. Mintz schreien: „Christopher! Einer hole mir diesen Knaben!"

Ich dachte: Das hat aber lange gedauert. Man fand mich schnell, denn ich war ja schon in der Nähe. Sie schleppten mich mit mindestens hundert Mann wie einen Gefangenen zu Mr. Mintz. Der sah mich an und fragte ganz leise: „Wo sind die Bücher und Fotos?"

Ich versuchte, mein Gesicht nicht rot werden zu lassen und sagte: „Welche Bücher, Sir?" Ich glaube, ich hörte ein Knurren, wie von einem Hund. Mr. Mintz sagte: „Gib mir deinen Schlüssel."

Den zog ich aus meiner Hosentasche und gab ihn Mr. Mintz. Er ging mit strammem Schritt weg, während ich in den Fängen der anderen auf ihn warten musste. Mir fiel ein, dass die Fotos noch in meinem Nachtschrank lagen, und mir wurde angst und bange. Einer sagte: „Den hängen wir heute noch auf!" Wurde man hier fürs Stehlen aufgehängt? Mir wurde schwindelig. Ich hatte noch nie gesehen, dass hier einer aufgehängt wurde. Aber vielleicht hatte auch noch nie jemand etwas gestohlen. Dann war ich heute der Erste! Sollte ich versuchen abzuhauen, bevor Mr. Mintz mit der Schlinge zurückkam?

Irgendwie dachte ich plötzlich an die Geschichte meines Vaters, als er zum Schluss versucht hatte, seinen Freund Jim aufzuhängen. Er hatte dafür nicht einmal Gefängnis bekommen. Nur Krankenhaus, wo er immer schlafen durfte. Was also sollte Mr. Mintz davon abhalten, mich aufzuhängen, wenn er dafür noch mehr Erholung bekäme? Ich dachte: ‚Okay, es bleibt mir nur diese eine Chance.' Ich musste weglaufen. Also riss ich mich los und rannte. Und rannte. Jemand stellte mir ein Bein, und ich rutschte und rutschte auf dem glattpolierten Boden mit dem Kopf voran bis vor die große Eingangstür der Schule. Ich sah noch, wie sie näher kam. Dann hörte ich einen Knall in meinem Kopf, und alles war schwarz.

Ich wachte in einem Krankenhaus wieder auf und alles war verbunden am Kopf. Wie ein Helm. Warum lag ich hier? Was war passiert?

Eine Krankenschwester kam rein und telefonierte an meinem Bett mit dem Arzt. Ich hörte, wie sie *Dr. Jason* sagte. Ich war bei Dr. Jason! Gott sei Dank! Der kam dann auch und gab mir die Hand. Das tat gut. Er sagte: „Du hast dir furchtbar den Kopf gestoßen. Dabei ist dein Schädelknochen etwas gerissen. Jetzt musst du ganz ruhig liegen, dann heilt alles zusammen und du kannst wieder heim gehen."

Heim? Apropos Heim! Ich wollte sagen, dass das nicht ginge, denn dort würde man mich aufhängen. Aber ich konnte gar nicht sprechen, obwohl mein Mund gar nicht verbunden war. Ich fühlte mit der Hand, ob mein Mund noch da war. Ja, war er. Aber er konnte nicht sprechen.

Dr. Jason sagte: „Du musst nur ruhig liegen. Dann wird alles wieder gut."

Ich hätte so gerne nach Bob gefragt, aber mein Mund sprach keine Worte mehr aus.

Ich glaube, ich habe mein halbes Leben bei Dr. Jason verbracht.

Mr. Mintz kam mich besuchen. Er brachte mir meinen Recorder mit und ließ Geigenmusik laufen. Er sagte nichts mehr von den Büchern. Auch nicht, ob er die Fotos in meinem Zimmer gefunden hatte. Aber das lag doch klar auf der Hand. Bob kam nicht. Auch Jim nicht. Nur Mr. Mintz, Mr. Milland und Jamie. Sonst keiner.

Es waren immer viele Krankenschwestern um mich, die mich wuschen und mir beim Essen halfen. Trinken musste ich mit einem Strohhalm. Gott sei Dank bekam ich beim Waschen keinen steifen Penis. Also bei Frauen funktionierte das nicht, auch wenn es bei Sandy sehr schön gewesen war.

Dr. Jason untersuchte ständig meinen Kopf und die Reflexe. Ich weiß zwar nicht, was Reflexe wirklich sind, aber sie machen immer, dass es irgendwo bei mir zuckt. Das machte einen Riesenspaß. Dr. Jason hatte sich einen neuen Praktikanten genommen. Den hätte ich gerne besucht, aber ich durfte nicht aufstehen. Überhaupt nicht.

Bei mir im Zimmer lag noch ein anderer Junge, der immer furzte. Er redete mit mir, aber ich konnte ihm nicht antworten. Niemand brachte mir einen Zettel zum Schreiben.

Eines Tages brachte Dr. Jason einen Mann mit, der fast genauso aussah wie Bob. Der hieß Dan, eigentlich Daniel, und war ein Logopäde.

Dr. Jason sagte: „Dan wird dir das Sprechen wieder beibringen."

Das war gut. Das brauchte ich auch, um wieder in die Schule gehen zu können. Sonst würden meine Noten für mündliche Beteiligung noch schlechter werden.

Zuerst musste ich mit Dan nur den Mund bewegen lernen. Dan war sehr nett und machte immer viele Witze. Schade, dass er hier im Krankenhaus arbeiten musste. Wir könnten bei uns im Heim so einen Witzemacher gut gebrauchen. Bob fehlte mir sehr.

Ich lernte zu grunzen und zu schreien, aber nicht zu sprechen. Dan sagte, das Problem wäre meine Zunge. Die schliefe immer noch. Also stellte ich mich in eine Ecke und schrie und schrie, um sie wach zu bekommen. Eine Schwester nahm mich in den Arm. Meine Zunge schlief weiter.

Ich sollte wieder zurück ins Heim, wollte aber nicht. Wegen meiner Noten und so. Aber ich musste.

Einmal in der Woche musste ich zu Dan ins Krankenhaus und bekam neue Aufgaben zum Sprechen lernen, die ich abends in meinem Zimmer immer machen sollte. Dan schenkte mir einen Wecker, der immer bimmelte, wenn ich sprechen lernen musste. Und dann musste ich 30 Minuten sprechen. Dan ist ein Zauberer. Ich lernte wieder sprechen.

Die Fotos aus meinem Nachtisch waren verschwunden. Mr. Mintz hatte sie also gefunden. Es war nur eine Frage der Zeit, wann ich dafür aufgehängt werden würde.

Als ich wieder einigermaßen sprechen konnte, ging's los: Mr. Mintz holte mich in sein Büro. Er versuchte wirklich lieb zu sein, aber er nahm mir nicht die Angst vor dem Aufhängen. Ich durfte auf keinen Fall nachgeben, musste um Befreiung kämpfen. Verloren hatte ich sowieso schon. Mr. Mintz durfte die Bücher auf keinen Fall bekommen. Er fragte mich, warum ich die Bücher verschwieg. Darauf antwortete ich, so dumm, wie ich bin: „Damit sie bei mir bleiben."

Damit hatte er sein Geständnis und ich hätte mich ohrfeigen können. Diebe sind eben ziemlich dumm, das wurde mir jetzt klar. Dabei war ich nur so durcheinander gewesen, weil Mr. Mintz so eine andere Frage benutzt hatte, als ich erwartet hatte. Bob sagte, das nennt man psychologisch. Wenn einer so klug fragt, dass der andere sich selbst verpetzt. War Bob nicht auch ein Psychologe?

Ich hatte mich also soeben verpetzt und war sehr wütend auf mich. Ich sollte mich nun selbst verprügeln. Mir fiel ein, ich könnte ja so lange vor eine Wand rennen, bis ich umfiele. Das tat ich abends in meinem Zimmer.

Am nächsten Morgen musste ich wieder Urlaub bei Dr. Jason machen. Na, das hatte doch prima geklappt! Ich lebte noch! Dan kam mich kurz besuchen und freute sich, wie gut ich sprechen konnte. Er sagte aber auch, dass ich unbedingt an meiner Nase arbeiten müsse. Sie war zweimal gebrochen und sah fürchterlich aus. Dr. Jason nannte das eine Gehirnerschütterung. Wenn die Nase kaputt ist, nennt man das eine *Gehirnerschütterung*! Die Ärzte sind komisch.

Mr. Mintz kam mich besuchen und fragte, ob ich überhaupt noch weiter in seinem Heim bleiben wollte. Ich sah ihn an und fragte: „Wohin denn sonst?" Wollte er mich denn nicht aufhängen?

Er sagte: „Es gibt auch andere Heime, in denen du dich sehr wohl fühlen könntest. Bob arbeitet jetzt in so einem Heim. Er hat gesagt, er würde sich freuen, wenn du zu ihm kommen würdest."

Die Sache lag doch klar auf der Hand: Natürlich wollte ich das! Zum einen, weil ich dann Bob wiedersehen und zum anderen, damit ich nicht gehängt würde. Mann, hatte ich ein Glück! Mr. Mintz sagte, das sei in einer Woche möglich. So lange brauche Bob, um mein Zimmer zu renovieren und alles einzurichten.

Ich sagte: „Klasse! Danke!"

Ist doch klar, dass ich irgendwie Abschied feiern musste. Ich wusste nur noch nicht, wie. Also überlegte ich. Mir fielen die Bücher wieder ein. Ich ging sie ausgraben. Sie waren total hin. In meinem Zimmer riss ich die Blätter vom zweiten Buch vorsichtig heraus und trocknete sie nacheinander auf der Heizung. Ich wollte das Buch doch noch lesen. Die Stelle mit der Blutlache musste noch irgendwo auftauchen. Und meine Geburt fehlte mir auch noch.

Das erste Buch trocknete ich als Ganzes. Es war ein richtiger Klumpen geblieben. Egal, ich hatte es schon gelesen.

Mr. Mintz teilte mir mit, dass es etwas länger dauern würde, bis ich zu Bob könnte, weil er noch viele Formulare auszufüllen hätte. Und die Leute, die diese Formulare bearbeiteten, bräuchten oft sehr lange. Bob könnte nichts dafür. Das machte auch nichts, denn so hatte ich Zeit, das zweite Buch über meinem Vater zu lesen.

Ich war ganz überrascht, dass mein Vater plötzlich wieder lebte, obwohl er im ersten Buch doch gestorben war. Aber ich war ja auch schon mal gestorben, als ich mit dem Kopf vor die Eingangstüre der Schule gerutscht war. Dr. Jason sagte, eigentlich hätte ich tot sein müssen, aber ich sei ein Wunderkind. Mein Vater war auch so ein Wunderkind. Ich hatte mal gehört, dass Katzen neun Leben haben sollen. Also war ich sicher: Ein Mensch hat zwei Leben. Ich musste nun vorsichtig sein, denn mein Vater war nach dem zweiten Sterben wirklich tot geblieben. Nun wusste ich, was ich zu erwarten hatte. Und weil ich manchmal auch klug bin, wollte ich mich gut vorbereiten. Das zweite Buch über meinen Vater war ziemlich interessant für mich. Ich erfuhr darin viel über meine Mutter, die schon vor meiner Geburt sehr krank war.

Bob sagte, es sei ihre Seele gewesen. Also, ich habe in einem Lexikon nachgesehen, was eine Seele ist. Es ist kein Knochen, kein Nerv, kein Muskel und kein Blutgefäß. Es ist das, was wir fühlen, wenn wir lachen und weinen. Ich dachte immer, das sind mein Hirn und meine Haut. Obwohl, mit der Haut bin ich mir nicht so ganz sicher. Ich fühle nämlich nichts auf meiner Haut. Weder Brennen noch Stechen, noch Streicheln, noch Kälte, noch Wärme, und auch alles andere nicht. Die anderen erzählen mir nur immer davon. Alles, was ich spürte, war hin und wieder ein höllisches Brennen an meinem Hinterteil. Das konnte unmöglich die Seele sein!

Bob sagte, die Seele liegt in meinem Körper drin und ist so etwas wie eine weiche Hand. Sie streichelt oder schlägt mich. Sie macht mir Angst oder schenkt mir Freude. Das konnte ich mir gut vorstellen.

Ich habe meine Seele nach meinen Vater genannt, Dane. Von ihm fühle ich mich gestreichelt und geschlagen, geängstigt und erfreut.

Ich las das zweite Buch zu Ende und fand auch meine Geburt. Ich fand den Schuss, ich fand die Schreierei und die Blutlache. Ich fand die Lieblosigkeit meiner Mutter und die Liebe meines Vaters. Ich fand die Fürsorge meines Großvaters, und ich fand mich selbst als schreiendes Bündel Leben. Das bin ich bis heute geblieben.

Mein Vater wurde erschossen, weil er mich auf die Welt gebracht hatte.

Nach dem Buch konnte ich meine Abschiedsfeier nicht mehr planen. Meine Seele war so durcheinander, das glaubt mir keiner. Die Seele meines Vaters war auch sehr durcheinander gewesen. Er war nie wirklich böse gewesen, er hat nur immer so komische Sachen gemacht, die die anderen nicht verstanden haben. Genau wie ich. Oder haben wir die Menschen nicht verstanden. Warum? Was ist es, was uns so durcheinanderbringt?

Bob sagte, es ist die fehlende Liebe. Wir hätten beide nicht die Liebe unserer Eltern bekommen. Nicht die Liebe, die man braucht, um zu verstehen und im Leben klar zu kommen. Das kann man nie wieder aufholen. Es verfolgt einen ein ganzes Leben lang.

Ich war so traurig wie nie zuvor. Als ich mein Zimmer leerräumte, fand ich mein Puzzle wieder. Es war zu schade, dass ich es Mr. Mintz noch nicht gezeigt hatte. Aber vielleicht sollte ich es noch schnell tun, bevor ich ging.

Ich kannte den Hausmeister, der bei uns immer alles reparierte. Er hatte einen Schlüssel für die Sporthalle. Mr. Mintz konnte ich wohl kaum fragen. Er würde wieder etwas Schlimmes dahinter vermuten. Wann habe ich je schlimme Sachen gemacht?

Ich erklärte dem Hausmeister, dass ich für Mr. Mintz eine Überraschung zum Abschied hätte. Wirklich nichts Schlimmes. Das fand der Hausmeister richtig klasse. Er sagte, dass er mich vermissen würde. Mit mir wäre endlich Schwung in den Laden gekommen. Warum hatte er mir das nicht schon früher gesagt? Uns wäre bestimmt zusammen noch so einiges eingefallen. Ich bekam den Schlüssel von der Sporthalle. Weil es Samstag war, konnte ich mir viel Zeit lassen. Die Sporthalle wurde nicht gebraucht.

Mit großer Konzentration setzte ich mein Puzzle zusammen. Das war ziemlich schwer, denn ein Teil war immerhin 70 mal 50cm. Und wenn man da mittendrin steht, ist es sehr kompliziert. Aber ich schaffte es. Die ganze Turnhalle war voll. Genauso voll wie bei meiner ersten Ausstellung. Ich ging auf die

Tribüne und betrachtete mein Werk. Es war vollkommen! Es war exakt das Foto geworden. Man konnte meinen Vater in der Blutlache sehr gut erkennen. Besonders das dunkle Haar. Als ich dieses Puzzle so ansah, war es wie eine Vollendung meiner Lust. Ich beschloss, mit dem Malen aufzuhören. Da fielen mir Dr. Jasons Worte ein: „Wenn du dich da ritzt (er zeigte mir die Innenhandgelenke), wird dir schwindelig, und du wirst nie wieder malen können."

Was brauchte ich jetzt noch Blut zum Malen! Ich konnte es jetzt leer laufen lassen. Mein Kunstfreund war sowieso weg. Ich besah mir meine Handgelenke und dachte, dass es Zeit war, es zu tun. Seit meinem Geheimbund hatte ich immer ein Küchenmesser dabei. Das nahm ich und beschloss, das letzte Mal so richtig zu ritzen. Mir wurde tatsächlich ganz schwindelig. So eine Menge Blut aus einer Wunde von mir hatte ich noch nie gesehen.

Das war eine gute Sache, denn ich kam zu Bob. Er sagte, ich sei schizophren psychotisch. Ich glaube, das sind ganz viele Künstler. Dann muss es etwas Gutes sein.

Christopher Gelton

Bobs Geschichte

Als ich Chris' Aufzeichnungen gelesen hatte, war ich gerührt und gelähmt zugleich. Ich hatte seine Zeit im Heim bei Mr. Mintz miterlebt und war, nachdem ich seine Darstellungen der Situationen gelesen hatte, sehr erstaunt, wie jede seiner Handlungen von so viel guter Absicht umschrieben war. Es schmerzte mich, wie falsch ich seine Intelligenz eingeschätzt hatte. Ich fand zwischen all seinen Worten nicht einen Hinweis auf eine böse Absicht, sondern immer nur das Bestreben nach Gerechtigkeit und den Wunsch, geliebt zu werden. Eine erstaunliche Welt offenbarte sich mir, als ich daran dachte, dass Chris ganz klar nicht in einer normalen, emotionalen Welt groß geworden war. Ich fragte mich, wie er nach all seinen Erlebnissen so gutherzig bleiben konnte.

Genau an dieser Stelle stellte sich eine ganz große Befürchtung bei mir ein, wenn ich an die Geschichte von Chris' Vater dachte. Er war bis zu seinem 22. Lebensjahr laut Aufzeichnungen ein gutherziger Mensch geblieben. Und genauso freundlich wie Chris. Er opferte sich für die Farm seiner Eltern auf und pflegte zum Schluss sogar seine Mutter, die an Tuberkulose erkrankt war und ihm so gut wie keine Liebe entgegengebracht hatte. Dann katapultierte ihn das Schicksal wieder in sein Kindheitstrauma zurück. Seine bislang verborgen gebliebene Krankheit brach wie ein Vulkan aus. Anfangs rauchte es etwas, dann spie er langsam Feuer. Zum Schluss stieß er die Lava hinaus und verbrannte sein ganzes Umland.

Inwieweit würden zwischen Chris und seinem Vater Parallelen zu finden sein? Der Junge befand sich eindeutig im Vorteil: Bei ihm war eine psychische Erkrankung schon früh erkannt worden. Wir konnten ihn mit elf Jahren in eine sogenannte Schutzverwahrung nehmen. Durch seinen zuletzt verübten Selbstmordversuch, der für ihn keiner gewesen zu sein schien, bestand für ihn Eigen- und Fremdgefährdung. Das führte zu einer Zwangseinweisung in eine Jugendpsychiatrie. Um Chris' Krankheitsbild zu verstehen, möchte ich es so einfach wie möglich erklären.

Bei sämtlichen Symptomen, Verläufen und Früherkennungsmerkmalen wird man ein Stück seiner Lebensgeschichte wiederfinden. Deswegen war es mir so wichtig, dass Chris seine Geschichte selbst aufschreibt. Nur so konnte ich alles erkennen und belegen. Seine schizophrene Psychose wurde durch die gestörte Wahrnehmung von gesunden und veränderten Verhaltensweisen erst ersichtlich.

Menschen, die an Psychosen leiden, sind sogenannte Wahrnehmungsgenies. Ein gesunder Mensch nimmt 10% der Umwelteinflüsse wahr. Ab 20% steuert er auf einen Nervenzusammenbruch zu. Werden es mehr, dann werden Geist und Seele des Betroffenen krank. Er kann nicht mehr bewerten, was wichtig und richtig ist und was nicht. Das führt dazu, dass der Betroffene die Lage, in der er sich befindet, wie auch Beziehungen zu anderen Menschen, nicht mehr richtig einschätzen kann. Man denke an Chris' gestörtes Verhältnis zwischen seiner Mutter und ihm. Dann die Alkoholsucht von Brad, dem Lebenspartner seiner Mutter, und Chris' verquerte Wahrnehmung der Sexualität durch Brad. Und später die Zwischenfälle in Schulen und im Heim.

Bei schizophrenen Psychosen verwischen die Grenzen zwischen Realität und individueller Wahrnehmung. Der Betroffene ist hochsensibel und oft sehr kreativ. Durch die Fähigkeit, sehr viel wahrnehmen zu können, verliert er den Überblick über seine Beziehungen zur Umwelt. Denken, Fühlen, Wahrnehmen und Handeln haben keinen Bezug mehr zur Wirklichkeit. Der Betroffene gestaltet sich seine eigene Welt, um wieder eine Form, Struktur und Ordnung herzustellen, mit der er umgehen kann. Er beginnt unter formalen Denkstörungen zu leiden. Bei der sogenannten Perseveration kommt der Betroffene immer wieder auf die gleichen Gedanken, Worte und Angaben zurück, die er zuvor gebraucht hat. Selbst wenn sich alles als irrational erwiesen hat. So glaubte Chris ständig, dass ein Psychologe ein Kunstkenner wäre, weil das hervorragend in sein Konzept passte. Das hat seine Welt, in der er lebte, abgerundet, und ließ ihn eine gute Position einnehmen. Er schuf sich damit Selbstbewusstsein und entwickelte eine Resistenz gegen Gelächter und Abwertung. Das hatte zur Folge, dass er auf Gelächter nicht rational reagierte, sondern den Karren noch fester in den Sand fuhr. Zum Schluss kam für ihn ein Desaster heraus, das er wiederum zu einem aus seiner Sicht erfolgreichen Ergebnis formte. So blieb seine Welt immer positiv, in einem Kreislauf, der für ihn funktionierte.

Der Begriff Psychologe muss ihm längst durch seine Schulbildung bekannt gewesen sein, genau wie viele, viele andere Begriffe, denen er ständig neue Bedeutungen beimaß. Chris' inhaltliche Denkstörungen führten zu krankhaften falschen Vorstellungen, die von der Realität abwichen. Diese Vorstellungen sind so wirklich für ihn geworden, dass er unbeirrt daran festhielt und sie nicht anhand der Realität überprüfte. Es setzte ein Größenwahn ein. Das ist ein Gefühl, das der Betroffene dann als normal empfindet. Es beschreibt einen Zustand, in dem nichts zu schwer erscheint. Er kann alles meistern. In diesem Zustand ist der Betroffene völlig unantastbar.

Der Größenwahn wird durch tatsächliche Höchstleistungen hervorgerufen. Chris entwickelte einen künstlerischen Größenwahn und sah sich als der größte Künstler aller Zeiten. Er wartete ständig darauf, entdeckt zu werden. Und seine Leistungen sind wirklich beeindruckend gewesen!

Meistens kommt es zwischen dem 18. und 35. Lebensjahr zum ersten Ausbruch der Krankheit. Bei Chris verzeichnete ich eine Ausnahme. Wo wir immer glaubten, er wäre rückständig im Denken, Verstehen und Fühlen, war er der Sache weit voraus – in seiner Welt. Dabei überging er ständig wesentliche Entwicklungsstufen in seiner Kindheit. Sein Elternhaus bot ihm kein soziales und kindgerechtes Umfeld. Er musste sich schon im frühen Kindesalter mit Sexualität beschäftigen, anstatt zum Beispiel schwimmen zu lernen oder mit anderen Kindern zu spielen. Chris' *Urlaub* bei einer Prostituierten auf einem Wohnwagenplatz zeigte deutlich, wie verhungert bzw. verwahrlost er als Kind war. Jemand nahm sich Zeit und spielte mit ihm. Man gab ihm den ersten Recorder, und er hörte bewusst die erste Klaviermusik, die ihn so unendlich entspannte. Er durfte Kind sein. Ein kurzer Ausflug in die Normalität, der leider so kurz war, dass er sich bei Chris nicht einprägen konnte. Kurz darauf war er wieder zu Hause und damit der Lieblosigkeit seiner Mutter, der Gewalt des Lebenspartners der Mutter, dem leiblichen und seelischen Verhungern und der unangemessenen Sexualität ausgeliefert. Seine alte Struktur hatte wieder Bestand.

Hier beginnt Chris' dritte Station in seinem Leben. Die erste halten wir als Elternhaus, die zweite als Heimaufenthalt und die dritte als Psychiatrie fest.

Chris war elf, als er in die Psychiatrie eingewiesen wurde. In dieser Einrichtung arbeitete ich.

Chris sah das alles als Normalität an. Er wohnte jetzt eben hier bei mir, bei Bob. Ich war eine Art Vaterfigur für ihn geworden, der ich nicht gerecht werden konnte. Er wohnte in einem Zuhause, das kein Zuhause war. Wie sollte ich jetzt, nach allem was geschehen war, so tun, als seien wir Vater und Sohn? Welche Aufgabe hatte das Leben mir da an die Hand gegeben? Wie sollte ich mit diesem Knaben eine Begrenzung meines Aufgabenbereichs händeln?

Der Junge lebte mit dem Gedanken, dass ich jederzeit für ihn da sei. Wie sollte ich damit umgehen, ohne ihn von mir wegzustoßen, was ihm bislang ständig widerfahren war? Konnte ich diese verunglückte Seele überhaupt wegstoßen?

Ich suchte nach einer Unterredung mit meinem Chef, um mir Tipps zu holen. Er sagte, ich *muss* diesen Jungen ein Stück weit wegstoßen, sonst hätte ich bald die halbe Station am Hals. Würde ich kündigen, würde ich in der nächsten Klinik vor dem gleichen Problem stehen. Also musste ich alle Patienten von mir abgrenzen. Vielleicht fehlte mir noch eine Art Abgebrühtheit. Aber was sollte aus meinem Berufsethos werden, wenn ich genau diese erlangt hatte?

Ich muss zugeben, Chris war mir sehr ans Herz gewachsen. Vielleicht deswegen, weil er bisher so chancenlos war. In der Unterredung mit meinem Chef sagte mir dieser zum Schluss, dass ich selber einen Psychologen brauchte. Ha, ha!

Ich hatte viele Nächte damit verbracht, darüber nachzudenken, was jetzt das Beste für Chris wäre. Und ich war zu dem Entschluss gekommen, ganz klare Regeln mit ihm zu besprechen. Die wollte ich mit ihm aufschreiben und in seinem Zimmer aufhängen, damit er sie immer nachlesen und ich mich darauf beziehen konnte. Dass Chris kein Leben in Freiheit oder in einer Familie beschert sein würde, ließ sich erahnen, auch wie eingeschränkt sein sozialer Bewegungsradius aussehen würde. Dann war da noch die Sache mit dem Malen. Eine sehr gefährliche Sache für Chris. Mit dieser Gabe lebte er seinen Größenwahn aus und brachte sich ständig in Schwierigkeiten. Ventil und Gefahr zugleich. Seine Idee, Blut sei eine Malfarbe, würde ewig in ihm verankert bleiben. Somit auch der Drang, sich zu ritzen bzw. sich zu verletzen. Konnten wir dem mit Medikamenten beikommen, ohne ihm die Freude am Malen zu nehmen? Wohl kaum. Wir könnten versuchen, ihn fürs Lesen zu begeistern, aber das machte er überhaupt nicht gerne. Da er noch einige Jahre in die Schule musste, war es ihm in der Freizeit eine Qual. Er hörte lieber zu, wenn vorgelesen wurde. Der Unterrichtsstoff ging wie „Honig" in ihn hinein, wenn eine Lehrperson vorlas oder vortrug. Das entsprach wieder seiner kreativen Gabe.

Eine gute Idee erschien mir, ihm das Klavierspielen beibringen zu lassen. Aber mein Chef sprach sich sofort gegen diese Idee aus, da es zu einem neuen Größenwahn führen und Chris die ganze Station in den Wahnsinn treiben würde. Ich fragte nach einem schallisolierten Raum, aber mein Chef meinte, wo kämen wir denn hin, wenn jeder noch ein weiteres Privatzimmer bekäme. Es würden sich vielleicht noch andere Klavier-Interessierte melden. Und dann?

In meiner Vorstellung sah ich Chris mit Begeisterung spielen lernen und hin und wieder ein Konzert auf der Station geben lassen. Man könnte die Reaktion der anderen Patienten doch erst einmal abwarten. Ich bekam kein Klavier genehmigt. Nun muss ich meinen Vorgesetzten aber auch in Schutz nehmen. Seine 30 Jahre Berufserfahrung sind ein großer Schatz in Sachen Neuversuche und Entscheidungen. Als Berufsanfänger, wie ich einer war, steht man immer mit einer Art Übermotivation im Spielfeld und meint, man müsse alle alten Strukturen unbedingt erneuern. Heute bin ich meinem Chef sehr dankbar für sein hartes Durchgreifen. Er hatte schon weit vor mir Chris' Lage erkannt.

Mein Ideen-Angebot für Chris verkleinerte sich von Tag zu Tag. Er erzählte mir vor vielen Monaten einmal, dass er gerne Muskeltraining gemacht hätte. Das war möglich, denn wir hatten einen Fitnessraum auf der Station. Mit Widerwillen dachte ich sofort an einen neuen Größenwahn, wie Chris uns alle *in Grund und Boden* schlagen könnte. Aber er wirkte nicht wie ein Sportler auf mich. Seine Talente waren nur im kreativen Bereich zu finden. Ich fragte ihn, was mit Schriftsteller sei. Wir würden eine Story erarbeiten, die er dann schreiben könnte, ohne Blut natürlich. Seine Antwort war: „Ich bin doch noch ein Kind." Diese Worte geisterten in der darauffolgenden Nacht in meinem Kopf herum. Ein Kind geht zur Schule und trifft sich nachmittags mit Freunden.

Tja, seine Schule befand sich hier auf dem Gelände, nur drei Stationen weiter. Dort unterrichtete gerade eine neue Lehrerin. Wir hatten derzeit 48 Schüler, von sechs bis sechszehn Jahren. Chris war in die siebte Klasse eingeteilt worden und mit weiteren elf Kindern dort untergebracht. Seine Unterrichtszeit belief sich von 9 bis 14 Uhr und von 15 bis 17 Uhr. Dazwischen gab es Essen in der Mensa.

Das Schulalltag war gut organisiert. *Mark Twain Junior-High-School* hieß die Schule. „Na, das hört sich doch richtig gut an", sagte ich zu Chris, als ich ihm davon erzählte.

Auf der Station waren alle Kinder und Jugendliche nach Geschlechtern getrennt untergebracht. In der Schule waren alle gemischt. Das hatte damit zu tun, dass wir als Ärzte und Pflegepersonal auf der Station nicht überall geschlechtsübergreifende Situationen kontrollieren bzw. verhindern konnten. Also hieß es nach der Schulzeit: Jungen links, Mädchen rechts.

Wir hatten derzeit 32 Jungen und 16 Mädchen. Eine große Gefahr während der Schulzeit für die Mädchen. Das Lehrpersonal war in den Pausen sehr gefordert. Man bedenke, wir hatten es hier nicht mit schwer erziehbaren Kindern, sondern mit psychisch kranken Kindern zu tun.

Wegen eines medizinischen Schutzgesetzes waren uns in vielerlei Hinsicht die Hände gebunden. Gerade was den Einsatz von sexualhemmenden Medikamenten bei Minderjährigen betrifft.

Wir hatten einige Doppel- und einige Einzelzimmer auf der Station. Die Doppelzimmer belegten wir nur mit Jungen, bei denen wir uns relativ sicher waren, dass keine sexuellen Übergriffe zu erwarten waren. Es war in den Akten diesbezüglich nichts verzeichnet. Bei Chris hatten wir eindeutige Hinweise auf ein frühkindliches sexuelles Interesse. Wenn seine Erfahrungen auch nicht immer von ihm gewollt waren, so war er doch von einer unersättlichen sexuellen Neugier. Eine Neugier, die schon durch mehrere Generationen in seiner Familie zu verzeichnen war und die ich als sehr gefährlich einstufte. Aber meinem Wunsch, Chris mit testosteronsenkenden Mitteln versorgen zu wollen, wurde nicht entsprochen. Ich wies meinen Chef auf die Gefahr hin, dass Chris hauptsächlich durch die Berührung von Jungen erregt wurde, was auf eine homo- bzw. bisexuelle Neigung hinweisen könnte. Wie bei seinem Vater. Aber auch das bescherte ihm vorerst kein Medikament.

Chris bekam ein Einzelzimmer.

Was konnte ich Chris hier anbieten? Mir stellte sich ständig die Gegenfrage: Was würde passieren, wenn ich ihm nichts anbiete? Was würde er dann selber erfinden? Wieder einen neuen Größenwahn? Wie oft sollte sich das Spiel noch wiederholen? Mein Chef sagte, wir sollten ihn erst einmal in Ruhe lassen. Das tat ich. Und dadurch passierte Folgendes:

Nach nur zwei Tagen hatte Chris seine ganzen Zimmerwände bearbeitet. Er hatte mit einem Stück Holz, das er aus seinem Bettgestell geknibbelt hatte, in die Wände Striche geritzt. Ich fragte ihn, warum er das mache. Und Chris antwortete in seiner unverwechselbar liebenswerten Art: „Ich habe keine Uhr. Damit ich weiß, wann ich zum Essen gehen muss, muss ich wissen, wie spät es ist. Und damit ich weiß, wie spät es ist, ritze ich hier jede Sekunde ein, die vergeht."

Ich starrte ihn an und fragte ihn, wie die anderen das Problem lösten. Da antwortete er: „Die schauen zwischendurch immer auf die Uhr im Flur. Das ist mir zu lästig. Und außerdem habe ich hier sowieso nichts zu tun."

„Und wie machst du das, wenn du isst und schläfst?"

Er antwortete mir: „Beim Essen zähle ich weiter, so im Kopf, und arbeite die Striche dann nach." Dabei hob er den Zeigefinger seiner rechten Hand und vervollständigte: „... und zähle dabei weiter."

„Und nachts? Wie machst du das nachts?", fragte ich.

„Dann schlafe ich nicht."

Ich sah ihn gequält an. „Du schläfst seit zwei Tagen nicht?"

„Nein."

„Was kann man dagegen tun?", fragte ich.

Chris sagte nur: „Ich brauche eine Uhr."

Ich besorgte sofort eine Uhr aus dem Personalzimmer. Damit war das Problem mit den Strichen aus der Welt. Chris schrieb unter den letzten Strich: 48 Stunden, 23 Minuten, 13 Sekunden. Das gibt's doch nicht!, dachte ich. Waren etwa autistische Züge zu erkennen? Ich war fassungslos, und mein Chef verstand endlich, was ich die ganze Zeit meinte. Zwei Tage später schenkte ich Chris meine Armbanduhr und brachte die andere Uhr wieder ins Personalzimmer zurück. Damit war das Problem mit der Zeit aus der Welt geschafft und Chris zeigte keinerlei Auffälligkeiten mehr in dieser Richtung.

Ich trug an ihn die Aufgabe heran, seine Lebensgeschichte einmal für mich aufzuschreiben. Sie würde mich brennend interessieren. Natürlich auch, damit ich sie auswerten konnte und mein Chef diesen Knaben in seiner ganzen Tragweite verstand. Das sagte ich Chris natürlich nicht.

Damit hatte ich eine Aufgabe für ihn, die er ohne Größenwahn bewältigen konnte. Ich musste nur darauf achten, dass er jeden Abend um acht Uhr schlafen ging.

Wir erstellten einen Regelplan und hängten ihn in seinem Zimmer auf. Der sah so aus:

7:00 Uhr aufstehen, Bett aufschlagen, duschen, anziehen
7:30 Uhr Bett machen, Zimmer richten, zum Frühstück gehen
8:00 Frühstück im Gemeinschaftsraum
8:30 Schulsachen überprüfen, in Gebäude D1 zur Schule gehen
9:00 Schulbeginn
14:00 Mittagessen in der Mensa, Restzeit für Schularbeiten nutzen
15:00 Schulbeginn
17:00 zurück auf die Station, bis 18 Uhr Schularbeiten erledigen
18:00 Abendbrot im Gemeinschaftsraum
18:30 Freizeit auf der Station, Lebensgeschichte schreiben
19:30 waschen gehen, zur Nacht ankleiden
19:45 Klaviermusik hören
20:00 Licht aus, schlafen, nicht mehr aufstehen, auch liegen bleiben, wenn kein Schlaf kommt.

Die letzte Regel war außerordentlich wichtig. Das waren zunächst die Regeln für die Wochentage. Die Wochenenden wollte ich später mit ihm erarbeiten.

Mit diesem Plan hatte Chris zum ersten Mal in seinem Leben so etwas wie Struktur bekommen. Er war inzwischen zwölf Jahre alt und akzeptierte seinen Tagesablauf sofort, zumal er ihn weitgehend mitbestimmt hatte. Ich teilte ihm mit, dass ich genau so einen Plan hätte. Der würde sich nur in einem schwarzen Buch befinden. Daraufhin zeigte ich ihm meinen Terminplaner und sagte, dass jeder erfolgreiche Mann so einen Plan brauche. Da ich aber viel unterwegs sei und hier auf der Station kein Zimmer habe, brauche ich eben dieses Buch. Daraufhin erklärte mir Chris, dass er auch viel unterwegs sei.

Am nächsten Tag brachte ich ihm den gleichen Terminplaner mit, wie ich ihn besaß, und sagte ihm, er solle jeden Tag ordentlich eintragen und jeden erledigten Termin sorgfältig abhaken. Chris setzte sich brav in sein Zimmer und schrieb unzählige Male den Plan von der Wand in seinen Planer. Er achtete peinlich genau darauf, nur die Wochentage zu nutzen.

Nun hatte ich ein gutes Gefühl, mit dem Jungen einen sinnvollen Tagesablauf gestaltet zu haben, gegen den mein Chef auch nichts einzuwenden hatte.

Da Chris nur eine Stunde am Tag Zeit hatte, seine Lebensgeschichte zu schreiben, konnte ich mich getrost zurücklehnen und entspannen, mich mal von ihm abgrenzen. Das dauerte genau drei Tage, da kam Chris freudestrahlend auf mich zu und schrie schon von weitem: „Ferien!!“ Es war der 31. Mai 2009. Vier Tage später legte er mir seine gesamte Lebensgeschichte auf den Tisch. Über 150 Seiten.

Wir konnte ich nur die Ferienzeit vergessen haben?

Ich brachte Chris jeden Tag in meine Gruppentherapiestunde mit, um wenigstens eine Stunde für ihn gesichert zu haben. Der Junge bescherte mir Beklemmungen. Wo die anderen Jungen den ganzen Tag über im Garten oder Spielzimmer herumtollten, lief mir Chris wie ein Schoßhündchen auf der Station hinterher und wollte alles erklärt haben. Er hatte ein großes Nachholbedürfnis und fragte ständig nach jedem „Warum“. Wenn ich ihn zurückwies, weil ich in meinem Büro etwas zu erledigen hatte, bettelte er das Pflegepersonal ständig nach Farben an. Ich verbat rigoros, ihm Farben zu geben, was niemand verstand. Dann erklärte ich es, und dennoch setzte man sich darüber hinweg und beschaffte Chris Papier und Buntstifte. Da könnte doch nichts passieren. Das wäre keine Tinte und auch keine Ölfarbe für großflächiges Malen. Chris ritzte sich kurzerhand mit den Spitzen der Bleistifte die Arme auf und hatte wieder Blutfarbe. Seine Wunden entzündeten sich. Eine Pflegerin musste sich übergeben. Ich schwieg mich über diesen Vorfall erst mal aus, und dann schrie ich über die ganze Station: „Hat sonst noch einer eine Idee für Malutensilien?“ Ich dachte mit Wehleiden an den Terminplaner, das scharfe Papier und den Kuli, den ich ihm gegeben hatte. Doch zu meinem Erstaunen passierte damit nichts. Das waren Sachen, die er für eine bestimmte Aufgabe erhalten hatte. Es war eben nur das Wort *Malen*, das ihn zum Ritzen bewegte.

Tja, nun hatte er mir seine Lebensgeschichte ausgehändigt, und ich musste sie auswerten. Das konnte dauern. Woher sollte ich diese Zeit bekommen? Da kam auch schon die rettende Idee. Der karikative Verband „HFK - Help For Kids“ bot dieses Jahr in den Ferien eine einwöchige Reise nach Utah in ein Feriencamp für alle interessierten Kinder der Psychiatrie an. Es ist ein besonderes Camp für diese Kinder, wie ein Freizeitpark aufgebaut, aber ringsherum mit hohen Mauern versehen und natürlich mit den schönsten Motiven bemalt. Ein spezielles Camp für Kinder aus der Psychiatrie. Einzige Bedingung: sechs erfahrene Pfleger und ein Arzt unserer Klinik mussten zur Aufsicht mitreisen.

Ich wedelte bei der Auswahl ablehnend mit beiden Händen vor mir herum und erklärte, ich müsste die Texte von Chris diagnostisch auswerten. Aber ich sprach mich dafür aus, dass Chris mitführe, trotz aller Probleme, die ich innerlich befürchtete. Sollte er mir doch mal für wenige Tage von den Füßen genommen werden. Ich war von der Aufmerksamkeit, die er einforderte, ziemlich angeschlagen.

Chris war sofort begeistert, als er von dieser Reise hörte. Er rannte wie ein aufgeregter Pudel durch die Station und schrie immer wieder: „Urlaub! Urlaub!“ Dabei dachte er sicherlich an einen Wohnwagen auf einem schäbigen Müllplatz.

Ich holte Chris am Abend vor der Abreise in mein Büro und traf folgende Abmachung mit ihm: „Wenn du im Urlaub bist, dann schreibst du jeden Abend auf, was du erlebt hast. So wie deine Lebensgeschichte. Ich will nämlich wissen, wie es gewesen ist.“

Dabei hob ich aufmerksam meinen Zeigefinger. Dann gab ich ihm ein schwarzes Buch mit Leerseiten und einen neuen Kuli. „Versprich mir, dass du nicht im Urlaub malst. Nur schreiben. Nicht malen. Ist das klar, Bursche?“

Chris schwor mit beiden Händen und war rot vor Aufregung. Er nahm ergriffen das Buch entgegen, küsste den Umschlag und drückte es an seine Brust. Als ich ihm den Kuli reichte, sagte ich: „Der ist nur zum Schreiben da. Nicht ritzen, nicht malen. Nicht ein Bild.“

„Nicht ein Bild. Nicht mit diesem Kuli, nicht in dieses Buch.“

Damit wusste ich schon, dass er einen anderen Stift und ein anderes Blatt finden würde, was meine Abmachung soeben zunichte machte.

Nachts lag ich in meinem Bett und überlegte, wie viele Stunden es dauern würde, bis er wieder hier wäre, alleine, ohne die anderen Jungen, die sich weiter im Park vergnügen durften. Instinktiv begann ich noch in dieser Nacht mit dem Lesen seiner Lebensgeschichte. Der Text fesselte mich dermaßen, dass ich bis zum Morgen durchlas. Ich war erschüttert und beschloss, direkt am selben Tag die Geschichte auszuwerten und die erste Diagnose zu formulieren. Meine Motivation war immens. Die sank radikal, als mich gegen Abend Dr. Pilburg, mein Stationskollege und begleitender Arzt der Jugendgruppe, anrief und fragte: „Was geben Sie dem Jungen abends, damit er aufhört?“

Ich antwortet: „Nichts, wieso?“

„Dann werde *ich* etwas nehmen“, hörte ich Pilburg noch flüstern, dann legte er auf.

Ich dachte, wow, schon einen Tag länger als erwartet.

Es war wunderbar ruhig auf der Station. Urlaub, dachte ich. Wie Urlaub. So hatte ich mir die Arbeit schon eher vorgestellt. Ich lernte Jenny kennen. Jenny Keller. Sie war Chris' Lehrerin und wollte sich in den Ferien gerne einmal die Station anschauen, auf der ihre Schützlinge leben.

Jenny war neu in unserem Komplex. Ich hörte, dass sie Sonderschullehrerin mit einem Diplom für „Lehren in der Psychiatrie“ war. Da war es wichtig, den Lernstoff mit der psychischen Erkrankung des Kindes zu kombinieren. Jenny hatte es hier mit einigen Hochbegabten zu tun. Diese Kinder waren dermaßen aufnahmefähig, dass selbst Jenny schwer mitkam. Andererseits zeigten diese Kinder auch viele Defizite. Wir hatten viele sogenannte Insel-Begabte. Diese Kinder sind in ein oder zwei Bereichen überdurchschnittlich begabt, in den anderen Bereichen normal bis schwach begabt. Da ist es fast unmöglich, in einer Klasse ein einheitliches Lernprogramm durchzuziehen. Jenny orientierte sich zum Teil an der Pestalozzi- und Waldorf-Technik. Zum Teil zog sie ein einheitliches Programm durch, zum Teil ein individuelles.

Man musste sich bei dieser Arbeit selbst die Option zur Unvollkommenheit lassen. Ungleichgewicht als Gleichgewicht. Frust als Erfolg.

Jenny hatte derzeit elf Kinder in der Klasse 7 zu betreuen. Sie unterrichtete Sprache, Kunst und Biologie.

Als ich das hörte, dachte ich nur: Großer Gott! Kunst! Ich muss unbedingt mit ihr über Chris sprechen.

Wir lernten uns ganz ungezwungen auf der Station kennen, im Gemeinschaftsraum, in dem gegessen wurde. Viele Jungen waren im Camp, sodass der Raum leer war. Ich hatte gerade Chris' Aufzeichnungen vor mir auf dem Tisch liegen und verschlang nebenbei eine Pizza. Jenny kam mit einem Tablett voller Käsebrötchen auf mich zu und fragte: „Dr. Koman?"

Ich nickte. „Bob", sagte ich. Sie nickte und sagte: „Jenny Keller. Jenny, bitte. Ich bin Chris' Lehrerin. Darf ich mich zu Ihnen setzen?"

Ich nickte und sie dankte.

„Wird Zeit, dass wir uns kennenlernen", sagte sie und setzte sich mir gegenüber an den Tisch. Ich dachte gerade dasselbe. In dem Moment ging mein Handy. Ich sah aufs Display. Pilburg! Ich fragte Jenny, ob es okay wäre, wenn ich kurz mit Dr. Pilburg redete.

„Sicher." Sie biss in das erste Brötchen.

„Dr. Pilburg", sagte ich gekünstelt freundlich. „Was gibt's?"

„Fragen Sie lieber, was es nicht gibt!"

Ich gehorchte. „Was gibt's nicht?"

„Nichts!", sagte er, und ich wusste Bescheid. Chris. „Gibt es nichts, was man diesem Gelton geben kann?", fragte Pilburg.

„Was ist los?", fragte ich entspannt. Noch war Chris nicht zurück, und meine Gelassenheit vollkommen.

„Chris hat ein Spiel erfunden ..."

Er brauchte nicht weiter zu reden. Ich fragte nur: „Wann kommt er heim?“

„Wir kommen *alle* heim, morgen! Sagen Sie Bescheid!“ Damit war die Verbindung beendet.

Ich saß da und sah zu Jenny hinüber. In meinem Kopf lief ein Männchen herum, das fragte: alle? Was hatte Chris mit allen angestellt? Na ja, dachte ich, immerhin zwei Tage. Ich wandte mich wieder geistesgegenwärtig an Jenny und sagte: „Die Jungs kommen morgen alle wieder heim.“

„Morgen?“, fragte sie kauend. „Warum? Der Ausflug sollte doch sieben Tage dauern.“

„Wie lange kennen Sie Chris Gelton schon?“ Ich sah sie abschätzend an.

„Einen Tag.“ Sie sah fragend zurück.

„Das dachte ich mir.“

„Wieso?“

„Das reicht nicht. Zwei Tage hätten gereicht.“ Ich wandte mich wieder meiner Pizza zu und schnitt einen Teil davon ab. Jetzt musste ich jede weitere freie Minute ohne Chris genießen.

„Was ist los mit Chris?“, fragte Jenny.

Ich reichte ihr meine Aufzeichnungen und mein vorläufiges psychiatrisches Gutachten dazu über den Tisch und bat sie, beides gut durchzulesen und mich dann noch mal zu fragen. Ich wollte einfach nicht den ganzen, so schönen ruhigen Mittag mit ihr über Chris reden. Wenn sie die Unterlagen gelesen hatte, würde sie mich verstehen.

Wir aßen unser Mittagessen und redeten über lustige Vorfälle auf dieser Station. Wie unscheinbar sie doch gegen Chris' Aktionen erschienen.

Es war eine schöne Stunde mit Jenny. Sie gefiel mir. Es war ihre erste Stelle hier. Mit Chris. Ich dachte mit Wehmut an meine erste Stelle – das Heim mit Chris. Hoffentlich hielt es Jenny länger aus als ich damals. Sie gefiel mir sehr.

Ich schlief in der kommenden Nacht wie ein Murmeltier. Hatte ich doch die letzte Nacht mit Lesen und den ganzen Tag mit Schreiben verbracht.

Die Matrix lief abends im Fernsehen. Ich schaute kurz rein und dachte an Chris. Waren wir in der Matrix oder außerhalb der Matrix? Ich war kurze Zeit später im Bett, das stand fest.

Der nächste Tag brach an. Irgendwie überkam mich an dem Morgen schon das Grauen. Ich überlegte, wann die Gruppe heute wohl ankommen würde. Der Weg von Utah nach Colorado war doch einige Kilometer lang. Also schätzte ich die Ankunft gegen Abend ein.

Es war der letzte ruhige Tag auf dieser Station, dann brach die Hölle los. Ich stand gerade im ersten Stock am Fenster und sah den Bus im Gelände ankommen. Irgendetwas erschien mir komisch daran. Die Kinder, die durch die Scheiben sahen, sahen irgendwie merkwürdig aus. Als sie ausstiegen, sah ich, was los war. Jedes Kind hatte ein vollkommen bemaltes Gesicht. Nicht bunt, sondern ganz rot, ganz schwarz oder ganz gelb. Gütiger Himmel!, dachte ich, was ist denn da passiert?

Einige Kinder weinten, einige kratzten sich unablässig im Gesicht herum, und einige wirkten vollkommen apathisch. Das sechsköpfige Pflegepersonal und der Arzt waren nicht angemalt. Dafür hatten sie arg erboste Minen.

Dann sah ich Chris, der als Letzter aussteigen musste und von Dr. Pilburg persönlich an der Hand geführt wurde. Bei näherem Hinsehen entdeckte ich, dass Chris beide Hände zusammengebunden hatte. Ich vermutete, dass es sicherlich die einzige Handhabe für ihn gewesen war, um ihn still zu halten. Und Dr. Pilbug hatte recht. Es waren Chris' Hände, die ständig Unsinn anzettelten. Das wollte ich mir merken.

Mein Chef, Dr. Brisco, kam zu mir gerannt und sagte: „Holen Sie sofort mindestens fünf Hautärzte hierher! Mindestens! Sofort! Danach sperren Sie diesen Gelton ein!“

Ich wollte nicht fragen, was los war. Ich sah ja selbst, dass viele Kinder in ihren Gesichtern herumkratzten und dabei weinten. Was mochte das für eine Farbe sein, und warum waren ihre Gesichter nicht gewaschen worden? Bevor ich mich diesen Fragen widmen konnte, rief ich alle Hautärzte in der Umgebung an. Drei Ärzte konnte ich dazu bewegen, sofort zu kommen.

„Was ist geschehen?“, fragte ich Dr. Pilburg, als er mit Chris im Schlepptau auf die Station kam. Chris' Gesicht war schwarz.

„Ein Super-Gau von Chris“, sagte Pilburg nur und hielt mir Chris' gefesselte Hände wie ein Sklavenhändler hin, der seinen Sklaven gerade übergab. „Er gehört Ihnen“, sagte er auch noch. Dann ging Pilburg.

Chris grinste mich verlegen an. Seine weißen Zähne strahlten zwischen dem Schwarz, und er sah tatsächlich auf den ersten Blick wie ein Sklave aus. Ich löste sofort die Fesseln. Ich wollte ihn nicht fragen, was passiert sei, sondern fragte: „Hast du alles aufgeschrieben?“

Chris nickte. „Ja, Sir.“

„Hast du das Buch dabei?“

„Nein, Sir. Es liegt noch im Bus in meinem Koffer, Sir.“

Was sollte immer dieses *Sir*? Ich sagte zu ihm: „Geh ins Bad und wasch dein Gesicht.“

„Geht nicht, Sir.“ Dabei sah er zu Boden. Die Vollkommenheit einer Sklavenszene, dachte ich.

„Was geht nicht?“ Sklave, dachte ich.

„Die Farbe, Sir. Sie geht nicht ab.“

Ich holte tief Luft. Das war es also. Diesmal hatte er sein chemisches Genie herausgekehrt.

„Gut“, sagte ich, „dann geh jetzt in dein Zimmer und warte auf mich.“

Chris folgte brav meiner Anweisung. Als ich kurze Zeit später sein Zimmer mit einem Sandwich und einem Glas Orangensaft betrat, hatte Chris bereits seinen Schlafanzug an und lag im Bett. Er sah bekümmert aus. „Ich darf sicherlich keine Geigenmusik mehr hören, nicht wahr?“, fragte er mich in einem herzzerreißenden Ton.

„Nein“, sagte ich. „Das darfst du diesmal nicht. Weißt du, manchmal tun Menschen Dinge, die schlimme Folgen haben. Damit sie das nie wieder tun, werden sie bestraft. Dann merken sie sich das besser, dass sie das nie wieder tun dürfen.“

Chris nickte folgsam. Keine Geigenmusik. „Alles, was ich

mache, hat schlimme Folgen. Ich brauche ein neues Buch, um mir alles aufzuschreiben. Es gibt sicherlich viele Bestrafungen. Die werde ich mir nicht alle merken können. Ich muss ein System anlegen, um alles nachlesen zu können."

Ich nickte. Keine schlechte Idee. Zumindest würde er sich mit Bestrafungen auseinandersetzen.

„Wie viele Bestrafungen gibt es auf der Welt?", fragte Chris. Er sah mich mit schwarzem Gesicht an, als wollte er fragen: Wann werden sie dir ausgehen?

Wie konnte ich diesem Knaben nur klarmachen, wie viele Beispiele es auf der Welt geben mochte? Da kam mir eine neue Idee. Ich sollte ihm ein Buch geben, in dem er alle Dinge, die ihm irgendwie einfielen, aufschreiben konnte. Dann würde ich die Folgen mit ihm erarbeiten. Das würde vielleicht ein Grundverständnis für richtig und falsch prägen. Zudem wusste ich, dass Chris gerne Geschichten vorgelesen bekam. Ich sollte mich mit Märchen an ihn wenden. Darin gab es klare Aussagen über gut und böse, richtig und falsch.

An diesem Abend sagte ich ihm ganz klar: „Es ist falsch, Kinder mit Farbe anzumalen, die nicht abzuwaschen ist." Während ich diesen Satz aussprach, wusste ich schon, dass Chris nur die Worte *die nicht abzuwaschen ist* herausfilterte. Der Knabe trieb mich in den Wahnsinn. Mussten gewisse Dinge im Leben nicht auch ohne Erklärung verständlich sein? Auch bei psychisch Erkrankten? Wie groß mochte die Freiheit dieser Menschen sein, sich dumm stellen zu dürfen? Ich dachte plötzlich an viele kuriose Gesetzgebungen in unserem Land. Waren die genauso zustande gekommen? Eine kuriose Tat bekam ein kurioses Gesetz, damit diese kuriose Tat bestraft werden konnte. Was für ein Irrsinn!

Als ich Chris' Zimmer verließ, wollte ich direkt nach dem Buch schauen, in dem Chris die Geschehnisse seines Urlaubs festgehalten hatte. Da kam eine Durchsage durch den Lautsprecher der Station: „Dr. Koman bitte sofort auf Station 2 ins Konferenzzimmer."

Damit wusste ich, dass der Abend mir viel Ärger bringen würde.

Als ich das Konferenzzimmer betrat, war die gesamte Belegschaft des Ausflugspersonals anwesend und sah mich anklagend an. Ich fühlte mich direkt aufgebracht. Die ganze Welt hatte sich gegen mich verschworen.

Ich erfuhr zunächst, dass Chris eine wasserfeste Farbe (ich vermutete Marke Edding) mit Brennnesselextrakt gemischt und den Kindern ins Gesicht gemalt habe, weil er für ein selbst erfundenes Spiel Mannschaften kennzeichnen wollte. Das klang doch gar nicht so übel, bis auf die seltsame Farbmischung. Sämtliche Kinder hatten Hautreaktionen und schmerzhaften Juckreiz. Ich fragte mich, warum Chris nichts dergleichen hatte. Da erinnerte ich mich, dass er in seiner Lebensgeschichte von seiner empfindungslosen Haut geschrieben hatte. Dass er kaum etwas spürte. Deswegen auch das unbekümmerte Ritzen. Das ist sehr gefährlich. Sein vegetatives Nervensystem war gestört. Mir fiel auf, dass er Kälte und Hitze in der Dusche nicht unterscheiden konnte.

Mein Chef wollte Chris' Aufzeichnungen umgehend haben, um selbst ein Konzept für den Jungen zu entwickeln. Ich fühlte mich vor all meinen Kollegen meiner Kompetenz beraubt und sagte, die Aufzeichnungen habe derzeit Jenny Keller, Chris' Lehrerin. Aber im Koffer von Chris seien neue Aufzeichnungen von dem Ausflug. Die sollten mal gelesen werden. Darin hätte Chris die ganze Geschichte sicherlich erklärt.

„Erklärt!“, schrie Pilburg. „Da ist nichts zu erklären!“

Ich sah meinen Kollegen an. War es nicht unsere Aufgabe, unsere Schützlinge zu verstehen, um ihnen zu helfen?

„Merken Sie denn nichts, Koman? Wie wollen Sie diesem Knaben helfen, wenn er aus seiner Sicht immer alles so erklärt, als habe er nie etwas Schlimmes getan?“

„Ihm erklären, dass es schlimm war“, konterte ich gereizt.

„Und wie oft wollen Sie das in den nächsten Wochen, Monaten, Jahren tun?“

„Sooft es nötig ist. Ihm wurde nie etwas erklärt. Er hat keine Vorstellung von richtig und falsch und bastelt sich seine eigene Welt zusammen. Die unterscheidet sich eben von unserer."

Mein Chef mischte sich ein: „Bob, glauben Sie wirklich allen Ernstes, dass der Knabe so begriffsstutzig ist?"

„Nein, aber er ist psychisch krank."

„Bob, ist Ihnen mal in den Sinn gekommen, dass Chris immer alles so erklärt, dass es seine Dramaturgie verliert? Er mag psychisch sehr krank sein, aber nicht geistig."

Nicht? „Dann sollten Sie mal seine Aufzeichnungen lesen", sagte ich entschlossen.

„Das werde ich tun", versicherte mir Dr. Brisco.

„Bob", hörte ich eine Frauenstimme. Es war Jenny. Sie saß unter dem Pflegepersonal. Ich hatte sie nicht gesehen.

„Dr. Brisco meint etwas ganz anderes. Er meint, wenn das so weitergeht, wird Chris sehr bald die Grenze von schlimmen Taten zu kriminellen Taten überschreiten. Wann wird es soweit sein? Können wir das abschätzen?"

Über diese Variante hatte ich mir in der Tat noch keine Gedanken gemacht. Ich musste an Chris' Vater denken, der ein Psychopath war. Alles, was er tat, hatte einen guten Anschein. Wollten mir meine Kollegen gerade klarmachen, dass Chris auf dieser Schiene fuhr? War auch in ihm der Drang vorhanden, Menschen gezielt zu quälen und Freude dabei zu verspüren? Damit würde sich die Frage nach einer Medikation ergeben, die ich bisher für unangebracht hielt. Warum sollte diese unschuldige Seele mit Medikamenten verseucht werden? Die Frage war: Wie unschuldig war diese Seele wirklich?

Mir brummte der Schädel. Hatte ich mir zu viel Mühe mit diesem Jungen gegeben? Lagen die Tatsachen längst auf der Hand, und ich sprang wie ein blindes Huhn drum herum? Stundenlang machte ich mir Gedanken darüber, wie ich Chris am besten beschäftigen könnte. Chris war unersättlich. Unersättlich! Er trieb mich praktisch vor sich her und … freute sich seines Lebens. Ich würde ihm nie beikommen können. Dann kam mir plötzlich ein absurder Gedanke. Chris quält seine Mitmenschen mit einer Form der Unschuld, die ihm höllische Freude bereitete. Bis dahin waren seine Methoden noch irgendwie belustigend. Wann sollten sie wirklich ernst werden? Heute, dachte ich. Heute wurde es ernst. Wie Jenny sagte, Chris steht an der Grenze zur Kriminalität.

Mir brach der Schweiß aus, als ich in die Runde meiner Kollegen sah. Wie lange mochte Chris schon Berechnung unter dem Mantel der kindlichen Naivität verstecken?

Ich las in der folgenden Nacht seine Aufzeichnungen vom Camp unter völlig anderen Voraussetzungen. Konnte mich des Gefühls nicht erwehren, nur noch kalte Berechnung in seinen Worten zu finden. Dadurch bekam der Text eine ganz andere Bedeutung als die, die ich bei den letzten Aufzeichnungen in Erinnerung hatte.

Hallo Bob!

Vielen Dank für das tolle Buch! Ich liebe Bücher zum Reinschreiben! Besonders, wenn ich Sachen für dich reinschreiben kann. Das macht vielleicht Spaß! Mann, bin ich froh, dass ich dich habe!

Wir sitzen gerade im Bus und fahren an vielen großen Steinen vorbei. So etwas habe ich noch nie gesehen. Alles Steine, riesengroß. Manchmal liegen sogar zwei aufeinander, ohne dass der obere runterfällt.

Dr. Pilburg sagt, das sind Monumente. Wir sind schon in Utah. Eine riesige Wüste. Die haben uns in die Wüste geschickt … hahaha! Gehören solche Kinder wie wir in die Wüste? Ich glaube schon. Wenn ich mich so umsehe, gibt es hier nichts. Also kann man auch nichts anstellen. Allerdings fehlen hier Essen und Trinken. Aber wenn es eine Mensa gäbe, könnten wir wieder etwas anstellen.

Neben mir sitzt Henry. Er ist neun. Ich habe ihn gefragt, was er schon alles angestellt hat. Er sagt, er habe die Fensterscheiben im Haus seiner Eltern immer eingeworfen. Das finde ich, ehrlich gesagt, ziemlich doof. Was soll man damit erreichen?

Dreimal hat Henry deswegen ins Krankenhaus gemusst. Da hatte er die Scheiben mit seiner Faust eingeschlagen. Ich glaube, Henry wird nicht mein Freund werden. Seine Ideen sind langweilig und für Künstler wie mich nicht zu gebrauchen. Der Bus hält gerade an. Ich muss aufhören.

Hallo, da bin ich wieder.

Es ist jetzt abends. Wir sind im Sommercamp angekommen. So heißt das hier, sagt Dr. Pilburg. Er mag mich nicht. Er schaut mich immer so böse an. Dabei habe ich ihm noch gar nichts getan. Vielleicht sollte ich das mal, damit er einen Grund hat, so zu schauen.

Leider muss ich mir mit Henry ein Zimmer teilen. Ich denke gerade mit Angst an unser Zimmerfenster. Wenn Henry es mit seiner Faust einschlägt, haben wir überall Ungeziefer. Also sagte ich Henry sofort, dass ich ihn selbst ins Fenster hänge, wenn er die Scheibe einwirft. Damit das Ungeziefer ihn auffrisst. Jetzt hat er Angst vor mir. Das war doch nur ein Witz. Aber die Sache ist geregelt.

Henry liegt schon im Bett. Ich kann nicht schlafen. Wir haben jetzt genau 10:32 Uhr. Wir dürfen etwas länger aufbleiben. Da wollte ich noch schnell schreiben.

Also, Bob, schade, dass du nicht dabei bist. Es ist toll hier. Aber es ist kein Urlaub. Es ist kein einziger Wohnwagen hier, womit man Urlaub machen kann. Dafür haben wir ein richtiges Schwimmbad, einen Park mit Blumen, ein Riesenrad, einen Spielplatz und ein Restaurant. So heißt die Mensa hier. Dr. Pilburg und seine blauen Helfer haben eben in der Mensa nur herumgeschrien. Dabei haben wir alle ganz leise geredet. Ich dachte, Junge, der ist aber nervös und sagte zu ihm, er solle mal eine Pille zur Beruhigung nehmen. Da wurde er noch lauter, und ich sagte, dann besser zwei. Ein blauer Helfer kam und hielt mir den Mund zu. Ich verstand. Ich sollte aufhören, Dr. Pilburg Tipps zu geben. Also aß ich brav mein Essen. Henry saß neben mir. Er bekam eine kleine blaue Pille. Die bekommt er jeden Abend, sagte er. Ich fragte ihn wofür. Er sagte, damit er sich beruhige. Ich sah Henry an. Der war doch ganz ruhig. Die Pille musste für Dr. Pilburg sein. Man hatte sich vertan. Wie gut, dass ich aufgepasst habe, sonst wäre Henry von der Pille noch vor die Hunde gegangen. Ich sagte ihm, er brauche das Zeug nicht mehr. Er wäre doch schon ruhig. Da lachte Henry und sagte, das stimmt. Ich nahm seine Pille und schmiss sie Dr. Pilburg in die Kaffeetasse. Es war doch klar, dass er die Pille zur Beruhigung viel mehr brauchte.

Wir durften heute Abend noch Ball spielen. Es gibt eine große Wiese hinter dem Restaurant. Da spielten wir alle. Wir rannten und lachten. Das war toll. Dr. Pilburg wollte mitspielen, aber er saß ganz müde im Gras und schaute sich Grashalme an. Ich dachte, Junge, wenn er die heute Abend alle anschauen will, hat er aber mächtig viel zu tun. Und das stimmte. Er saß immer noch im Gras, als wir alle rein zum Waschen mussten. Zwei blaue Helfer kamen und holten ihn da weg. Das war auch gut so, denn es wurde langsam kalt, und Dr. Pilburg sollte sich doch keine Erkältung holen.

Ich muss jetzt schlafen. Gute Nacht.

Da bin ich wieder. Die Nacht war schlimm gewesen. Henry konnte nicht schlafen und klopfte die ganze Zeit gegen sein Bett. Ich sagte ihm, er solle aufhören. Da klopfte er noch doller. Ich musste mir etwas einfallen lassen und ging zu ihm ans Bett. Ich hielt seine Hand fest. Da wurde er böse und kämpfte mit mir. Leider ist Henry jünger und kleiner als ich. Da war es doch ziemlich blöd von ihm, mit mir zu kämpfen. Ich gewann natürlich. Und ich band seine Hände mit einem Gürtel an sein Bettgestell. Da schrie und zappelte er. Ich stopfte ihm eine Socke ins Maul und band seine Füße mit einer Jogginghose an das andere Ende des Bettgestells. Dann war Ruhe. Ich sah ihn an und sagte ihm: „Wenn du jetzt noch Theater machst, schneid ich dir den Pimmel ab.“ Ich dachte daran, dass man mir das auch mal gesagt hatte. Danach hatte ich so viel Angst, dass ich nicht einem Meter mehr gemuckt habe. Warum sollte das bei Henry nicht auch wirken? Ich wusste ja, dass es nur ein Witz war. Ich wollte es ihm später mitteilen, wenn die Nacht vorbei wäre.

Heute Morgen kamen zwei blaue Helfer in unser Zimmer. Sie banden Henry los und nahmen ihn mit. Ich sagte 'nichts zu danken' und musste noch im Zimmer bleiben. Dr. Pilburg kam zu mir und fragte, was das sollte. Er sah blass aus. Brauchte er wieder eine Pille von Henry? Sollte ich ihm das sagen? Nein, Dr. Pilburg wollte heute sicher nicht Grashalme zählen. Also erklärte ich ihm, was heute Nacht los gewesen war. Da wurde er sofort ruhig. Ich sollte das nächste Mal einen blauen Helfer rufen und nicht die Dinge alleine regeln. Ich freute mich, dass ich Dr. Pilburg die Sache erklären konnte.

Henry kam nicht zurück in mein Zimmer. Man holte seine Sachen heraus, und ich war ganz alleine. Da war ich froh. Ich kann mich ja nicht jede Nacht um ihn kümmern.

Als ich ins Restaurant kam, waren schon alle fertig mit dem Essen. Ich musste alleine frühstücken. Ein blauer Helfer saß neben mir und las Zeitung. Dann nahm er mich mit nach draußen. Wir durften im Riesenrad fahren. Das war ein Spaß, sag ich dir.

Nach dem Riesenrad rief Dr. Pilburg alle zusammen und erklärte einen Wettbewerb. Wer heute das tollste Spiel erfindet, bekommt eine Extraportion Popcorn und eine Siegerurkunde. Wir sollten dafür in einen Raum gehen, in dem Tische, Stühle und Schreibsachen waren. Wir sollten das Spiel aufschreiben und aufmalen. Das fand ich eine großartige Idee. Neben mir saß ein blauer Helfer. Nur neben mir. Sie wussten sicher alle, dass ich ein besonderer Künstler in diesen Dingen bin. Also erfand ich ein Spiel, das aus drei Mannschaften bestehen sollte. Eine rote, eine schwarze und eine weiße Mannschaft. Die Rote sollte brutal sein, die Schwarze eine böse Mannschaft und die Weiße eine gute. Ich nannte es *Das Erdenspiel.* Die Mannschaft, die gewann, sollte die Erde beherrschen. Das klang doch schon mal gut. Jetzt brauchte ich nur noch die … die Disziplin (sagte mir ein blauer Helfer). Das heißt, wie sollten sich die Mannschaften bekämpfen? Es wollte mir keine Idee kommen. Nur kloppen ist blöd. Ich dachte an Pillen. Davon hatten wir genug. Wer die meisten Pillen frisst und nicht umkippt, ist Sieger. Das klang auch gut und passte zu uns allen. Ich schrieb die Disziplin allerdings nicht auf, weil ich nicht wollte, dass es der blaue Helfer schon wusste und mich verpfeifen würde. Ich sagte dem Helfer, ich müsse aufs Klo, und er ließ mich alleine gehen. Puh, ich konnte Pillen suchen gehen. Ich hatte gesehen, dass Dr. Pilburg gestern eine verschlossene Kiste mit in sein Zimmer genommen hatte. Die Pillenkiste? Ich ging zu seinem Zimmer, aber es war abgeschlossen. Da hörte ich Dr. Pilburg mit einem blauen Helfer kommen. Sie gingen in sein Zimmer. So, dachte ich, jetzt ist ja schon mal aufgeschlossen. Wie konnte ich die beiden da wieder rauslocken?

Ich bin ja nicht blöd. Überall auf dem Flur waren Feuermelder. Ich schlug einen ein und versteckte mich in einem Raum voller Putzzeug.

Draußen auf dem Flur hörte ich Laufen und Schreien. Ich hörte Türen knallen und Rufe: „Alle draußen?“

Als es still wurde, öffnete ich meine Tür und sah nach Dr. Pilburgs Zimmer. Ich konnte doch mal kurz reinschauen und ihm Bescheid sagen, dass es Feueralarm gegeben hat. Was wäre schon dabei? Ist doch eine tolle Sache, so eine Hilfe.

Ich sah in das Zimmer. Es war leer. Die Pillenkiste stand an seinem Bett. Auf dem Schreibtisch stand auch seine Ledertasche. Was für ein Feigling, dachte ich. Hat sich gleich in die Hose gepisst und ist davongerannt.

In der Ledertasche fand ich den Schlüssel für die Pillenkiste. In der Pillenkiste waren viele Pillendosen. Auf einer Dose stand Henry. Die nahm ich. Da wusste ich, was ich hatte. In der Dose waren ziemlich viele Pillen. Sollte er sie etwa alle im Camp fressen? Mannomann. Ich dachte, wenn der Anführer einer jeden Mannschaft zwei oder drei Pillen frisst, würde es reichen. Dann konnte man keine Grashalme mehr sehen.

Ich schloss die Pillenkiste wieder ab und legte den Schlüssel zurück in die Ledertasche. Ich bin ja ein ordentlicher Junge. Henry brauchte die Pillen sowieso nicht. Na ja, vielleicht nachts.

Aber da konnte man ihn auch anbinden und eine Socke ins Maul stecken.

Ich rannte wieder zurück zu den anderen und fragte, was los sei. Dr. Pilburg schrie gerade: „Wer hat den Feuermelder eingeschlagen?!"

Da sah er mich und schrie: „Wo kommst du her?!"

„Vom Klo, Sir. Ich hätte mir fast in die Hosen gemacht vor Angst, als die Sirene losging, Sir." Dr. Pilburg konnte froh sein, dass ich keinen Schreianfall bekommen hatte. Den bekomme ich nämlich nicht, wenn ich eine Sirene selbst in Gang bringe. Dr. Pilburg sah auf meinen blauen Helfer. Der hatte Schiss. Das konnte man in seinem Gesicht sehen. Ein Schisser. Also nickte er.

„Die Stunde ist beendet", sagte Dr. Pilburg. Wir mussten alle in den Garten gehen und abwarten. Schade, mein Spiel war noch nicht fertig aufgeschrieben.

Zum Mittagessen durften wir alle wieder rein, und Dr. Pilburg teilte mit, dass wir unser Spiel noch bis zum nächsten Tag vorbereiten konnten. Das war gut. Da konnte mir noch viel mehr einfallen. Ich brauchte noch Uniformen. Ich wollte mit meiner Idee immerhin schwer beeindrucken und gewinnen.

Oh, ich muss Schluss machen. Dr. Pilburg kommt gerade.

Jetzt ist Dr. Pilburg wieder weg. Er hat mich gelobt, dass ich so folgsam im Gruppenraum geschrieben und nichts Schlimmes angestellt habe. Na ja, das mit den Pillen weiß er ja noch nicht. Das wird erst heute Abend kommen, wenn Henry seine Pillen braucht.

Ich darf jetzt raus in den Garten. Die Sonne scheint. Gerade richtig, um das Gehirn für eine gute Spielidee zu erwärmen. Bis gleich.

Ich muss wieder im Zimmer bleiben.

Das soll einer verstehen. Dabei sitzen alle blauen Helfer auf der Wiese und schauen Grashalme an. Sie sind ganz entspannt.

Was ist bloß los? Dabei habe ich es doch nur gut gemeint. In der Sonne im Garten ist mir die Idee gekommen, dass ich für mein Spiel gar keine Uniformen habe, aber man könnte sich die Gesichter bemalen, damit man weiß, wer zu welcher Mannschaft gehört. Das haben die Indianer auch gemacht. Das habe ich in der Schule gelernt. Man nennt das eine Kriegsbemalung. Warum sollte ich in meinem Spiel nicht auch eine Kriegsbemalung haben?

Ich fragte meinen Helfer, ob ich für mein Spiel Filzstifte bekommen könnte, um es aufzumalen. Ich wollte es besonders schön machen, damit ich den Wettbewerb gewinnen würde. Da brachte mir der Helfer ganz dicke Filzstifte und einen großen Pappbogen. Ich sagte ihm, dass ich den Pappbogen erst morgen brauchte (um die Ergebnisse aufzuschreiben. Das sagte ich ihm aber nicht. Er sollte ja nicht alles wissen) und nahm mir drei rote, drei schwarze und drei weiße Filzstifte. Der blaue Helfer sagte: „Sei vorsichtig, nicht auf die Haut malen. Sie gehen nicht mehr abzuwaschen."

Das brachte mich auf eine Idee. Wenn ich Farbe hätte, die nicht abzuwaschen war, dann könnte ich die Mannschaften schon heute Abend kennzeichnen. Es würde beim Waschen dranbleiben und morgen hätte ich keine Arbeit mehr damit. Dann wäre mein Spiel schneller fertig als bei den anderen. Damit die Vorbereitungen geheim bleiben konnten, musste ich Dr. Pilburg und die blauen Helfer irgendwie ablenken. Ich dachte an die Pillen. Es waren verdammt viele Pillen in der Dose drin. Eine Pille hatte Dr. Pilburg doch so glücklich und ruhig gemacht. Das war die Lösung. Es war doch nicht schlimm, die Helfer auch glücklich zu machen. Jetzt brauchte ich mir nur noch Gedanken darüber zu machen, wie ich die Pillen am besten verteilte.

Ich ging zu Samuel. Samuel lebt hier im Camp und gibt uns an seinem Kiosk immer Limo und Eis. Ich stellte mich bei ihm an den Kiosk und sagte: „Na, Samuel, alles klar?"

Samuel nickte und fragte mich: „Willste 'n Eis?"

„Och, jo, wenn de so fragst." Und wir lutschten beide ein Eis.

Dabei setzten wir uns ins Gras und ließen uns die Sonne aufs Hirn scheinen.

„Ist der Garten nicht schön?“, fragte Samuel und zeigte mit dem Finger zur Parkanlage. Ich nickte natürlich. Der Park war wirklich schön.

„Wenn da nicht überall diese dämlichen Brennnesseln wären. So schön, sonst.“

„Jou“, sagte ich, „diese scheiß Brennnesseln.“

Samuel sah mich an. Seine Hautfarbe ist etwas dunkler als meine, aber nicht schwarz. Ich dachte, Utah ist eben ein Backofen im Sommer. Da muss man ja wie ein Flammkuchen aussehen.

Samuel kannte schon meinen Namen und sagte zu mir: „Chris, ich sag dir was. Diese Brennnesseln sind eigentlich was ganz besonderes.“

Ich hörte gut zu. Ich bin immer neugierig auf Besonderes.

„Sie brennen nicht, wenn man sie berührt.“

„Aha“, sagte ich, „und warum dann Brennnesseln?“

Samuel zuckte mit den Schultern. „Hast recht. Blöder Name.“

Wir lutschten weiter an unserem Eis wie zwei einsame Cowboys in der Prärie.

„Es sind Heilpflanzen“, sagte Samuel.

Ich wollte wissen, was sie heilen. Da sagte er: „Oh, man kann sie auf die Haut legen, dann wirken sie gegen Rheumaschmerzen. Oder man kann Tee aus ihnen kochen, dann entwässern sie den Körper.“

Ich dachte direkt an Blut. Das ist Wasser vom Körper. Jetzt war ich noch mehr neugierig. Ich fragte: „Wenn ich es trinke, dann kommt Wasser aus meinem Körper?“

„Genau“, sagte Samuel. „Du musst mehr pinkeln als sonst.“

Ich war enttäuscht. Nur pinkeln. „Das ist mies“, sagte ich ihm. „Dann muss ich ja ständig meinen Penis auspacken. Und alle glotzen drauf.“

Samuel gab mir recht, das ist mies. Ich fragte, ob er mir die Brennnesseln mal zeigen könnte. Ich hätte da so eine Idee. Zwischen dem Gras zeigte Samuel mir kleine grüne Blätter. Das waren also Brennnesseln. Ich riss welche ab und legte sie mir auf den Arm. Der wurde ganz rot. Gleich kommt Blut, dachte ich. Gleich. Aber es kam nichts. Schade, nur rot. Wir gingen zurück zum Kiosk.

„Ach“, sagte Samuel zu mir, „wo du schon grade da bist. All deine Gurus auf dem Rasen bekommen eine Runde Cola von mir spendiert. Wärste so nett und würdest die bringen?“

Klar doch! Samuel gab mir ein Tablett, stellte sieben kleine Colaflaschen darauf und legte sieben bunte Strohhalme daneben. Lecker, dachte ich. Wir bekommen hier immer nur Limo.

„Bringste mir das Tablett aber wieder.“

Klar doch! Ich ging zur Spielwiese und balancierte die Cola. Ich ging und sah, wie die Cola in den Flaschen hin- und herschwappte. Hatte ich da etwa sieben Flaschen Cola für sechs blaue Helfer und einen Arzt in der Hand? Hatte ich. Man müsste doch ziemlich blöd sein, wenn man jetzt nicht merken würde, was man damit machen könnte.

Ich ging mal kurz hinter einen Baum und stellte das Tablett vorsichtig auf den Boden. Gut, dass ich die Pillendose dabei hatte. Ich verteilte in jeder Flasche eine Portion hinein. Das würde niemanden umbringen, das würde alle nur ruhig und glücklich machen. Genau richtig im Urlaub. Mir würden alle dankbar für die vielen ruhigen Stunden sein.

Ich brachte den blauen Helfern und Dr. Pilburg die Cola und sagte, dass es eine Spende von Samuel sei. Alle drehten sich um und winkten Samuel. Der winkte zurück. Ach, war das schön! Alle waren glücklich. Dr. Pilburg lächelte mich an und sagte, ich solle zu den anderen Kindern spielen gehen. Ich brachte das Tablett schnell zu Samuel zurück und war folgsam.

Wir Kinder spielten auf dem Spielplatz, und die blauen Helfer und Dr. Pilburg saßen im Gras und tranken Cola. Als ich sah, dass die blauen Helfer und Dr. Pilburg die Grashalme ansahen, ging ich in den schönen Garten und sammelte Brennnesseln in meine Hosentasche. Mir war nämlich eine Idee gekommen. Wenn ich die rote Mannschaft vor dem Anmalen mit Brennnesseln einreibe, werden ihre Gesichter noch roter und brutaler.

Das Spiel würde dann noch echter aussehen. Und wer weiß, vielleicht würde ja doch noch Blut aus ihren Gesichtern kommen.

Eigentlich war es Zeit zum Abendbrot, aber keiner bewegte sich weg vom Fleck. Ich dachte, das ist ein guter Moment, um allen Kindern von meinem Spiel zu erzählen. Ich holte einen Stuhl vom Kiosk und stellte ihn mitten auf den Rasen. Samuel sah mich von Weitem und winkte. Ich winkte zurück. Dann verschwand er im Kiosk. Ich mag Samuel. Er hatte längst erkannt, dass ich ein großer Erfinder bin. Ich mag Menschen, die schnell lernen.

Ich stellte mich auf den Stuhl wie ein Chef und sagte: „Leute! Ich bin der Entdecker des einzig wahren Erdenspiels." Alle flüsterten. Ich redete munter weiter: „Wollt ihr wissen, wie das geht?" Alle lachten und schrien: „Ja!"

Ich erklärte die Mannschaften und sagte, dass ich alle heute schon anmalen würde. Ein kluger Junge sagte: „Aber wir müssen uns doch noch waschen."

Ich musste grinsen, denn ich hatte ja mit dieser Sache gerechnet und sagte: „Auch daran habe ich gedacht. Ich habe nämlich unabwaschbare Farbe."

„Oh", hörte ich überall. Ich erklärte weiter: „Das erspart uns morgen früh eine Menge Zeit. Dann haben wir mehr Zeit zum Spielen."

Alle waren einverstanden.

Ich rief: „Wer will zuerst angemalt werden?" Und alle kamen angerannt. Ich bildete die Mannschaften und holte meine Filzstifte aus der Hosentasche. Zuerst malte ich mein Gesicht schwarz an. Damit jeder sehen konnte, dass es nicht gefährlich ist. Dann malte ich die anderen mit schwarzer und weißer Farbe an. Wir mussten furchtbar lachen, so viel Spaß machte uns die Kriegsbemalung. Zum Schluss kamen die Roten. Ich erklärte ihnen, dass sie etwas ganz besonderes waren und rieb ihnen nach dem Malen die Brennnesseln ins Gesicht. Und tatsächlich, die Gesichter wurden noch roter. Genau, wie ich geplant hatte. Ich wartete, ob vielleicht doch Blut fließen würde. Bluttriefende

Monster waren doch mal was Besonderes. Mein Spiel würde das beste Spiel von allen werden. Das stand jetzt schon fest.

Ich sah in die roten Gesichter und wartete ganz gespannt. Dann gab's ein Riesengeschrei. Alle Roten kratzten sich im Gesicht und ich dachte, ja, jetzt geht's los. Henry brüllte und kratzte sich im Gesicht, bis es blutete. Ich war überwältigt. Mann, das hätte ich nicht gedacht. Alle Roten kratzten und kratzten. Ein großartiges Spiel! So echt! Ich ging zu Henry und klopfte ihm stolz auf die Schulter. Mann, dachte ich, der versteht seine Rolle. Dann schlug mich einer ins Gesicht. Klar, wenn man ein Brutaler ist, dann schlägt man. Vielleicht brauchte ich die Pillen gar nicht mehr. Ich schlug zurück, um das Spiel in Gang zu bringen. Es war doch nicht schlecht, heute schon mal zu üben. Wieder schlug mich einer. Ich schrie: „Aufhören!“, aber niemand beruhigte sich. Ich schrie nach Samuel. Dann schlug mich einer zu Boden. Samuel kam angerannt und schrie auch. Dann hörte ich nur noch Schreie. Ich lag auf dem Boden und hielt mir die Ohren zu. Einer trat mich in den Bauch. Ich hatte nicht erwartet, dass allen das Spiel so viel Spaß macht. Dann kann ich mich an nichts mehr erinnern. Einer hatte wohl vor meinen Kopf getreten.

Als ich meine Augen wieder aufkriegte, waren ein Polizeiwagen und ein Krankenwagen bei uns. Niemand schrie mehr. Ach, dachte ich, ich hatte die Polizei im Spiel vergessen. Die musste doch für Ordnung sorgen, wenn das Spiel aus den Fugen gerät. Gut, dass Samuel daran gedacht hatte.

Damit war mein Spiel perfekt. Und ich hatte nicht eine Pille gebraucht.

Samuel war gerade bei mir. Er sagte, dass wir wieder nach Hause müssen. Schade, der Wettbewerb fand nicht statt. Ich war einfach zu gut. Ob ich noch die Extraportion Popcorn und die Siegerurkunde bekomme? Wenn wir wieder zu Hause sind, werde ich Dr. Pilburg fragen. Ich hoffe, der Urlaub hat ihm gut gefallen. Ich habe ihm wirklich viel Erholung verschafft.

Ich ließ das Buch mit Chris' Aufzeichnungen aus meinen Händen gleiten und sah fassungslos zu Boden. Kindlicher Erfindungsreichtum oder eiskalte Berechnung? Nur allzu deutlich war die Freude an der Quälerei herauszulesen.

Mein Telefon ging. Jenny Keller war am Apparat. „Haben Sie Zeit?“, fragte sie kurz, ohne sich weiter zu äußern.

„Chris?“, fragte ich.

„Unter anderem“, sagte sie, und ich fuhr schleunigst zur Klinik, mit dem Buch unter dem Arm.

An der Pforte gab man mir direkt die Anweisung, zum Schulgebäude zu fahren. Ich sah schon von Weitem in Jennys Klassenraum Licht brennen und viele Köpfe hin- und herlaufen. Großer Gott! Was war jetzt schon wieder passiert? Meine Nerven lagen schon blank, ehe ich das Gebäude betrat.

Im Flur waren laute Diskussionen zu hören, und ich traute mich nicht, die Tür zum Klassenraum zu öffnen. Wie wilde Tiere würden alle über mich herfallen. Warum auch immer. Aber schließlich war ich derjenige, der diesen Chris Gelton in diese Klinik gelockt hatte. Ich kannte den Jungen gerade mal ein Jahr, und schon befand ich mich am Ende meiner Karriere. Mit 26 Jahren die Erfolgsleiter emporgestiegen, mit 27 Jahren hinabgestürzt. Genickbruch. Sollte so meine Zukunft als erfolgreicher Kinder- und Jugendpsychologe aussehen? Was war aus meiner Motivation geworden, Kinderseelen zu heilen?

Mein Griff zu Chris' Buch wurde fester. Dieser Inhalt war eine Waffe. Und die hielt ich in den Händen. Ich griff gefasst zur Türklinke und öffnete den Klassenraum. Ich musste diese Runde, die mir bevorstand, irgendwie durchstehen, ohne zu Boden zu gehen. Wie sollte ich sonst weiter in meinem Beruf arbeiten? Schließlich war ich nicht allein auf weiter Flur.

Als ich in den Klassenraum trat, sah ich schon auf den ersten Blick, dass ich sehr wohl allein auf weiter Flur war. Links saßen Eltern mit einem Anwalt, rechts saßen Jenny, einige Ärzte und zwei Pfleger. Am Pult stand Dr. Brisco und dirigierte den Tumult. Ein Spiel, dachte ich. Wie ein Erdenspiel. Chris hatte es geschafft, die ganze Klinik mit seinem Spielvirus zu infizieren.

Links (Eltern und Anwalt) die roten Brutalen. Rechts (Jenny, Ärzte und Pfleger) die weißen Guten. Und vorne? Dr. Brisco. Ein böser Schwarzer? Mir war klar, dass ich in diesem Spiel wohl der Böse sein sollte, ging zu Dr. Brisco, redete kurz mit ihm und löste ihn ab. Er ging nach rechts, zu den Weißen. Lasst uns das Erdenspiel beginnen, dachte ich.

Ich legte das Buch von Chris auf das Pult und sah in die schweigende Menge, die mich erwartungsvoll ansah. Alle waren durch mein Erscheinen aufmerksam geworden. Das gab mir die Möglichkeit, ein paar Sätze an alle zu richten: „Guten Abend. Ich bin Dr. Bob Koman. Ich weiß zwar nicht, worum es im Moment geht, aber ich würde mich freuen, wenn mich zunächst nur einer hier aufklärt."

Genau in diesem Moment erhob sich von der linken Seite ein Mann. Ich sah in meiner Vorstellung sein blutrotes Gesicht und seine hässlichen Klauen, die nach mir griffen. Seine Stimme war ruhig, und ich holte mich in die Realität zurück.

„Mein Name ist Rod Kalinski. Ich bin Anwalt und vertrete die Eltern der Kinder, die vorgestern im Camp in Utah zu Schaden gekommen sind. Sie leben alle auf Ihrer Station und unterliegen Ihrer Aufsichtspflicht."

So war das also. Die Eltern hatten sich bereits einen Rechtsbeistand besorgt. Ich sagte: „Ich grüße Sie, Mr. Kalinski. Was kann ich für Sie tun?"

Kalinski räusperte sich und sah zu meinem Chef, Dr. Brisco, hinüber. „Elf Elternpaare", und er zeigte auf die Menschen links und rechts neben ihm, „haben mich beauftragt, rechtliche Schritte wegen unterlassener Aufsichtspflicht mit Folge von Körperverletzung gegen Sie einzuleiten. Die Kinder sind wegen psychischer Erkrankung Ihrer lückenlosen Aufsicht unterstellt. Es ist vorgestern zu erheblichen Verletzungen bei diesen Kindern gekommen. Ihre Gesichter sind durch gänzlich ungeeignete Farbe verätzt worden. Es ist zu schlimmen Hautreaktionen gekommen, deren Folgen wir derzeit noch nicht absehen können. Wir werden deswegen nähere Untersuchungen einleiten."

Punkt. Ruhe.

Ich dachte kurz nach. Laut Chris' Aufzeichnungen konnten doch nur drei oder vier Kinder diese Verätzungen haben. Er hatte doch nur die Roten mit Brennnesseln eingerieben. Elf Kinder waren mitgefahren und wurden in drei Mannschaften eingeteilt. Oder hatte er etwa alle eingerieben und es absichtlich nicht vermerkt? Wusste hier überhaupt schon einer von den Pillen, die der Bursche verteilt hatte? Das wäre wohl der nächste Anklagepunkt. Ich sah zu Pilburg. Der war rot im Gesicht. Musste der mit dieser Gesichtsfarbe nicht auf der anderen Seite stehen? Ich hielt mich bedeckt. Dr. Brisco erhob sich. „Ja, es stimmt, dass es im Camp zu Verletzungen gekommen ist. Aber Dr. Koman war nicht dabei. Er war hier in der Klinik geblieben."

Was sollte er auch sonst sagen?

Mein Chef redete weiter: „Wir sind alle sehr betroffen und werden zunächst alles Menschenmögliche tun, um die Verletzungen in den Gesichtern Ihrer Kinder zu mildern. Der Verursacher Chris Gelton ist bereits weggesperrt worden und wird eine entsprechende Behandlung und einen neuen Aufenthaltsort erhalten."

Ich sah Dr. Brisco entrüstet an. Neuen Aufenthaltsort? Chris sollte weg?

Jeder normale Mensch wäre jetzt froh, so einen Knaben von den Füßen zu haben, aber bei mir fühlte sich das an, als riss man mir einen Arm aus dem Leib. Ich mischte mich ein: „Chris ist erst zwölf!"

Alle sahen zu mir hin. „Und jetzt schon gefährlich", sagte der Anwalt.

Mit Wehmut sah ich auf das Buch vor mir, worin alles wieder so schön erklärt war. Ich dachte an Jennys Worte: Wann überschreitet Chris die Grenze von kindlichem Unsinn hin zur Kriminalität? Jetzt, dachte ich. Jetzt ist es passiert. Ich spürte, wie der Blick meines Chefs auf mir lastete, als sagte er: ‚Sei ruhig, rede nicht weiter. Das bringt uns nur Ärger.'

„Ja", sagte ich, „Sir. Das war in der Tat gefährlich." Damit beschloss ich, an diesem Abend nichts Weiteres mehr zu sagen. Eigentlich sagte niemand mehr etwas. Ich hörte noch ein undeutliches Gemurmel von Worten wie: „Wir werden alles schriftlich miteinander regeln. Zunächst werden wir den *Fall Gelton* recherchieren und ein unabhängiges Gutachten einfordern. Sie bekommen dann von uns Bescheid. Zu der Aufsichtspflichtverletzung hätte ich gerne eine Darstellung von der zuständigen Begleitperson in den nächsten Tagen in meinen Händen." Das waren Kalinskis Worte. Dr. Brisco nickte, und die Eltern verließen mit ihrem Anwalt das Klassenzimmer.

Ich sah wieder mit Wehmut auf das Buch vor mir. Ich dachte auch an die Lebensgeschichte aus Chris' eigener Feder. Alles Material, das gegen den Jungen und nun auch gegen uns verwendet werden konnte. Regelrechter Zündstoff.

Pilburg kam auf mich zu und sagte: „Herzlichen Glückwunsch. Jetzt stecken wir alle ganz tief in der Scheiße."

Ich sah meinen Kollegen an. Wusste er von den Pillen, die Chris ihm und dem Personal gegeben hatte? Und wieso würden *wir* alle tief in der Scheiße stecken? Es war, als spräche plötzlich Chris aus mir: „Wieso wir alle? Die Gruppe war doch Ihrer Aufsicht unterstellt. Wo waren Sie, als Chris das getan hat?"

Dr. Brisco trat zwischen uns. Er ahnte, dass wir uns unter Umständen an die Wäsche wollten. Ich nahm das Buch und drückte es fest an meine Brust. Wie einen Schutzschild.

„Lasst uns Schluss machen", riet Dr. Brisco und trieb uns alle auseinander, um nach Hause zu gehen.

„Sie will ich morgen in meinem Büro sehen, Bob", rief er mir zu, als ich mit Jenny über den Parkplatz ging. „Da wären noch einige Dinge zu klären."

Damit wusste ich, dass er das Buch meinte. Sollte ich es hergeben oder sollte ich es zerreißen? Es stand fest: Würde ich es zerreißen, müsste Chris gehen. Dann könnte Pilburg seine eigene Darstellung schreiben. Würde ich es hergeben, müsste Pilburg gehen, weil Chris' Darstellung bei der Auswertung äußerst gefährlich wäre und Pilburgs Kompetenz in Frage stellen würde. Ich denke nur an die Ledertasche und die Pillenkiste, die Pilburg bei der Feuermeldung nachlässig zurückgelassen hatte. Ich sah Pilburg über den Parkplatz gehen, wie er schlecht gekleidet und abgekämpft seinen alten Chrysler aufschloss. Pilburg musste schon über 50 sein. Zumindest sah er so aus. Vielleicht war er für diesen Job schon zu alt. Vielleicht war es an der Zeit, einen neuen Arzt auf unserer Station walten zu lassen.

Ich drückte das Buch immer noch an meine Brust und fragte Jenny, ob sie Lust auf einen Kaffee in *Annies Inn* hatte. Sie sah mich an, dann auf das Buch. „Bob", sagte sie, „mir ist nicht nach einem Kaffee."

Wäre ich Chris, würde ich fragen: „Nach Sex?" Sie sah verdammt gut aus. Wie gerne hätte ich sie in dieser Nacht bei mir gehabt.

Wir fuhren nach Hause, jeder in sein eigenes.

Ich konnte nicht schlafen. Es war, als vollzog sich in mir ein unerklärlicher Wandel. Ich stand vor der größten Entscheidung meines bisherigen Lebens. Chris oder Pilburg? Wer konnte mich jetzt mit Vernunft füttern? Sollte ich Jenny anrufen? War das klug? Sie war keine Außenstehende. Sie arbeitete für diese Klinik. Würde sie es zulassen, einen Kollegen anzugreifen? Andererseits konnte niemand mit Sicherheit sagen, ob Chris' Darstellung stimmte. Oder doch? Da war doch Samuel, der Kiosk-Besitzer. Laut Chris' Aufzeichnungen hatte er alles gesehen und wahrscheinlich auch die Polizei und den Krankenwagen gerufen.

Um halb eins in der Nacht ging mein Telefon. Ich döste vor mich hin und nahm den Hörer ab. Es war Jenny. „Bob, sind Sie noch wach?", fragte sie leise.

Sicher, wie sollte ich sonst abnehmen? „Ja", sagte ich. „Wie soll ich auch schlafen?"

„Brauchen Sie jemanden, der Ihnen zuhört?"

Oh ja, und wie! „Nein", sagte ich. „Das schaffe ich schon. Was wäre ich für ein Psychologe, wenn ich die Situation nicht im Griff hätte."

Ruhe in der Leitung. Dann fragte sie: „Was hat Chris über den Ausflug geschrieben?"

Da war sie, die Frage, auf die ich gewartet hatte. Wollte Jenny aus privatem Interesse oder für Pilburg diese Information haben? War sie eine schwarze Böse oder eine gute Weiße? Gott! Wie sehr hatte mich Chris schon im Griff! Ich antwortete: „Nichts besonderes. Nur, dass er Filzstifte bekommen hat. Und dann hat er Brennnesseln gefunden. Das macht die Haut noch roter, dachte Chris. Also hat er sie den Roten auf die Haut gerieben. Nichts Böses also."

Sie unterbrach mich: „Bob?"

„Ja."

„Darf ich die Aufzeichnungen mal lesen?"

„Es steht nichts drin", sagte ich noch einmal, aber irgendwie zu nachdrücklich. Das musste sie ja aufmerksam machen. Sie sagte: „Wäre es nicht besser, wenn Ihnen bei der Angelegenheit jemand hilft?"

„Welche Angelegenheit?", fragte ich. „Ich habe doch nichts gemacht."

„Es geht ja auch nicht um Sie", sagte sie. „Es geht um Chris, nicht um Sie."

Jetzt fühlte ich mich in meiner Ehre als Psychologe angegriffen. „Sie glauben, dass ich zu blöd für diesen Fall bin?"

Jenny schwieg. Das Schweigen der tausend strafenden Worte. Dann sagte sie: „Chris nimmt uns alle sehr ein." Wollte sie vielleicht *hoch* sagen?

Ich sagte: „Er ist bei uns, weil er Hilfe braucht. Wir haben nur noch nicht die richtige Therapie für ihn gefunden. Das braucht eben Zeit."

Wieder schwieg sie. Dann schlug sie zu: „Ja, Bob, Chris nimmt sich so viel Zeit, bis er so viel angerichtet hat, dass er eine ganz klare Therapie bekommt."

Ich war irritiert und fragte sie, wie sie das meinte.

„Irgendwann", sagte sie, „wird man bei ihm zu starken Medikamenten greifen müssen. Und anschließend wird er in einen geschlossenen Raum kommen. Dann wird sich die Frage stellen, welche Therapie Sie dafür bekommen."

Jetzt wollte ich nicht mehr mit ihr reden. Jetzt verlor sie gerade jede Attraktivität bei mir. Und ich fragte sie: „Was wollen Sie von mir?"

„Die Aufzeichnungen", sagte sie, „und die Wahrheit."

Ich sah zu dem Buch hinüber, das auf meinem Tisch lag. „Wer garantiert mir, dass diese Aufzeichnungen nicht verschwinden und Chris dadurch seine Verteidigung verliert?"

„Ich", sagte sie, „werde die Seiten nur herauskopieren und Ihnen das Buch zurückgeben."

Damit hatte ich einigermaßen das Gefühl, dass sie auf meiner Seite stehen würde. Doch sie schickte noch eine Bemerkung durch die Leitung, die ich die ganze Nacht nicht vergaß: „Chris weiß, dass Sie sein bester Anwalt sind."

Wollte sie Spielzeug anstatt Anwalt sagen?

Gegen halb acht versuchte ich Samuel, den Kioskbesitzer des Camps, zu erreichen. Er war nicht da. Samuel hatte zwei Wochen Urlaub. Man wollte mir auch keine Privatnummer geben. Auch das noch. Ich fragte, ob noch eine andere Person den Vorfall gesehen hätte, den ich befragen könnte. Man sagte mir, es wäre alles bei der Polizei gesagt worden. Man bat mich, den Vorfall nicht allzu sehr an die große Glocke zu hängen. Ich rief bei der zuständigen Polizeiwache an. Dort fragte man mich, wer ich sei, dass ich mich dafür interessiere. Auch das Gespräch brachte mich nicht weiter. Mir blieb nur noch der Feind selbst: Dr. Pilburg. Würde er mit mir über den Vorfall reden? Würde er ohne Weiteres sich selbst damit belasten? Ich dachte darüber nach, wer noch alles mit Chris im Camp war, welche Jungen und Pfleger. Vielleicht sollte ich zunächst bei denen nachfragen.

Dr. Brisco hatte mich schon in seinem Büro erwartet, als ich vorsichtig an seine offene Tür klopfte. „Ah, Bob, kommen Sie rein."

Ich trat ein, mit einem Anstandslächeln auf den Lippen und

einem flauen Gefühl im Magen.

„Setzen Sie sich." Brisco wies mir einen Stuhl vor seinem Schreibtisch zu.

„Sir", sagte ich und kam seiner Aufforderung höflich nach. Obwohl ich keine Sanktionen zu erwarten hatte, fühlte ich mich in kriegerischer Stimmung. Gegenstand des Gefechts war mal wieder Chris. Klar. Ich erkundigte mich vorsichtig nach dem gestrigen Vorfall. Dr. Brisco wedelte mit seinen Händen herum und sagte: „Bob, damit haben Sie nichts zu tun. Das ist eine Sache zwischen Dr. Pilburg und mir. Ich wäre Ihnen sehr dankbar, wenn Sie es dabei beließen, damit es nicht komplizierter wird, als es schon ist."

Schade, ich hätte so gerne gewusst, ob es diese Pillen wirklich gegeben hatte. Sollte ich einfach fragen? Sollte ich mich doch einmischen und womöglich eine Abmahnung riskieren, falls Dr. Pilburg und Dr. Brisco bereits einen anderen Plan hatten? Nein, sollte ich nicht. Also fragte ich freundlich: „Wie geht's Dr. Pilburg?"

Brisco räusperte sich. „Nicht so gut. Er bleibt diese Woche zu Hause. Muss Abstand zu der Sache bekommen."

Dann stimmte die Sache mit den Pillen also doch, dachte ich. „Ja", sagte ich. „Wird ihm guttun."

„Haben Sie das Buch?", fragte Brisco und sah mich mit berechnendem Blick an.

„Welches Buch?", konterte ich zunächst unwissend.

„Na, wo Chris seine Erlebnisse von diesem Ausflug eingetragen hat."

„Oh", sagte ich, „das liegt irgendwo bei mir zu Hause." Bisher fanden alle meine Methoden, die ich bei Chris anwendete, ziemlich dumm. Jetzt fragten alle danach. Viel zu auffällig und interessiert, fand ich.

„Ich möchte das Buch gerne lesen", sagte Dr. Brisco.

Sollte ich sagen, dass es leer war? Dann wäre Pilburg seine Belastung los und Chris würde eine Menge Ärger erspart bleiben. Doch ehe ich lügen konnte, nahm mir Brisco den Wind aus den Segeln. „Chris sagt, er hätte alles aufgeschrieben."

Ich sagte: „Ich hab noch nicht reingeschaut."
„Würden Sie es bitte holen?"
„Wann?" Ich sah ihn erstaunt an. „Jetzt?"
„Jetzt", sagte er und wies mich zur Tür.
Damit war die Entscheidung gefallen. Auf dem Parkplatz begegnete mir Jenny. „Hi", rief sie. „Warten Sie, Bob. Ich muss mit Ihnen reden."
Ich wartete und sah, wie sie eiligen Schrittes auf mich zukam. Toll sah sie aus: roter knielanger Rock, weiße Bluse, offenes Haar, das ihr bis auf die Schulter fiel. Ich wusste immer noch nicht genau, auf welcher Seite sie wirklich stand.
„Haben Sie das Buch dabei?", fragte sie, als sie vor mir stand. Ich war genervt und sagte: „Was ist mit diesem verdammten Buch? Jeder will es haben."
Jenny sah mich an. „Was meinen Sie mit jeder?"
„Na, Dr. Brisco schickt mich gerade heim, um es zu holen."
Jenny sah zu den Fenstern der Büros im ersten Stock. Brisco stand oben und beobachtete uns.
„Wir reden später", sagte sie und ging schnellen Schrittes davon. Was ließ sie plötzlich so eilig sein? Sie rief noch, ohne sich umzudrehen: „Kopieren Sie den Inhalt." Dann verschwand sie im Gebäude.
Kopieren? War sie doch auf meiner und Chris' Seite? War *ich* auf Chris' Seite?
Ich holte das Buch.
Zu Hause angekommen, sah ich den Anrufbeantworter blinken. Ich hörte das Band ab: „Hallo, Dr. Koman. Hier ist Samuel. Sie haben nach mir gefragt und Ihre Nummer hinterlassen. Bitte rufen Sie doch nochmal im Camp an."
Das tat ich und hatte Samuel sofort am Apparat.
„Was ist vorgestern Abend bei Ihnen passiert?", fragte ich. Zuerst dachte ich, auch Samuel wollte nicht mit mir sprechen, doch dann hörte ich ihn Luft holen. „Schlimm, ganz schlimm!"
„Was war ganz schlimm?"
„Zuerst haben alle Jungen gespielt. Und alle Betreuer saßen im Gras. Dann haben viele Jungen geschrien und bluteten. Und

alle Betreuer lagen wie betäubt im Gras. Ich habe nicht alles gesehen, aber die Betreuer lagen wie tot im Gras, während sich alle Jungen prügelten. Sie prügelten auch auf Chris ein, der am Boden lag und lachte. Ich habe sofort die Polizei und den Krankenwagen gerufen. Ich habe nicht gesehen, wie alles passiert ist. Ich musste doch den Kiosk neu einräumen. Eis, Schokolade und so. Da habe ich nichts gesehen."

Ich spürte, wie mein Adrenalin einschoss. Hatte Chris nicht geschrieben: Alle *saßen* im Gras? Ich fragte bei Samuel nochmal nach: „*Saßen* die Erwachsenen oder *lagen* die Erwachsenen im Gras?"

„Sie lagen! Sie hatten die Augen zu, als würden sie schlafen. Ich schüttelte sie, aber sie wurden nicht wach. Ich dachte, sie seien alle tot. Tot!"

„Und dann?", fragte ich drängend.

„Dann habe ich den Krankenwagen und die Polizei angerufen. Der Arzt sagte, die Großen seien vielleicht vergiftet und müssten schnellstens behandelt werden. Das haben die direkt hier im Camp gemacht."

Ich traute meinen Ohren nicht. Samuel sprach vom Tod und von Vergiftung. Chris schrieb von simplen Beruhigungsmitteln und wenigen Pillen. Ich erinnerte mich: er hatte von „Portion" geschrieben. Wenn ich jetzt eins und eins zusammenzähle, würde ich sagen, Chris hat mehr als eine Tablette in jede Flasche gesteckt. Viel mehr! Pillen, von denen er gar nichts geschrieben hatte. Eine Vergiftung kommt nur infolge einer gehörigen Menge verschiedener Pharmaka zustande. Oder einer brisanten Mischung. Hatte Chris etwa noch viel mehr Pillen aus dem Lederkoffer entwendet?

„Sie haben mich ins Verhör genommen, weil das letzte Getränk von mir war! Ich werde verdächtigt! Ich habe noch nie Probleme mit der Polizei gehabt! Jetzt hat man mich in den Urlaub geschickt, bis die Sache geklärt ist. Ich verliere unter Umständen meinen Job!"

Ich dankte Samuel und versicherte ihm noch zum Schluss, dass alles wieder in Ordnung käme und niemand zu Schaden gekommen sei.

Ich saß nach dem Gespräch in meinem Sessel in meiner Wohnung und sah auf das Buch auf dem Wohnzimmertisch. Tod, geisterte es in meinen Gedanken. Chris hatte auf dem Boden gelegen und gelacht, als die anderen ihn getreten hatten. Er hatte das Personal vergiftet. Extra! Er hatte dabei gelacht! Ich nahm das Buch an mich und fuhr wieder zur Klinik. Ich versteckte es in meiner Tasche und suchte Jenny. Sie war in ihrem Klassenzimmer und schmückte es mit den Bildern der Schüler. Sofort fiel mir ein Bild mit einem gequälten Gesicht auf, und ich wusste Bescheid. Ich klopfte vorsichtig an die offene Tür und sagte: „Hi. – Ich hab das Buch."

„Okay", sagte sie und schloss die Tür hinter mir. „Setzen Sie sich."

„Wollen wir das Formale nicht lassen?", fragte ich.

„Okay", sagte sie. „Setz dich."

„Ich muss mit dir reden", sagte ich aufgeregt. Meine Worte überschlugen sich fast. Wo sollte ich nur anfangen? Jetzt wusste ich, warum Jenny die ganze Zeit wissen wollte, was Chris geschrieben hatte. Ich gab ihr gerade den Grund: „Chris hat geschrieben, er habe dem Personal je eine Portion Pillen von Henry gegeben. Aber Samuel, der Kioskbesitzer, sagt, dass alle vergiftet wurden. Also muss diese Portion sehr groß gewesen sein."

„Ich weiß", sagte Jenny und sah mich an.

Sie wusste das? „Du weißt das?!"

Sie nickte. „Deswegen wollen doch alle die Aufzeichnungen lesen. Sie sind der Beweis dafür, was Chris wahrnimmt und was wirklich passiert ist. Anhand dieser Aufzeichnungen können wir sein Wahrnehmungsverhältnis erkennen. Seine Lebensgeschichte hat keine Gegendarstellung. Jetzt haben wir eine."

Ruhe.

Das brachte mein ganzes Bild von Chris wieder durcheinander. Hatte Jenny gerade gesagt, dass Chris' Lebensgeschichte vielleicht einer völlig verzerrten Wahrnehmung zugrunde lag? Nichts von dem, was dort stand, stimmte so? Ich muss gestehen, dass er die Situationen, die ich mit ihm erlebt habe, auch recht korrekt wiedergegeben hat. Viele Ereignisse mit seiner Mutter und Brad waren vielleicht völlig überzogen, weil sie nichts dagegen stellten? Seine Mutter hatte zum Schluss Selbstmord begangen, und Brad war wegen Kindesmisshandlung unter Alkohol im Gefängnis gelandet! Hatte Chris sie alle so weit getrieben? Was hatte er mit seiner Mutter und Brad wirklich angestellt? Mir kam das Leben im Heim in den Sinn. Vieles hatte ich miterlebt, vieles aber nur von Chris erfahren. Waren sämtliche sexuellen Übergriffe von anderen auf ihn etwa völlig anders inszeniert?

Jenny holte mich aus meinen Gedanken. „Ich bin seine Kunstlehrerin. Ich beschäftige mich viel mit Wahrnehmung und kreativer Umsetzung."

Ich holte das Buch aus der Tasche und schlug die Seite auf, auf der Chris den Vorgang mit der Pillenvergabe in die Colaflaschen beschrieb. Dort stand eindeutig, dass er eine Portion in jede Flasche gesteckt hatte.

Jenny sah mich an. „Das mag auch so stimmen. Wie du schon sagtest, Chris schreibt nicht, wie groß die Portion gewesen war."

„Aber warum?"

„Weil er auf diese Art und Weise sein Verhalten entkriminalisiert. Seine beschriebene Handlung unterliegt also keiner direkten kriminellen Handlung. Chris hat beim ersten Mal bei Dr. Pilburg doch gesehen, dass er von einer Pille schon enorm müde wurde. Das gab ihm ein Gefühl für die Menge, die er allen verabreichte. Sein Spiel, dass er vorbereitete, bekam damit schon in der Aufbauphase einen dramatischen Hintergrund."

„Einen Hintergrund", wiederholte ich, obwohl ich noch nicht wusste, worauf Jenny hinaus wollte.

„Ja, genau. Chris liebt Spektakel. Du hast doch selbst über seinen Größenwahn geschrieben. Du hast ihn sogar erlebt. Im Camp, das war nur ein neuer Größenwahn. Er hat dir wahrscheinlich vorher alles Mögliche versprochen. Dass er dies nicht tut und das nicht tut. Er hat auch bestimmt Wort gehalten."

„Hat er“, bestätigte ich.

„Ja, hat er. Ich wette mit dir, dass Chris jetzt sein Buch wiederhaben will. Ich wette, dass er dich bedrängt, es niemandem zu zeigen. Er hat sich aufs Glatteis begeben. Er will seine Darstellung sicherlich verändern, um die komplette Schuld abzuwenden.“

„Ja“, sagte ich abwesend, „abwenden.“ In mir drehte sich alles. „Es klingt alles so blöd, so naiv“, sagte ich, „als wenn wir ihm nicht auf die Schliche kommen würden.“

Jenny sah mich an und nahm meine linke Hand, die auf dem Tisch lag. Es war unsere erste Berührung. „Chris wird versuchen, dich zu benutzen, um sich zu schützen.“

Ja, ich war Chris' bester Anwalt. Jenny hatte recht. „Bin ich zu befangen?“, fragte ich sie. Sie hielt immer noch meine Hand.

„Du liebst diesen Knaben, nicht wahr?“, fragte sie.

Ich nickte. „Irgendwie schon. Er hat ein beeindruckendes Genie in sich.“

„Er vernichtet Menschen. Auch wenn sie ihn zuerst lieben. Aber was wird, wenn sie ihn nicht mehr lieben? Wenn du ihn nicht mehr liebst? Wird er dich dann auch vernichten?“

Ja, dachte ich, er ist ein Gelton. Mit Haut und Haar. „Was soll ich jetzt tun?“, fragte ich sie.

„Geh zu Dr. Brisco, gib ihm das Buch und lass dich auf eine andere Station versetzen. Vorerst.“

„Andere Station?“, fragte ich betroffen und zog meine Hand zurück.

„Ja, bis Chris die richtige Behandlung erhält. Vertraue Dr. Brisco. Er hat mehr Abstand zu der Sache und mehr Erfahrung als du.“

Ich nickte. Doch vorher wollte ich noch etwas erledigen.

Im Personalzimmer befanden sich die Akten der Patienten. Darin waren die Medikationen eines jeden einzelnen eingeheftet. Ich griff nach Henrys Akte und las seinen Medi-Plan. Er bekam jeden Morgen, Mittag und Abend Melperon. Das waren drei pro Tag. Das wären bei sieben Tagen 21 Pillen. Wie viele

Pillen hatte Dr. Pilburg für Henry dabeigehabt? Auch für die anderen Patienten? Umgedreht, wie viele Pillen fehlten? Daraus ließe sich die Dimension *einer Portion* errechnen. Und wir bekämen eine Vorstellung davon, wie viel Medikamente jedem Mitarbeiter verabreicht wurde.

Ich fragte Josh, einen unserer Pfleger, wo sich die Berichte für den Ausgang der Patienten befanden. Josh holte einen blauen Ordner hervor.

„Befindet sich dort der Plan für die Freigangmedikamente?" Das sind die Mengen und Dosierungen, die Ärzte dem Lager entnehmen, wenn die Patienten abgeholt werden oder Ausflüge über einen längeren Zeitraum machen. Josh nickte. Ich durchblätterte die Akte. Der Ausflug ins Camp war nirgends zu finden. „Wo ist der Camp-Ausflug?", fragte ich Josh.

„Hat Dr. Brisco heute Morgen geholt."

Brisco war also auf der gleichen Spur. Das war ein guter Grund, direkt sein Büro aufzusuchen. Ich wurde schon erwartet. Als ich eintrat, saß zur linken Seite des Zimmers Dr. Pilburg. Er sah verdammt schlecht aus. Jetzt, als ich wusste, was passiert war, tat er mir wirklich leid. Sein Blick zu mir war reserviert. Das konnte ich gut verstehen. Dennoch grüßte ich ihn so freundlich, wie es mir nur möglich war. Ich zog das Buch aus meiner Tasche und legte es Dr. Brisco auf den Tisch. „Bob", sagte Dr. Brisco, „wissen Sie eigentlich, was genau passiert ist oder wissen Sie nur das, was Chris Ihnen *erklärt* hat?"

Tja, dachte ich, erst das zweite, dann das erste. „Ich bin im Bilde", sagte ich ernst und wandte mich an Dr. Pilburg. „Wie geht's Ihnen?"

Pilburg sah weg. „Geht so", sagte er leise. War er beschämt? Ich zeigte auf das Buch. „Chris hat geschrieben, wie er an die Pillen gekommen ist und dass er dem Personal je eine Portion in eine Colaflasche gegeben hat."

Brisco nahm das Buch an sich. Ich sah auf dem Schreibtisch den Medi-Plan fürs Camp liegen. Die Recherchen liefen also. Ich fragte vorsichtig: „Darf ich mal fragen, wie viele Pillen in der Dose von Henry waren?"

„Achtundachtzig", antwortete Pilburg kurz und bündig. „Und es fehlen noch dreiundfünfzig Pillen weiterer Medikamente."

Großer Gott!

„Henrys Pillendose ist komplett verschwunden, die anderen befinden sich noch im Medikamentenkoffer."

Aha, Henrys Dose befand sich also noch in Chris' Besitz. Wie viele Pillen mochten dort tatsächlich fehlen? Etwa alle? Brisco und Pilburg sahen mich fordernd an.

Ich klopfte vorsichtig an Chris' Zimmertür. Niemand rief ‚herein'. War auch unnötig, die Tür war verschlossen. Ich schloss sie auf und blickte hinein. Chris lag auf dem Bett und starrte zur Decke. Neben ihm auf dem Nachttisch stand sein nicht angerührtes Abendessen.

„Hallo, Chris", sagte ich leise.

Er sah kurz zu mir hin, dann starrte er wieder hoch zur Decke. Ich dachte an die harte Tour: rede, Bursche! Dann an die weiche Tour: erzähl mal. Dann überlegte ich mir, erst einmal abzuwarten, was er tun oder sagen würde. Ich setzte mich schweigend an seinen Schreibtisch. Ein Blatt lag darauf, vollgeschrieben mit Musiknoten. Er komponiert jetzt, schlussfolgerte ich. Morgen würde sein ganzes Zimmer voller Musiknoten gemalt sein. Langsam begriff ich, dass er unbedingt Medikamente brauchte. Zu schade, da es seine ganzen Begabungen bis ins Unscheinbare abdämmen würde, auch die guten. Wir schwiegen.

Nach einigen Minuten drehte sich Chris zu mir und sah mich an. Sein Blick war ganz ruhig. Auch ich sah ihn an. Mein Blick war nicht so ruhig. Rede, Junge, ging es mir durch den Kopf. Das tat er: „Darf ich dich Dad nennen?" Seine Stimme war leise, fast flüsternd.

Mir schoss das Adrenalin in den Kopf! Dad? Ich? Wer, zum Teufel, möchte so einen Sohn haben? Also antwortete ich: „Nein, ich bin Bob. Alles klar?" Grenze gezogen. Sofort machte Chris sie wieder zunichte: „Viele Kinder nennen ihren Dad beim Vornamen. Das ist modern. Bob ist in Ordnung. Wenn du es so lieber hast, Bob.“

Jetzt hatte er meinen eigenen Namen zu etwas kreiert, das ich überhaupt nicht tolerieren konnte. „Besser wäre Dr. Koman“, konterte ich aufgebracht.

Chris dachte nach. Sein Angebot war: „Ist Bob Koman auch okay?“

„Nein“, sagte ich, „Dr. Koman ist okay.“

„Und Bob?“

„Bob gibt’s nicht mehr für dich“, sagte ich entschlossen. Es war Zeit, unsere Beziehung neu zu definieren.

„Hast du mein Buch, Dr. Koman?“, fragte er. Endlich, das Spiel begann.

„Ja, habe ich“, sagte ich.

„Darf ich es weiter benutzen?“

„Wozu?“

„Ich muss noch was reinschreiben.“

„Fehlt was?“ Ich dachte an die Dosiermenge der Pillen. Vielleicht wollte Chris jetzt einiges korrigieren und wir erfuhren mehr. Es wäre nicht übel, ihm das Buch noch einmal dafür zu geben. Also bot ich ihm an: „Soll ich es holen?“

„Ja“, sagte Chris und setzte sich aufmerksam aufs Bett. Das Buch wurde plötzlich zu einer Art Kommunikationspartner zwischen den Fronten.

„Warte“, sagte ich und verließ das Zimmer.

Dr. Brisco war noch in seinem Büro. „Darf ich?“, fragte ich durch die offene Tür. Er bat mich herein.

„Haben Sie die Medikamentendose?“

„Nein“, antwortete ich wahrheitsgemäß. „Chris will sein Buch.“

„Das dachte ich mir.“ Brisco nickte.

„Er will noch etwas nachtragen. Vielleicht etwas über die Dosiermenge oder wo die Pillendose abgeblieben ist.“

„Und? Was denken Sie?“

„Ich denke, dass er wirklich etwas nachtragen will, oder …“, mir wurde heiß, „… dass er das Buch vernichten will, Sir.“

Brisco sah mir in die Augen. „Und, was schätzen Sie, wird er tun?“

„Ich schätze, dass er etwas eintragen wird. Er ist nicht der Typ, der Dinge einfach vernichtet. Er ist eher der Spieler, der sein Spiel weiterspielt und es in eine andere Richtung lenken will.“

Brisco nickte. „Genau das denke ich auch. Er wird uns mit diesem Buch noch mehr Schwierigkeiten machen. Wir sind seinem Wahnsinn nicht gewachsen. Nicht, wenn wir es ernst nehmen, was er schreibt.“

Innerlich betrachtete ich die Sache anders: Es wäre doch spannend, zu beobachten, was Chris aus der Sache machen würde. Alleine schon im Sinne der Verhaltensforschung. Aber Brisco hatte recht. Wir würden seine Zeilen vielleicht ernst nehmen und in Teufels Küche kommen. Aber ich fragte: „Und wenn wir das Buch für uns behalten? Nur damit wir seine Denkweise ergründen können.“

Brisco schüttelte den Kopf. „Es wissen zu viele von den Eintragungen. Es wird zu den Beweisunterlagen von Mr. Kalinski angefordert werden. Und je mehr Chris hineinschreibt, desto schlimmer steht Dr. Pilburg da. Umso mehr können wir angegriffen werden.“

„Und wenn Chris etwas einfällt, was den ganzen Fall in ein anderes Licht rückt?“

„Anderes Licht? Sagen Sie, wo leben Sie eigentlich? Da sind Dinge passiert, die dokumentiert sind und nun ausgewertet werden. Aber klar, wir schicken der Polizei von Utah eine Durchschrift von Chris' neuer Version, und die Sache ist wieder in Ordnung!“

Nun war Brisco wirklich sauer auf mich. Aber mir schwirrte immer wieder die Forschung im Kopf herum. Ein solches Dokument wäre ein fantastischer Beleg für eine psychische Erkrankung. Hatte Freud nicht auch mit Niederschriften von Patienten gearbeitet?

Ich schlug vor: „Wir könnten ihm ein neues Buch anbieten. Das wäre dann von diesem hier getrennt. Wir sagen ihm, sein Buch wäre von einer Untersuchungskommission eingezogen worden.“

„Das wird er uns nicht abnehmen. Er wird auf seinem alten Buch bestehen. Es bringt sonst seinen Ablauf durcheinander.“

Ich dachte nach. „Einen Versuch wäre es wert. Ansonsten bekommt er nichts.“

Brisco nickte schließlich, stand auf und ging zu einem Wandschrank. Dort holte er ein neues schwarzes Buch mit Leerseiten heraus und gab es mir. Bei der Übergabe sah er mich an. „Es bleibt unter uns. Erst mal.“

Ich ging zurück zu Chris.

Ich schloss sein Zimmer wieder auf und blickte vorsichtig hinein. Bei Chris sollte man immer auf Überraschungen gefasst sein. Er saß immer noch auf der Bettkante und sah mich erwartungsvoll an. Dann wurde seine Mine erbost, als er sah, dass es nicht das alte Buch war. „Wo ist mein Buch?“, fragte er prompt.

Jenny und Dr. Brisco hatten recht. „Dr. Brisco will es erst lesen“, antwortete ich ihm.

Chris dachte nach.

Ich sagte: „Dr. Pilburg geht es schlecht.“

Chris sah mich an und sagte: „Er hat wohl das Essen im Camp nicht vertragen.“

„Oder das Trinken“, ergänzte ich.

„Oder das Trinken“, bestätigte Chris.

„Wohl eher das Trinken.“

„Cola ist auch schlecht für die Gesundheit. Hat auch Brad immer gesagt. Bier sei da schon gesünder.“

„Klar“, sagte ich. „Wenn Cola schlecht ist, dann tut man eben etwas rein, damit man sie besser verträgt. Damit man ruhiger wird.“

„Genau“, sagte Chris, völlig unbefangen.

Ich redete weiter: „Du hast dein Bestes gegeben, um ihm zu helfen.“

Und wieder: „Genau.“

„Das war mies von dir“, sagte ich endlich, um diesem dummen Gespräch ein Ende zu setzen, und setzte mich zu ihm aufs Bett. Chris fühlte sich sofort unwohl und sagte: „Wo ist mein

Buch? Ich werde dir darin alles erklären."

Klar, dachte ich, nach eigenem Gutdünken. Ein neues Glatteis schaffen.

„Du kannst *dieses* Buch für deine Erklärungen benutzen." Ich hielt ihm Briscos Buch hin. Chris schüttelte den Kopf. „Ich will mein Buch", sagte er trotzig und laut.

Ich stand auf. „Ich habe verstanden, Bursche." Jetzt war ich das Gespräch endgültig leid und fragte: „Wo ist Henrys Pillendose?"

„Hab ich im Camp weggeschmissen."

Wie einfach.

„Aha. War sie leer?"

„Weiß nicht."

„War sie leer?!"

„Kann mich nicht mehr erinnern."

„Hast du noch andere Pillendosen aus Dr. Pilburgs Koffer genommen?"

„Was sollte ich damit?"

„Eine Giftmischung herstellen, zum Beispiel."

Chris erhob sich. Zum ersten Mal sah ich Zorn in seinem Gesicht. Er wurde rot. Das schimmerte durch die immer noch leicht grauschwarze Farbe in seinem Gesicht hindurch. Dann schrie er: „Ich bin ein Kind! Ich kann keine Giftmischungen machen! Das weiß doch jeder!"

„Das ist doch nicht schwer", sagte ich. „Das kann doch jedes Baby."

„Wie!?", schrie Chris.

„Immer rein in die Flasche. Was das Zeug hält."

„Daran kann ich mich nicht erinnern!"

„Gut,", sagte ich, um das Spiel zu beenden, „dann nimm dieses Buch und erinnere dich!"

Ich schmiss ihm das Buch auf sein Bett und ging zur Tür. Ich wollte gerade das Zimmer verlassen, als ich ein Flüstern hörte: „Ich liebe dich doch, Dr. Bob Koman."

Ich hielt inne, sah aber nicht zurück. Chris' Liebe tötet, dachte ich nur und verschloss das Zimmer hinter mir.

Dr. Pilburg kam mir auf dem Flur entgegen und sprach mich an: „Kann ich mit Ihnen reden?"

„Sicher", sagte ich.

Pilburg und ich waren nach monatelanger Zusammenarbeit auf der Station immer noch förmlich im Umgang miteinander. Keiner von uns hatte das je geändert. Manchmal passt nur diese Förmlichkeit zueinander.

Wir gingen in die Mensa der Schule, wo uns niemand störte. Auf dem Weg dorthin lugte ich in Jennys Klassenzimmer. Sie war mit dem Dekorieren fertig. Es sah wunderbar aus. Sie hatte Blickoasen geschaffen. Auf einer Seite waren die selbst gemalten Gesichter der Schüler. Chris' stach beängstigend gequält heraus. Auf der anderen Seite waren Landschaften, darunter eine abgebrannte Farm. Und auf einer Seite waren die Familien der Schüler. Darunter nur ein Mann, der stechend scharf wie ein Foto gemalt war. Er schaute wie ein gütiger Schutzengel hinunter auf die Klasse. Es sah beängstigend aus, wenn man Bescheid wusste. Chris hatte sich seine eigene Aufsichtsperson in der Klasse geschaffen.

Wir erreichten die Mensa und setzten uns in eine Ecke. Mein Kollege hatte dunkle Ränder unter den Augen und war unrasiert. Er sah wirklich nicht wie ein Arzt aus. Oder doch? Vielleicht gerade richtig für diese Station.

„Ich habe mit Henry gesprochen", eröffnete Pilburg das Gespräch. Ich dachte kurz daran, ihm meinen Vornamen anzubieten, ließ es aber sein. „Wie geht's dem Jungen?", fragte ich direkt.

„Er muss von diesem Gelton getrennt bleiben."

„Was ist passiert?" Na ja, außer dass Chris ihn eine Nacht gefesselt hatte.

„Chris hat ihn intim angefasst, sagt er", sagte Pilburg und sah mir in die Augen.

„Was?", rief ich irritiert. Chris hatte noch nie einen anderen Jungen von alleine angefasst. Und genau das sagte ich.

„Dann war's diesmal das erste Mal", entgegnete mir Pilburg.

„Warum hat mir Dr. Brisco das nicht gesagt?"

„Weil ich es erst gerade selbst erfahren habe. Ich traf Henry zufällig, und er war so komisch zu mir. Da habe ich ihn angesprochen."

„Was hat er erzählt?", fragte ich neugierig.

„Wollen Sie das wirklich wissen?"

„Sicher!"

Pilburg sagte: „Er hat die Chance genutzt, als Henry festgebunden war. Wie eine Domina sozusagen. Henry sagt, Chris habe sein Glied zunächst nur angefasst, dann aber mit Gewalt versucht, eine Ejakulation bei ihm hervorzurufen. Das ist passiert. Henry ist erst neun!"

„Großer Gott!", entfuhr es mir. „Davon steht nichts im Buch. Überhaupt nichts. Nicht ein Wort, das darauf hindeuten könnte." Ich dachte, dass Chris damit eine Weiche zur eigenen Perversion gelegt hatte.

„Hat Henry schon mit Dr. Brisco gesprochen?"

„Nein", sagte Pilburg gequält. „Die ganze Sache wird immer schlimmer für mich."

„Warum?"

„Na, weil ich die Jungen in ihre Zimmer eingeteilt habe. Ich habe Henry zu Chris gesteckt, weil ich dachte, dieser liebe, kleine Kerl würde einen guten Einfluss auf ihn ausüben. Ich hätte Chris ein Einzelzimmer geben müssen. Ich habe es aber nicht getan. Ich dachte, es täte Chris gut. Henry ist so ein lieber Kerl. Er würde vielleicht etwas Normalität in Chris' Leben bringen. Scheiße!" Pilburg ließ seinen Kopf in seine verschränkten Arme, die auf dem Tisch lagen, fallen.

Jetzt war mir auch klar, warum Chris nach seinem Buch verlangt hatte. Er wollte diese Sache jetzt sicherlich auch *erklären*. War die erste entwendete Pille von Henry für Pilburg eiskalte Berechnung von Chris gewesen? So war Pilburg ruhig und Henry musste gezüchtigt werden. Auf die eine oder andere Art. Es war ja keiner da, der ihm helfen konnte.

Ich sah mit blindem Blick zur Decke. Mir stiegen Tränen in die Augen, als ich an die Angst von Henry dachte. Von einer auf die andere Nacht eine missbrauchte Seele mehr. Wie groß musste seine Angst gewesen sein, als Chris ihm sein Glied massakriert hatte? Wie groß musste sein Schmerz gewesen sein, als kein Samenerguss erfolgte? Pilburg und ich waren ja selbst einmal Jungen gewesen. Wir kannten diesen Schmerz. Die erste Ejakulation als tiefster Schmerz in unserer tiefsten Erinnerung. Geheimnisvoll, erniedrigend, peinlich. Bei Henry war es kein Geheimnis mehr. Pure Demütigung.

Chris gewann jeden Tag mehr meine Abneigung. Dabei war er gerade mal ein Knabe von zwölf Jahren, der es schaffte, jeden in seiner näheren Umgebung zu zerstören.

Ich kehrte plötzlich in mich. Chris war ständig geprügelt und angefasst worden. Doch so richtige Hilfe hatte er nie bekommen. Wir haben uns immer um die Täter gekümmert, aber nie wirklich um ihn. Dachten wir, dass mit der Täterbestrafung seine Seele wieder geheilt war? Eine Art Wiedergutmachung? Ich kann mich erinnern, dass wir ihm nie eine Therapie im Heim anbieten konnten. Einmal hatte ich versucht, einen Therapeuten für ihn zu finden, was mir aber nicht gelungen war. War Chris' Verhalten das Ergebnis eines allein gelassenen Opfers? Ein Opfer, das jetzt selbst zum Täter geworden war? „Wir müssen es Dr. Brisco mitteilen", sagte ich nach langer Stille.

Pilburg sah auf. „Ich werde kündigen", sagte er. „Ich bin am Ende. Würden Sie das bitte Dr. Brisco von mir mitteilen?"

Ich versuchte, seine Gedanken zu unterbrechen, indem ich sagte: „Hat Henry Verletzungen erlitten?" Ich meinte äußerliche. Jetzt war Pilburgs Blick noch zerstörter. „Ich habe nicht nachgesehen. Würden Sie das für mich tun?"

Sein Blick war so bitter, so hilflos. Ich würde es tun. Sicher. Ich würde dabei sein, wenn Pilburg hingerichtet werden würde. Handlung, Urteil, Hinrichtung. Pilburg war seine Zulassung los. In meiner Erinnerung krochen plötzlich Worte hoch. Las ich nicht in Chris' Aufzeichnungen: *Pilburg mag mich nicht.* Waren es gar nicht die geliebten Menschen, die Chris vernichtete? Waren es die, die ihn nicht mochten? Seine Mutter zum Beispiel war eine von ihnen. Nach deren Liebe und Aufmerksamkeit hatte

Chris ständig verlangt, sie aber nicht bekommen. Umgedreht hatte sein Vater, Dane Gelton, seine Frau bis in seinen Tod hinein beschützt, weil sie seine Liebe erwidert hatte. Aber seine Liebe zu ihr war anormal gewesen. Was hatte Chris von seinem Vater wirklich mitbekommen? Und wo stand ich für ihn? Liebte er mich so sehr, dass er mich um jeden Preis beschützen würde? Jenny sagte, ich sei Chris' bester Anwalt. War er auch zu meinem geworden? War er meine Absicherung für eine erfolgreiche Arbeit hier?

Wie ein Blitz schlug der Gedanke bei mir ein: Mein Auftreten Chris gegenüber heute Morgen. Ich hatte ihn erstmals wirklich zurückgewiesen, ihm sogar meinen vertrauten Namen entzogen. Was, wenn er merkte, dass ich ihn auch nicht mehr zu mögen begann? Mir wurde ganz anders. Was würde er sich für mich einfallen lassen? Das Buch!, dachte ich. Das Buch! Er hat wieder ein Buch! Er wird über mich schreiben und es Brisco geben! Er wird zumindest einen Warnschuss gegen mich richten. „Ich heiße Bob“, sagte ich zu Pilburg, der mich immer noch ansah. Ich sprach zu Pilburg, doch meine Worte waren an Chris gerichtet. Pilburg hielt mir seine Hand freundschaftlich entgegen. „Jack“, sagte er, „mein Name ist Jack.“

Ich hätte gerne *Willkommen im Club* gesagt, aber ich verabschiedete ihn gerade aus dieser Klinik. Pilburg war am Ende. Er hatte meine kurzfristige Entgleisung nicht bemerkt. Ich begleitete Jack Pilburg noch zu seinem Wagen und sah ihn nie wieder. Als ich wieder in meinem Büro war, dachte ich darüber nach, wie ich Brisco am besten von Henrys Missbrauch erzählen könnte, ohne dass Pilburg zu schlecht dastand. Es gab nur den Weg, dass ich ein Stück weit die Schuld auf mich laden müsste. Wobei man bedenken muss, dass auch Brisco von Chris' Aufzeichnungen wissen musste. War ich nicht derjenige gewesen, der öfter nach hormonhemmenden Medikamenten für Chris verlangt hatte? Verdammt, ich wollte schon lange seinen Trieb behandeln. In mir kam ein kleines Triumphgefühl hoch. Das fand sofort wieder einen Dämpfer, als ich an das Buch dachte, dass Chris nun in seinem Zimmer hatte. Ich musste es ihm wieder wegnehmen, bevor Brisco es in die Hände bekommen würde.

Schnellen Schrittes bewegte ich mich über den Flur zu Chris' Zimmer. Ich schloss auf, ohne zu klopfen. Chris war weg! Das Buch auch! Alles war weg! Selbst das Bettzeug! Mir schoss das Adrenalin in den Kopf. Ich lief ins Personalzimmer. Annie bereitete gerade die Medikamente für den Abend vor. „Wo ist Chris Gelton?"

Annie sah auf. „Dr. Brisco hat ihn geholt."

„Und seine Sachen?"

„Die hat Josh rausgeholt."

„Wohin?", fragte ich aufgebracht.

„In Trakt 3." Annie sah kurz ins Personalbuch, worin alle Vorgänge auf der Station eingetragen werden. „Isolierraum 23."

Mir entgleisten meine Gesichtszüge. Isolierkammer? Einen Zwölfjährigen?

Mir kam der Rechtsanwalt der Eltern in den Sinn. Vielleicht war dieser Schritt rein rechtlich notwendig, um eine Anklage abschmettern zu können. Brisco musste irgendwie reagieren. Wie es auch immer sein mochte, ich brauchte das Buch. Brisco hatte von Anfang an recht gehabt. Jeder hatte recht gehabt. War ich der einzige Idiot, der hier herumlief? Dass ich rannte, war klar. Nämlich zu Briscos Büro. Diesmal war die Tür geschlossen. Ich klopfte an und jemand rief: „Jetzt bitte nicht."

„Ich bin's", sagte ich, „Bob."

Ich hörte, wie sich Schritte näherten. Brisco öffnete und sah durch einen Türspalt hinaus. „Bob, es geht jetzt nicht. Mr. Kalinski sitzt hier mit Chris."

Diese Worte reichten, um mich noch mehr aufzuregen. Mr. Kalinski, der Anwalt der Eltern, sprach gerade mit dem Teufel persönlich. Nach dem Gespräch musste sicherlich die neue *isolierte* Unterkunft für Chris vorgewiesen und besichtigt werden. Und ich wurde bei dieser ganzen Prozedur ausgeschlossen! Das war das Schlimmste. Was mochte Chris dem Anwalt gerade erzählen? Inwieweit würde er mich in die ganze Sache mit hineinziehen? Was sollte ich jetzt nur tun? In meinem

Büro hatte ich genug Arbeit liegen, aber mir fehlte jede Konzentration dafür. Sollte ich Jenny anrufen? Das tat ich nicht. Stattdessen lief ich in Trakt 3 und suchte das Zimmer 23 auf. Vielleicht fand ich Josh und konnte mal im Zimmer nach dem Buch suchen. Auch nach Chris' Terminplaner musste ich suchen. Ich wusste ja nicht, wo er inzwischen hineingeschrieben hatte.

Josh war nirgends zu finden. Und in Chris' Zimmer durfte ich nicht hinein. Strenge Anweisung von Dr. Brisco. Ich musste mir erst eine Genehmigung holen.

Ich ging in mein Büro und harrte der Dinge, die da kommen mochten. Und das dauerte nicht lange. Nach wenigen Minuten klopfte Henry an meine Tür. Henry! Auch das noch! Den kleinen Kerl hatte ich vollkommen vergessen. Ich bat ihn sofort herein. Kleiner, armer Henry. Er wirkte noch kleiner und unscheinbarer, als ich ihn vor dem Ausflug in Erinnerung hatte. Ich bot ihm sofort einen Platz an und fragte ihn, ob er etwas trinken mochte. Nein, wollte er nicht. Sein Gesicht war noch leicht weißlich gerötet. Er war ein Weißer im Camp gewesen und wollte wissen, wo Dr. Pilburg sei. Er könnte ihn nirgends finden. Sein einziger Vertrauter auf der Station derzeit. Wie sollte ich ihm klarmachen, dass sein Vertrauter nie wiederkommen würde?

„Dr. Pilburg ist heute nicht da. Er ist krank“, sagte ich. „Kann ich dir helfen?“

Henry schüttelte den Kopf und wollte mein Büro wieder verlassen. Ich ging hinter ihm her und hielt ihn fest. „Henry, Dr. Pilburg hat mit mir gesprochen, bevor er ging. Er sagte, dass ich mich um dich kümmern soll, solange er weg ist. Er sagte, dass du großen Kummer hast.“ Ich sah den Jungen an. Er ging mir gerade bis zur Brust, sodass ich vor ihm in die Hocke ging. Henry nickte ganz unscheinbar.

„Magst du erzählen?“, fragte ich leise. „Ich werde Dr. Pilburg dann berichten. Ich vertrete ihn heute nämlich.“

„Wann kommt Dr. Pilburg zurück?“, fragte Henry.

„Das kann ich leider nicht sagen. Ich glaube, er hat eine starke

Erkältung. Das kann Tage dauern."

Henry sah bedrückt zu Boden. Ich sah auch zu Boden. Dann fragte ich leise: „Meinst du, wir zwei können auch miteinander reden?"

Henry zuckte mit den Schultern.

„Dr. Pilburg und ich arbeiten ganz eng zusammen. Wir sind zwei richtig gute Kumpels. Wir behalten Geheimnisse für uns." Ich wartete. Es war so schmerzhaft, diese kleine, belastete Seele zu sehen. Zu Grunde gerichtet stand sie vor mir, wie vor einem Henker. Ich sagte: „Weißt du was?" Der Junge sah auf. „Wir zwei gehen jetzt nach draußen und schaukeln etwas auf dem Spielplatz. Ist das okay?"

Das war okay, und wir suchten im eingegrenzten Freigelände den Spielplatz auf. Der befand sich direkt vor den Fenstern des Essraumes.

Henry setzte sich auf eine Schaukel, und ich schubste ihn an. „Hey", rief ich, „hier sitzt der weltbeste Schaukelmeister, hey." Ich stieß ihn noch einmal kraftvoll an, sodass Henry lachte und schrie: „Der weltbeste Schaukelmeister, hey!"

Mit lauten Anfeuerungsrufen schaukelten wir minutenlang, bis Henry sich von seinen Beklemmungen mir gegenüber befreit hatte. Ich sagte: „Was tun Männer, die weltbeste Schaukelmeister sind und genug geschaukelt haben?"

„Weiß nicht!", schrie Henry.

„Sie trinken eine Männer-Limo."

„Männer-Limo!", schrie Henry.

„Ja!", schrie ich zurück und hielt die Schaukel an. „Sir", sagte ich, „ich lade Sie ein." Damit hatte ich das Vertrauen des Jungen vorerst erlangt. Ich nahm ihn an der Hand und ging mit ihm in den großen Speiseraum. Dort organisierte ich kurzerhand eine gelbe Limo und zwei Gläser und setzte mich mit Henry direkt ans Fenster, damit er die Schaukel, auf der er gerade gesessen hatte, gut sehen konnte. Ich nahm einen großen Schluck und sagte: „Mann, tut das gut!"

Henry eiferte mir nach. Ich rülpste leise und hielt mir vorgetäuscht verschämt die Hand vor den Mund. Henry musste lachen. Auch er rülpste – laut und ohne Hand von dem Mund. „Wie geht's, alter Schaukelmeister?", fragte ich, um seine Stimmung zu testen.

„Gut, Sir", sagte Henry.

„Das ist gut."

„Und Ihnen, Sir?", fragte Henry.

„Geht so", sagte ich. „Gestern ging's besser. Manchmal sind die Tage wirklich verflucht. Da passieren einem Dinge …" Ich fuchtelte theatralisch mit meinen Händen in der Luft herum, „… die kann man gar keinem erzählen. Kennen Sie das, Sir?"

Henry grinste und sagte: „Ja, Sir. Dinge, die man keinem erzählen möchte."

Ich nickte und griff für einen weiteren Schluck zur Limo. Henry ahmte mir mein Verhalten nach.

„Erst gestern", sagte ich mit Seemannsstimme, „da musste ich pinkeln …" Ich sah mich kurz um, ob uns jemand belauschte. Es war niemand da. Also fuhr ich fort: „Da saß ich auf dem Klo. Und, Sir, dann kam nichts. Gar nichts!" Wieder fuchtelte ich mit meinen Händen herum.

„Warum, Sir?", fragte Henry. Er stieg auf mein Spiel ein.

„Oh, Sir", sagte ich jetzt mit leiser Stimme, „… das ist mir wirklich peinlich, aber es setzte sich einer neben mich aufs Nachbarklo. Und plötzlich dachte ich, jetzt kommt der rüber und reißt dir den Pillermann ab." Ich beobachtete Henry. Er wurde leicht rot. Ich redete weiter: „Und da konnte ich einfach nicht mehr pinkeln. Einen ganzen Tag lang nicht. Mann, hatte ich eine Angst, Sir!"

Henry reagierte, zunächst mit aufgesetzter Mine. „Das ist mir auch schon mal passiert."

„Oh", sagte ich, „ist das nicht peinlich?"

Henry nickte, und ich sah, wie er innerlich zerfiel. Seine Stimme piepste plötzlich, als er sagte: „Und es tut so weh …, Sir." Jetzt stiegen ihm Tränen in die Augen. Ich stand sofort auf und lief um den Tisch. Ich nahm den Jungen vom Stuhl und drückte ihn an mich. Da brach sein ganzer Schmerz aus ihm heraus, und er weinte über Minuten hemmungslos in meinem

Arm. Und ich weinte innerlich mit. Ich trug den Jungen in mein Büro und setzte mich mit ihm in einen Sessel.

„Was ist passiert, Henry?“, fragte ich ihn jetzt.

Da floss die ganze Geschichte aus dem kleinen Kerl heraus. So bitter, so schlimm, dass ich in dem Moment Chris dafür hasste. Ich erklärte Henry, dass die Sache, die Chris mit ihm gemacht hatte, ganz schlimm und falsch war. Dass so etwas verboten ist und Chris dafür von uns bestraft würde. Auch, dass Chris auf eine andere Station käme. Dass so etwas nie wieder passieren dürfte.

Henry nickte und rieb seine Tränen weg. Ich lobte ihn für sein Vertrauen und seine Offenheit und fragte leise, ob ich mir sein Glied einmal anschauen dürfte. Ob keine Verletzungen zurückgeblieben waren. Henry hüpfte mir vom Schoß und zog seine Hose herunter. Ich versicherte ihm, dass nichts passieren würde, was er nicht wollte und holte mir ein paar Gummihandschuhe für die Untersuchung. Sein Glied war etwas gerötet, und als ich seine Eichel untersuchen wollte, stellte ich fest, dass sich seine Vorhaut nicht zurückschieben ließ. Sie war einfach zu eng, und Henry schrie kurz auf. So etwas durfte nicht sein. Ich erklärte ihm, dass die Vorhaut so weit zu dehnen sein müsste, dass sie sich über das Glied zurückschieben lassen müsste. Wenn das nicht der Fall ist, müsste man den kleinen Vorhautring weiten. Ich wollte nicht sprengen oder aufschneiden sagen. Das macht man gewöhnlich im Kleinkindalter. Damit beließ ich es. Bei Henry ist die Kontrolle vergessen worden, sodass eine Operation bei ihm unumgänglich war. Seine Vorhaut musste operativ erweitert werden. Der Junge musste höllische Schmerzen durch Chris erlitten haben. Weit schlimmer, als man es sich vorstellen mochte.

Ich bat Henry, die Hose wieder hochzuziehen und dankte ihm noch einmal für das entgegengebrachte Vertrauen. Ich machte eine Notiz und wollte mich gleich noch um einen Urologen kümmern. Als ich mich meiner Handschuhe entledigte und meine Hände gewaschen hatte, verabschiedete ich Henry mit einem festen Händedruck. Das war eine großartige Leistung von ihm gewesen. Ich fragte ihn, ob er einverstanden wäre, mit einem Fachmann über diese Schmerzen an seinem Glied zu reden. Der könnte sie ihm nehmen. Um ihn zu beruhigen, sagte ich mit lauter Seemannsstimme: „Bei mir war's genau das gleiche, Sir! Jetzt ist alles in Ordnung, Sir. Keine Schmerzen mehr, Sir." Mit meiner rechten Hand ahmte ich einen Generalsgruß nach. „Sir", sagte ich, „soll ich Ihnen die gleiche Hilfe verschaffen?"

Henry ahmte mir meinen Gruß nach und sagte grinsend: „Ja, Sir!"

Ich begleitete Henry auf seine Station und verfasste anschließend einen kurzen Bericht über unsere Begegnung. Dabei erwähnte ich den Vorfall im Camp und belastete damit auch wieder Dr. Pilburg. Die Zusammenhänge mussten schließlich plausibel sein. Henry würde früher oder später sowieso etwas erzählen. Wenn dann nichts in meinem Bericht stände, würde ich mit im sinkenden Boot sitzen.

Ich rief Pilburg an und berichtete ihm von meiner Begegnung mit Henry und den Untersuchungsergebnissen. Auch, dass für Henry im Grunde ein positives Ergebnis herausgekommen sei. Seine Vorhaut war behandlungsbedürftig. Pilburg bedankte sich und ich kontaktierte am gleichen Abend einen Urologen für Henry.

Chris, Dr. Brisco und Mr. Kalinski sah ich an diesem Tag nicht mehr. Dafür geisterten in der kommenden Nacht viele Spukgestalten in meinen Träumen umher. Seit Chris auf der Station war, konnte ich keine Nacht mehr durchschlafen. Jeden Tag ereignete sich eine Fülle von Vorfällen, die ich kaum noch sortieren konnte. Es war, als wenn mir jemand ein Wollknäuel mit zehn Enden hinhielt, und egal, an welchem Ende ich zog, ich fand das, was einen Knoten verursachte. Damit wurde mir immer klarer, dass ich dieses ganze Wollknäuel loswerden musste. Ich musste bei der Wahrheit bleiben, egal, welchen Zirkus Chris daraus machen würde. Vielleicht sollte ich noch einmal mit Dr. Brisco über ein klares Konzept reden. Wir sollten eine Mauer gegen Chris aufbauen. Dass uns schon der erste Stein dafür fehlte, erfuhr ich am nächsten Morgen.

Ein grauer Regentag nahm mir beim Aufstehen schon die Lust an der Arbeit. Ich bin ein sonnensüchtiger Mensch und kann mit grauen Tagen nichts anfangen. Heute war also ein Misttag. Ich sammelte meine ganze Energie, um den Anforderungen des Tages gewachsen zu sein. Neue Ergebnisse würden auf mich einströmen und neue Aufregung würde mich auf Trab halten. Eigentlich sollte mir meine Arbeit Spaß machen. Dafür hatte ich schließlich studiert. Mein größtes Problem war wohl die fehlende Abgrenzung zu den Patienten. Chris hatte ein Wesen, das mich persönlich ansprach. Seine ganze Lebensgeschichte ging mir zu Herzen. Doch mittlerweile war ich mir nicht mehr sicher, ob diese Lebensgeschichte stimmte. Ich hatte noch keine Erfahrung und wusste nicht, wie früh man eine psychopathische Erkrankung diagnostizieren konnte, von Neigung ganz zu schweigen. Diese ständigen Widersprüche und *logischen* Erklärungen von Chris machten mir sehr zu schaffen. Ich wusste von meiner Studienzeit, dass ADHS-Betroffene (Aufmerksamkeits-Defizit-Hyperaktivitäts-Syndrom) ähnliche Symptome zeigen. Damit meine ich, dass diese Kinder für alles, was sie tun, eine Erklärung haben. Dazu muss man wissen, dass bei ADHS eine Stoffwechselstörung vorliegt, bei der zu wenig Botenstoffe im Gehirn produziert werden, die das Erlebte filtern und über die Synapsen ins Erinnerungsvermögen tragen. Es ist ein Defizit in der Aufmerksamkeit. Das hat zur Folge, dass der Betroffene sich oft nicht mehr an alles erinnern kann. Zudem kann er oft schlecht mit Uhrzeiten, Pünktlichkeit und Abmachungen, die man mit ihm trifft, umgehen, weil er ständig nur mit Halbinformationen im Gehirn arbeitet. Diese *flickt* er irgendwie zusammen, damit sie für ihn einen Sinn ergeben. Diese Störung kann unterschiedlich stark ausgeprägt sein und ist unheilbar. Doch mittlerweile gibt es vielerlei Hilfe. Das Anstrengende an dieser Störung sind die ständigen Diskussionen, die die Kinder führen. Sie wollen alles begründen, denn aus ihrer Sicht werden sie immer nur missverstanden. Dabei hat niemand die Schuld. Eltern sollten sich möglichst schnell um eine Diagnose bemühen, um dann die Aufnahmefähigkeit des Kindes besser zu verstehen. Ein ADHS-Betroffener hat niemals eine böse Absicht in seinen Erklärungen. Er erzählt auch keine Lügen oder strickt sich bewusst eine neue Realität zusammen. Also nahm ich vollkommen Abstand zu dieser Diagnose, die in keiner Weise vergleichbar mit der war, die ich befürchtete. Ein an Psychopathie Erkrankter strickt sich nämlich bewusst eine neue Realität zusammen. Er verfolgt eine böse Absicht und erzählt bewusst Lügen. Er hat Freude an der Qual anderer. Manchmal auch an seiner eigenen. Seine Synapsen im Gehirn funktionieren über das normale Maß hinaus. Nicht selten findet man unter ihnen sogenannte *Wahrnehmungsgenies*. Chris hatte ein solches Genie in sich.

Als ich an diesem Morgen völlig schlecht gelaunt auf den Parkplatz der Klinik fuhr, sah ich neben Briscos Wagen eine schwarze Limousine stehen. Ob der Anwalt der Eltern wieder anwesend war? Ich hatte gestern nicht auf diesen Wagen geachtete. Kaum betrat ich die Station, holte mich Annie, unsere Pflegerin, direkt ins Personalzimmer und schloss die Tür hinter uns zu. Himmel, was kam jetzt? Sollte es denn keinen normalen Tag mehr geben? Also fragte ich genervt: „Was ist denn los?“

„Der Aufsichtsrat der psychiatrischen Kliniken ist hier.“

„Wo?“, fragte ich.

„Bei Dr. Brisco.“

„Und was geht mich das an?“, fragte ich weiter.

„Sie wollen Chris’ Lebensgeschichte und Ihren Befund dazu lesen.“

Jetzt war ich doch wieder mittendrin. Ich hatte diese Idee mit der Lebensgeschichte angezettelt, auch damit Chris eine Beschäftigung in der Klinik haben sollte. Dass die Folgen derart fatal würden, hatte ich im Traum nicht gedacht. Wie oft mochte Dr. Brisco mich in den letzten Tagen dafür schon verflucht haben? Andererseits war diese Geschichte der Beleg für Chris’ Erkrankung.

Ich fragte Annie: „Hat Dr. Brisco gesagt, dass ich zu ihm kommen soll?“

„Noch nicht“, antwortete sie, „aber er hat vor einer Stunde gefragt, ob Sie schon im Hause wären.“ Sie sah ins Personalbuch und sagte: „Ach, ein Dr. Haselwood hat angerufen. Wegen Henry.“

„Ja“, sagte ich, „ein Urologe. Henry muss unbedingt von ihm untersucht werden. Ich habe an seinem Glied eine Phimose, eine stark verengte Vorhaut, festgestellt.“

Annie sah mich entsetzt an. Wirklich *entsetzt*! Was hatte ich gesagt? Was mochte sie jetzt denken? Ich erklärte sofort: „Henry hat über Schmerzen geklagt.“

„Dafür ist doch Dr. Brinkham zuständig.“

Dr. Brinkham ist seit fünf Jahren der klinikeigene Allgemeinmediziner. Annie hatte natürlich recht, aber sie war über die ganze Sache mit Pilburg und Henry nicht im Bilde. Also sagte ich: „Ich wollte Henry mit dem Problem nicht direkt überall herumschicken. Er ist zu mir gekommen und wir haben darüber geredet. Henry ist zurzeit sehr sensibel.“ Ich bin schließlich Psychologe, wollte ich noch sagen.

„Ach“, sagte sie. „Gestern war er noch ganz munter mit Ihnen am Schaukeln. Sie haben sich viel mit ihm beschäftigt.“

Was sollte das heißen? Sie hegte doch nicht irgendwelche abwegigen Gedanken?

„Nein“, sagte ich, irgendwie zu schnell, zu entschuldigend. „Das sah nur so aus. Ich wollte ihn etwas aufmuntern. Er war verwirrt.“

Annie sah mich an. Ich machte alles noch schlimmer. Durch die Glastür des Personalzimmers konnten wir Dr. Brisco und vier schwarz gekleidete Männer vorübergehen sehen. Brisco musste ihnen wahrscheinlich die Station zeigen, auf der Chris jetzt lebte. Ich blieb brav im Zimmer bei Annie. Durch die Glastür sah ich, wie mir Brisco einen kurzen Blick zuwarf, als wollte er sagen: Bleib schön da drin. Wage dich nicht hinaus. Irgendwie hatten die Blicke von Dr. Brisco für mich etwas Parapsychologisches bekommen.

„Ist Chris schon in Trakt 3?“, fragte ich.

„Hab ich Ihnen doch gestern gesagt“, antwortete sie kurz und setzte sich an den Computer, um neue Eintragungen zu machen. Richtig, das hatte sie.

Als das *schwarze Komitee* außer Sichtweite war, schlich ich mich in mein Büro. Ich wollte mich auf den üblichen Tagesablauf vorbereiten. Es gab hier nicht nur Henry und Chris, die wir betreuten. Annie hatte einen Stapel neuer Berichte in mein Fach gelegt, und ich begann mit Joshuah, einem 13jährigen Jungen, der an Schizophrenie litt. Kaum hatte ich seine Akte bearbeitet, klopfte es an meiner Tür. Ich bat um Eintritt, und Dr. Brinkham, unser Allgemeinmediziner, kam strammen Schrittes herein. Dass er die Tür hinter sich offen ließ, hatte unangenehme Folgen.

„Was geht in Ihrem Kopf vor, Koman?“, schalt er mich lautstark.

„Zuviel“, sagte ich schlagfertig. „Was davon meinen Sie?“

„Das denke ich auch! Ich sage nur Henry Miller! Was haben Sie an dem Geschlechtsteil von dem kleinen Henry Miller zu suchen?!“

Genau in dem Moment passierten Dr. Brisco und der Vorstand mein Büro. Mein Tag war zu Ende, bevor er begonnen hatte. Ich fühlte mich wie in einem Irrenhaus. Nur, dass das Personal und die Patienten die Rollen vertauscht hatten.

Dr. Brinkham ließ Dr. Brisco eine Beschwerde über mich zukommen. Ich wäre unerlaubt *bereichsübergreifend* tätig geworden. Es fehlte nur noch die Bemerkung: Und er war so komisch freundlich zu dem Jungen auf dem Spielplatz. Dann wären die Grundsteine für mich als Sexualstraftäter gelegt. Dazu noch die perfekte Umgebung. Ich sagte ja, es war ein Misttag. Mittlerweile brauchte ich nicht mehr Chris, um mich in Schwierigkeiten zu bringen. Das schaffte ich nun ganz alleine. Ich brauchte unbedingt ein Gespräch mit Dr. Brisco, um meine festen Aufgaben neu zu definieren. Ich hatte den Überblick und das Gefühl dafür verloren. Und das in weniger als vier Tagen.

Ich begann, an mir zu zweifeln.

Ein Gespräch mit Jenny wäre gut gewesen, doch seit bereits zwei Tagen hatte ich sie nicht mehr gesehen. Ob sie in Urlaub war?

Nachdem Dr. Brinkham mein Büro verlassen hatte, schloss ich meine Tür von innen ab und widmete mich den weiteren Unterlagen. Dabei konnte ich nichts falsch machen.

Nach drei Stunden schmerzten mir die Augen. Meine letzte Dokumentation galt Christopher Gelton. Er war von meiner Station entlassen worden. Ich schrieb: *Bis auf Weiteres an Trakt 3 übergeben. Fall in Bearbeitung. Befund und Begründung folgen.*

Als ich mein Büro endlich verlassen konnte, erledigte ich meine tägliche Gruppentherapiestunde, aß zu Mittag und betreute drei Jungen in Einzelgesprächen. Danach war meine Dienstzeit um, und ich packte meine Tasche für den Heimweg. Da kam Brisco auf mich zu. Das *schwarze Komitee* war inzwischen abgereist. Was mochte heute alles zur Sprache gekommen sein? Das wollte ich gar nicht wissen.

„Bob“, sagte Dr. Brisco, „ich bin für drei Tage weg. Danach müssen wir uns unterhalten.“

„Ja“, sagte ich und nickte. Das mussten wir.

„Dann werden wir weitersehen“, sagte Brisco. „Wie lange sind Sie schon bei uns?“

Ich überlegte. „Drei Monate? Dreieinhalb?“

Brisco nickte.

Meine parapsychologische Verbindung zu ihm teilte mir mit: *Da haben Sie aber ganz schön was zusammenkommen lassen.* Aber er sagte: „Dr. Brinkham hat mir eine Beschwerde über Sie auf den Schreibtisch gelegt.“

„Ich weiß, Sir“, sagte ich, „ich …“ Brisco unterbrach mich: „Das will ich jetzt gar nicht wissen. Wirklich nicht!“

Ich nickte. Vielleicht wollte er nach drei Tagen gar nichts mehr von mir wissen. Ich fragte kurz: „Irgendwelche Anweisungen für diese Tage? Ich meine, speziell für mich?“

Pilburg war auch nicht da. Ich würde ganz allein auf der Station sein.

„Nein“, sagte mein Chef. „Machen Sie einfach nur Ihr Programm …, aber lassen Sie um Himmelswillen die Finger von Dingen, die Sie nichts angehen. Und …“, er hob drohend den Zeigefinger, „… besuchen Sie um Gottes Willen nicht diesen Gelton. Verstanden?“

Jetzt hatte ich Anweisungen vom Himmel und von Gott selbst. Mehr ging nicht, und ich sagte: „Ja, Sir, Dr. Brisco. Sie werden keine Klagen hören.“

Danach sah ich meinen Chef drei Tage lang nicht mehr. Doch schon am nächsten Tag sollte ich ihn schmerzlich vermissen.

Der nächste Tag begann wieder mit dunklen Wolken und viel Regen. Fadenregen. Den liebe ich besonders! Keine Chance, ohne Schirm trocken von der Haustür bis ins Auto zu kommen. Da ich Schirme ablehne, wurde ich zweimal nass, bis ich im Klinikgebäude war. Jenny war noch nicht zu sehen. Pilburg war weg, Brisco war unerreichbar, es regnete in Strömen, und die Jungen auf der Station hatten Ferien. Alle langweilten sich. Als Dr. Pilburg noch da war, unternahmen wir hin und wieder etwas mit den Jungen. Jetzt hatte ich dreizehn Jungen, vollgepumpt mit Medikamenten oder skurrilen Ideen. Das Pflegepersonal, bestehend aus zwei Leuten pro Schicht, war mir auch keine große Hilfe.

Musik, dachte ich. Wir sollten einen Musiktag einlegen. Ich überlegte mir, dass wir uns zunächst verschiedene Musikrichtungen anhören könnten und dann selber Musik machen. Nachdem das Konzept stand, besprach ich es mit dem Personal. Es war eine gute Idee und funktionierte wunderbar. Wir hörten uns zunächst Klassik an. Das kam nicht so gut an. Dann hörten wir Folkmusik. Das war auch nicht der Bringer. Aber bei Techno ging die Post ab.

Wir suchten alle möglichen Blechmaterialien aus der Küche und probten und spielten fast zwei Stunden lang eigenproduzierte Technomusik. Verschiedene Jungen tanzten, verschiedene klatschten oder entwarfen Texte, die sie zum Besten gaben. Ein Mordsspaß. So war das Leben ohne Chris auf der

Station. Unkompliziert und harmonisch.

Dann kam eine Pflegerin auf mich zugelaufen und bat mich, zu Trakt 3 zu kommen. Ich hob ablehnend die Hand. „Verbot vom Chef."

„Sie müssen aber", sagte sie drängend.

Ich fragte, was los sei. Sie sagte, es ginge um Chris, aber sie könnte hier nichts sagen, nicht vor den Jungen.

Was konnte in Trakt 3 so Schlimmes passiert sein, dass man dort nicht Herr der Lage wurde? Alle, die dort arbeiteten, waren auf Extremfälle eingerichtet. Und ... wo war der zuständige Arzt?

Ich fragte: „Ist denn niemand dort, der den Kerl bändigen kann?"

„Nein, zurzeit nicht. Das können nur Sie!"

„Nur ich?", fragte ich erstaunt. „Ich habe striktes Verbot, Chris Gelton zu sehen. Vom Chef persönlich." Mir fiel ein: keine Besuche bei Chris Gelton. Dies war kein Besuch.

„Das spielt jetzt keine Rolle!" Die Pflegerin wurde immer hektischer.

Ich zog sie aus der Hörweite der Jungen und fragte: „Was ist, verdammt noch mal, bei euch los?"

„Chris will sich gerade hinrichten! Er will Sie sehen."

Hinrichten? Hatte ich richtig verstanden? Wenn sie *hinrichten* meinte, war es mehr als ernst. Das klang nach einem ausgereiften Massaker, das Chris gerade inszenierte! Ich aber sagte: „Ich kann unmöglich meine Station verlassen. Ich bin alleine hier. Das verstößt gegen jede Vorschrift."

Die Pflegerin sah mich gequält an, und ich verstieß erneut gegen die Vorschriften. Man konnte den Verstoß dann zu den anderen Verstößen und Beschwerden über mich legen, die sich bereits auf Briscos Schreibtisch stapelten.

Wir liefen zu Trakt 3. „Bekommt Chris Medikamente?", fragte ich im Laufen.

„Ja, Olanzapin", sagte die Pflegerin. Sie hieß Judith.

„Wie viel?"

„Doppelte Dosierung als üblich."

„Schlägt die Menge an?“
„Gar nicht.“
„Das dachte ich mir. Was genau macht Chris gerade?“
„Er hat sich die Kopfhaut aufgeschnitten und hält sich ein Messer an die Hauptschlagader am Hals. Er sagt, er sticht zu, wenn er nicht Dr. Koman sehen darf.“
„Ein Messer?“, fragte ich, immer noch im Laufschritt. „Wie zum Teufel ist er da drangekommen?“
„Es hat in der Küche ausgeholfen.“
„Was zum Teufel hatte er in der Küche zu suchen?“
„Er sollte dort frisch gewaschene Handtücher hinbringen.“
In mir kroch eine gemeine Bemerkung hoch, aber ich sprach sie nicht aus. Ich nickte nur und fragte: „Hat er tatsächlich Dr. Koman gesagt?“
Die Pflegerin hatte kaum noch Atem und hechelte: „Hat er.“
Wir betraten Trakt 3 und liefen den Gang entlang. Der war leer. Alles verschlossene Zimmer. Als wir um die Ecke rannten, sah ich einen Auflauf von Pflegern und Ärzten, die vor Zimmer 23 verharrten und hineinblickten. Chris hatte sie alle unter Kontrolle. Wieder mal. Irgendwie schaffte er es immer, alle in Angst und Schrecken zu versetzen. Seine Methoden wurden immer brutaler. Es würde nicht mehr lange dauern und er bekäme die stärksten Beruhigungsmedikamente, die für ihn zugelassen wären.
Mittlerweile graute mir kein Anblick mehr, den Chris bieten würde. Und so stieß ich das Personal bei Seite, um in das Zimmer zu gelangen. Ich musste dennoch tief Luft holen. Da stand der Knabe auf seinem Bett, hatte sich irgendwo am vorderen Haaransatz einen Schnitt zugefügt und hielt nun dieses Messer stichbereit an seine Hauptschlagader. Überall war Blut. Es lief über sein Gesicht, tropfte auf seine Schultern und verschmutzte das Bett. Kerl, dachte ich nur, hast du wieder Malfarbe gefunden.
Als Chris mich sah, schmiss er das Messer weg, sprang vom Bett, lief mir in die Arme und schluchzte: „Dr. Koman!“
Ich hätte so gerne *Bob* gesagt, aber ich hütete mich. Zeitgleich

sprang das Personal ins Zimmer, nahm das Messer an sich und versuchte, Chris von mir wegzuzerren. Eine Pflegerin hielt eine Spritze für ihn bereit. Ich schrie wie von Sinnen: „Finger weg!!“ Es war so laut, dass alle entsetzt zurückwichen. Mein Blick war böse. Chris klammerte sich wie ein Ertrinkender an mich. Ich hörte ihn weinen. Überall an mir war sein Blut. Vorsichtig durchfuhr ich sein Haar, um die Wunde, die er sich zugefügt hatte, zu finden. Ziemlich weit vorne am Haaransatz fand ich einen fünf Zentimeter langen Schnitt. Genau richtig, um möglichst viel Blut über sein Gesicht laufen zu lassen. Es musste gruselig wirken. Da wohl niemand wusste, dass Chris kaum Schmerzempfinden hatte, waren alle von dem Anblick geschockt.

Ich rief: „Hat jemand eine Mullbinde?“

Ein Arzt lief zum Verbandszimmer. Dann rief ich: „Kann jemand Dr. Brinkham rufen? Die Wunde muss genäht werden.“

Eine Pflegerin griff zum Handy und rief an.

Immer noch traute sich niemand den Jungen anzurühren. Mein Schrei musste sie sehr verschreckt haben. Judith, die Pflegerin, die mich geholt hatte, sorgte wieder für Ordnung. Sie schickte das Personal auf die Station zurück und blieb alleine bei mir. Ich löste Chris' Griff um meine Taille behutsam und setzte mich mit ihm aufs Bett. Mir war egal, wie verschmutzt es aussah.

„Ich werde das Bett gleich neu beziehen“, sagte Judith, und ich nickte ihr dankbar zu.

Dr. Brinkham erschien, sah mich und rief genervt: „Was machen Sie denn hier? Das ist doch gar nicht Ihre Station!“ Mal wieder war ich bereichsübergreifend tätig. Judith wollte etwas sagen, doch ich signalisierte ihr, ruhig zu sein.

Brinkham kniete sich vor Chris und besah sich die Wunde. Ich drückte Chris die rechte Hand und signalisierte ihm, Vertrauen zu haben. Chris ließ die Wunde widerstandslos reinigen und nähen. Ich half ihm, sich anschließend der Kleidung zu entledigen. Brinkham verschwand, bemerkte aber kurz zuvor: „Das wird Folgen haben!“

Ja, ja, dachte ich, verschwinde, Arzt.

Als Chris sich komplett ausgezogen hatte, sah ich, dass sein Körper voller Blessuren und blauer Flecken war, außer am Rücken.

„Chris“, sagte ich entsetzt, „was ist passiert?“ Ich drehte ihn vor mir herum.

„Es ist schwer hier“, sagte er nur.

Das letzte Mal, als ich ihn so sah, war er gerade ins Heim bei Mr. Mintz eingeliefert worden. Damals war er von dem Lebensgefährten seiner Mutter so übel zugerichtet worden. Wie Chris immer so schön sagte: in Grund und Boden geprügelt. Doch wer war es diesmal gewesen?

Ich ging vor Chris in die Knie und reinigte sein Gesicht mit einem feuchten Lappen, den mir Judith gereicht hatte. „Chris, sieh mir in die Augen.“

Chris sah mich an. Seine dunkelbraunen Augen glänzten wie Bergkristalle.

„Sag mir jetzt ganz ehrlich, wer dir diese Verletzungen zugefügt hat. Warst du es selbst oder war es ein anderer?“

Chris sah mich an. Schon alleine die Tatsache, dass er nicht sofort antwortete, machte mich stutzig.

Judith wollte das Zimmer verlassen, doch ich bat sie zu bleiben. Sie sollte Zeuge dieses Gesprächs werden, damit mich Chris nicht wieder in eine fatale Geschichte verwickeln konnte. Dann sagte Chris: „Ein anderer.“

Ich sah ihn auf Augenhöhe an. „Du kennst den Unterschied zwischen Wahrheit und Lüge, nicht wahr?“

Chris nickte folgsam.

„Du willst mir also sagen, dass ein anderer dich geschlagen hat.“

Chris nickte. Judith holte tief Luft.

„Du hast es nicht selbst gemacht?“, hakte ich noch mal nach.

„Nein.“

Gut, dachte ich, dann gehe ich mal in die Offensive: „Dann sagst du mir jetzt, wer dich geschlagen hat.“

„Sollte ich nicht tun“, flüsterte Chris und schüttelte den Kopf

dabei.
„Du musst“, sagte ich. „Sonst kriegen wir zwei mächtig Ärger miteinander.“

„Ich flüstere es dir“, bot Chris an und sah zu Judith.

„Nein“, sagte ich leicht erbost, „du sagst es jetzt laut und deutlich.“ Ich sah Judith kurz an. Sie stand neben Chris, so konnte ich ihr direkt in die Augen sehen.

„Wenn ich es dir sage, bekommst du viel schlimmeren Ärger, als wenn ich es nicht sage.“

Ich fragte mich, was noch schlimmer werden könnte. Da brachte sich Judith ein. Sie ging auch vor Chris in die Hocke und sagte: „Chris, als du gestern hier zu uns gekommen bist, waren die blauen Flecken noch nicht da.“

Ich sah sie an, als sie das sagte, und fragte mich, wo er denn inzwischen gewesen war. Dies war doch ein Isolierzimmer. Chris käme nirgendwo hin, ohne dass es eine Eintragung ins Personalbuch geben würde.

Judith rief eine Kollegin, die ihr das Buch brachte. Wir schlugen es auf und lasen. Gestern um 12 Uhr wurde Chris kurz in die Küche geschickt, um Handtücher zu bringen. Dann wurde er zu Dr. Brisko ins Büro gebracht und um 13:30 Uhr wieder auf die Station in sein Zimmer zurückgeschickt. Seitdem hatte er das Zimmer nicht mehr verlassen.

Vollkommen entsetzt sahen Judith und ich uns an. Dann sahen wir Chris an. Der sah zu Boden.

Ich fragte: „War es Dr. Brisco?“ Ich glaubte nicht, dass ich das wirklich fragte, und konnte mir auch nicht vorstellen, dass dieser so etwas tun würde. Aber ich musste es fragen.

Chris sah mich an. Er hatte Tränen in den Augen. „Mir ist kalt“, sagte er, und ich sah die Gänsehaut am ganzen Körper.

„Judith“, sagte ich, „Dr. Brinkham soll noch mal kommen und sofort einen physischen Befund von Chris verfassen.“

Sie nickte zustimmend und rief ihn erneut übers Handy an. Ich hörte einen undeutlichen Kommentar durch den Hörer und empfing den Arzt einige Minuten später wieder in übler Laune. Ich hatte Chris derweil in eine Decke gewickelt und enthüllte den geschundenen Körper, als Brinkham sich beruhigt hatte. Jetzt war er doch entsetzt. Er drehte den Knaben und ging zu seiner Tasche. Dort holte er eine Digitalkamera hervor und lichtete Chris von allen Seiten ab. Irgendwie waren seine Flecken systematisch angelegt, aber ich hielt mich zurück und ließ den Arzt seines Amtes walten. Dieser klopfte, drückte, knetete und rieb an den Verletzungen und dokumentierte alles auf einem Meldebogen.

„Ich muss ihn zum Röntgen mitnehmen“, sagte er knapp.

„Ich komme mit“, sagte ich ebenso knapp, und somit bekamen wir Chris widerstandslos in eine Decke gehüllt zur Röntgenabteilung. Dort ließ er die Aufnahmen friedlich über sich ergehen. Als ich ihn wieder in die Decke hüllte, sah mich Chris mit flehendem Blick an. „Nicht“, sagte er nur leise.

Brinkham sah zu uns und fragte: „Nicht?“

Ich sah Chris an und fragte: „Was, nicht?“

„Tu’s nicht“, wiederholte der Junge.

Brinkham zog Chris zu sich. „Was soll Dr. Koman nicht tun?“

Ich dachte, Junge, jetzt sag nichts Falsches. Nichts, was missverständlich wäre. Doch er tat es, ohne mit der Wimper zu zucken, und sagte: „Dr. Koman soll mich nicht wieder in Schwierigkeiten bringen.“ Hörte ich richtig? Ich *ihn*?

Ich fiel in mir zusammen und sagte: „Dann sag Dr. Brinkham auch, welche Schwierigkeiten du meinst, bevor er meint, ich hätte dir was angetan.“ Ich sah Brinkham schadenfroh an. Doch Chris schüttelte den Kopf.

„Soll *ich* es sagen?“, fragte ich.

Er wiederholte: „Tu’s nicht.“ Und ich Idiot sagte: „Chris war gestern zu Dr. Brisco gebracht worden. Er hatte vorher keine Blessuren, danach hatte er sie.“ Jetzt war es raus.

Brinkham sah mich mit zusammengekniffenen Augen an. Chris sah mich wütend an. Nur ich sah wieder blöd drein. Doch ich musste bei der Wahrheit bleiben und sagte: „Es steht im Personalbuch. Ich werde das alles auch dokumentieren. Genauso wie Sie. Genauso, wie es war.“

„Tun Sie das", sagte Brinkham, und ich dachte mit Wehmut an seine Dokumentationen, die er Dr. Brisco daraufhin einreichen würde.

Als ich Chris wieder zurück in sein Zimmer brachte, hatte Judith das Bett bereits neu bezogen, den Boden geputzt und neue Kleidung für Chris bereitgelegt. Ich sah mir dieses isolierte weiße Zimmer traurig an und wunderte mich, dass Chris die Wände noch nicht dekoriert hatte. Vielleicht waren die Medikamente doch beruhigend für ihn. Oder er hatte endlich aufgegeben, ständig Chaos zu stiften. Als ich ihm beim Anziehen half, rieb ich verschiedene Stellen mit Heilsalbe ein und bemerkte, dass Chris einmal eine Rippe gebrochen hatte, die wie eine kleine Beule aus seinem Brustkorb hervortrat. Wie sollte man da kein Mitgefühl entwickeln? Dieser kleine knabenhafte Körper, gesteuert von diesen monströsen Gedanken. Ich fragte mich, ob man ihm endlich etwas gegen seine sexuelle Neugier gab, doch ich fragte nicht weiter nach. Die Patienten auf dieser Station gingen mich nichts an. Ich tat sowieso schon zu viel *bereichsübergreifende* Dinge, die mir verboten waren.

Doch wo ich gerade mit Chris alleine war, konnte ich ihn nach dem Buch, das ich ihm gegeben hatte, fragen. Die Zimmertür stand zwar offen (ich durfte sie wegen eines möglichen Tumults nicht schließen), aber es war wichtig für mich zu erfahren, ob und was er von dem Ausflug ins Camp nachgetragen hatte. Im Hinterkopf geisterten die Bilder eines gewalttätigen Dr. Brisco in mir herum, und ich dachte, dass es nicht schlecht wäre, wenn ich etwas in der Hand hätte. Auf jeden Fall fühlte ich mich wirklich wie im Irrenhaus.

Chris saß sauber gekleidet, gekämmt und mit einem großen Druckverband am Kopf auf seinem Bett und schien sehr mit sich zufrieden. Ich saß auf seinem Stuhl und sah ihn an. In dieser Minute schien die Welt für uns beide schwer in Ordnung, und ich erinnerte mich an so manche schöne Stunde in dem Heim, als wir uns kennenlernten. Da saß Chris oft in meinem Büro und malte ganz friedlich.

Ich besah mir den Knaben und wurde wieder weich. Er sah

so nett und vertrauenswürdig aus. Diese großen braunen Augen, die vor Lebensfreude sprühten. Wir beide waren ein seltsames Paar. Als wir uns ansahen, empfanden wir so etwas wie Brüderlichkeit. In mir rang das Verlangen, ihm wieder meinen Vornamen anzubieten, aber ich holte mir Briscos Warnung *Abgrenzung zum Patienten* ins Gedächtnis. Dabei nannten mich alle Jungen auf der Station Bob. Nur bei Chris war mein Vorname tabu. Er war für ihn so etwas wie ein Code zu meiner Seele, ein Zugang zu meinem tiefsten Inneren. Wenn er Bob sagte, glitt er in mich hinein und wütete mit großer Zerstörungswut. Manchmal war dieses Wüten so groß gewesen, gerade während der Zeit des Heimaufenthaltes, dass ich über alle Maßen davon eingenommen war. Nicht mehr in der Lage, noch ein anderes Leben neben Chris wahrzunehmen.

Dieses Gefühl fing mich gerade wieder ein. Ich empfand es als angenehm und erschreckend zugleich. Da saß dieser kleine Kerl und schrie nach Liebe und Aufmerksamkeit in sämtlichen Varianten. Doch wer in aller Welt war in der Lage, das Maß, das er verlangte, geben zu können? Chris war ein 24-Stunden-Job. Mir fiel auf, dass Chris keine Verletzungen im Gesicht hatte. Damit sah man die Misshandlungen zunächst auch nicht. Mir kam plötzlich eine neue Frage in den Sinn: Wer hatte die Aufsicht während des morgendlichen Duschens gehabt? Da fanden auch gerne mal Angriffe statt. Kam da vielleicht eine weitere Person neben Dr. Brisco ins Spiel?

Ich wusste, dass die Jungen auf dieser Station nur von männlichen Pflegern während des Duschens beaufsichtigt wurden. Wir alle respektierten, wie bei allen Jugendlichen, ihre körperliche Veränderung und ihre Pubertät. Was wäre, wenn ich Chris jetzt nach dieser Pflegeperson fragen würde? Ich konnte Realität und Lüge bei ihm nicht mehr unterscheiden. Er zog jeden unablässig in ein Minenfeld hinein. Ein falscher Schritt und … bumm! Wie bei Dr. Pilburg.

Eigentlich war es an der Zeit, Chris grundsätzlich nicht mehr zu glauben.

Wie immer saß ich in einem Pool von Zweifel und Widersprüchen und sah Chris eindringlich an. War Dr. Brisco nun gewalttätig gegen ihn geworden oder nicht? Wenn ja, musste es umgehend dem Aufsichtsrat gemeldet werden. Wenn nicht, würde ich wegen haltloser Beschuldigung gegen meinen Chef sein Vertrauen verlieren und wahrscheinlich die sofortige Entlassung erhalten. Nur weil ich mal wieder diesem Gelton Glauben geschenkt hatte. In meinem Kopf hatte sich eine Gedankenschleife gebildet. Ich musste nur das Ende erwischen und daran ziehen. Aber das fand ich nicht.

Nun war ich froh, dass Judith mit im Boot saß. Das änderte aber nichts an der Tatsache, dass es noch eine weitere Person geben könnte, die an Chris herangekommen war.

Ich sollte Jenny nach Feierabend anrufen. Irgendjemand musste mit Vernunft auf mich einreden. Doch jetzt ging es erst mal um das Buch. Und ich fragte: „Hast du etwas in das Buch, das ich dir vorgestern gegeben habe, hineingeschrieben?"

Chris grinste. Ja, hatte er!

„Ich würde es gerne lesen", sagte ich ganz sanft. Zu sanft, wie Chris sogleich bemerkte. „Dr. Brisco hat es", sagte er nur.

„Deswegen die Flecken?", fragte ich. Hatte er Prügel für weitere infame Lügen von Brisco erhalten? Er nickte zart. Es war also Brisco gewesen, schlussfolgerte ich. Ich lag so verdammt falsch! Ich stellte in den Raum: „Es war also Dr. Brisco, der dich geschlagen hat?"

„Du bekommst Schwierigkeiten", gab Chris als Antwort. „Ich weiß", antwortete ich und bat ihn: „Hör auf mit dem Schreiben, hörst du?"

Chris sah mich mit großen Augen an. „Aber ich habe es für dich getan!"

„Ja", sagte ich. „Aber hör jetzt damit auf. Tu *das* jetzt für mich."

Er nickte. Damit war die Sache mit dem Schreiben vom Tisch.

„Ich muss jetzt zurück zur Station", sagte ich und erhob mich erschöpft.

„Wie geht's Henry?", hörte ich wie aus heiterem Himmel

hinter mir, als ich zur Tür ging. Jetzt kniff ich meine Augen gefährlich zusammen. Eine innere Stimme riet mir, mich nicht auf dieses Gespräch einzulassen. Also sagte ich: „Gut."

„Wird er jetzt von dir betreut?", hörte ich weiter hinter mir. Seine Stimme klang traurig. Ich drehte mich nicht um. „Sicher", antwortete ich. „Alle Jungen auf der Station werden von mir betreut."

„Was für ein Glück", sagte Chris. „Ich habe ihm gesagt, dass er bei dir in den besten Händen ist."

Jetzt drehte ich mich um. „Wann hast du ihm das gesagt?"

„Im Camp. Ich erzählte ihm von dir. In der ersten Nacht. Dass du der beste Freund bist, den man haben kann. Und wir überlegten, wie Henry am besten auffallen könnte, um von dir besonders gut behandelt zu werden. So wie ich."

Mir brach der Schweiß aus. Sprich weiter, Knabe!, donnerte es in mir.

„Henry braucht unbedingt einen guten Freund. Versprich mir, dass du dich gut um ihn kümmerst." Er sah mich erwartungsvoll an.

Ich war durcheinander und versuchte zu sortieren, was Chris gerade gesagt hatte. Sollte ich schlussfolgern, dass Chris diese *Tat* mit Henrys Glied nur deswegen gemacht hatte, damit der meine besondere Aufmerksamkeit erlangte? Sollte ich weiterhin annehmen, dass Chris sich für ihn *geopfert* hatte? Oder sollte ich endlich merken, dass Chris mich wieder in die Irre führte? Ich fragte nach: „Hast du das ins Buch geschrieben?"

Chris nickte.

Jetzt war mir klar, warum Brisco ihn geschlagen haben könnte. Wie konnte man Grausamkeit mit Barmherzigkeit verbinden? Entwickelte Chris gerade seine eigene Religion? Da fiel mir ein Lehrspruch von Freud ein: Aufmerksamkeit erlangen, sowie im Guten als auch im Schlechten. Was Chris nicht im Guten erlangte, versuchte er im Schlechten. Chris hatte seinen ersten Glaubensbruder gefunden: Henry, der Schizophrene. Da Chris auch an einer Form der Schizophrenie litt, war mir klar, dass die beiden die gleiche Sprache sprachen. Vielleicht war dieses *Spiel* nur eine Mordsgaudi für sie. Vielleicht waren sie schon viel weiter in der Erforschung von menschlichem Verhalten als wir alle zusammen. Und … vielleicht stimmte die ganze Geschichte mit Henry ja gar nicht!!! Ich fragte: „Sonst noch was in dem Buch?“

Chris schüttelte den Kopf.

Ich fühlte mich ohnmächtig und wollte nur noch mit Henry sprechen. Ich war wieder mittendrin. Hatte Dr. Brisco mir nicht gesagt, ich sollte die Finger von Christopher Gelton lassen? Was wäre wirklich passiert, wenn ich nicht mit in Trakt 3 gekommen wäre? Hätte sich Chris dann wirklich umgebracht? Ich fragte ihn: „Was wäre, wenn ich heute nicht zu dir gekommen wäre? Hättest du dich dann umgebracht?“

Ich sah ihn an, direkt in die Augen. Er nickte, ganz langsam. Damit hatte er mir die größten Fesseln um meine Seele gelegt, die ich je getragen habe. Ich erhob mich. „Pass auf dich auf“, sagte ich und versuchte, jede emotionale Geste zu vermeiden. Als ich ging, rief Chris mir hinterher: „Ich liebe dich, Dr. Koman.“

Mein bester Klient liebte mich! Ich sah mich nicht mehr um und schloss die Tür.

Was war nun wirklich passiert?

Chris hatte es wieder einmal geschafft, alles in mir durcheinander zu bringen. Weiterhin hatte er es geschafft, mich gegen den Willen meines Chefs wiederzusehen und die Beziehung zu mir zu überprüfen. War ich immer noch gefügig oder nicht? Ich war. Dann hatte Chris weitere Personen, die ihm feindlich gesinnt waren, aufs Schlachtfeld gerufen: Henry und Dr. Brisco. Ich wollte abklären, wer gestern und heute die Duschaufsicht auf dieser Station hatte und suchte Judith auf. Sie war im Personalzimmer und sortierte Unterlagen.

„Haben Sie kurz Zeit?“, fragte ich, und sie nickte freundlich. Judith war Chris freundlich gesonnen und somit nicht gefährdet.

„Ich hätte gerne gewusst, wer gestern Abend und heute Morgen die Aufsicht in den Duschen bei den Jungen hatte?“

Judith blätterte im Personalbuch herum und sagte: „Josh.“

War Josh nicht auf meiner Station tätig? „Ach“, sagte ich, „ist Josh hier auch tätig?“

„Er ist auf drei Stationen eingesetzt“, informierte mich Judith.

Ich nickte und sagte ihr, dass ich einen Bericht über diesen Vorfall hier schreiben würde. Auch, dass sie Zeuge des Gesprächs mit Chris gewesen war. Sie nickte, natürlich. Ich war irgendwie ihr Vorgesetzter. Aber sie bemerkte: „Seien Sie bitte vorsichtig mit dem, was Chris wegen Dr. Brisco angedeutet hat. Niemand weiß, wie es wirklich war. Chris ist sehr krank.“

Ich nickte. „Ich werde den Ablauf ohne Kommentar verfassen.“

Dann ging ich zurück in mein Büro auf Station 2. Dort schloss ich mich ein und setzte mich erledigt an meinen Schreibtisch. Mir fiel der Kopf zwischen meine Arme, die auf dem Tisch lagen. Ich komme, Dr. Pilburg, schrien meine Gedanken. Ich schlief ein.

Ein nachdrückliches Klopfen an meiner Tür ließ mich aufschrecken. Wie lange mochte ich geschlafen haben? Ich sah auf die Uhr. Fast anderthalb Stunden. Es klopfte noch einmal. Ich fragte, wer da sei. Jenny. Ein Geschenk Gottes! Ich ließ sie rein und nahm sie ungefragt in den Arm. Es war das erste Mal, dass ich mich ihr in dieser Form näherte.

Sie wehrte sich nicht, sie erwiderte meine Umarmung aber auch nicht. Sie war einfach nur freundlich und sagte: „Hi, Bob. Ich freue mich auch, dich zu sehen.“

Ich entschuldigte mich sofort für meine Aufdringlichkeit, und wir setzten uns.

„Ist schon okay“, sagte sie. „Ich habe gerade gehört, was los war. Du wärst wahrscheinlich jedem um den Hals gefallen, der gerade reingekommen wäre.“

Ich nickte lachend, um meine Scham weiter zu mindern. Es war so befreiend, dass sie da war.

„Ich bin zufällig heute hier“, sagte sie. „Habe nur ein paar Sachen für ein Klassenprojekt abgeholt. Da dachte ich, schau mal rein und sag hallo. Da sagte mir Annie, dass du zu Chris gerufen worden bist. Ein Notfall. Und wenn ich deine Klamotten anschaue, war's mal wieder ein sehr blutiger Notfall."

Ich sah an mir herunter und nickte. Sehr blutig. Viel Malfarbe!

„Wie geht's ihm?", hörte ich Jenny fragen.

„Alles okay."

Sie schüttelte den Kopf. „Gar nichts ist in Ordnung. Schau dich an. Du siehst aus, als hätte sich jemand vor deinen Augen massakriert."

Massakriert. Chris hatte Henrys Glied massakriert. Falls das mal stimmte!

Ich brach zusammen und erzählte Jenny die ganze Geschichte. Wie ein riesiges Spektakel kam es mir vor. Neue Figuren standen plötzlich am Pranger, neue Richter hatten sich hervorgetan.

Jenny schüttelte fassungslos den Kopf. „Bob", sagte sie. So, wie sie immer häufiger ein Gespräch mit mir begann, um mich zurückzuholen.

„Bob, du sagst, dass die Flecken auf Chris' Körper irgendwie schematisch sind?"

Ich nickte.

„Wenn man ein Kind schlägt, schlägt man es nicht *schematisch*. Da stimmt was nicht."

„Dr. Brinkham hat Fotos gemacht."

„Die sollten wir uns ansehen."

„Das wird Brinkham nicht zulassen. Wir haben hier nicht *bereichsübergreifend* zu arbeiten. Chris ist nicht mehr mein Patient. Strikte Anweisung von Dr. Brisco."

„Aber wenn es der Aufklärung der Vorfälle im Camp und Chris' Krankendiagnose dient, dann …"

„Chris ist nicht mehr mein Patient!", sagte ich nachdrücklich.

„Aber er ist *mein Schüler*!" Damit verließ sie mein Büro, und ich wusste nicht mehr, was ich hier noch sollte. Wer braucht schon einen Psychologen, der selber behandlungsbedürftig ist? Ich ging Mittagessen. Ich ging Berichte schreiben. Ich ging heim. Ich ging ins Bad zum Duschen. Ich stand am Fenster. Ich sah die Sonne untergehen. Ich legte mich ins Bett. Ich stand wieder auf, ging erneut duschen. Ich nahm einen Kaffee zu mir und fuhr wieder zur Arbeit. Alles in einem tauben Zustand. Auf meinem Schreibtisch fand ich eine Nachricht: *Sofort melden. Jenny.* Daneben ihre Handynummer.

„Bob", sagte sie – wie immer, „komm so schnell du kannst in Chris' Klassenraum."

Ich sagte Annie Bescheid und rannte zum Schulgebäude.

Jenny hatte an der Tafel vier Fotos von Brinkhams Aufnahmen gestern auf Postergröße vergrößert und nun an der Tafel hängen.

„Wow", sagte ich. „Du bist zweifellos Chris' Kunstlehrerin. Er hat dich infiziert."

Sie lächelte und gab mir zur Begrüßung die Hand. Schade, dass sie mich nicht umarmte. Wäre doch eine nette Geste gewesen.

„Wie bist du an die Fotos gekommen?", fragte ich erstaunt. „Ich habe Brinkham mein Knie gezeigt." Sie zeigt mir ihr Knie. Sehr attraktiv!

„Na", sagte ich, „wenn er auf solche Dinge reagiert, werde ich keine Chance bei ihm haben."

Wir mussten lachen.

„Schau auf die Bilder", forderte sie mich auf. Wir standen vor der Tafel und sahen uns den nackten, geprügelten Körper von Chris an. Von vorne, von rechts und von links. Es sah bitter aus. Immer wieder erfuhr der Junge körperliche Züchtigungen. Es war, als schlage man seine Seele zu Brei.

„Schlimm", sagte ich leise.

„Iwo", sagte sie, „gar nicht", und zog mich an der Hand in den hinteren Teil des Klassenzimmers. Wäre jetzt jemand hereingekommen, wäre ich als pädophiler Päderast abgeführt worden. Meine Rolle hätte sich damit perfektioniert. Aber Jenny hatte vorsichtshalber die Tür abgeschlossen. Da standen wir nun, sechs Meter entfernt und sahen auf die Fotos. Sie bekamen durch die Entfernung ein völlig anderes Aussehen als aus direkter Nähe. So, wie es oft bei Gemälden von Künstlern ist. Erst die Betrachtung aus der Entfernung erschließt das gesamte Kunstwerk.

Und wie ich hinsah, fiel es mir wie Schuppen von den Augen. Jenny stand entspannt neben mir und bemerkte: „Chris ist ein bemerkenswerter Künstler. Er kann aus sämtlichen Perspektiven, ob nah oder fern, Kunstwerke schaffen. Eine Eigenart, die nur ganz wenigen Menschen zuteil ist. Sieh dir dieses Profil an … dann vorne … das Gesicht. Ein schönes Gesicht. Nur hinten kam er nicht dran. Da ist nichts zu sehen. Chris hat versucht, sich selbst, wie er sich sein Aussehen später einmal vorstellt, auf seinem eigenen Körper darzustellen."

Ich holte tief Luft und erkannte das Gesicht sofort. Vorne, der klare Anblick mitten ins Gesicht, dann seitlich die Profile. Ich flüsterte: „Das ist sein Vater." Ich musste mich setzen, starrte aber weiter auf die Fotos.

Jenny setzte sich neben mich. „Das ist sein Vater?"

„Ja", sagte ich, „das genau ist Dane Gelton."

Wir schwiegen. Der Moment war zu ergreifend, um Worte dafür zu finden. Das Kunstwerk hatte sicherlich nicht Dr. Brisco oder irgendein Josh mit Prügel geschafft. Dieses Kunstwerk war durch Chris' eigene Fäuste entstanden. Und nicht erst gestern. Laut der Verfärbungen musste es sich schon mindestens zwei Tage auf seiner Haut befinden.

Ich dachte an den Bericht, der gerade auf meiner Ablage im Büro lag und von Annie heute noch zu Briscos Büro wandern würde. Egal, es stand ja die Wahrheit drin. Ich musste nur noch einen Ergänzungsbericht schreiben. Eine *Erklärung* sozusagen. Ich starrte weiter auf die Fotos und sagte: „Chris hat mir erzählt, dass er sich die Verletzungen nicht selber zugeführt hat. Es sei ein anderer gewesen."

Jenny nickte, als wüsste sie Bescheid. „Chris ist schizophren, nicht wahr?"

„Hingleitend", sagte ich. „Zunächst konnte ich nur eine leichte schizophrene Psychose bei ihm diagnostizieren."

„Sie reift aus", sagte Jenny.

Ich nickte. „Das tut sie, in der Tat. – Wenn Chris sagt, er wäre es nicht selbst gewesen, und es kann ja wohl offensichtlich auch kein anderer gewesen sein, wer war es dann?"

„Der, den er dargestellt hat."

Ich sah zu Jenny hinüber. „Sein Vater?"

Sie nickte. „Genau der. Hast du schon mal was von Eingebungen gehört?"

Sicher hatte ich das. Nur mir selbst fehlten sie andauernd.

„In der Künstlerwelt spricht man von Eingebungen oder Botschaften. Das ist wie ein großartiger Einfall. Auf einmal ist er da, und niemand weiß, wo er herkommt. Das ist ein Phänomen, das alle Künstler besitzen. Sie besitzen es allerdings in einer ausgesprochen kreativen Form. Sie haben eine andere Wahrnehmung als wir. Eine Art *Überwahrnehmung*."

Ich nickte und ergänzte: „Wahrnehmungsgenies. Größenwahn."

„Genau da kann es hinführen. Bei Chris passiert eine Art Kombination aus Überwahrnehmung, Größenwahn und Schizophrenie. Er ist im Grunde viel zu jung dafür."

Ich freute mich über diese fruchtbare Konversation und sah Jenny begeistert an.

„Ich habe gelesen", fuhr sie fort, „dass Chris, kurz bevor er aus dem Heim entlassen und in die Psychiatrie eingewiesen wurde, seinen Vater überdimensional auf Hunderten von Einzelbildern in der Turnhalle dargestellt hat."

„Stimmt", bestätigte ich.

„Damit hat er ihn offensichtlich absolut präsent für sich gemacht. Als würde er schreien: Seht her! Das ist mein Vater. – Er *ist*, nicht: er *war*. Jetzt kommt Chris hier zu dir, und du ersetzt ihm sozusagen den Vater. Er will doch nur beschützt werden. Von einem Vater. Natürlich ist seine geistige Erkrankung vorhanden. Er nimmt ja keine gesunden Prozesse wahr. Und du beschützt ihn ja auch. Jetzt wird er aber von dir weggeholt und hat plötzlich keinen Vater mehr. Er ist alleine und weiß nicht, wie er wieder an einen Vater kommen soll. Chris ist besessen."

Besessen, dachte ich. Chris ist von seinem eigenen Vater besessen.

Ich sah wieder auf die Fotos an der Tafel, und mir kam die Vorstellung einer Wanderung in den Kopf. Ich vervollständigte meine Gedanken laut: „Ich bin ja von Mr. Mintz entlassen worden und war plötzlich weg. Ich habe mich von Chris nicht verabschiedet, konnte es nicht übers Herz bringen. Da packte er dieses überdimensionale Bild von seinem Vater aus, als hätte er es als eine Art Reserve vorbereitet. Für den Fall, dass er mal verlassen werden würde. Der Fall trat jetzt ein, und er machte ganz schnell einen neuen Vater präsent. Für sich selbst vor allem. Dann ist er hierhergekommen und hatte mich wieder. Aber auch hier musste ich mich wieder von ihm verabschieden. Und gestern ist sein Vater plötzlich auf seine Haut gewandert. Chris hat ja keine Leinwände oder Blätter mehr. Also hat er die Haut genutzt, die fast empfindungslos ist. Die prügelte er gelb, grün und blau und schaffte sich seinen Vater auf seinem eigenen Leib. Als nächstes wird sein Vater in ihn hinein wandern. Klare Schizophrenie. Chris hört seinen Vater in sich mit ihm sprechen. Wie auch immer. Sein Vater beherrscht ihn. Er wird sich selbst nie mehr die Schuld an irgendwelchen Geschehnissen geben."

„Genau", sagte Jenny. „Elvis lebt … in mir. Chris hat sich gestern praktisch nur von dir verabschiedet. Er durfte dich nicht mehr Bob oder Dad nennen. Dr. Koman ist ein Freund, den er in Frieden gehen lässt. Er muss Tage zuvor mit dieser Selbstprügelei begonnen haben. Die Blessuren beginnen sich in voller Pracht zu zeigen."

„Deswegen auch die Inszenierung mit dem Selbstmord. Es war die einzige Möglichkeit für ihn, sich von mir zu verabschieden. Deswegen sah Chris auch so zufrieden aus, als ich das Zimmer verließ. Es war ein glücklicher Abschied für ihn, denn er wusste, dass sein richtiger Vater bereits auf ihn wartet. So oder so. Hätte er seinen Selbstmordversuch umgesetzt, wäre er ihm in einer anderen Dimension begegnet. Er wäre ihm so oder so begegnet. Deswegen das tiefe Glück in ihm. Er hatte nichts zu verlieren. Aber wieso hat Chris behauptet, dass ihm ein anderer die Flecken beigebracht hat?"

„Denk doch mal nach. Es ist ganz einfach. Denk mal an Eingebungen und Botschafter."

Ja klar! Ich nickte. „Der Schizophrene glaubt, von einer zweiten Person umgeben zu sein. Die befiehlt und die bestimmt alle Handlungen."

Hatte Chris' Vater nicht ständig mit einem *Loch* geredet? Sein zweites Ich. Sein böses Ich. Ich schwieg. Dann kam endlich meine Eingebung: „Alles, was Chris getan hat oder tut, ist er nicht selbst. Er hat für alles eine Erklärung, weil es ihn selbst in seiner Fantasie gar nicht gibt. Eine Matrix praktisch."

„Wie eine Matrix", bestätigte Jenny. „Dr. Brisco hat ihn nicht angerührt. Niemand hat ihn hier angerührt. Er hat aus seiner Sicht nicht einmal Henry angerührt. Das waren seine Botschafter, die Henry ein besseres Leben auf dieser Station verschaffen wollten. Henry, ein weiterer Schizophrener. Der versteht die Zusammenhänge. Die Betroffenen haben eine eigene Sprache." Ich ergänzte weiter: „Da sie aber immer noch einen Teil der Realität wahrnehmen und nicht auffallen wollen, verbinden sie beide Welten miteinander, um zu bestehen und von uns wahrgenommen und verstanden zu werden."

„Genau." Ich sah wieder auf die Fotos, „Wann wird sein Vater wohl in ihn hineingehen?", fragte ich Jenny gedankenverloren.

„Wenn er seinen äußeren Körper, seine Haut, verlassen hat. Er kann nicht an zwei Orten gleichzeitig sein."

„Nein, kann er nicht. So wird es sein. Das ist unsere Chance. Dr. Brisco kommt in vier Tagen wieder. Dann sind die Flecken noch da. Wir haben ungefähr sieben Tage, dann ist das geronnene Blut aufgelöst."

Jenny sagte: „Er wird eine Geburt vorbereiten. Gib ihm ein Buch. Lass ihn schreiben."

„Brisco hat's verboten."

„Gib es ihm trotzdem."

„Dann bin ich meinen Job los."

„Dann werde ich es ihm bringen."

Ich sah Jenny an. „Das würdest du tun?"

„Ja! Ich bin Kunstlehrerin! Ich kann alles! Schließlich plane ich ein Projekt.“

Jenny stand auf, ging zur Tafel und hing die Fotos ab. Die rollte sie zusammen und steckte sie in eine Fotorolle. Ich dachte, schade, dass das Gespräch zwischen uns nicht aufgenommen wurde. Es hätte uns demnächst beiden eine Menge Erklärungen erspart. Ich ging auch wieder nach vorne zur Tafel und drückte ihr einen Kuss auf die Wange. „Das Knie darf ich ja nicht sehen“, sagte ich.

„Noch nicht“, sagte sie, und ich war dabei, mich gerade zu verlieben.

Nun hatte ich einen *Sohn*, der hochgradig schizophren war und eine Frau, die mir bei der Erziehung half. Was konnte mir besseres passieren? Ich war an dem Tag der glücklichste Mensch der Welt! Der Tag ging wie Honig in mich hinein, würde Chris sagen. Nun war der Junge wieder vollkommen präsent in meinem Leben. Leider war zwischen uns ein Stacheldraht gezogen worden. Er unterlag nicht mehr meiner Aufsicht. Aber dafür hatte ich jetzt Jenny. Sie war zu einem wichtigen Bindeglied geworden. Und sie war verdammt klug mit der Situation umgegangen. Wo ich ständig dampfte, behielt sie einen kühlen Kopf. Den brauchte ich.

Jetzt verstand ich auch Chris‘ Bitte, dass ich ihn und mich nicht in Schwierigkeiten bringen sollte. Es war eine verschlüsselte Nachricht. Er ahnte bereits, dass ich ihm auf die Schliche kommen würde. Manchmal bröckelt auch tiefste Überzeugung in mir.

Henry betrachtete ich nun mit anderen Augen. Genauso begegnete ich ihm auch. Er sollte keine Sonderbehandlung von mir erfahren, damit sein Versuch von Chris keine Schule machte. Ich befand mich auf dem Weg, diese Jungen nicht mehr als *normale Seelen* zu sehen. Ihnen war durch normale Behandlung oder besondere Aufmerksamkeit nicht beizukommen. Das konnte zu einem Desaster ungeahnten Ausmaßes führen. Unsere Aufgabe als Ärzte hier bestand darin, ihnen beizubringen, besser mit ihrer Erkrankung klarzukommen. Heilbar war hier niemand. Diese Vorstellung konnte ich mir endlich abschminken und erleichterte mich auf eine merkwürdige Weise. Die Tage ohne Dr. Brisco flossen dahin. Durch meine neu erlangte Sicht der Dinge veränderte sich auch mein Verhalten den Patienten gegenüber.

Henry kam auf mich zu und sagte: „Es tut immer noch weh."

Ich sagte: „Hat Dr. Hazelwood mal nachgeschaut?"

Henry nickte.

„Und? Was hat er gesagt?"

„Er will operieren."

„Na", sagte ich, „dann ist doch alles klar", und klopfte ihm aufmunternd auf die Schulter. Damit war für Henry der Schmerz verbannt.

Meine Arbeit bekam plötzlich eine nie verspürte Leichtigkeit. Früher hätte ich mit Henry ein vertieftes Gespräch über seine Schmerzen geführt. Vielleicht sollte man vieles gar nicht vertiefen. Auch privat nicht.

Genau wie Jenny und ich es erwartet hatten, meldete Station 3 keinen Notfall mehr für mich. Chris gab Ruhe. Wenn ich Josh auf meiner Station traf, fragt ich ganz beiläufig: „Bei dem kleinen Gelton alles klar?" Und er antwortete jedes Mal: „Brav wie ein Lamm."

Er bereitete die Geburt vor. Hoffentlich hatte Jenny das Buch in sein Zimmer bringen dürfen. Ich kannte den derzeitigen Stationsarzt nur vom Sehen. Da Jenny aber ein sachliches Auftreten besaß, war ich mir ihrer sicher. Ich sollte sie mal einladen, kam es mir in den Sinn. Warum nicht gleich? Ich rief sie übers Handy an. „Wie sieht's mit Pizza heute Abend aus? Bei *Luicci*?"

Sie lachte und sagte: „Ja, ich habe gehört, die verkaufen die sogar."

„Genau", witzelte ich zurück. Es machte mir so viel Spaß, mit ihr zu reden. Sie war so erfrischend geradeaus.

„Sollen wir ihm zwei abkaufen gehen?"

„Gute Idee. Um sieben?"

„Um sieben", antwortete ich. „Auf meine Rechnung aber."

„Klar, aber nur deine Pizza." Damit schaltete sie mich weg. Mist! Ich schaffte nichts, womit ich sie in meine Schuld bringen konnte. Aber sie war so klasse! Dabei wusste ich nicht einmal, ob sie einen Freund hatte. Plötzlich kam mir der Gedanke, sie könnte heute Abend mit Freund auftauchen.

Behandelte ich auch Paranoia? Dann hatte ich mich gerade irgendwo angesteckt. Oder war ich schon länger krank?

Zum ersten Mal in meinem 26jährigen Leben hatte ich wirklich ein ernsthaftes Date. Vorher gab es bei mir nur oberflächliche Knutschereien bei Partys. Manchmal auch mehr, aber immer nur oberflächlich. Jenny war die erste Frau, die ich auch in Zukunft an meiner Seite sah. Sie musste ungefähr mein Jahrgang sein, da die Schule hier auf dem Gelände ihre erste Stelle nach dem Studium war. Bei mir war es bereits die zweite. Aber das erwähnte ich ja schon.

Pizza essen war genau das richtige für ehemalige Studenten. Nichts Förmliches, aber auch nichts Billiges. Es machte sicherlich Spaß, alte Gewohnheiten aus der Studienzeit aufleben zu lassen: Pizza und Cola.

Jenny war pünktlich, genau wie ich. Ich war zudem furchtbar aufgeregt und sah sofort den jungen Mann neben ihr sitzen, als sie ihren Wagen auf den Parkplatz lenkte. Ich erschrak. So ein Mist! Jetzt hatte sie mich voll über den Tisch gezogen! Sie stieg aus, der Knabe neben ihr blieb im Wagen. Feigling! Sie kam lachend auf mich zu, der Knabe blieb immer noch sitzen. Superfeigling! Wollte sie die Verabredung mit mir nur kurz absagen und dann mit diesem Typ anschließend so richtig auf die Piste gehen? Danach womöglich noch heißen Sex haben?

Mir war übel. Jenny nahm mich als nette Begrüßungsgeste in den Arm und küsste mich auf die linke Wange. Ich blieb wie ein Stock stehen und erwiderte nichts. Warum quälte sie mich so? Hätte nicht ein kurzer Satz wie *Tut mir leid, aber ich habe schon einen Freund* gereicht?

Der Typ saß immer noch im Wagen, ganz unbeweglich. Mein

Gott, was für ein Macho, dachte ich.

Da meine Begrüßung mit ihr von meiner Seite distanziert ausfiel und ich ihr keinen Kuss gab (nicht vor diesem Typen), sah sie mich verwundert an. Dann nahm sie meine Hand und zog mich zur Pizzeria. Ich ließ mich ein Stück weit mitziehen und fragte: „Und was ist mit deinem Freund?“ Ich wollte nicht *feigen Freund* sagen.

„Welchen Freund?“, fragte sie und blieb stehen.

Ich zeigte zu ihrem Wagen und sagte: „Den da zum Beispiel?“

Daraufhin fing sie furchtbar an zu lachen. Ich konnte bestimmt nicht mitlachen und sah sie entrüstet an. Mehr Demütigung ging nicht. Sie zeigte nun auch auf ihren Wagen und sagte, noch immer lachend: „Ach so! Das ist nur eine Puppe! Zur Sicherheit. Damit ich nachts nicht angebaggert werde! Bin eine Nachteule, weiß du?“ Sie lachte immer noch und krümmte sich noch dabei.

„Oh“, sagte ich nur, „eine Puppe“, und bereute sofort, sie nicht umarmt und geküsst zu haben. Aus Verlegenheit sagte ich stattdessen: „Ich werde mir auch so eine Puppe anschaffen.“

„Ja“, sagte sie und kreischte immer noch vor Lachen. „Dann werden dich auch keine Mädels mehr ansehen. Nur noch *Knaben*!“ Und sie lachte und lachte!

„Wie?“, bemerkte ich und sah noch mal zu ihrem Wagen hinüber. Dann kam endlich meine *Eingebung*, und ich sagte verlegen: „Ich werde mir natürlich eine schicke Frau besorgen.“ Damit war das Missverständnis geklärt, und Jenny beruhigte sich langsam wieder. Sie wischte sich die Tränen aus dem Gesicht und wir gingen in die Pizzeria, nebeneinander, nicht Hand in Hand. So viel Abstand wollte ich nun doch.

Im *Luiccis* war alles voll. Ich hatte nicht reserviert, aber im Außenbereich waren noch Plätze frei. Es war Frühling, aber nicht unbedingt sehr mild an diesem Abend. Ich war unsicher und schlug ein anderes Lokal vor. Sie aber lehnte ab und lief zu ihrem Wagen. Zurück kam sie mit einer Wolldecke. Beim Kellner *bestellte* sie eine Schere, schnitt die Decke entzwei und gab mir eine Hälfte. Der Kellner lachte und flüsterte mir ins Ohr:

„Die Braut ist heiß.“ Dann brachte er zwei Cola. Wir prosteten uns zu, eingekuschelt in warme Wolldecken.

Jenny war so einfach und natürlich gestrickt, dass sie mir bei jeder Begegnung besser gefiel. Sie stand mit beiden Beinen im Leben und ließ sich nicht aus der Fassung bringen. Eigentlich war sie zu stark für mich. Aber schaffte die Natur nicht immer ein Gleichgewicht? Was hatte ich, was ich ihr entgegenbringen konnte?

Die Pizza kam. Jenny aß hemmungslos mit den Fingern. Ich tat es ihr nach, um nicht spießig zu wirken. Eben ein Stück Studentenleben.

Wie viel Spaß mussten die anderen Studenten mir ihr gehabt haben? Wie viele Männer mochten sich für sie interessiert haben? An Spontanität mangelte es mir eigentlich auch nicht. Ich bin sportlich, neugierig und etwas verrückt. Aber zu der Zeit war ich etwas ausgelaugt. Das hatte meine Spontanität lahmgelegt.

„Du brauchst mal frische Luft“, hörte ich sie sagen, und sie zeigte in den sternenklaren Himmel. Ich sah hoch und wusste, dass sie recht hatte.

„Du steigst zu sehr in deine Arbeit ein.“

„Ja“, sagte ich, „dieser Chris …“

„Stop!“, sagte sie schnell. „Nicht jetzt. Nicht hier. Nicht heute Abend. Nicht heute Nacht.“

Heute Nacht?? Wow! Und schon waren meine Gedanken wie weggeblasen.

Die Pizza war köstlich, die Decken waren warm und die Cola aufmunternd. Wir tranken beide nichts Alkoholisches.

„Habe Clapton dabei“, sagte sie plötzlich.

Clapton?

„Na, Eric Clapton! DVD unplugged. CD, alles. Wie wär’s mit ‘nem Clapton-Abend?“

Ich kannte Eric Clapton eigentlich nur von Erzählungen anderer. Aber musikalisch konnte ich ihn nicht einordnen. Ich bin wohl zu jung.

Sie sagte: „Hat seinen Sohn verloren. Hat *Tears In Heaven* für ihn komponiert. Ein großartiges Lied."

Ja, dachte ich, dann sind wir wieder beim Thema. „Kenn ich nicht näher", sagte ich, „aber ich bin für alles offen. Bei dir oder bei mir?", fragte ich und sah uns über die Musik hinaus schon andere Dinge tun. Dann erst merkte ich, wie plump das geklungen hatte, denn sie sah mich abstrafend an. „Na, bei dir!", sagte sie dann lachend. „Bei mir steht die Bude Kopf. Da würde ich nicht mal 'ne Maus reinlassen."

Jetzt musste ich auch lachen und sagte: „Okay, bei mir." Meine Bude verließ ich immer aufgeräumt. Ich brauchte mich nicht zu schämen.

Es ist schon komisch, dass Menschen, die in der Arbeit sehr sortiert und aufgeräumt sind, zu Hause oft das Chaos um sich haben. Genauso umgekehrt. Das ist wohl das Gleichgewicht der Beschaffenheit.

Wenn ich schon nicht durch Erfolg in meiner Arbeit glänzen konnte, so schaffte ich es an diesem Abend durch meine Wohnung. Sie war im jugendlichen Stil mit leichter Tendenz zum Retro-Stil eingerichtet. Ich hatte kleine Kunstwerke mit Hilfe von Schablonen an die Wände gemalt und mit wenig Mobiliar viel Atmosphäre geschaffen. Ein Ausgleich zu meiner chaotischen und beengten Arbeitswelt. Ich brauchte eine Oase der Ruhe.

Sollte ich Jenny gleich die ganze Wohnung zeigen und damit auch das Schlafzimmer? Nein, das sollte und wollte ich nicht. Was auch immer sich ergeben würde, ich wollte es seinen natürlichen Gang gehen lassen.

Also wurde das Wohnzimmer zu unserem Tummelplatz von Konzert und Kuschelei. Wir kamen uns natürlich während der Musik näher. So nah, dass es in einer wahre Freude hätte enden können. Die Traumfrau an meiner Seite, unsere Lippen aufeinander, unsere Hände woanders. Ich mache es kurz: Ich erlitt eine Erektionsstörung. Der Abend war kaputt. Traumfrau sucht neuen Traummann. Ich hörte Jenny aus weiter Ferne reden, das sei doch nicht so schlimm und bla, bla, bla. Sie ging heim, und in meinem linken Ohr begann es entsetzlich laut zu pfeifen. Sex ade, willkommen Tinnitus! Wie sollte ich jetzt den Rest meines Lebens auf dieser Erde verbringen? Zur Arbeit konnte ich unmöglich noch gehen, dabei war es erst Donnerstag!

Es war ein schwarzer Freitag, als ich die Augen aufschlug. Es regnete, überall, draußen und in meinem Herzen. Würde ich Jenny begegnen? Was würde sie dann sagen? Dass sie es ausplaudern würde, glaubte ich nicht. Doch die Angst vor einem Zusammentreffen mit ihr war so gewaltig, dass ich diese Beziehung am liebsten abgehakt hätte. Vielleicht sollte ich es doch mit einer männlichen Puppe auf meinem Beifahrersitz versuchen. Man weiß ja nie, was noch so passierte … Und Dr. Brisco kam heute auch noch zurück!

Als ich, wie immer, zu Mittag in den Gruppenessraum kam, saß Jenny mit Josh, unserem Mega-Pfleger für alle Stationen (und Fälle?) in einer Ecke und unterhielt sich lebhaft mit ihm. Zu lebhaft, wie mir erschien. Er sah auch wirklich gut aus in seinem Pflegerdress. Es betonte seine durchtrainierte Figur. Seine guten dreißig Jahre gaben ihm zusätzliche Männlichkeit und irgendwie viel, viel Erfahrung. Na ja, dachte ich, der hat seine Erektionsstörung längst hinter sich.

Ich schämte mich immer noch, aber ich musste das Eis zwischen Jenny und mir wieder brechen. Sonst würde unser beider Arbeitsplatz zu einem Ort der Unerträglichkeit. Ich holte mir Dr. Briscos Worte ins Gedächtnis: Wenn Sie es hier nicht schaffen, wird Ihnen in der nächsten Klinik das Gleiche wieder begegnen. So war der Kern seiner Aussage gewesen.

Jenny brach das Eis sofort, als sie mich sah. „Bob!“, rief sie, wie immer. „Komm, setz dich zu uns.“

Ich kam ihrem Wunsch zögernd nach, mit einem Tablett voller Reis und Hähnchen, was ich jetzt nicht mehr essen wollte. Sie zeigte mit einer Hand auf einen Stuhl neben sich, wie bei einem Hund, dem man „Platz“ befiehlt. So viel Nähe hatte ich mir bei unserem ersten Wiedersehen nicht vorgestellt.

„Stell dir vor, was Josh gerade erzählt hat.“

Er würde mit dir schlafen, dachte ich, ohne Erektionsstörung,

versprochen.
„Chris schreibt in sein Buch. Täglich! Ist das nicht großartig?" Sie sah mich erwartungsvoll an. Ich aber dachte an Dr. Brisco, der ausdrücklich verboten hatte, Chris ein Buch zu geben. Diesmal war Jenny diejenige, die sich gerade Prügel an Land zog. Wie konnte man sich auch nur den Vorschriften widersetzen?!
„Ja, klingt gut", antwortete ich und dachte aber, was der Knabe jetzt wieder anzetteln würde? Gut, dass er nicht mehr meiner Aufsicht und Verantwortung unterlag. Ich wandte mich Josh zu und fragte: „Wie geht's ihm?"
„Prima", sagte Josh und trank Kaffee. „Er ist ganz brav. Man glaubt gar nicht, dass hier eine Psychiatrie ist. Er wirkt wie ein ganz normaler Junge. Sauber, ordentlich und folgsam. Hofft wohl auf baldige Begnadigung oder Bewährung, sodass er wieder zu Ihnen kann."
Der Satz traf mich wie ein Schlag! Eine Bewährung? Ich spürte, wie Jenny mich ansah. Wir dachten das Gleiche und verspürten eine große Not, alleine miteinander reden zu müssen. Josh fügte sich. Er bemerkte unsere Unruhe, verabschiedete sich und ging zurück auf Station.
Ich setzte mich sofort auf Joshs Platz, um Jenny beim Gespräch anschauen zu können. Unser nächtliches Problem war wie weggeblasen.
„Denkst du das Gleiche wie ich?", fragte ich sie.
„Ich glaube schon."
„Dann fang an."
„Er bereitet die Geburt seines Vaters in sich vor. Ein Vater, der 23 Jahre ein guter Mensch war. Wenn er sich weiterhin so gut benimmt, kommt er zwangsläufig zu dir zurück. Danach auf die Offene und mit 18 ist er draußen!"
Wir schwiegen. Wir würden unseren alten Chris nicht wiedersehen. Und Brisco wird sagen: „Sehen Sie, es war die richtige Entscheidung, ihn auf Station 3 zu bringen."
Er würde den erneuten Ausbruch der Krankheit in genau etwas über elf Jahren wahrscheinlich nicht mehr mitbekommen. Was, wenn Chris in den nächsten Jahren tatsächlich als thera-

piert, geheilt oder medikamentös eingestellt entlassen würde? Wir würden eine tickende Zeitbombe in die Welt schicken. Doch was mir derzeit am meisten Sorgen machte, war dass Chris irgendwann von der Isolierstation auf meine Station zurückkommen würde. Er würde die Eingliederung bestens schaffen. Doch Jenny und ich würden die *Zeitbombe* hegen und pflegen und dabei vor Sorge vor die Hunde gehen.

„Wir müssen Brisco unbedingt von unserer Vermutung berichten."

Kaum hatte ich den Namen Brisco ausgesprochen, kam er schon in den Speiseraum. Sein Blick war nicht freundlich. Kein Wunder, nachdem er einen Stapel von Beschwerden über mich und meinen Bericht von Chris' blutigem Vorfall bekommen hatte. Eine ergänzende Darstellung über die Fotos seines Körpers und diese Geburt hatte ich noch nicht verfasst. Von daher würden alle Unterlagen über mich recht unprofessionell auf ihn wirken.

„Bob", sagte er wie immer, „kommen Sie doch bitte in mein Büro." Er grüßte Jenny kurz und ging wieder.

„Oh, oh", sagte Jenny und erhob sich.

„Darf ich dich nach meiner Kündigung an Dr. Brisco empfehlen? Vielleicht findest du dann Worte, die mich einigermaßen gut aussehen lassen. So fürs Zeugnis. Rette bitte, was zu retten ist!"

Jenny lachte. „So schlimm wird's schon nicht werden. Warte erst mal ab, was er dir zu sagen hat."

Und sie sollte recht behalten!

Dr. Brisco bot mir sofort einen Stuhl an. Er wählte dabei nicht den, der an seinem Schreibtisch stand. Er hatte noch eine gemütliche Sitzgruppe in einem kleinen, abgegrenzten Teil des Zimmers. Dort lagen bereits Unterlagen und vier Bücher auf dem Tisch verteilt. Alle vier Bücher kannte ich nur allzu gut. Zwei Bücher waren über das Leben von Dane Gelton verfasst, zwei Bücher waren von Chris selbst geschrieben – seine Lebensgeschichte und sein Campausflug mit Nachtrag, den ich noch nicht gelesen hatte. Daneben lagen Zeitungsartikel und Ordner, die die Namen von Chris' Eltern und Brad Livingston, der Chris ständig geprügelt hatte, trugen. Alles war auf dem Tisch verteilt. Dazwischen ein Tablett mit zwei Tassen, einer Thermoskanne, Milch und Zucker.

Brisco sah auf die Uhr und griff zum Telefonhörer. Er drückte einen Knopf und sagte: „Ich will heute nicht mehr gestört werden. Von niemandem. – Danke." Er legte wieder auf. Das würde eine äußerst lange Kündigung werden. Ich war nervös. Dr. Brisco setzte sich zu mir und fragte: „Kaffee?"

„Danke, ja", sagte ich höflich. Er füllte die Tassen. Ich griff zur Milch, Brisco zum Zucker. Damit war die Kampfarena eröffnet.

Dr. Brisco fragte: „Kennen Sie diese Unterlagen?"

Ich sah oberflächlich hin und sagte: „Größtenteils ja."

„Die Bücher?"

„Alle, Sir."

„Die Akten?"

„Nur die von Sarah Gelton und Brad Livingston. Die von Chris habe ich selbst erstellt."

„Hmm", murmelte Brisco. „Und die von Dane Gelton?"

„Habe ich lange im Büro gehabt, damals im Heim. Konnte aber keinen intensiven Blick über Verlauf und Behandlung werfen. Habe nur die Diagnostik gelesen."

„Hmm." Wieder nur murmeln.

„Ja", sagte ich. Hmm.

Wir schwiegen und hielten die Tassen in den Händen. Ich nippte am Rand meiner Tasse herum, weil der Kaffee so verflucht heiß war.

„Wissen Sie, wo ich in den letzten Tagen war?", fragte mich Dr. Brisco.

Woher sollte ich das wissen? In Urlaub, auf Tagung, im Bett? „Nein, Sir", antwortete ich folgsam. In meiner Kündigung durfte auf keinen Fall stehen: *Er war respektlos Vorgesetzten gegenüber.*

„In Kansas", hörte ich ihn sagen.

Okay! Schöner Staat. Dann klingelte es bei mir. In Kansas??

Und ich fragte aufgeregt: „In Topeka?“

Brisco nickte.

„In Valley Falls?“

Wieder nickte mein Chef. Er griff in seine Jackentasche und holte Fotos hervor. Die Gelton-Farm! Ich war wie von Sinnen! Ich sah mir jedes einzelne Bild genau an. Die abgebrannte Ruine des Farmhauses, die Scheune, zwei demolierte Autos darin. Der Blick über die Felder. Die Heddon-Farm. Zum Schluss dann eine riesige Blutlache, in der Dane Gelton gestorben war. Wie ein Mahnmal von getrocknetem Rost hatte es die Polizei hinterlassen.

Ich bekam Gänsehaut. Meine ganzen Begegnungen mit Chris im Heim liefen wieder wie ein Film vor mir ab. Chris hatte ähnliche Bilder in der Schublade seiner Mutter gefunden. Aber er hatte noch ein weiteres Bild besessen, das hier fehlte. „Was ist mit dem Bild, das seinen Vater unmittelbar nach seinem Tod zeigt?“

„Oh“, sagte Dr. Brisco und schlug Chris' Akte auf. „Das ist hier.“

Brisco wusste, dass Chris dieses Bild als monströses Kunstwerk in der Turnhalle im Heim bei seinem Abschied hinterlassen hatte. Er hatte alle Aufzeichnungen gelesen. „Bob“, sagte er, wie immer, „so etwas ist mir in meiner ganzen Laufbahn als Arzt noch nicht unter die Augen gekommen.“

Ich nickte. „Mir auch nicht, Sir.“ Das klang ziemlich lächerlich; meine Laufbahn war gerade zehn Monate alt!

„Es war bisher Ihr einziger Fall, Bob“, setzte Brisco hinzu. „Sie haben niemals etwas anderes wirklich kennengelernt. Ich meine, so etwas Außergewöhnliches.“

„Nein, Sir.“ So war es wohl. Chris war meine erste Erektionsstörung. Ich kam nicht über den gestrigen Vorfall hinweg und hörte Brisco weiterreden: „Ich war gestern bei Chris. Er macht sich gut dort.“

„Ich weiß. Josh hat berichtet.“ Ich dachte, jetzt kommt die Schelte mit dem unerlaubten Besuch auf der Station. Ich sah zu Boden und wartete, aber es kam nichts. Er hatte meinen Bericht wahrscheinlich noch nicht gelesen, auch die Beschwerden über mich noch nicht durchgesehen.

Wir schwiegen und nippten wieder an unserem Kaffee. Das alles sah nicht nach einer Kündigung aus. Dr. Brisco gab mir plötzlich das Gefühl, mit ihm als Kollege an einem schwierigen Fall zu arbeiten. Dementsprechend veränderte sich mein Selbstbewusstsein.

„Sie haben Ihr Bestes gegeben", sagte Brisco.

Also doch die Kündigung. Weshalb sollte er auch alles lang und breit erklären? Es reichte, dass er mir die Tatsachen auf den Tisch legte.

„Ich wollte sagen, Sie haben das Allerbeste gegeben, das man geben konnte, Bob."

Wie bitte? Kollege!

„Sie haben alle Methoden an ihm ausprobiert, die man in Betracht ziehen konnte, um eine klare Diagnose zu bekommen."

Ich wuchs. Ich lächelte. Ich trank Kaffee mit meinem Chef! „Ein Ausschlussverfahren", log ich. Wer gab schon gerne seine Unfähigkeit zu?

„So könnte man das sehen."

Ruhe. Kaffee. Dann: „Sie sind am Ende Ihrer Weisheit", sagte Brisco.

Kündigung?

„Das sind wir alle manchmal", sagte ich, um die Situation halbwegs zu retten.

„In der Tat. Das sind wir. Christopher Gelton ist ein Ausnahmefall, an dem wir kein Maß nehmen können. Dem wir aber auch kein Maß zugrunde legen können. Es gibt bisher keine ähnliche Krankengeschichte. Wir haben nichts gefunden, an dem wir uns orientieren könnten."

Stille. Wieder Kaffee. Er war nicht mehr so heiß. Ich nickte. Sollte ich meinem Chef erzählen, wie fertig ich mit der Welt war? Da erinnerte ich mich an Jennys Worte: Warte erst mal, was er zu sagen hat.

„Bob", sagte Dr. Brisco, „Sie haben uns – der ganzen Klinik

hier – mit Ihren Methoden den Hals gerettet."

„Wie bitte, Sir?", fragte ich verdutzt. Wovon sprach Brisco? Hatte ich etwa noch nicht genug angerichtet?

„Auf Grund aller Unterlagen und Ihrer Verlaufsdokumentation aus dem Heim, sowie die hier von Ihnen angewandten Methoden, ist die Anklage gegen uns von den Eltern durch Mr. Kalinski vom Gericht schon in erster Instanz abgewiesen worden. Man kann uns nichts vorwerfen. Wir konnten unmöglich mit diesen Vorgängen rechnen."

Mir fiel ein Stein vom Herzen! Er knallte so laut zu Boden, dass ich fast die Tasse fallen ließ. Ich war wie taub und sagte: „Das müssen wir unbedingt Dr. Pilburg mitteilen."

Brisco sah zu Boden. Was stimmte nicht an meinem Vorschlag?

„Dr. Pilburg hat sich gestern vor einen Zug geschmissen."

Ich erstarrte, hielt die Tasse, die ich eben so triumphierend zum Mund geführt hatte, wie gelähmt in der Hand. Ich hatte keinen Durst mehr und sagte nur noch: „Gott!!"

„Er war dem Druck der Situation nicht mehr gewachsen. Deshalb hatte ich ihn vorerst heim geschickt. Ich wollte nur, dass er erst mal zu Hause abwartet, wie sich die Dinge entwickeln würden. Heute hätte ich ihm ein gutes Ergebnis mitteilen können."

Ich sah, wie Dr. Brisco betroffenen Blickes zur Wand sah. Mir stiegen Tränen in die Augen. Chris hatte sein zweites Opfer eingefordert. Ich sagte: „Ich sollte zuerst mit zum Camp fahren. Aber ich habe abgelehnt. Reiner Egoismus. Ich wollte Chris nur mal für ein paar Tage von den Füßen haben. Da ist Dr. Pilburg für mich eingesprungen, obwohl ich viel mehr Erfahrung mit Chris habe. Ich hätte die Situation vielleicht erwartet. Ich war mit seinen skurrilen Ideen vertraut. Ich …"

„Bob, hören Sie auf! Chris hätte sich was anderes einfallen lassen, um den Campausflug zu ruinieren. Sie haben hier eine wichtige Aufgabe erledigt. Sie haben hier die Lebensgeschichte von Chris in dieser Zeit ausgewertet und eine vorläufige Diagnose gestellt. Das war eine großartige Arbeit. Chris hätte von vornherein gar nicht mitfahren dürfen."

Ich stellte meinen Kaffee ab. Sollte ich ihm jetzt von Chris' Absichten, die Geburt seines Vaters vorzubereiten, berichten? Ich ließ es. Pilburg war von uns gegangen, da konnte ich nicht von der *Geburt* eines neuen Massenmörders sprechen. Also fragte ich: „Und nun, Sir?"

Brisco trank seinen Kaffee aus und sagte: „Ich bin auch nur ein Mensch. Ich muss nachdenken. Ich muss mich zunächst um Mrs. Pilburg kümmern und dann die Geschehnisse der letzten vier Tage verarbeiten und …", er atmete lange aus, „… dann möchte ich mich ganz intensiv mit Ihnen zusammen um Chris kümmern."

„Mit Jenny Keller aber auch", warf ich ein. „Das ist seine Kunstlehrerin. Sie hat in den letzten Tagen eine neue Theorie entwickelt. Und die sollten Sie sich wirklich anhören. Eigentlich schon bald. Eigentlich schon heute. Sie sollten …"

„Bob, das ist zu viel für heute."

„Aber dann werden Sie ein Phänomen verpassen, denn es wird in genau drei Tagen vorbei sein."

Jetzt wurde Dr. Brisco doch aufmerksam. „Was ist es?", fragte er neugierig.

Ich griff zum Telefon und fragte: „Darf ich?"

„Bitte", zeigte er mit der Hand.

Ich rief auf Station 3 an, ob Chris in seinem Zimmer sei. Ja, war er. Wir machten uns auf den Weg. Ich erklärte Brisco, dass es nur darum ginge, Chris' Körper anzusehen, und bat ihn, nichts dazu zu sagen oder zu fragen. Nur gut hinschauen. Ich würde ihm mit Jenny in den nächsten Tagen alles erklären. Wir kamen zum Zimmer 23. Ich schloss auf und bat Brisco, draußen zu warten, ließ aber die Tür offen.

Chris saß am Schreibtisch und schrieb. Seine Mullbinde auf dem Kopf war durch ein Pflaster ersetzt worden. Der Knabe sah großartig aus. Wie Josh sagte, ein Traum von einem Jungen. Äußerlich.

„Hallo, Chris", sagte ich zu ihm. Chris sah sich um, als er meine Stimme hörte und lief mir freudestrahlend in die Arme.

„Dr. Koman! Mein Kunstfreund!“

Aha, er hatte also eine neue oder auch alte Rolle für mich. Sein Dad durfte ich nicht mehr sein. Also war ich jetzt wieder sein Kunstfreund.

Ich ging vor Chris in die Knie und fragte: „Was macht der Kopf?“

„Ist angewachsen“, sagte er lachend.

„Ja“, sagte ich, „sonst wär er längst weg.“

„So ist es, Sir.“

Ich nahm ihn mit zum Bett und bat ihn, neben mir Platz zu nehmen. „Chris, ich muss mal ganz ernst mit dir reden.“

„Stecken wir in Schwierigkeiten?“, fragte er ängstlich. Wir? Meinte er sich und mich oder sich und seinen Vater?

„Nein“, sagte ich. „Ganz und gar nicht. Aber ich muss dich um etwas bitten, was sehr schwer für dich sein wird.“

Chris sah mich an.

„Kannst du heute eine schwere Sache für mich machen?“

„Mal sehen“, sagte Chris. „Was hätten wir denn für Wünsche? Willst du wieder meinen Penis sehen?“

Ich fiel in mich zusammen. Ging das Spiel schon wieder los? Ich hoffte inständig, dass Brisco jetzt nichts Falsches dachte. Also sagte ich: „Chris, du musst nicht so einen Blödsinn erzählen. Ich habe dich nur wegen der Flecken angeschaut. Ich wollte wissen, ob die Flecken überall waren. Dabei musste ich dich eben nackt ansehen. Ich wollte nicht deinen Penis sehen.“

Das verstand Chris. Er nickte.

„Heute“, fuhr ich fort, „will noch jemand deine Flecken sehen.“

„Aber Dr. Brinkham hat mich doch fotografiert.“

„Richtig, aber da ist jemand, der möchte das Originalkunstwerk sehen.“

„Wer?“, fragte Chris misstrauisch.

Nun holte ich tief Luft. „Dr. Brisco.“

Ich sah, wie Chris rot wurde und griff sofort ein, damit Chris sich nicht verschloss.

„Wir alle wissen, dass er die Flecken nicht gemacht hat. Wir wissen, dass du ihn nicht beschuldigst. Aber in zwei bis drei Tagen werden die Flecken weg sein. Dann kann Dr. Brisco sie nicht mehr original anschauen. Er will dich doch nur bewundern."

Bewundern war das Wort, dass Chris zugänglich machte. „Wann kommt Dr. Brisco?"

Ich war erleichtert und sagte: „Er könnte sofort kommen. Er hat sich extra Zeit für dich genommen. Wäre das in Ordnung?"

Chris dachte nach. „In Ordnung", sagte er, und ich ging zur Tür, um Dr. Brisco herein zu winken. Er lächelte mir zu und ging mit einem Lächeln auf Chris zu. Er reichte ihm die Hand für einen freundschaftlichen Gruß und Chris nahm sie lächelnd an. Das hatte also geklappt. Ich bat Chris, sich bis auf die Unterhose auszuziehen. Wir waren nicht hier, um seinen Penis zu sehen. Ich half ihm beim Auskleiden, weil die Wunde am Kopf immer noch schwer empfindlich war.

Nun wurden Dr. Briscos Augen immer größer. Ich legte meinen Zeigefinger auf den Mund, um ihm absolutes Schweigen zu signalisieren.

Chris drehte sich langsam im Kreis. Ich sagte: „Heb mal die Arme hoch."

Er tat es und drehte sich noch mal. Dann sagte ich: „Danke, Chris. Das ist sehr nett von dir. Siehst du, auch Dr. Brisco ist schwer beeindruckt, genau wie ich."

Chris sah meinen Chef an. Ich sah in dem Gesicht von Dr. Brisco tausend Fragen umhersausen. Jede Falte eine Frage. „Jetzt kannst du dich wieder anziehen." Ich half Chris dabei und sah beiläufig, wie Brisco das Buch begutachtete, in das Chris gerade geschrieben hatte. Ich schüttelte den Kopf, als sich unsere Blicke trafen, und er verstand. Ich würde ihm später alles erklären.

Wir verabschiedeten uns von Chris und gingen wieder auf Station 1.

Bevor Dr. Brisco in eine Diskussion mit mir einsteigen konnte, fragte ich: „Darf ich am Montag für eine Stunde zu Ihnen kommen? Ich würde gerne Jenny Keller, Chris' Lehrerin, mitbringen. Wir hätten da eine interessante Theorie. Mir war es wichtig, dass Sie Chris' Verfärbungen am Körper original sehen."

„Wo hat er die her?", fragte Brisco.

„Die hat er sich selbst zugefügt, Sir", sagte ich.

Brisco nickte und sagte: „Da bin ich jetzt schon gespannt, was ich am Montag zu hören bekomme!"

Wir waren beide froh, schon um vier Uhr Feierabend zu haben anstatt wie üblich um sechs. Der schwarze Freitag wurde zu einem weißen. Es ging wieder bergauf.

Als ich an diesem Abend auf meinem Sofa saß, dachte ich immer wieder an den peinlichen Zwischenfall mit Jenny gestern. Der ließ sich wohl erst verarbeiten, wenn ich es noch einmal mit ihr versuchen würde. Sollte es wieder nicht klappen, stimmte etwas an unserer Beziehung nicht. Dann sollten wir es besser dabei belassen, Kollegen zu bleiben.

Sollte ich sie gleich mal anrufen oder sollte ich warten, bis sie mir neue Signale geben würde?

Ich schlief schließlich auf dem Sofa bei laufendem Fernseher ein. Wo war nur meine Spontanität geblieben?

Der Unfall

Das Wochenende stand vor der Tür. Ich hatte frei. Ein Kollege von Station 1 übernahm die Betreuung meiner Station. Ganz unverhofft rief mein Vater an, den ich seit Wochen nicht mehr gesprochen hatte. Er wohnte in Carbondale, gute 250 Meilen entfernt.

Meine Mutter war vor fünf Jahren an einem Gehirntumor verstorben. Seitdem lebte mein Vater alleine in dem großen Haus, in dem ich mit meinen älteren Brüdern David und Kevin groß geworden war.

Hatte Dane Gelton nicht auch einen Bruder namens Kevin gehabt? Bei diesem Gedanken gruselte es mich!

David und Kevin lebten schon seit vielen Jahre in einem eigenen Haushalt, aber in der Nähe meines Vaters. Ich war der letzte, der ausgezogen und nach Denver zum Studieren gezogen war.

Als ich die Stimme meines Vaters am Telefon hörte, überkam mich eine große Sehnsucht nach ihm. Die ganze Geschichte mit Chris und seinem Vater hatte bei mir völlig neue Gefühle für meinen Vater geweckt. Wie dankbar konnte ich für diesen gesunden und gutmütigen Vater sein!

„Junge“, sagte er am Telefon, „wie geht’s?“

Mir kamen die Tränen und ich sagte: „Gut.“ Ich sah ihn am anderen Ende lächeln. Ich sah, wie er meinen Worten keinen Glauben schenkte. „Na, ja“, sagte ich, „geht so.“ Das klang schon ehrlicher.

„Deine Arbeit?“, fragte er.

„Ja, die Arbeit.“

„Es ist eine schwere Aufgabe, kranken Menschen zu helfen“, sagte er mit seiner tiefen, beruhigenden Stimme.

Ich sah zu Boden. „Ich kann ihnen nicht helfen. Ich kann sie nur begleiten und ihnen das Leben erträglicher machen.“

„Es ist dieser Junge, nicht wahr?“, fragte mein Vater. Ich hatte ihm einmal kurz von einem Jungen erzählt, als mir meine Stelle im Heim gekündigt worden war und Chris dann zu mir in die Psychiatrie überwiesen wurde. Auf Grund meiner Schweigepflicht durfte ich den Namen nicht erwähnen.

„Wie heißt er noch?“, fragte mein Vater.

„Darf ich nicht sagen“, antwortete ich, ihm ins Wort fallend.

„Richtig. Belassen wir es bei *Junge*. Hast dich festgebissen, was?“ Er kannte mich. Ich konnte mich schon immer an Dingen festbeißen, die mich sehr faszinierten. Da mein Vater sehr wortkarg war, erzählte ich ihm grob von meinen letzten Erlebnissen mit Chris. Darauf sagte er: „Ist aber doch eine arme Seele.“

„Ja.“

„Du kannst manche Seelen nicht heilen. Nicht die, die schon genetisch unheilbar sind.“

„Ja.“

„Und du versuchst es doch.“

„Ich gebe mein Bestes."
„Das tust du immer, Junge."
Mein Vater nannte mich stets Junge, im Gegensatz zu seinen anderen Söhnen, die er immer beim Vornamen nannte. Vielleicht war ich meinem Vater auch am ähnlichsten. Er wollte einmal Arzt werden, aber seine Eltern hatten kein Geld für ein Studium. Da wurde er Uhrmacher. Hat ja eine gewisse Ähnlichkeit, wenn man diese *Körper* öffnet, um sie zu reparieren. Ich hätte nie Chirurg werden können. Mir reichte schon der Kopf mit allen Gedanken, die sich darin befinden. Da ich als Kind immer derjenige war, den man mit Problemen am meisten belasten konnte, war mein Beruf bereits in der Junior-High-School beschlossene Sache. Irgendwas mit Problemen. Wer nicht genug eigene hat, beschäftigt sich mit denen anderer. Ist doch klar, würde Chris sagen.
„Willst du nicht mal übers Wochenende zu mir kommen?", fragte mein Vater, und ich sagte spontan: „Ja. Gute Idee." Wie konnte er nur ahnen, wie sehr ich jetzt seine Nähe brauchte?

Gegen späten Nachmittag war ich in Carbondale und sah nach zwei Jahren erstmals meine Heimatstadt wieder. Ich sah die Stadt, umgeben von Bergen, die wir im Winter mit Skiern bezwungen hatten. Es war eine wunderbare Stadt.
Mein Elternhaus lag am Stadtrand. Als Kind hat man den Eindruck, es würde sich nie etwas verändern. Alles sah wie immer aus: die Anordnung der Pflanzen vor dem Haus, die Gardinen, der Wagen auf dem Hof. Ich war zu Hause.
Vater stand schon in der Tür, als ich auf den Hof fuhr. Wir sahen uns nach zwei Jahren erstmals wieder. Er kam mir etwas gebeugt vor, aber sein Gesicht strahlte vor Lebensfreude. Er hatte mit meiner Mutter zusammen drei stattliche Jungen großgezogen. Wir sind alle was geworden. David ist Architekt und Kevin Physiotherapeut. Ideal in einem Ort mit Skifahrern. Ich hatte meine Mutter einmal gefragt, wie sie mit Vater die ganzen Studiengebühren finanziert habe. Sie sagte mir, wir

würden dafür später leider kein Haus erben. Sie hatten also eine Hypothek darauf aufgenommen. Da es aus solidem Stein erbaut war, verlor es nicht so schnell seinen Wert. Wenn Vater einmal sterben würde, müssten wir es verkaufen, um die Lasten abzulösen.

Mein Vater empfing mich mit offenen Armen und drückte seinen alten Leib ganz fest gegen meinen. Seine gichtgeformten Hände pressten sich in meinen Rücken. Ich empfand eine tiefe Liebe zu ihm. Ganz tiefe. Hatte ich ihm das jemals gesagt? Ich tat es jetzt. Ich dachte an Chris und sagte: „Ich liebe dich, Dad."

„Ich dich auch, Junge", entgegnete mein Vater mit Tränen in den Augen.

Für einen kurzen Moment verstand ich Chris' Verlangen nach einem Vater, den er anfassen konnte, der präsent war. Wie tief musste sein Schmerz sein, seinen Vater nie kennengelernt zu haben. (Er hatte nicht einmal eine richtige Mutter gehabt.) Kein Wunder, dass er sich eine Figur der Reinheit bastelte, die seine Seele heilen sollte.

Ich hatte eine tolle Mutter gehabt und hatte derzeit immer noch einen tollen Vater.

Mein Vater hatte Schokoladenkuchen gebacken. Extra für mich. Und abends wollte er ein Barbecue mit Kevin und David geben. Sofern ich einverstanden war. Das war ich, denn ich freute mich, auch meine Brüder wiederzusehen. Meine Familie war heil. Hier durfte ich ich sein. Hier fand ich Ruhe. Ich dachte kurz an Jenny, dass ich sie hätte mitbringen sollen. Sie hätte so gut in diese Idylle gepasst, aber es wäre vielleicht etwas früh gewesen.

Vater sah mich an. Ich spürte seinen Stolz. Er fragte: „Wie gefällt dir die Arbeit?"

„Gut", sagte ich, was man eben als Sohn sagt, und aß dabei den leckeren Kuchen. Der war so köstlich. Wann hatte ich den letzten selbst gebackenen Kuchen gegessen? Meine ganze Kindheit steckte darin. Wer kennt das nicht: draußen auf dem Hof herumjagen, dann schnell mal rein und ein Stück Kuchen zwischen die Zähne schieben, um wieder Kraft für die nächste Jagd draußen zu haben. Was fühlte ich mich wohl!

„Willst du über die Arbeit reden?“, fragte er.

Ich überlegte. Wollte ich Abstand oder meine Probleme mit ihm besprechen? Vielleicht hatte er einen guten Tipp. Schließlich wollte Dr. Brisco mit mir zusammen eine Therapie für Chris ausarbeiten. Aber ich sagte: „Dazu würde das Wochenende nicht ausreichen.“

Mein Vater nickte. „Was hältst du davon, wenn wir uns genau zwei Stunden für ein Gespräch in den Wintergarten setzen und dann einen Wecker klingeln lassen?“

Das war eine gute Idee. Und es vertrieb uns die Zeit bis zum Abend. Mein Vater stellte in der Tat einen alten Rappelwecker vor uns auf dem Tisch, allerdings mit dem Zifferblatt abgewandt. „Nur keinen Druck“, sagte er und setzte sich zu mir. Ich erzählte ihm von meiner Arbeit in dem Heim, als ich Chris begleitet hatte, und musste jetzt im Nachhinein lachen, was dieser Knabe alles angestellt hatte. Es war beeindruckend und beängstigend zugleich. Damals war mir noch nicht klar, wie böse seine Absichten sein konnten. Es war mir nicht einmal jetzt klar, als ich es meinem Vater erzählte.

Als er von meiner Arbeit in der Psychiatrie hörte, legte sich seine Stirn in Falten. Das Heim schien eine lockere Sache gewesen zu sein, die Psychiatrie war eine sehr ernste. Hier wurde nicht mehr gespaßt, hier kamen Geisteskrankheiten ans Tageslicht, die man nicht mehr unter Schabernack verbuchen konnte. Hier war Schluss mit lustig. Dementsprechend nahm mein Vater meine starke Belastung, der ich ausgesetzt war, wahr. Er spürte, wie sehr der Junge mir ans Herz gewachsen war. Aber auch, wie sehr ich mich mittlerweile gegen jede Zuversicht wehrte, ihm helfen zu können. Zum Schluss meiner Berichterstattung fragte ich meinen Vater, der Zeit seines Lebens immer weise Ratschläge für mich parat hatte: „Was denkst du über den Jungen?“

Mein Vater ließ sich Zeit mit der Antwort. Er sah durch die großen Fenster des Wintergartens und antwortete schließlich:

„Er wird dich zugrunde richten."

Ich schluckte und fragte: „Sollte ich die Stelle wechseln?"

„Er wird dich nicht loslassen. Du wirst jeden Tag an ihn denken."

„Was würdest du tun?"

„Ich würde mir Verstärkung holen, den Jungen zu meiner Studie machen und versuchen, mich aus jeder emotionalen Verbindung zu lösen. Ihn nur noch als Projekt zu betrachten."

Ich dachte nach. Chris als Studie, als Projekt? Abstand und Verbindung zugleich. Ich würde mir erlauben, an ihn zu denken, ohne mich zu belasten. Spiel und Ernst miteinander verbinden. Hass und Liebe. Konnte ich das? „Kann ich das?", fragte ich meinen Vater.

Er schüttelte den Kopf. „Nein. Du bist zu jung."

Ich verstand: jung und neugierig. Dr. Brisco war älter und gesättigt. Sollte er wirklich der beste Mann an meiner Seite sein? Ich fragte meinen Vater.

„Nimm Jenny mit auf deine Seite. Sie wird dich runterholen, wenn es zu doll wird", gab er mir zur Antwort.

Das war auch genau meine Idee, die mir vorschwebte. Ich fragte: „Meinst du nicht, dass der Junge noch lernen könnte, ein anständiger und guter Mensch zu sein?"

Mein Vater lächelte. „Wer will ihm denn das gute Leben vorleben? Du? Willst du ihn mit zu dir nach Hause nehmen?"

„Sicher nicht", sagte ich lachend. Dabei war es gar nicht lustig.

„Eben", sagte er. „In seinen Gedankengängen stimmt was nicht. Das lässt sich auch durch Medikamente nicht beheben. Denk mal an seinen Vater. Er wollte so gut sein. Und zum Schluss glaubte er, die Welt hätte sich gegen ihn verschworen und er tötete alle, die sich ihm in den Weg gestellt haben. Selbst seinen besten Freund wollte er töten. Besser gesagt, hinrichten."

Hinrichten. Ich dachte an Chris' Hinrichtungsversuch. Mit zwölf Jahren eine solche Aktion durchzuführen, zeugte wirklich von Geisteskrankheit. Das war keine reine Verhaltensstörung mehr.

„Warum gibt es keine Zwischenlösung?“, fragte ich meinen Vater.

„Weil Gott nicht für alles eine Lösung hat. Sei klug und betrachte den Jungen als ein Geschenk für deinen Beruf. Er wird dir unersetzliche Erfahrungen und neue Ansichten in der Forschung liefern. Mach ihn zu deiner Studie.“

Es war erst eine Stunde um, aber das Gespräch war zu Ende. Wir waren zu einer Lösung gekommen: Ich würde eine eigene Studie über Chris schreiben. Einzigartig und fundamental. Gegen Abend kamen David und Kevin. David brachte seine Frau Melissa mit. Ich dachte wieder daran, wie schade es war, Jenny nicht mitgebracht zu haben. Wir bauten den Grill auf und richteten ein kleines Buffet in der Küche her. Vater hatte heute Morgen Fleisch eingekauft, meine Schwägerin Melissa hatte für Salate gesorgt. Ich fühlte mich schuldig, weil ich nichts dabei hatte. So kümmerte ich mich ums Grillen und Aufräumen. Damit hatte ich allen einen größeren Gefallen getan, als etwas mitzubringen.

Als wir anschließend in gemütlicher Runde in der Küche saßen, besah ich mir meine Brüder genauer. David war bereits 34 Jahre alt und seit vier Jahren mit Melissa verheiratet. Sie waren noch kinderlos, genossen Beruf und Reisen. Das würde sich in nächster Zeit nicht ändern, nahm ich an. Melissas biologische Uhr tickte noch nicht.

David war für mich stets ein Vorbild gewesen. Er war der geborene Schüler und lückenlos durch die High Schools, das College und die Universität gewandert. Manchen ist der Erfolg in die Wiege gelegt. David konnte bisher große Erfolge als Architekt verzeichnen. Er arbeitete für drei große Unternehmen in Oklahoma, Montana und Maine, dank des Internets. Er konnte seine Arbeit größtenteils von zu Hause aus erledigen und musste nur hin und wieder verreisen. Seine Frau Melissa leitete ein kleines Hotel in Carbondale. Ich mochte sie. Sie war fröhlich und unkompliziert. David dagegen war still und sehr kompliziert.

Kevin hingegen war wieder das Gegenteil von allen. Er war

ein Chaot in der Schule und hatte doch seinen Weg gefunden. Einen wirklich tollen Weg sogar. Mit 29 Jahren leitete er eine physiotherapeutische Praxis in der Stadt und konnte sich vor Terminen kaum retten. Kevin war in meiner Kindheit mein Gefährte für Schabernack gewesen. Mit ihm war immer was los gewesen, zum Leidwesen meiner Eltern. Einmal hatte Kevin es fast geschafft, das Haus anzuzünden. Ich will gar nicht näher darauf eingehen. Ich kenne keinen Jungen, der so viel Hausarrest absitzen musste wie Kevin Koman. Ich höre heute noch, wie meine Mutter ständig durch die Siedlung schrie: „Keeee-vin Koman!"

Ich bin der Jüngste und war eigentlich nicht mehr geplant gewesen. Mein Vater war schon 46 und meine Mutter 42 Jahre alt. Aber ich war nun mal geboren und wurde umso mehr mit Liebe und Aufmerksamkeit großgezogen.

Meine Eltern lehrten mich die soziale Einstellung zum Leben, David lehrte mich das Lernen und Kevin lehrte mich, Spaß zu haben. Jetzt bin ich eine ‚Kombinationspackung' und Psychologe geworden. Was sonst sollte auch dabei herauskommen? Kevin war, genau wie ich, noch beziehungslos. Er allerdings wechselte seine Freundinnen wie die Unterhosen und hatte sich damit einen unglücklichen Ruf in der Stadt verschafft. Aber seine Hände waren aus Gold. Jeder, der bei ihm in Behandlung war, wurde wieder gesund. Das bescherte ihm auch immer neue Bekanntschaften. Ob er jemals eine *solide* Frau finden würde, bezweifelte ich.

Ich war eine gute Mischung aus beiden Brüdern geworden. Aber ich war mit 26 auch noch nicht gebunden und eiferte ein bisschen Kevins Art nach. Doch seit Jenny in mein Leben getreten war, fand ich Kevins Umgang mit Frauen plötzlich widerlich. Das änderte aber nichts an unserem Verhältnis als Brüder. Wir alle verstanden uns einfach gut. Nicht zuletzt durch die gewaltfreie und stark sozial geprägte Erziehung unserer Eltern. Wir hatten zeitlebens ein stabiles Elternhaus genossen. Unsere Eltern waren für uns eine Einheit. Eine Trennung wäre undenkbar gewesen.

Kurz nach dem Tod meiner Mutter sagte uns mein Vater einmal, dass sie immer die Einzige gewesen sei, die er zutiefst geliebt hat. Er hatte sich nie für andere Frauen interessiert. Nicht ein Stück. Ob das bei Jenny und mir auch so werden würde?

Bis zur späten Stunde erzählte ich nichts von Jenny. Erst als David mich direkt fragte, gab ich nach. Ich erzählte vorsichtig von unserer gemeinsamen Arbeit. Mein Vater grinste mich an. Er kannte mich und wusste sofort, dass die Geschichte weit ernster war, als ich erzählte. Wenn ich frei heraus erzählte, war es belanglos. Wenn ich zurückhaltend erzählte, war es ernst. So einfach sah mein Vater das. Wie ich schon erwähnte, wir waren uns sehr ähnlich und verstanden uns auch ohne Worte. Der Abend mit Vater, meinen Brüdern und Melissa war einfach wunderbar. Ich bemerkte, wie sehr ich die familiäre Atmosphäre vermisste, und schmerzlich dachte ich an den Abschied am nächsten Morgen. Doch zuvor lachten wir uns in wahre Magenkrämpfe hinein.

Ich konnte in meinem alten Zimmer schlafen. Eine Eigenart, die Eltern pflegen: das Zimmer der Kinder stets zu erhalten. Als ich im Bett lag, dachte ich wieder an Jenny. Ich hatte mich wohl mehr verliebt, als ich mir selbst zugestand. In der Nacht träumte ich von einem intimen Beisammensein mit ihr ohne Erektionsstörung.

Nach einem reichhaltigen Frühstück packte ich meine Sachen ins Auto. Mein Vater klopfte mir mutmachend auf die Schulter mit den Worten: „Du kannst den Jungen nicht heilen, aber du kannst der Menschheit einen guten Dienst erweisen."

„Nämlich?", fragte ich.

„Schreibe seine Geschichte auf und bringe sie an die Öffentlichkeit. Das hilft allen."

Ich wollte darüber nachdenken und fuhr zurück nach Denver. Ich werde dieses Wochenende nie vergessen. Es war das letzte Zusammensein mit meinem Vater.

Als ich am Nachmittag in meiner Wohnung eintraf, waren zwei Nachrichten auf meinem Anrufbeantworter. Die erste war von Pilburgs Witwe. Sie teilte mir kurz mit, dass sie mir keine Vorwürfe wegen Jacks Selbstmord machen würde. Er war in letzter Zeit sehr labil und auch tablettenabhängig gewesen. Die Arbeit hätte ihn schon lange überfordert. Es war nur noch eine Frage der Zeit gewesen, wann er zusammenbrechen würde. Jeder Anlass hätte es gewesen sein können.

Die Nachricht tat mir gut. Vergebung war das, was ich momentan gut gebrauchen konnte. Ich machte mir immer noch Vorwürfe wegen seines Todes. Die zweite Nachricht war von Jenny. Ob ich am Wochenende schon was vorhätte? Sie hätte zwei Eintrittskarten für ein U2-Konzert am Abend. War mir kein Begriff. Ich wusste zwar, dass es eine Pop-Gruppe ist, aber weiter nichts. Ich hörte wenig Musik. Und wenn, dann eher Klassik. Rock und Pop hatten mich nie sonderlich begeistert. Ich sollte Jenny anrufen und ihr erklären, dass ich bei meinem Vater in Carbondale war. Damit sie nicht meinte, ich wäre nicht interessiert gewesen. Ich rief sie an. Es meldete sich eine Männerstimme. Ich erschrak. Also doch ein Freund. Ich fragte nach ihr, fragte nicht, wer er sei. Er rief sie mit großer Vertrautheit ans Telefon. Mir erschien es ein Tick zu viel Vertrautheit und nahm ein großes Stück von meiner eigenen weg.

„Hey, Bob!“, sagte sie lachend, als hätte sie einen Schwips.

„Hey, Jenny“, sagte ich kurz und nüchtern. „Danke für den Anruf. Ich war gestern nicht da. Habe meinen Vater übers Wochenende besucht.“ Mehr wollte ich nicht erklären.

„Kein Problem“, sagte sie, immer noch lachend. „Ben ist mitgekommen.“

Aha, Ben. Ben war jetzt immer noch da. Ben heißt also ihr Freund.

„Prima“, sagte ich. „Dann sind die Karten wenigstens nicht verloren gegangen.“

„Genau“, antwortete sie und fragte: „Wie war’s bei deinem Vater?“

Interessierte sie sich überhaupt für meine Familie? Ich fasste mich kurz: „Gut“, sagte ich, dachte aber, es geht sie nichts an. „Also dann“, sagte ich schnell, „bis Morgen“, und legte auf.

Das war's dann wohl. Jenny ging mir zu leichtfertig mit Jungs um. Wie sollte ich neben all ihren Bens bestehen? Wer weiß, vielleicht heißt die Puppe in ihrem Wagen auch Ben?

Ich packte meine Reisetasche aus und nahm ein Bad. Wie nah lagen doch Freud und Leid beieinander?

Endlich kam die Sonne raus. Mit den ersten Sonnenstrahlen am Tag holten die Vögel ihre Köpfe aus dem Federkleid und sangen, was das Zeug hielt. Es besserte meine Laune jedoch nicht. Ich war immer noch wütend auf Jenny. Wie konnte sie mich so abservieren? Es ist nie klug, sich in einen Kollegen zu verlieben. Leidet die Beziehung, leidet die Arbeit gleich mit. Und doch musste ich mich aufraffen und zur Klinik fahren. Bei Sonnenschein bekam der riesige Gebäudekomplex ein viel freundlicheres Aussehen. Stattlicher. Im Regen sah der Komplex zum Fürchten aus. Brisco und Jenny waren noch nicht da. Nur zwei Ärzte von Station 1 und 3.

Ich begrüßte Annie, die immer zur gleichen Zeit Schicht haben musste wie ich. Ich kannte nur sie. Josh schaute kurz ins Personalzimmer, als ich den letzten Stationsbericht las. Ich stellte meine übliche Frage an ihn: „Wie geht's Chris?"

„Oh, brav wie ein Lamm."

Meinte er brav oder still? Ich fragte näher nach.

„Still", sagte Josh.

Ich hätte zu gerne Mäuschen in Chris' Zimmer gespielt. Bereitete er tatsächlich die Geburt seines Vaters in sich vor? Ich war so unglaublich neugierig auf seine Zeilen, die er täglich in sein Buch schrieb. Hoffentlich würde Jenny mir das Buch zum Lesen geben. Sie wollte es einem Projekt zugrunde legen. Da ihre Schüler überwiegend schizophren waren, würde sie mit dem Thema große Aufmerksamkeit erlangen. Fast jeder der Jungen hatte auf die eine oder andere Art eine Geburt in sich erlebt. Doch wie gerne hätte ich Chris in dieser Zeit mit seinen Bewegungen und seiner Mimik erlebt. Würde er alles an sich verändern? Was wäre, wenn ich Chris nach vielen Wochen wiedersehen und ihn nicht mehr erkennen würde? Würde es mir

Angst machen oder Zuversicht schenken? Wenn eine Bombe tickt und man nicht weiß, wann sie explodiert, macht es wohl eher Angst.

Wie würde Jenny die Sache sehen? Mir kam es vor, als könne sie eine gute emotionale Abgrenzung zu Chris einhalten. Doch ich wusste auch, dass der Moment kommen würde, in dem Chris auch ihre Resistenz durchbrechen würde.

Als ich zu meinem Büro ging, sah ich kurz durch die Fenster zum Parkplatz hinaus. Jenny war immer noch nicht da. Dafür aber Dr. Brisco.

In meinem Büro stapelten sich Unterlagen. Was war hier am Wochenende los gewesen? Ich erinnerte mich, dass es Monatsende war. Da mussten alle Berichte unterzeichnet in die Chefabteilung wandern. Eine Heidenarbeit. Jeder Bericht bekam noch einen Abschlussbericht. Diese Bürokratie machte mich wahnsinnig. Der letzte Bericht war Chris' Wechsel von Station 1 zu Station 3. Ich hatte den Abschluss offen gelassen und dokumentierte nur kurz: Medikation schlägt an, Patient ausgeglichen, keine Vorkommnisse. Weitere Beobachtungen auf Station 3. Übergabe erfolgte am 24. Juni 2009. Damit unterzeichnete ich die Trennung von Chris und mir. Nun war ich auf Jennys und Joshs Informationen angewiesen, wenn ich mich für eine Studie über Chris entscheiden würde. Dabei kam mir in den Sinn, dass es keine perfekte Studie werden konnte, da Chris nicht mehr mein Patient war. Vielleicht sollte ich noch mal darüber nachdenken.

Mein Tag verlief reibungslos. Brisco bat mich nicht zu sich, und Jenny erschien erst gar nicht in der Klinik. Beruhigend und ärgerlich zugleich.

Am nächsten Morgen fragte ich bei Dr. Brisco kurz nach, wann wir über Chris' Therapieverlauf sprechen könnten. Er antwortete mir: „Wir warten noch ein Weilchen. Chris entwickelt sich gerade bestens. Ich sage Ihnen Bescheid."

Ich wollte ihm von der Geburt erzählen, ließ es aber sein. Wenn mir Jenny nicht den Rücken stärkte, wäre es nutzlos. Es verwunderte mich nur, dass Brisco nicht weiter nach Chris' Flecken fragte, obwohl ich ihm von einer interessanten Theorie erzählt hatte. Am nächsten Tag war Pilburgs Beerdigung. Da war niemand auf den Stationen neugierig auf interessante Theorien.

Zwei weitere Wochen verliefen in geregelten Bahnen, und ich begann Chris immer öfter aus meinen Gedanken zu verlieren. Dr. Brisco verlangte weiterhin nicht nach mir, und Jenny hatte Urlaub, wie ich von Josh erfuhr. Die Zeit erschien mir geradezu langweilig. Mit Henry hatte ich nicht mehr Kontakt aufgenommen als vorgeschrieben war. Doch ich bemerkte, dass er einige Tage von der Station verschwunden war. Im Personalbuch stand: Übergabe an Dr. Hazelwood, voraussichtlich vier Tage. Die Phimose. Laut einer kurzen Information von Annie, die alles peinlich genau überwachte, war die Operation gut verlaufen. Dann kam Henry wieder und verhielt sich unauffällig mir gegenüber.

Wir bekamen einen neuen Jungen auf die Station: Christian Moore. Als man ihn *Chris* rief, wurde ich wütend und bestand darauf, doch bitte bei Christian zu bleiben. Meine Ansage musste wohl sehr streng ausgefallen sein. Viele sahen mich seitdem ängstlich an. Daraufhin erklärte ich in der Gruppentherapiestunde, dass wir Verwechslungen mit Chris Gelton vorbeugen wollten. Und Christian sollte nicht gebrandmarkt werden. Eine Erklärung, die mehr meinem eigenen Schutze dienen sollte.

Jenny kam zurück aus dem Urlaub. Sie sah blass und mitgenommen aus, gar nicht erholt. Ich fragte sie, ob alles in Ordnung sei und sah, dass sie ein leicht lädiertes Auge hatte. Es war blutunterlaufen. Ich dachte sofort an eine missglückte Laserbehandlung. Vielleicht war Jenny kurzsichtig und hatte den Urlaub für diese Behandlung genommen.

Sie wirkte plötzlich in sich zurückgezogen. Endlich gab sie klare Signale für unsere aussichtslose Beziehung. Ich sah eine große Tristheit auf mich zukommen: geregelte Arbeit, kein

Gespräch mit Brisco, kein Chris, keine Jenny mehr. Überforderung wich der Unterforderung.

Es war Sommer. Die Vögel sangen, die Bäume grünten, nur ich verwelkte. Tag für Tag rann dahin, ohne dass mich ein besonderes Ereignis aus dem Alltag holte. Meine Neugier auf Chris' Geburt verblasste, ebenso mein Interesse an seinen Zeilen in dem Buch.

Dr. Brisco signalisierte durch Freundlichkeit und Zurückhaltung, dass es keiner weiteren Gespräche bedurfte, was Chris Gelton betraf. Man hatte den Fall wohl komplett meinem Bereich entzogen. Und es funktionierte.

Jenny begegnete mir plötzlich wieder freundlich, aber mehr flüchtig als intensiv. Ihr Augenleiden war weg, dafür bekam sie ein ausgemergeltes Aussehen. Sie wurde immer dünner.

Ich saß abends in meiner Küche und verzehrte ein Putensandwich. Dabei las ich gerne in Klatschzeitschriften herum. Wenn man den ganzen Tag mit Berichten gequält wird, fällt es einem schwer, Fachberichte oder gar Bücher zu lesen. Ich las seit zwei Jahren kein Buch mehr. Viele ungelesene Werke stapelten sich bei mir. Irgendwann, dachte ich, hast du Zeit, das ganze Zeug mal durchzulesen. Irgendwann. Aber wann, wenn nicht jetzt? Ruhiger konnte es kaum werden. Doch ich fand keine Konzentration. In mir braute sich ein Gefühl zusammen, dass bald etwas Schlimmes passieren würde. Ich wusste nur nicht wann, wo und was.

Abend für Abend saß ich in meiner häuslichen Idylle und tat so, als wenn das Leben furchtbar aufregend wäre. An diesem Abend kam mir erstmals der Gedanke, dass Jennys krankes Aussehen vielleicht etwas mit Chris zu tun haben könnte. Ich wusste nicht, inwieweit sie über die Schule hinaus Kontakt zu ihm pflegte oder gar mit ihm arbeitete. Ich erinnerte mich, genauso ausgesehen zu haben, als ich Chris im Heim betreute. Ich griff zum Telefonhörer und rief Jenny an. Ihr Anrufbeantworter lief. Ich dachte unweigerlich an Ben, dass er wahrscheinlich gerade mit ihr unterwegs war. Jenny war eine Nachteule.

Gleichzeitig stellte ich mir die Frage, ob es sinnvoll sei, eine Nachricht zu hinterlassen. Vielleicht führte das wieder zu Missverständnissen. Aber da ich eine Rufnummernübertragung eingerichtet hatte, würde sie mir sowieso auf die Schliche kommen. Also redete ich ganz unverbindlich aufs Band: „Hallo Jenny. Hier ist Bob. Bist du schon an Chris' Buch gekommen?" Was redete ich da? Wollte ich dieses Buch wirklich noch haben? Jenny rief nicht zurück. Ich sah sie auch am nächsten Tag nicht. Gibt es eine Steigerung für Langeweile?

Mein Vater rief Anfang August an und fragte nach dem Stand der Dinge, meiner Gesundheit und Dingen, die unmittelbar damit zusammenhingen, also auch nach dem Jungen. Je enger ich mit Chris zusammenarbeitete, je schlechter ging es mir. Und umgedreht. Zu dem Zeitpunkt ging es mir prächtig, abgesehen von der Langeweile. Die trieb mich bereits hin und wieder hinaus in den Park, um Softballspielern zuzusehen.

Mein Vater war erschreckend ruhig am Telefon. Je ruhiger, desto ernster, dachte ich und fragte: „Was ist los, Dad?" Die Ruhe machte mir Angst. Ich fragte noch einmal: „Was ist los, Dad?"

Ich hörte ihn weinen. Mein Vater weinte? Das war völlig fremd für mich! Ich machte mir Sorgen, unendlich große Sorgen! Konnte nicht mal eben bei ihm vorbeifahren. Das würde schon drei bis vier Stunden dauern, und dennoch fragte ich: „Soll ich vorbeikommen?" So, als wohne ich nebenan.

Als mein Vater sich wieder beruhigte, hörte ich, wie er sagte: „Kevin ist verunglückt." Was hieß *verunglückt*?

„Was heißt verunglückt, Dad?" Meine Stimme brach. „Ist er verletzt?"

„Er ist tot."

„Ich komme", sagte ich und beendete die Verbindung. Ein paar Sachen gepackt, ein Anruf bei Dr. Brisco, den Wagen aufgetankt, und auf ging's über die 82 nach Carbondale.

Von da an weiß ich nichts mehr. Es ist wie ein Blackout. Man sagte mir, dass mich zwei LKWs eingequetscht hatten und ich danach viele Tage im künstlichen Koma gelegen habe. Hirnblutungen.

Als man mich nach zwei Wochen erstmals aus dem Koma holte, stand Jenny an meinem Bett. Mein erster Gedanke war: Das muss ein Traum sein. Was wollte Jenny an meinem Bett, wo ich doch gerade auf dem Highway fuhr? Ich sah mich im Zimmer um. Das sah nicht wie ein Highway aus. Es glich einer Aufnahmestation von Gott. Überall piepte es, überall Kontrollgeräte.

Jenny lächelte mich an und nahm meine Hand. Ich wollte sie fragen, wo ich sei, doch meine Zunge und meine Lippen gehorchten mir nicht. Nichts gehorchte mir. Es schien mir, als läge ich in einem Fesselanzug auf meiner eigenen Station. Jenny redete, aber ich konnte sie nicht verstehen. Nicht, dass sie zu leise sprach, nein, ich verstand die Bedeutung ihrer Worte nicht. Ich sah sie nur an und konnte nichts tun. Dann kam ein fremder Mann zu ihr. Später sagte man mir, es sei mein behandelnder Arzt gewesen. Dann verschwamm alles vor mir, und ich schlief wieder ein.

Sechs Wochen später holte man mich ein zweites Mal aus dem Koma. Diesmal war keiner an meinem Bett. Es war bereits Ende September. Ich hatte den ganzen September, den ich so liebte, verschlafen. Diesmal gehorchten mir meine Lippen. Auch meine Zunge und meine Stimme. Ich rief: „Hallo?“

Eine Krankenschwester kam an mein Bett und streichelte meine Wange. „Dr. Koman, willkommen zurück.“ Sie kannte mich? Richtig, ich bin Dr. Koman. Bob, bitte, dachte ich. Ich schlief wieder ein.

Mein nächstes Erwachen war dann etwas länger. David, mein Bruder, stand an meinem Bett. Ich verstand das Spiel nicht. Augen zu, alles schwarz. Augen auf, Jenny am Bett. Augen zu, alles schwarz. Augen auf, Krankenschwester am Bett. Augen zu, alles schwarz. Augen auf, David am Bett. Wer würde das nächste Mal da sein, wenn ich die Augen schloss und wieder öffnete? Ich schloss meine Augen und öffnete sie wieder. David stand immer noch an meinem Bett und sah mich an. Ich versuchte es noch einmal. Vielleicht würde noch Dr. Brisco oder gar Chris erscheinen. Es klappte nicht. Das Spiel war aus. David blieb. Ich fragte: „David?“

Er nickte. Richtig.

„Was ist passiert?“

Da sah ich, wie ihm Tränen übers Gesicht liefen. Es war doch nicht so schlimm, dass ich hier lag. Dafür musste er doch nicht weinen. Ich hatte keine Schmerzen und war wohlig warm unter eine Decke gepackt. „Hey“, sagte ich, doch er hörte nicht auf. Er entzog sich meinem Blick und setzte sich ans Fenster auf einen Stuhl.

„Hey“, sagte ich noch einmal.

Eine Krankenschwester kam herein und redete mit David. Da beide flüsterten, konnte ich kein Wort verstehen. Also wartete ich. Die Krankenschwester telefonierte. Ich wartete. Es passierte nichts. Dann kam ein Arzt herein und notierte sich meine Werte auf den Geräten. Dann fühlte er meinen ganzen Hals ab und lächelte mich an. Er kontrollierte meine Pupillen mit einer kleinen Taschenlampe und lächelte wieder. Das war doch ein schönes Spiel. Als er meinen Pyjama öffnete, hörte das Spiel für mich auf. Ich sah auf meiner Brust riesige Narben. Ich musste in einem Versuchslabor gelandet sein, und David weinte, weil man mir meine ganzen Innereien geraubt hatte. Ein Albtraum wurde zur Realität, und ich schrie, was das Zeug hielt.

Kevin war bei einem Unfall tödlich verunglückt. Ein Angetrunkener war mit seinem Auto auf seine Fahrbahn gekommen und hatte ihn frontal erwischt. Kevin war bis zur Unkenntlichkeit *hingerichtet* worden. Ebenso seine derzeitige Freundin neben ihm. Er befand sich gerade auf dem Weg zu meinem Vater, um ihm seine neue Freundin vorzustellen. Etwas Ernstes, wie er David zuvor mitgeteilt hatte. War Kevin doch noch solide geworden? Wir werden es nie mehr herausfinden.

Daraufhin rief mein Vater bei mir an. Ich machte mich sofort auf den Weg zu ihm und raste in ein Stauende, weil meine Gedanken vollkommen abwesend waren. Ein herannahender

LKW hinter mir sah das Stauende ebenfalls zu spät und schob mein Auto auf den vorderen LKW. Wie ein Sandwichbrot quetschte es meinen Wagen zusammen. Ich bekam von dem Ausmaß des Unfalls nichts mit. War schon beim ersten Aufprall bewusstlos. Man musste mich mit Spezialgeräten aus dem Wagen herausschneiden. Wie durch ein Wunder blieben meine Arme und Beine unverletzt. Dafür hatte es meinen Oberkörper durch den Airbag ziemlich zerquetscht. Da wird eine Aufprallhilfe zur fast tödlichen Falle. Aber hätte ich keinen Airbag gehabt, wäre ich sofort tot gewesen, sagte mein Arzt. Allerdings hatte mein Kopf durch den zweifachen Aufprall eine Menge mitbekommen. Sämtliche Gefäße waren mir geplatzt und bluteten mein Gehirn voll. Man saugte das Blut ab und legte mich in ein künstliches Koma. Nach zwei Wochen startete man den ersten Versuch, mich aus dem Koma zu holen. Da all meine Reflexe und sämtliche Funktionen nicht arbeiteten, legte man mich für weitere vier Wochen in ein Koma. Erfolgreich, wie sich herausstellte. In diesen vier Wochen verstarb mein Vater. Sein Herz konnte nicht mehr. In den ersten zwei Wochen meines Komas kam er mich täglich besuchen und konnte den missglückten Aufwachversuch nicht verarbeiten. Eine Woche später fand David ihn in seinem Haus. Er war ganz friedlich in seinem Lieblingssessel im Wintergarten eingeschlafen. Das Herz war einfach stehen geblieben. Ein verschimmelter Schokoladenkuchen stand in der Küche. Den hatte er wohl für mich gebacken. David sagte, Vater wollte mich direkt nach dem ersten Aufwachen zu Hause pflegen. Als er jedoch erfuhr, dass all meine Funktionen katastrophal ausgefallen waren, verließen ihn die Kräfte.

David war fünf Mal zwischen Denver und Carbondale hin- und hergependelt. Seine Frau Melissa war endlich schwanger. Zwillinge. Zwei neue Leben für zwei Tode. Immer wieder findet die Natur zu ihrem Gleichgewicht. Ich hatte die Todesfälle, Melissa und David das Leben.

Ich war zu einem Wrack voller Narben geworden, innerlicher als auch äußerlicher. Meine heile Welt war zusammengebrochen. Mir blieb nur noch David. Und der saß in meinem Krankenzimmer und weinte.

Da ich das ganze Krankenhaus wegen meiner Narben zusammengeschrien hatte, hatte mein Arzt mich kurzerhand wieder in den Schlaf geschickt.

Wieder wachte ich mit David an meinem Bett auf. Er weinte nicht mehr. Dann hatte mein Schlaf wohl geholfen. Er sagte: „Du hattest einen Unfall.“ Das erklärte auch meine Narben. Ich konnte die Theorie mit der Organentnahme also vergessen. „Wie schlimm?“, fragte ich.

„Ziemlich“, antwortete er. David war ein ruhiger Geselle. „Sag Dad bitte nichts“, bat ich ihn. „Es würde ihn umbringen.“

Daraufhin stand David auf und verließ das Zimmer.

Erst am dritten Tag nach meinem Erwachen erfuhr ich von der Tragödie in meiner Familie. Jenny hatte mir die Nachrichten schonend beigebracht. David konnte es nicht. Er war zu sehr betroffen. Jenny war wieder einmal diejenige, die am besten mit der Situation umgehen konnte. Danach wünschte ich mir ein neues Koma. Ein endgültiges.

Ende Oktober wurde ich entlassen. David war wieder in Carbondale. Er hatte Vater und Kevin inzwischen zusammen bestatten lassen und kümmerte sich um den Verkauf des Hauses. Keiner von uns wollte das Haus übernehmen. Es lag nur noch eine geringe Hypothek darauf, sodass für ihn und mich etwas übrig bleiben würde. Melissas Schwangerschaft verlief nicht glücklich. Zu den erlittenen Katastrophen kam ihre Fehlgeburt dazu, in der zehnten Woche. Das ist nicht selten bei Frauen über dreißig. Doch sie verlor gleich zwei Kinder, was sie stark depressiv machte. Davids Leben entglitt ihm, und er griff zur Flasche. Da nützte ihm sein ganzer Reichtum nichts. Wir waren es nicht gewohnt, mit Tragödien wie diesen umzugehen. Als unsere Mutter verstarb, hielt Vater die Stellung. Doch diesmal hielt niemand mehr die Stellung. So schnell kann eine Familie zerstört werden.

Da ich kein Familienmitglied mehr hatte, das sich weiter um mich kümmern konnte, holte mich Jenny vom Krankenhaus ab und brachte mich in meine Wohnung. David hatte sich zwischenzeitlich um meine Lohnfortzahlung und Miete gekümmert, sodass ich keine Schwierigkeiten bekam. David ist ein großartiger Bruder, trotz des Alkoholproblems.

Als ich nach acht Wochen erstmals wieder meine Wohnung betrat, war es wie ein Déjà-vu. Ich sah auf das Telefon, das gleich klingeln würde. Es würde mein Vater sein, der sich zunächst nach mir erkundigen würde, ehe er mir den Tod von Kevin mitteilen würde. Ich setzte mich neben das Telefon in meinen Sessel und wartete. Es klingelte nicht. Ich sah mich um. Plötzlich war mir alles fremd. Meine Wahrnehmung hatte etwas gelitten. Man sagte mir, das käme von den Hirnblutungen, würde sich mit der Zeit aber geben. Was heißt *mit der Zeit*? Wochen, Monate, Jahre? Konnte ich meinen Beruf je wieder ausüben?

Jenny hatte einen kleinen Willkommensgruß auf den Wohnzimmertisch gestellt: Blumen, Cola und Pizza. Er sah sehr hübsch aus, aber ich verspürte weder Hunger noch Durst. Wie aus heiterem Himmel fragte ich: „Wie geht's Chris?“ So, als hätte ich Josh morgens vor mir.

Jenny sah mich erstaunt an und fragte: „Wie bitte?“

War sie taub? Ich wiederholte meine Frage aggressiv: „Wie geht's Chris?“

„Okay“, sagte sie und schmiss meine Reisetasche voller Jogginghosen und Unterhosen auf den Boden. „Du willst Stress? Dann bekommst du ihn.“

Was war geschehen? Noch nie hatte ich Jenny so außer Kontrolle erlebt. Seit ihrem Urlaub im Sommer hatte sie sich sehr verändert. Sie wirkte gereizt und überfordert.

„Was?“, fragte ich irritiert, aber zu laut. „Ich frag doch nur, wie es Chris geht.“

Sie lief in den Flur und holte ihre Tasche. Sie öffnete sie hektisch und entnahm ihr ein schwarzes Buch. Chris' Buch! Daran konnte ich mich sofort erinnern. Chris hatte seine Geburt aufgeschrieben. Anstatt sich über das gelungene Projekt zu freuen, wirkte Jenny zerstreut und aggressiv. Sie sagte: „Hier! Nimm es! Wenn du neue Gehirnblutungen willst, dann lies es!“ Sie schmiss das Buch auf den Wohnzimmertisch vor mir und ich erhob mich sofort, fühlte mich angegriffen.

„Du kannst es wohl kaum erwarten, Chris wiederzusehen!“, bemerkte sie scharf. Mit verschränkten Armen ging sie zum Fenster und sah hinaus.

Wie ein zerstrittenes Ehepaar standen wir in meinem Wohnzimmer und fochten um unseren *Sohn*. Ja, er war zu unserem Kind geworden. Ob wir wollten oder nicht.

Da meine Kondition noch sehr schlecht war, musste ich mich wieder setzen und fühlte mich restlos durcheinander. Sollte der erste Tag zu Hause nicht ein friedlicher sein? Was hatte Jenny so aus der Bahn geworfen? Was hatte mich damals im Heim so aus der Bahn geworfen?

Mir fiel ein, dass seit vier Wochen die Schule wieder begonnen hatte. War Jenny doch zu sensibel für die Aufgabe einer Lehrerin in einer Kinder- und Jugendpsychiatrie? Oder zu sensibel für diesen einen Schüler? War mein Tatendrang nicht auch in Resignation übergegangen?

Es war Zeit, dass wir redeten. Doch nicht am ersten Tag. Ich starrte die Wand an. Ich starrte so lange, bis Jenny endlich ging. Was sollten wir auch gemeinsam dumm durch die Gegend starren? Ich verspürte mit dem Knall der Haustür eine große Leere in mir. Ich hatte Jenny nicht einmal dafür gedankt, dass sie mich heimgebracht hatte.

Ich aß nichts, und ich schlief nicht. Ich starrte die ganze Nacht auf das schwarze Buch. Es rief: „*Öffne mich.*“ Ich öffnete es am nächsten Morgen und begann zu lesen:

Alles ist weiß. Egal, wohin ich gucke, alles ist weiß. Auch die Menschen um mich sind weiß. Nur ich, ich habe bunte Hosen und einen roten Pulli an. Es würde mich nicht wundern, wenn ich jetzt nur noch Milchreis bekäme. Ha, ha!

Weiß ist sauber. Ich fühle mich sauber. Alle sind nett. Ich bin müde. Ich bin viel allein. Alles ist still. Gut, dass ich schreiben darf. Was soll man schreiben, wenn man nichts erlebt?

Ich vermisse Bob. Aber ich darf nicht mehr Bob sagen. Ich glaube, Bob ist böse auf mich. Ich weiß aber nicht, warum. Dabei habe ich alles genauso gemacht, wie er es sich gewünscht hat. Ich helfe immer, wo ich kann. Ich helfe allen. Auch Henry. Ich sehe Henry im Hof spazieren gehen. Es geht ihm gut. Dann habe ich alles richtig gemacht.

Ich darf nicht raus. Ich darf nur Pillen schlucken. Manchmal kommt Judith mit der Spritze, denn sie hat gemerkt, dass ich meine Pillen nicht herunterschlucke.

Ich habe angefangen, Musiknoten zu schreiben. Aber das ist langweilig. Man kann damit nichts Großes machen. Man kann sie nicht gebrauchen.

Wenn ich so rumschaue, stelle ich mir vor, dass die Spritzen von Judith mit Alkohol gefüllt wären. Dann spiele ich Brad, wie er besoffen war. Ich stelle mir vor, wie ich lalle und onaniere. Dann ist noch mehr Weiß in meinem Zimmer. Schade, ich habe keinen, den ich prügeln kann. Dann wäre das Spiel perfekt. Ob ich Judith prügeln könnte oder Josh? Ob sie das Spiel verstehen würden? Wohl kaum. Hier hat keiner Fantasie. Aber Pillen. Für alles und jedes.

Noch zwei Tage, dann ist die Langeweile vorbei. Dann bin ich nicht mehr allein. Meine Stimme ist schon dunkler geworden. Meine Haare sind ja schon immer dunkel. Leider wächst mir noch kein Bart. Zu schade. Dann würden aber alle gucken! Ich würde morgens duschen und mich danach rasieren! Nass natürlich. So wie Brad. Dann würde ich mich für Judith interessieren, ohne dass es komisch wäre. Als Mann darf man das. Außerdem weiß ich ja schon Bescheid, wie man's macht.

Hallo? Ich glaube, da ruft mich jemand.

Hier bricht die Eintragung ab. Wer hat *Hallo* gerufen? Etwa sein Vater? Jemand vom Personal konnte es nicht gewesen sein, denn die Türen waren schalldicht verschlossen. Und wenn jemand eingetreten wäre, würde Chris es bemerkt haben. Es musste also sein Vater gewesen sein.

Jetzt war ich irritiert. Warum hatte Jenny so ein Theater um das Buch gemacht? Was stand da schon Schlimmes drin? Ich blätterte weiter. Keine Eintragungen mehr. Aus, vorbei.

Jenny war weg, Chris hatte nichts mehr zu sagen, und ich saß mit einem defekten Schädel alleine in meiner Wohnung, die nicht mehr meine Wohnung war. Ich sah mich um. Alles erschien mir fremd. Ich sah auf meine Tasche, die das Leben meiner letzten Monate enthielt. Sie würde ausreichen für mein weiteres Leben. Was sollte ich noch groß vorhaben? Meine Familie war binnen weniger Wochen fast ausgelöscht, mein Job war wohl futsch, meine Freundin ebenso, und von meinem Kontostand wollte ich schon gar nichts mehr wissen. Alles, was ich noch besaß, war dieses verdammte Buch von Chris. Er war als einziger geblieben – Chris.

Ich schlief mit dem Buch an meinem Herzen auf dem Sofa in voller Kleidung ein. Nur wir zwei. Nur wir zwei waren uns geblieben.

Das Buch

Das Telefon klingelte! Ich sprang erschrocken auf und das Buch fiel auf den Boden. Ich sah auf das Buch, dann zum Telefon. „Hallo, hier ist Bob Koman. Kann nicht dran. Sprich du“, hörte ich meine eigene Stimme vom Band sprechen. Es piepste. Das Band lief und wollte aufzeichnen. Keiner sprach drauf. Aufgelegt. Man hatte wohl keine Lust, mit meiner virtuellen Stimme zu sprechen.

Ich ließ mich wieder aufs Sofa zurückfallen und schaltete den Fernseher ein. Mehr als ein Comicsender ging nicht in meinen Verstand hinein.

Als das Telefon erneut klingelte, war ich schneller.

„Bob?“, fragte eine fremde Männerstimme.

Ich sagte: „Ja“, konnte mir aber keinen Reim darauf machen, wer das sein konnte.

„Hier ist Ben.“ Ben? Kenn ich nicht. „Ben?“, fragte ich.

„Ja, der Bruder von Jenny. Ich bin's, Ben. Wir haben doch schon mal telefoniert."

Ja? Haben wir das? „Okay", sagte ich. „Was gibt's, Ben?"

„Ich rufe wegen Jenny an."

„Jenny", wiederholte ich.

„Genau. Sie hat dich vom Krankenhaus abgeholt."

Genau, das hatte sie. Daran konnte ich mich erinnern.

Ben redete weiter. „Was ist denn bei euch passiert? Sie war völlig verstört."

Ich sagte: „Nichts", denn ich konnte mich an nichts weiter erinnern. Zumindest nichts, was mir schlimm erschien.

„Weißt du überhaupt, was los ist?", fragte Ben.

Woher sollte ich? Ich war doch wochenlang *out of order* gewesen. Also sagte ich: „Nein." Dann fragte ich: „Kann ich sie sprechen?"

„Weißt du nicht, wo sie jetzt ist?", fragte Ben erstaunt.

Was war das für ein gemeines Spiel? „Nein, verdammt!", sagte ich, langsam die Geduld verlierend. „Woher soll ich denn alles wissen?" Mein Kopf begann zu schmerzen und ich drückte meine Hand wie nach einem Kater auf die Stirn. Und das an meinem zweiten Tag zu Hause.

Ruhe am Ende der Leitung. Dann sagte Ben: „Ich glaub, ich komm mal vorbei. Bist du gleich da?"

Ich sah an mir herunter. Ich war da. Wo sollte ich heute sonst sein?

Ben ist ein verdammt gut aussehender großer, blonder Bruder. Und Jenny seine verdammt gut aussehende, blonde Schwester. Was für eine schöne Familie! Ich wollte mir gar nicht die Eltern vorstellen. Groß? Schlank? Blond? Gut aussehend? Erfolgreich?

Da stand ich an meiner Wohnungstür vor ihm: kleiner als er, unrasiert, ungekämmt, nach Schweiß riechend, in zerknitterter Kleidung, und ließ ihn in meine Wohnung. Er sah sich um, rümpfte die Nase und wählte den Sessel am Fenster. Ich ging sofort zum Fenster und öffnete es. Eine naserümpfende Geste war ja unmissverständlich.

Das war also Ben. Inzwischen erinnerte ich mich wieder. War er nicht der, den ich einst für Jennys Freund hielt? Wie lange war das her? Es kam mir wie Jahre vor. Mein Koma hatte mich in eine völlig andere Zeitdimension versetzt.

Ben war der Bruder einer Frau, in die ich einmal sehr verliebt war. Jetzt empfand ich gar nichts mehr für sie. Dafür fand ich Ben irgendwie toll. Er saß lässig im Sessel und grinste mich an. Ich setzte mich aufs Sofa und grinste zurück. Ben sah das Buch von Chris auf dem Boden liegen und nickte wissend. „Alles gelesen?“, fragte er.

„Steht ja nicht viel drin“, sagte ich, hob das Buch auf und legte es auf den Tisch.

„Dann hast du es von der falschen Seite angefangen“, sagte er und nahm das Buch in seine Hand. Er drehte es seitenverkehrt und schlug es von hinten auf. Und da waren viele Seiten vollgeschrieben! Eine neue Taktik von Chris?

„Das dachte ich mir“, bemerkte Ben und nahm das Buch ganz an sich. „Dich hat er auch in die Irre geführt. Jenny hat es durch Zufall gefunden. Wenn du es noch nicht gelesen hast, dann solltest du es besser sein lassen. Es wäre besser für dich.“ Das weckte sofort meine Neugier. Zum Teufel, nichts würde ich sein lassen! „Gib’s mir“, sagte ich drängend.

Ben grinste. „Jenny hätte es dir nicht geben dürfen.“

„Gib’s mir!“, sagte ich nun gereizt.

Ben hielt mir das Buch zögernd entgegen. „Bob, lies es nicht. Jenny hat es bereut. Sie wollte es Brisco zeigen. Aber dann hat sie es behalten. Es würde ihr und dir nur Ärger bringen.“

Ich riss ihm mit einer kurzen und überraschenden Bewegung das Buch aus den Händen.

„Es ist ein Teufelswerk“, flüsterte Ben.

Ich drückte es an meine Brust. „Dann ist es bei mir ja richtig. Was habe ich noch zu verlieren?“

„Deine letzte Kraft“, sagte Ben. „Deswegen ist es für dich auch so gefährlich. Jenny hätte es dir nicht geben dürfen.“

„Wo ist Jenny?“

„Beim Arzt. Sie nimmt jetzt Medikamente."
„Welche Medikamente?"
„Beruhigende."
„Weshalb?"

Jetzt wurde Ben wütend. Er erhob sich und schrie mich an: „Na, wegen eures bekloppten Chris'! Er ist auf dem Weg, sie zu zerstören, aber sie will es nicht wahrhaben! Er wird auch dich zerstören, aber du wirst es auch nicht wahrhaben wollen!"

Ich sah ihn entrüstet an. „Zerstören?", fragte ich. „Was zur Hölle macht er?"

„Nichts!", schrie Ben, nun noch lauter. Als hätte er nicht schon genug Dezibel aufgefahren. „Er tut *nichts*! Er hat genau aufgeschrieben, wie er nichts tut und was er alles damit vorhat. Er wird bald frei sein und euch dann hinrichten! Jenny muss da weg, und zwar schnellstens! Aber jetzt bist du wieder da, und wenn du bleibst, bleibt sie auch! Also, tu mir einen Gefallen und geh da auch weg! Bitte! Ich bitte dich! Tu es für Jenny", flehte Ben und griff mir an die Schultern. Ein unangenehmes Gefühl überkam mich. Ich lockerte sofort seinen Griff und schüttelte seine Hände von mir.

Wie konnte ich ihm antworten, wenn ich nicht einmal wusste, wovon genau er sprach? Ich drückte das Buch an mein Herz.

Als Ben endlich weg war, hielt ich immer noch das Buch an meinen Leib gepresst. Mein Junge, dachte ich, was tun die nur mit dir? Meinte ich mich oder Chris?

Ben war, ohne einen Gruß zu hinterlassen, gegangen. Ich war wieder allein. Was für eine berauschende Begrüßung nach monatelangem Krankenhausaufenthalt.

Ich spürte förmlich meinen Bartwuchs austreiben. Ich war zu einer jämmerlichen Kreatur geworden. Was musste Ben jetzt von mir denken? Wie konnte sich Jenny nur so einen Loser angeln?

Jetzt hatte ich nicht nur Jenny verloren, sondern auch Ben, der mir vielleicht ein guter Freund gewesen wäre. Ich sackte auf das Sofa nieder und schlief wieder ein. Diesmal bis zum Abend. So tief war meine Erschöpfung gewesen.

Die gute Jenny hatte meinen Kühlschrank mit gesunden Dingen aufgefüllt, doch ich entschied mich für das abgelaufene Vanilleeis aus meinem früheren Leben. Dazu eine Tasse mit starkem Kaffee.

Ich stellte beides auf den Wohnzimmertisch und betrachtete das schwarze Buch. Weshalb hatte Chris das Buch plötzlich von hinten begonnen? Weil er ein Neues starten wollte und keins hatte? Diese Erklärung erschien mir am einfachsten. Oder weil er das Ende schon niedergeschrieben hatte und bis zum Anfang eine schlüssige Geschichte ankoppeln wollte? Eine von zwei Seiten aufgerollte Lebensgeschichte, die sich in der Mitte, im Jetzt, treffen sollte? Das wäre phänomenal! Das wäre Wahnsinn! Das wäre Chris!

Ich schlug das Buch von hinten auf und sah sofort die veränderte Schrift.

Ich begann zu lesen:

Hallo Chris, mein Junge!

Wie geht es dir?

Ich hoffe, dass du dich nicht hast unterkriegen lassen, denn du bist ein guter Junge – mein Junge!

Du hast alles richtig gemacht. Du bist immer brav gewesen. Du hast immer das getan, was die anderen wollten. Das hast du gut gemacht!

Jetzt bist du schon ein richtig junger Mann. Es wird Zeit, dass ich dir etwas über das Leben aufschreibe.

Ich weiß, dass du sehr klug in der Schule bist, aber im Leben brauchst du noch viel Hilfe.

Regel Nummer 1:

Sage den anderen immer die Wahrheit. Verpacke sie nur geschickt, denn die wirkliche Wahrheit wird dir immer Ärger bringen. Sobald du versuchst, den anderen die reine Wahrheit über dich und deine Gefühle zu sagen, werden sie deine Wahrheit verdrehen und dir viele Schwierigkeiten verursachen.

Regel Nummer 2:

Tu immer das, was die anderen von dir erwarten. Dann werden sie nie merken, was du wirklich tust. Das, was du wirklich tun willst, tue heimlich, denn die anderen werden es nicht verstehen. Und es wird dir umso mehr Spaß machen, die anderen zu täuschen und um den Finger zu wickeln. Das ist ein Hochgenuss, sag ich dir!

Regel Nummer 3:

Sei immer fröhlich, höflich und freundlich. Auch das beherrschst du schon sehr gut. Unter dem Deckmantel von Fröhlichkeit, Höflichkeit und Freundlichkeit kann man sich richtig gut verstecken. Du hast ja schon selbst gemerkt, dass du, wenn du unfreundlich wirst, schreist und schlägst, eine Menge Ärger bekommst. Also tu auch dies heimlich, dort wo dich keiner belangen kann.

Mit Freundlichkeit und Höflichkeit kannst du viele Menschen erreichen, die dir helfen, böse Dinge zu tun. Du wirst sehen, du wirst verstehen.

Regel Nummer 4:

Sei immer sauber und gepflegt. Umso weniger vermutet man von dir, wie sehr dir schmutzige Dinge Freude machen. Reinlichkeit ist gut für den Geist. Also merke: nach jeder schmutzigen Sache gut duschen und frische Sachen anziehen.

Regel Nummer 5:

Lerne, gut gewählte Worte zu nutzen. Dann kannst du jeder Wahrheit eine andere Wahrheit geben. Ich gebe dir ein Beispiel:

Wenn dich einer fragt: Hat dir das Essen geschmeckt? Und die Wahrheit wäre: Pfui Teufel, es war ekelhaft! So kannst du sagen: Danke, ich konnte es sehr gut verdauen.

Du verstehst, was ich meine. Du musst immer einen Weg finden, die Dinge so zu erklären, dass die anderen die gewünschte Antwort bekommen. Das macht dich überall beliebt. Du wirst viele Freunde finden.

Regel Nummer 6:

Lebe deine ehrliche Seite aus, sonst wirst du eines Tages platzen. So wie ich. Ich bin Amok gelaufen und wurde eingesperrt. Nur, weil ich meine böse Seite unterdrückt habe. Danach hatte ich viele Probleme, wieder aus der Anstalt wegzukommen. Und es wurde nie mehr alles gut. Du weißt, dass ich daran gestorben bin. Also, pass gut auf dich auf und sei klug. Du wirst immer eine Möglichkeit und einen Ort finden, deine böse Seite auszuleben. Doch erzähle niemanden davon.

Regel Nummer 7:

Unterdrücke niemals deine Freude, deine Lust und deine Triebe, denn es vernebelt den Geist. Ein vernebelter Geist bringt dein Denken durchei-

nander. Dadurch wirst du unvorsichtig. Es ist völlig egal, ob du Sex mit Frauen oder mit Männern hast. Nur eine Bitte: niemals mit Kindern! Du weißt, dass dein Großvater dafür umgebracht wurde.

Wenn du deine sexuelle Lust unterdrückst, kommt sie irgendwo falsch an die Oberfläche, und du wirst viele Schmerzen dabei haben.

Regel Nummer 8:

Wenn du jemanden liebst, dann halte ihn fest und pass gut auf ihn auf. Beobachte denjenigen, damit du immer weißt, was er braucht und von dir erwartet. Ich war nur einmal unvorsichtig, und schon hatte man mir deine Mutter weggenommen. Ich habe sie nie wiederbekommen, obwohl ich so stark um sie gekämpft habe. Was aus ihr geworden ist, als sie mich wegschickte, hast du selbst miterlebt. Das wird dir genug Lehre sein. Beherrsche den, den du liebst.

Regel Nummer 9:

Lass dich nicht von dem abbringen, was du tun möchtest, willst oder für richtig hältst. Du musst nicht immer gleich töten. Du kannst unangenehme Menschen auch geschickt vertreiben oder wahnsinnig machen, sodass sie von alleine gehen.

Pass gut dabei auf. Es ist nie gut, erwischt zu werden.

Regel Nummer 10:

Damit du dein Leben in Freiheit leben kannst, musst du allen zeigen, dass du die ersten 9 Regeln perfekt beherrschst.

Viel Glück und alles Gute, mein Junge! Ich bin immer bei dir.
Dein Vater

Ich las die letzten Worte noch einmal: *Viel Glück und alles Gute, mein Junge! Ich bin immer bei dir. Dein Vater.*

Dann las ich noch einmal: *Du musst allen zeigen, dass du die ersten 9 Regeln perfekt beherrschst.*

Dass mir beim Lesen der Schweiß ausbrach, erklärte die Angst, die ich durchstand, als sich mir all diese Worte in den Verstand zu drängen versuchten. Es war, als verweigerte mein Verstand den Einlass, doch letztendlich fand er mit Gewalt meine Transmitter und verteilte die Informationen in meinem Gehirn.

Da hatte Chris doch tatsächlich das andere Ende des Buches

genutzt, um diese merkwürdigen Regeln zu notieren. Es muss der Moment gewesen sein, als seine Geburt vollendet war. Hier zeigte sich zum ersten Mal seine schizophrene Seite schwarz auf weiß.

Nach einigen Leerseiten, fand ich noch folgende Zeilen:

Gott gab uns 10 Gebote. Wenn wir diese befolgen, wird uns nichts geschehen. Unser Gewissen wird ruhen, unser Glück von tiefer Berührung getragen. Wir werden es lieben, in den Himmel zu kommen, mehr als auf Erden zu leben. Es wird uns Freude machen, die Gebote zu leben, denn es wird uns nichts geschehen.

Las ich richtig? Wurden da etwa die 10 Gebote seinen 10 Regeln gleichgesetzt? Wie gefährlich war seine schizophrene Figur? Und, wie mächtig war sie?

Plötzlich fiel ein kleiner Zettel aus dem Buch. Ich hob ihn auf und erkannte sofort Jennys Handschrift. Ich las:

Ich habe das Buch von Chris an mich genommen. Er hat sich in letzter Zeit sehr verändert. Sein freundlicher Gesichtsausdruck ist eine unveränderte Maske geworden. Chris wollte das Buch zunächst nicht hergeben. Da vermutete ich schlimme Eintragungen, die ich unbedingt Dr. Brisco zeigen wollte. Als ich nach dem Buch griff, ging Chris auf mich los. Zum ersten Mal erlebte ich einen körperlichen Angriff von ihm. Er kratzte mir ins Gesicht und versuchte, meine Augen zu verletzten. Wohl, damit ich das Buch nicht lesen konnte. Schwester Annie eilte mir zur Hilfe.

Eine Stunde später, als Dr. Brisco informiert war und Chris aufsuchte, war der Junge überall verletzt. Er hatte eine aufgesprungene Lippe, Hämatome im Gesicht, zwei Rippenbrüche und sein rechtes Handgelenk zertrümmert. Er behauptete, ich sei das gewesen, als ich mir das Buch mit Gewalt geholt hätte. Ich sei schon öfter gewalttätig gegen ihn geworden und hätte ihn öfter unsittlich berührt. Er hätte nur nichts gesagt, um mir keine Schwierigkeiten zu bereiten. Ich sei ja sonst eine nette Lehrerin.

Schwester Annie steht hinter mir. Zum Glück.

Chris bekommt nun stärkere Medikamente, genau wie ich.

Ich bin vorerst suspendiert, bis die Dinge endgültig geklärt sind. Chris hat mich zunächst aus seinem Umfeld eliminiert. Das sei nur der Anfang, schrie er mir hinterher. Wenn ich wiederkäme, wäre ich die Erste auf seiner Liste. Was auch immer er damit meinte. Ich habe Angst.

Ich konnte nicht glauben, was ich da las! Was sollte dieser Handzettel in diesem Buch? War es eine Art Hilfeschrei, falls ihr etwas zustoßen würde? Oder war es der Entwurf einer ersten Dokumentation für Dr. Brisco, die zunächst nicht aktenkundig werden sollte?

Ich konnte meine Gedanken nicht sortieren, so verwirrt war ich. Dann stellte ich fest, dass nach einigen Leerseiten wieder etwas geschrieben war. Ich las:

Du stehst im Nichts. Du bist vollkommen nackt. Du bist rein. Reines Blut pulsiert in dir. Reines Wasser beträufelt deinen Körper.

Eine warme Hand berührt deinen Kopf.

Eine dunkle Stimme spricht zu dir und erteilt dir den Segen.

Du atmest, du pulsierst, du wächst über dich hinaus und lebst die 10 Regeln deines Lebens. Dir wird nichts geschehen.

Damit hörten alle Niederschriften in dem Buch auf. Ich konnte nichts Weiteres finden. Ich starrte auf die vielen leeren Seiten, die noch von Chris beschrieben worden wären, wenn Jenny das Buch nicht eingezogen hätte.

Mir kam eine Idee. Ich schmiss das Buch auf den Tisch, holte Blatt und Stift und schrieb wie von Sinnen:

1. *Sag den anderen immer die Wahrheit*
2. *Tu immer das, was die anderen von dir erwarten*
3. *Sei immer fröhlich, höflich und freundlich*
4. *Sei immer sauber und gepflegt*
5. *Lerne, gute Worte zu nutzen*
6. *Lebe deine ehrliche Seite aus*
7. *Unterdrücke niemals deine Freude*
8. *Wenn du jemanden liebst, dann halte ihn fest*

9. Lass dich nicht verhindern
10. Beherrsche alle 9 Regeln, damit du in Freiheit leben kannst

So die zusammengefasste Version. Täuschung oder Missverständnis? Was sollte ich davon halten?

Eine der wichtigsten Kriterien, die hier zu erwähnen seien, wären, dass diese Niederschrift in einer völlig anderen Handschrift war, als die, die ich von Chris bisher kannte. Diese hier hatte völlig andere Merkmale. Auch wenn er die Kunstschrift hervorragend beherrschte, so schrieb er meiner Meinung nach recht chaotisch. Diese Handschrift war eindeutig nicht von Chris, nicht von der Persönlichkeit, die wir kannten. Diese Handschrift war von jemand anderem, aber von seiner Hand ausgeführt.

Mir kam ein interessanter Gedanke: Ich musste herausfinden, wie die Handschrift von Chris' Vater Dane Gelton ausgesehen hatte. Wo konnte ich sie finden? Hatte Dr. Brisco nicht die Unterlagen von Gelton? Vielleicht den Kaufvertrag seines einstigen Restaurants, des *Running Horse*. Der Ausweis, Briefe an Sarah, die Heiratsurkunde. Überall hatte er seine Handschrift hinterlassen. Ich brauchte so viele handgeschriebene Wörter wie möglich von ihm. Ich glühte! Ich war wie von Sinnen!

Das erklärte Jennys schlechte Verfassung, das erklärte auch ihre Wut auf den Jungen. Dabei hatte sie so recht gehabt: Chris bereitete eine Geburt vor. Und ich war nicht dabei gewesen. Ich lag derweil im Koma. Vielleicht wäre ich besser an das Buch gekommen als sie.

Was war in der Zeit, in der ich im Koma gelegen hatte, vorgefallen?

Fragen über Fragen, die mich quälten. Ich stand auf und holte ein Glas Wasser in der Küche. An meinem Kühlschrank hingen noch alle Merkzettel vom Juni, als ich zu meinem Vater gefahren war. Ich trat näher, um zu lesen, was mich derzeit alles beschäftigt hatte. Ein Arzttermin bei Dr. Calgoy zur alljährlichen Personaluntersuchung. Ein Augenarzttermin, Davids neue Adresse und ein Pizza-Rezept, das mir Jenny diktiert hatte. Ich las: *400g Mehl, ½ Tasse Öl, 1 Teel. Salz, 1 Teel. Zucker, 40g Hefe, ½ Tasse warmes Wasser.* Cool! Ich hatte endlich ein richtiges Pizza-Rezept! Ich las es noch einmal und erstarrte irgendwie dabei. Dann riss ich den Zettel vom Kühlschrank ab, schmiss das Glas Wasser in die Spüle, so dass es zerbrach, und rannte ins Wohnzimmer. Ich griff nach dem Buch, schlug es auf, legte den Zettel daneben und verglich die Handschrift. Ich sah von rechts nach links und von links nach rechts und stellte fest, dass sie vollkommen identisch war! Ich brauchte nicht mehr nach Dane Geltons Handschrift zu forschen. Die Zeilen in dem Buch hatte eindeutig ICH geschrieben!

Ich fühlte, wie sich mein Körper auf das Sofa fallen ließ, mit dem Buch an meinem Herzen. Was hast du nur getan, mein Junge? Wie konntest du Jenny das Buch geben?

Wenn der Nachrichtensprecher bei der Begrüßung nicht das Datum gesagt hätte, hätte ich geglaubt, mindestens eine Woche geschlafen zu haben. Wieder klingelte das Telefon. Wieder lag ich verwahrlost auf dem Sofa und entschied, mein virtuelles Ich mit dem Anrufer plaudern zu lassen. „Hallo, hier ist Bob Koman. Kann nicht dran, sprich du“, hörte ich wieder. Dann: „Hallo, Bob, hier ist David.“ Mein Bruder klang müde. „Wollte mal nachfragen, wie du klarkommst.“

Klarkommen? Weshalb sollte ich nicht klarkommen? Ich saß hier, roch alten abgestandenen Kaffee, sah auf eine Lache flüssiges Eis und fror, weil das Fenster auf Kipp stand. Ich fühlte meine nachgewachsenen Bartstoppel, fuhr mir durchs zerwühlte, fettige Haar und hatte ekelhaften Mundgeruch. Klar komme ich klar!

„Ruf mal zurück“, hörte ich David noch sagen. Dann piepte das Band. Ich sah mich um und konnte mich nicht sortieren. Was war geschehen? Wie lange hatte ich geschlafen?

Ich sah das Buch auf dem Sofa. Das Buch. Dann erinnerte ich mich. Wie sollte ich das Gefühl beschreiben? Es war, als wenn dir einer einen Ballon im Leib aufpustete und deine Organe immer weiter an den Rand presste. Daher sicherlich der Spruch:

Ich fühle mich zum Bersten. Beklemmungen, Angst, Kontrollverlust, Panik und Zorn machten sich in mir breit. Eine unerträgliche Mischung wanderte von meinem Leib direkt hoch ins Gehirn. Sämtliche Synapsen schalteten auf stopp und blockierten die Zugänge und Kreuzungen. Stau entstand. Tausende von wütenden Gedanken begannen, wie wütende Autofahrer zu hupen. Ein unerträgliches Durcheinander. Ich hatte den Eindruck, als würden meine Hirnanhangdrüsen anschwellen und meinen Hals versteifen. War ein Schlaganfall im Anmarsch? Ich bewegte meinen Mund. Der ließ sich links wie rechts problemlos steuern. Ich sprach die Worte des Nachrichtensprechers nach. Meine Worte kamen mir klar und deutlich über die Lippen. Ich griff nach dem Telefonhörer und drückte die Kurzwahltaste für David. „Ich kann nicht mehr!!“, schrie ich in den Hörer, ließ den Hörer fallen, rannte zum Klo und kotzte.

„Hallo?“, erreichte mich eine Stimme ganz weit entfernt. „Hallo? Können Sie mich hören, Bob?“

Ja, ich hörte, aber sagen konnte ich nichts. Wie damals, als ich zum ersten Mal aus dem Koma erwachte. Ich hörte erneut die Stimme, wie sie sagte: „Machen Sie mal die Augen auf, Bob.“

Ich kämpfte, meine Augenlider zitterten. Dann endlich, nach langem Kampf, schlug ich sie auf.

Ein fremder Mann sah mich an, so nah, dass ich zunächst nur seine Nase wahrnahm. Dann leuchtete er mir in die Augen, oben und unten, links und rechts.

„Eine Geburt?“, fragte ich.

„Sozusagen“, sagte der Arzt. „Jetzt sind Sie ja wieder da. Sie sind also wieder neu geboren.“

Erleichtert schloss ich wieder meine Augen. Die Geburt war überstanden. Ich schlief ein.

David hatte sofort den Notruf angerufen, dann Jenny und Ben. Meine Haustüre war aufgebrochen worden. Sonst wären sie nicht zu mir hereingekommen. Sie fanden mich neben der Toilette. Ich hatte meinen ersten Schlaganfall. Sie sagten, es wäre ein leichter, ohne Folgeschäden. Warum ich allerdings ohnmächtig geworden bin, konnte sich niemand erklären. Vielleicht Schwäche. Nichts getrunken, nichts gegessen. Zuviel Verwirrung im Kopf. Gott sei Dank hatte ich David rechtzeitig angerufen. Kaum zwei Tage zu Hause, schon wieder im Krankenhaus. Ich glaubte es nicht.

David saß an meinem Bett. Eine Metamorphose hatte sein Gesicht in den letzten Monaten verändert. Er sah gar nicht mehr wie mein Bruder aus. Was war nur aus uns geworden? Mein Bruder soff, und ich wurde bekloppt. Wir sahen uns an und mussten weinen – über uns, über unsere verlorene Familie, über unsere verlorene Zeit, unsere verlorene Gesundheit, verlorene Arbeit und verlorene Freunde. Alles hatten wir verloren. Wir teilten eine Depression durch zwei und hielten uns fest. Das war leichter, als sie alleine zu tragen.

Ich sah eine Bewegung hinter David, als wir uns in den Armen hielten. Jenny stand in der Tür. Ich winkte, sie sollte auch noch zu uns kommen, drücken, umarmen, festhalten. Doch sie blieb lächelnd, mit Tränen in den Augen, im Türrahmen stehen. Als David mich losließ, rannte er sofort aus dem Zimmer und ging sich woanders ausweinen. Seine Frau Melissa war auch nicht mehr bei ihm.

Jenny kam jetzt näher zu mir. In dem Moment erinnerte ich mich an Bens Worte: *Lies das Buch nicht. Jenny nimmt jetzt Medikamente.* Zeitgleich mit meinen Erinnerungen sagte Jenny: „Ich hätte dir das Buch nicht geben sollen."

Jetzt bekam ich auch Medikamente. Ich nickte und sagte, etwas steif im Kiefer: „Warum beschäftigen wir uns eigentlich mit Chris?" Sollte das doch Dr. Brisco übernehmen. Jenny nickte. „Weil er eine verunglückte Seele ist."

Mein Vater sagte zu mir: *Er wird dich zugrunde richten.* Ich sagte zu Jenny: „Geben wir ihm doch einfach Pillen."

„So einfach ist das nicht."

„Wieso?", fragte ich.

„Weil er sich tadellos führt. Dr. Brisco spielt mit dem Gedanken, ihn etwas zu rehabilitieren. Genau wie Chris es geplant hat.

Und wenn die Dosierung der Medikamente herabgesetzt ist, wird seine Fantasie wieder größer."

„Hat Dr. Brisco das Buch gelesen?"

„Nein."

„Warum nicht?"

„Weil Chris dich jetzt mit reinzieht. Das kann ich nicht zulassen."

Jenny wusste also wegen der Schrift Bescheid.

„Aber Dr. Brisco ist doch nicht blöd. Er weiß, dass ich das nicht geschrieben haben kann. Ich lag im Koma."

Jenny zögerte. Ich sah es genau und sah sie eindringlich an. „Bob, lass uns aufhören, uns den Kopf über Chris zu zerbrechen. Du musst jetzt an dich denken, nicht an andere."

Ich sah sie weiterhin eindringlich an. Sie sah weg und ging zum Fenster. Sie wusste etwas. Ich wurde unruhig und sah sie weiterhin streng an, wenn auch nur von hinten.

Jenny drehte sich um. „Du darfst dich jetzt nicht damit beschäftigen. Es geht dir nicht gut."

Ich schnaufte verächtlich. Wann war es mir im letzten Jahr jemals gut gegangen?

„Hör auf", hörte ich Jenny eindringlich sagen. „Du bringst mich in einen Konflikt."

Ich nickte und sah mir meine Bettdecke uninteressiert an. Sie wusste, dass ich nicht lockerlassen würde.

Nach quälenden Minuten der Schweigsamkeit sagte sie: „Chris sagte mir, du hättest ihm das Buch einmal heimlich zugesteckt und es ihm plötzlich wieder weggenommen, um hinten etwas einzutragen. Das war vor deinem Unfall."

Ich wurde rot. „Das ist doch Schwachsinn!", entfuhr es mir. „Das klingt erstmal logisch", sagte Jenny leise, um mich wieder runterzuholen.

„Das klingt nach Schizophrenie."

„Chris führt sich tadellos."

Ich nickte. Ich verstand. Die 10 Regeln, oder sollte ich besser *Gebote* sagen?

Jenny drehte sich wieder zum Fenster. „Ben sagt, wir sollten beide unsere Stelle kündigen. Es wäre das Beste für uns. Dann könnten wir Chris ganz langsam vergessen und würden wieder in ein normales Leben finden."

„Ben weiß aber auch, dass wir damit einen hochgefährlichen Menschen ins Leben entlassen. Wissentlich."

„Damit müssen wir leben."

„Er wird uns aufsuchen, wenn er raus ist."

Im Glas der Fensterscheiben sah ich Tränen, die sich in ihren Augen widerspiegelten. Angst?

„Sind wir so machtlos?", fragte ich leise. Jenny deutete ein Nicken an. Sie flüsterte: „Wenn Brisco dich jetzt so sieht, wird er feststellen, dass du nicht mehr einsatzfähig bist. Wir sind beide am Ende. Wir sind zwei Wracks, denen man nicht mehr glauben wird. Brisco will kompetente Fachleute."

Jenny drehte sich wieder zu mir und schnäuzte in ein Taschentuch. Sie hatte recht. Was sollte Brisco jetzt noch mit uns anfangen? Er würde es sicherlich begrüßen, wenn wir ihm die Entscheidung einer Kündigung abnehmen würden. Chris hatte uns ins Aus geschossen. Und unsere berufliche Existenz dazu. „Chris müsste sich selbst verraten", flüsterte ich deprimiert vor mir hin. Wir schwiegen ein paar Minuten und ließen den Gedanken in uns wirken. Dann sagte Jenny: „Er wird es nicht tun. Dafür ist er zu klug und zu diszipliniert. Seine Gedankengänge sind für uns unerreichbar."

„Dann müssen wir uns in ihn hineinversetzen und etwas finden, das ihn verletzlich macht."

„Wir? Wann? Wenn wir wieder unsere Arbeit aufnehmen? Welche Arbeit?"

Wir schwiegen wieder.

„Sein Vater!", dachte ich meinen letzten Gedanken zu Ende. Ich sah Jenny erwartungsvoll an. Wir hatten die gefährlichste Waffe überhaupt gegen ihn in der Hand: seinen Vater. Der, der jetzt in ihm steckte, müsste zu seinem größten Feind werden.

Nach drei Tagen war ich wieder zu Hause. Wieder ein Déjàvu. Diesmal wich mir Jenny nicht von der Seite und zog bei mir ein. Sie befürchtete einen erneuten Absturz meinerseits. Ich empfand sie nicht mehr als das Mädchen, in das ich mich vor meinem Unfall verliebt hatte, jetzt empfand ich sie als Freundin. Ebenso respektvoll pflegten wir den Umgang miteinander. Keine Berührung, kein zweideutiges Wort.

Zunächst hatte mir der Arzt wieder viel Ruhe verschrieben. Ruhe, die ich kaum für das nutzen konnte, was ihm vorschwebte, nämlich körperliche und geistige Erholung. Ruhe hieß für mich denken.

Ich absolvierte brav meine verordnete Gymnastik, schluckte meine Blutverdünner und besuchte vorsichtshalber einen Logopäden, um sprachliche Defizite zu vermeiden.

Nach drei Wochen war die verordnete Ruhe vorbei, und ich musste zu einer Abschlussuntersuchung. Man war zufrieden und entließ mich ins Nirgendwo. Man gab mir den Gedanken mit, dass mein bisheriger Beruf sicherlich nicht der beste für meine Gesundheit wäre. Ich sollte mich umorientieren. Ich nickte brav, mir war sowieso alles egal.

Jenny sah die Situation genauso. Sie versuchte immer wieder, mich von meiner Idee abzubringen, Chris zur Strecke bringen zu wollen. Er musste hinter Schloss und Riegel bleiben. Darüber waren Jenny und ich uns wenigstens einig.

Weihnachten näherte sich unbemerkt und verschwand auch nahezu unbemerkt. Wir hatten beschlossen, keine Dekoration in der Wohnung aufzuhängen, da sie uns geheuchelt erschien. Irgendwie hielten wir die Zeit aus und warteten auf den Beginn des neuen Jahres, wenn Jennys Suspendierung vom Dienst vorbei sein würde.

Der Januar 2010 begann. Der Prozess kam in Gang, indem Dr. Brisco das Buch verlangte, von dem Chris ihm erzählt hatte.

Aha, Chris hatte also auch eine Strategie entwickelt. Angeblich sollte eine Prügelei zwischen ihm und Jenny stattgefunden haben. Na, das mit den selbst zugefügten Blessuren kannten wir ja schon.

Zunächst organisierte Jenny über Josh ein identisches Buch. Ich hatte derweil ein Gespräch mit meinem Chef wegen meiner weiteren Einstellung in dieser Klinik. Überrascht nahm ich Dr. Briscos Vorschlag an, mich noch einige Wochen zu schonen und dann erst einmal für wenige Stunden am Tag leichte Aufgaben zu übernehmen. Ihm schwebte ein Integrations-Programm vor, wie er selbst sagte. Er würde mich nicht so schnell aufgeben wollen. Das baute mein Selbstbewusstsein enorm auf. Ich kam in ein finanzielles Unterstützungsprogramm meiner Krankenkasse und meines Arbeitgebers und konnte meine monatlichen Auslagen bewältigen. Zudem sah ich meinem ersten Arbeitstag im Februar entgegen.

Uns war natürlich klar, dass Chris meine Handschrift exakt kopiert hatte, um mich zu verwirren. Es hatte schließlich ausreichend Möglichkeiten gegeben, sie zu erlernen. Er konfrontierte mich auf diese Art wieder mit meiner Vaterrolle. Zugleich spielte ihm seine Schizophrenie einen bösen Streich. Er konnte mich von seinem Vater nicht mehr wirklich trennen. Das war gefährlich. Das war aber auch für mich die Möglichkeit, ihn zu erreichen. Wir überlegten, was ich hinten in dem Buch eintragen könnte, damit diese verdammten 10 Regeln ihre Aussagen verlieren würden. Ich formulierte seine Worte um. Das sah dann so aus:

Hallo Chris, mein lieber Junge.

Wie geht es dir?

Ich hoffe, dass es dir gut geht und du dir alle Mühe gibst, ein guter Junge zu sein. Du musst immer aufpassen, alles richtig zu machen.

Jetzt bist du schon ein richtig junger Mann. Es wird Zeit, dass ich dir etwas über das Leben aufschreibe. Ich weiß, dass du sehr klug in der Schule bist, aber im Leben brauchst du noch Hilfe.

Regel Nummer 1:

Sag den anderen immer die reine Wahrheit. Sobald du versuchst, die anderen über dich und deine Gefühle zu belügen, bekommst du nur Schwierigkeiten.

Regel Nummer 2:

Tu immer das, was richtig ist, nicht, was die anderen erwarten. Täusche die anderen nicht. Mache nichts heimlich. Es ist falsch, andere zu täuschen und um den Finger zu wickeln. Es kommt früher oder später immer ans Tageslicht.

Regel Nummer 3:

Sei ein fröhlicher, höflicher und freundlicher Junge und verbanne alle schlechten Gedanken. Ehrliche Freundlichkeit macht viel Spaß. Du brauchst dann nie mehr zu schreien und zu schlagen.

Regel Nummer 4:

Sei immer sauber und gepflegt. Reinlichkeit ist gut für den Geist. Also, immer sorgfältig duschen und frische Sachen anziehen.

Regel Nummer 5:

Lerne, deine Worte gut zu wählen. Sage immer die Wahrheit, auch wenn sie unangenehm ist und unfreundlich klingt. Aber damit können die anderen Menschen besser umgehen, als wenn du sie anlügst. Ehrlichkeit ist eine Tugend. Du wirst damit viele gute Freunde finden.

Regel Nummer 6:

Rede mit anderen über deine Probleme, damit sie dir helfen können, bevor du noch mehr Probleme bekommst. Wenn du nämlich böse Sachen machst, wird man dich dafür bestrafen.

Regel Nummer 7:

Unterdrücke deine Lust und deinen Trieb, wenn beide nicht in Ordnung sind. Denke an die anderen Menschen, die du damit schlimm verletzen könntest. Wenn du Sex hast, dann immer mit jemanden, der das auch gerne mit dir hat. Sprich vorher mit demjenigen über deine Vorstellung, damit du den anderen nicht verärgerst oder demütigst. Es ist völlig egal, ob du Sex mit Männern oder mit Frauen hast. Aber bitte niemals mit Kindern! Das ist strafbar und ganz schlimm für das Kind. Dafür wirst du nämlich eingesperrt und kommst nie mehr frei.

Wenn du fühlst, dass du Lust auf Sex hast, und es ist niemand da, dann such dir jemanden, der sich dafür bezahlen lässt. Das ist der erlaubte Weg, und du bist auf der sicheren Seite.

Regel Nummer 8:

Wenn du jemanden liebst, dann zeige es ihm und pass gut auf ihn auf. Aber enge deinen Partner niemals ein oder sprich Verbote aus. Erst die gegenseitige Freiheit bringt tiefes Vertrauen und tiefe Liebe mit sich. Sei deinem Partner immer ehrlich gegenüber und sage ihm auch Dinge, die dir unangenehm sind. Dann spürt der andere auch, wie sehr du ihm vertraust.

Regel Nummer 9:

Lass dich nicht abhalten, das zu tun, was du gerne möchtest, solange es nichts Unrechtes ist. Gehe Menschen aus dem Weg, die dich zu unrechten Dingen verführen wollen. Unrecht ist alles, was andere Menschen verletzt, demütigt und ihnen weh tut. Lerne, mit den anderen Menschen mitzufühlen und finde deine Grenze, bevor du die Grenze des anderen überschreitest. Das Böse lockt überall. Der Kluge lernt, es zu meiden.

Regel Nummer 10:

Damit du dein Leben in Freiheit leben kannst, musst du allen zeigen, dass du die ersten 9 Regeln beherrschst.

Viel Glück und alles Gute, mein Junge!

Damit erklärten wir Christopher Gelton den Krieg.

Zugleich erschrak ich über meine plötzliche Position. Schrieb ich tatsächlich als sein Vater in dieses Buch? Ein Schauer fuhr mir über den Rücken!

Mir blieben noch drei Wochen, mich körperlich wieder in Form zu bringen und sämtliche Schritte, die wir zu unternehmen planten, noch besser auszufeilen. Wir wollten Chris jede Chance auf eine Rehabilitation nehmen. Er war ein Wahrnehmungsgenie, das sich auf dem Weg befand, wahnsinnig zu werden. Sein Trumpf und unser Leid: totale Disziplin. Wie kann man so einem Menschen effektiv begegnen?

Was uns am meisten beschäftigte: Würde Dr. Brisco dabei mitspielen?

Jenny und ich gingen zunächst zum Friseur, holten uns neue Kleidung, gingen schwimmen und überwanden unsere freundschaftlichen Gefühle, indem wir uns sexuell wieder annäherten. Diesmal ohne Erektionsstörung. Wir wurden zwei Liebende, die sich endlich gefunden hatten, mitten im Schmerz von Verlust und psychischer Leiden. Selbst Ben war begeistert, wie sehr seine Schwester wieder Lebensmut gefasst hatte. Er wusste nicht, dass wir uns auf unseren bisher stärksten Kampf im Leben vorbereiteten.

Jenny brauchte immer weniger Medikamente, und ich war nicht mehr so eifersüchtig anderen Männern gegenüber, die Jenny von Weitem lustvoll betrachteten. *Sie gehört zu mir*, schrie ich ihnen im Geiste triumphierend entgegen.

Dann kam der Tag, an dem wir vor der Klinik standen und unserem ersten gemeinsamen Arbeitstag entgegensahen, ich meine, Jenny arbeitete ja schon seit einigen Wochen wieder. Wir standen auf dem Parkplatz und sahen die Hausfassade hinauf. Fenster an Fenster gereiht erschien uns der Komplex wie eine Festung, die es nun zusammen zu erobern galt. Einmal gut durchatmen und hinein in das Kriegsgebaren, mit dem fingierten Buch unter dem Arm. Das andere Buch lag sicher zu Hause. Dann standen wir vor unserem Chef, wir, die Eltern von Christopher Gelton: strahlend, energiegeladen und höflich. Wir waren hier, um die Erziehung unseres Sohnes weiter fortzuführen. Ein *so guter Junge*, nicht wahr?

Jenny gab Brisco wohlerzogen das Buch, er las und fragte: „Und was soll jetzt diese Heimlichtuerei um das Buch?"

„Das fragen wir uns mittlerweile auch", gab Jenny grinsend zur Antwort. Wir wussten beide, hätte er das andere bekommen, hätte er es als alberne Fantasien eines pubertären Jungen abgetan. Er nahm Chris' *Gekritzel* sowieso nicht ernst. Chris befand sich in einer Anstalt.

Jenny drückte meine Hand und sagte: „Was sich dieser Chris auch immer ausdenkt!"

Es reichte, dass wir beide Bescheid wussten. Wir wollten nicht wieder einen Rauswurf riskieren. Wie ich schon einmal sagte, Jenny ist der Teil von uns beiden, der strategisch besser reagieren kann als ich. Bei mir kommt immer alles so direkt heraus. Das ist nicht immer klug.

Wir hofften dennoch inständig, dass Brisco das Buch wieder an Chris zurückgeben würde und wiesen ihn höflich darauf hin. Dabei erläuterten wir, wie wichtig dem Jungen das Schreiben sei. Auch, wenn das etwas merkwürdig klingt. Brisco nickte. Ich durfte am ersten Tag genau drei Stunden bleiben und begrüßte erst einmal Annie und Josh auf meiner Station. Rührenderweise hatte man mir einen Strauß Blumen zur Begrüßung in mein Büro gestellt. Davor eine lustige Gute-Besserungs-Karte. Die sollte mich aufmuntern und hielt Wort. Einige Kinder kamen und begrüßten mich ebenfalls. Darunter auch Henry. Sie brachten selbstgemalte Bilder mit. Henry hatte unsere Begegnung mit der Schaukel gezeichnet und mich als Pirat gemalt. Ich war gerührt.

Die Station hatte inzwischen einen neuen Stationsarzt bekommen, Dr. Hamond. Er kam und stellte sich mir vor. Ich empfand ihn als kaltherzig und musste an meine Mit-Kommilitonen denken, die die besten Noten eingefahren hatten. Ich schwamm eher am Ende mit. Vielleicht ist es ein Gesetz der Natur, sich nur für eine Richtung entscheiden zu können: Berufung oder Beruf. Ich lebte das erste.

Dr. Hamond erklärte mir die neuen Regeln auf der Station. Auch, dass die Kinder ihn niemals im Büro stören dürften. Wenn die Tür zu ist, ist das Zimmer tabu – für jeden. Na, wenn das mal keine Lösung ist, sich jederzeit Ruhe zu verschaffen. Ich fragte Annie, wie sie mit Hamond klarkäme. So lala, sagte sie. Einerseits würde er eine ordentliche Struktur auf die Station bringen, andererseits wäre er für die spontanen Nöte der Jungen zu hart. Na, dann hatte Dr. Brisco vielleicht nicht unüberlegt entschieden, mich wieder aufzunehmen. Ich war das Gegenstück. Wir beide würden eine brisante Mischung geben.

Ich studierte zwei Stunden lang Unterlagen über die letzten Vorgänge auf meiner Station und fuhr heim. Jenny kam fünf Stunden später nach.

Sie hatte keinen guten Tag gehabt. Man hatte ihr wieder eine Begleitung mitgegeben, die ihr zeigen sollte, wie sie besser mit der Situation umgehen konnte. Dabei musste Jenny erdulden, wie Chris sie mit Blicken zerfraß, während er Mrs. Twielang zuvorkommend und gehorsam behandelte. Brisco musste bei diesem Verhalten den Eindruck bekommen, dass Mrs. Twielang weit kompetenter wäre als Mrs. Keller. Chris bestimmte nach wie vor das Spiel.

Jenny weinte, als sie davon erzählte. Ihre Kampfeslust verlor sich Tag für Tag mehr. Jetzt war uns bewusst, dass wir beißen lernen mussten und sahen auf die abgenagten Knochen von unseren Steaks, die wir soeben verzehrt hatten.

Ich übernahm zwei Therapiestunden von Dr. Hamond, während Jenny zu Dr. Brisco ins Büro gerufen wurde.

„Mrs. Twielang unterrichtet seit zwei Monaten die Kunstklasse. Ohne weitere Vorkommnisse. Keine Probleme. Auch nicht mit Gelton“, sagte er zu Eingang des Gesprächs.

Jenny lagen hundert Argumente auf der Zunge, weshalb dies so war, doch sie schluckte sie herunter und sagte stattdessen: „Sie ist eine sehr gute Lehrerin. Selbst Chris scheint sie zu mögen. Damit befinde ich mich im Nachteil.“

„Da sich herausgestellt hat, dass Sie Chris nicht angegriffen haben, sollten wir ein Gespräch zusammen mit ihm führen. Denken Sie nicht auch?“

Jenny erschrak. Dann lenkte sie ein: „Ja, das sehe ich auch so. Ich würde ihn zu gerne fragen, weshalb er mich beschuldigt hat.“

„… noch immer beschuldigt“, ergänzte Brisco, „vergessen Sie das nicht. Aber seien Sie sicher, es reicht aus, dass der körperliche Befund nicht mit seinen Aussagen übereinstimmt. Ich stehe also voll und ganz hinter Ihnen bei diesem Zusammentreffen.“ Dabei hielt er Jenny freundschaftlich die Hand entgegen.

„Wann, dachten Sie, sollen wir das Gespräch führen?“, fragte sie.

„In drei Stunden. Dann hat der Junge frei.“

„So schnell schon? Ich hätte mich gerne ein wenig vorbereitet.“

„Na, dann gebe ich Ihnen jetzt frei, und Sie können sich in Ihr Büro zurückziehen, um ein paar Fragen aufzuschreiben.“ Wie mir Jenny später erzählte, war ihr nicht eine sinnvolle Frage eingefallen.

Das Gespräch fand tatsächlich drei Stunden später statt und dauerte nur 30 Minuten. Jenny hatte sich vorbereiten wollen, aber das war ihr nicht gelungen, da sie eine zu große Nervosität eingeholt hatte. Sollte sie Chris wütend, schweigend oder gar freundlich begegnen? Doch egal wie, er würde ein Desaster daraus machen. Und da ihr das klar war, hatte sie nichts vorbereitet. Sie wollte das Treffen einfach passieren lassen. Und es passierte. Und sie hielt es aus, brachte es hinter sich und kam am späten Nachmittag nach Hause in unsere Wohnung.

Ihre Haut war nicht blass, nicht weiß, nicht rosa, sie war wächsern – durchsichtig. Als hätten sich alle Äderchen und Hautschichten aufgelöst, und zurück blieb der blanke Schädel. Ebenso war ihre Mimik – passend zur Haut: starr, ausdruckslos, versteinert. Jenny kam rein, und ich brühte erst einmal frischen Kaffee auf. Sie setzte sich auf das Sofa und ließ ihren Kopf nach hinten auf die Rückenlehne fallen. So saß sie dort fast eine Stunde lang. Kein Scherz! Sie saß nur da und starrte die Decke an. Man hätte sie für tot halten können.

Ich war leise, blieb auf Abstand, setzte mich in den Sessel am Fenster und trank beharrlich Kaffee – eine Tasse, zwei Tassen, eine dritte. Dann setzte ich mich neben sie, nur wartend, bis sie aus ihrer Apathie erwachen würde. Was mochte in der Klinik vorgefallen sein? Derzeit wusste ich noch nicht, dass sie auf Christopher gestoßen war. Und doch konnte ich es ahnen, als ich sie ansah. Irgendwie hatte sie das gleiche Gesicht wie damals Dr. Pilburg, als er mit Chris aus dem Camp zurückgekommen war. Drei Tage später war Pilburg tot gewesen. Hatte sich vor den Zug geschmissen.

Ich saß neben Jenny und begann mir Sorgen zu machen. Konnte man bei diesem Verhalten noch von einem Schrecken sprechen? Es kam eher einem Schock-Zustand gleich. Was war in der Klinik passiert?

Ich nahm vorsichtig ihre Hand. Sie ließ es geschehen. Kalt und kraftlos lag die Hand in meiner. Nachdem ich der Meinung war, sie lang genug in diesem Zustand ertragen zu haben, fragte ich vorsichtig: „Was ist passiert?“

Ich sah, wie ihre Augenlider zitterten. Sie wandte langsam ihr Gesicht zu mir. Ich fragte: „Hast du Chris gesehen?“

Sie nickte zaghaft.

„Hast du mit ihm gesprochen?“, fragte ich vorsichtig weiter. Wieder nickte sie.

Und?, dachte ich. Dann dachte ich: Wir haben recht gehabt, die Wandlung ist vollzogen. Chris ist nicht mehr der, den wir zuletzt gesehen hatten. Er ist mutiert. Irgendwie. So dass wir, die ihn länger nicht gesehen hatten, es genau bemerken würden. Eine Mutation, nicht nur innerlich, auch äußerlich. Wenige Monate, die aus einem Kind keinen Jugendlichen, sondern direkt einen Mann gemacht haben.

Ich suchte in Jennys Blick Bestätigung für meine These. Und ich fragte mich, ob sie Chris das Buch hatte geben können. Doch Jenny schwieg.

Ganz leise sagte ich: „Es ist vollzogen.“

Sie brauchte nicht zu nicken. Sie brauchte nur nicht zu widersprechen. Das reichte aus.

All unsere neu erlangte Energie, all unsere Ziele, unser Plan, waren unnütz geworden. Dabei hatten wir doch genau das alles vorhergesehen. Theorie und Praxis bleiben eben doch ein himmelweiter Unterschied. Chris würde sofort unsere Absicht mit dem Buch durchschauen und wahrscheinlich hämisch grinsen. Was hatten wir uns nur bei dieser blöden Idee gedacht? Wie sehr würde er uns jetzt für den Plan hassen, ihn auf diese Art beeinflussen zu wollen. Mein Gott, es würde ihn schlichtweg zu neuen Ideen inspirieren.

Seit diesem Tag war uns klar: Wir stehen auf seiner Liste, genauso wie seine Mutter, Brad Livingston und Dr. Pilburg.

Jenny erfuhr, dass sie wieder die Klasse übernehmen sollte, und Chris wurde erneut auf Dr. Hamonds und meine Station überstellt. Er hatte es geschafft! Geschafft, die direkte Nähe für seinen nächsten Vernichtungsakt zu schaffen.

Jenny und ich hatten die Wahl: Kündigung oder Krieg? WIR HATTEN DIE WAHL! Und wir wählten den falschen Weg. Wir ließen uns auf einen Krieg mit ihm ein!

Was war passiert an diesem Nachmittag bei dem Gespräch

zwischen Jenny und Chris?

Chris hatte sich zu einem stattlichen jungen Mann gemausert, dem Stimmbruch nahe und ein vollendeter Gentleman. Dr. Brisco hatte ein breites Grinsen in seinem Gesicht, als Jenny an seine Bürotür klopfte und er öffnete. Im Hintergrund konnte sie Chris erkennen, gemütlich platziert in einer Sitzecke, ein Glas Limo vor sich. Als Jenny das Büro betrat, stand er wohlerzogen auf, kam auf sie zu und gab ihr höflich die Hand. Er schien gewachsen zu sein, stellte Jenny fest, oder täuschte nur die äußere Erscheinung? Seine Stimme hatte einen minimalen dunklen Unterton tief aus der Brust, sodass man schon seine spätere Stimme erkennen konnte. Chris sah einfach blendend aus! Damit war Jenny klar, dass sie nicht mehr den Jungen vor sich hatte, den sie vor Monaten in dieser Klinik hinterlassen hatte. Seine dunklen Augen funkelten sie an, sein breites Grinsen mit unzählig strahlenden weißen Zähnen blendeten sie. „Miss Keller", sagte Chris höflich, mit einer kleinen nickenden Geste, „es ist schön, Sie wiederzusehen."

Damit hatte Jenny nicht gerechnet. Und was hieß hier *wiederzusehen*? Sie hatte ihn fast täglich im Unterricht von Mrs. Twielang gesehen. Aber da hatte er völlig anders ausgesehen. Eben wie ein 12jähriger. Sie hatte jetzt ebenso mit einem Jungen gerechnet, der verkrochen in einer Ecke, verbittert, wütend und hassend sitzen würde. So wie das zweite Gesicht von Gollum aus *Herr der Ringe*. Doch vor ihr stand plötzlich ein junger Mann, die Höflichkeit in Person. Als sie noch hörte: „Es tut mir leid, was ich Ihnen angetan habe. Das war sehr gemein von mir. Ich möchte es gerne wieder gutmachen und entschuldige mich in höchster Form", war es mit ihrem Durchhaltevermögen vorbei. Ganz zu schweigen mit den Fragen, die sie nicht vorbereitet, aber zu gerne an Chris gerichtet hätte. Welchen Sprachgebrauch hatte sich dieser Junge inzwischen angeeignet? Wo war seine kindliche Wortwahl, seine fast autistische Ausdrucksweise geblieben?

Dr. Brisco strahlte. Er betrachtete dieses Zusammentreffen als das erfolgreiche Ergebnis seiner Therapie. Und damit stand fest: Wir alle hatten versagt. Als Chris Jenny noch sagte, er würde ihr und mir eine neue Chance geben, brach sie vollkommen zusammen. Chris hatte sie alle im Griff. Selbst die Klinikleitung.

Als Jenny wieder etwas gefasster wirkte, erzählte Dr. Brisco von dem guten Verhältnis zwischen Mrs. Twieland und Chris. Jenny sollte dringend ein Gespräch zu ihr suchen. Mrs. Twielang könnte ihr vielleicht hilfreiche Tipps und Anregungen geben. Außerdem sei es nicht die Aufgabe einer Kunstlehrerin, sich um Analyse und Diagnose ihrer Schüler, sondern nur um künstlerische Förderung von Begabungen zu kümmern. Chris grinste die ganze Zeit, ganze 30 Minuten.

Brisco erzählte von Chris' guter Führung, seinem exzellenten Verhalten auf der Station und seinen hervorragend bestandenen Tests in der Psychoanalyse. Seine alte Diagnose (von mir verfasst) wurde kurzerhand über den Haufen geworfen. Wollte Dr. Brisco uns damit sagen, *wir* hätten den Jungen erst krank gemacht? Wir hätten ihn in den Wahnsinn getrieben und Dinge gesehen, ihm angelastet, die *aus der Luft gegriffen* waren?

Dr. Brisco *verordnete* uns beiden Fortbildungen und machte uns zur Auflage, Chris nicht mehr weiter besondere Aufmerksamkeit zu schenken. Er wäre ein zutiefst verwirrter Junge gewesen, der nun klare Regeln gelernt hätte. Die würden ihm helfen, besser klarzukommen. Er müsse sie jedoch einige Zeit auf der Station üben, um dann den ersten Versuch in Freiheit zu starten, was hieß, er würde wieder in ein normales Kinderheim überstellt werden.

Während Dr. Brisco Jenny das alles mitteilte, grinste Chris. Sein Plan war aufgegangen und Jenny gänzlich sprachlos. Wie schon erwähnt, wir hatten die Chance zu kündigen oder zu kämpfen. Doch wir kündigten nicht. Stattdessen richteten wir uns auf eine neue Strategie ein. Wir hatten das Buch präpariert und Jenny hatte es Chris nach dem Gespräch gegeben. Wir waren uns einig, wir würden unseren eigenen Krieg gegen Chris führen, gänzlich unter Ausschluss der Öffentlichkeit.

Ich schrieb die Studie, die mein Vater mir empfohlen hatte,

und ich entschied, sie bis zum bitteren Ende zu schreiben. Und dann, wenn ich sie abgeschlossen hätte, würde ich sie veröffentlichen – vom ersten bis zum letzten Tag – mein Leben mit Chris.

Als Jenny an diesem Abend nach Hause kam, war eigentlich nichts Unerwartetes geschehen. Unsere Erwartung hatte sich bestätigt. Und genau das war es, was uns am meisten Angst machte. Wir hatten einen heranwachsenden Psychopathen vor uns, den niemand aufhalten würde. *Man muss wissen: Bevor es zur Tat kommt, gibt es eine lange Vorgeschichte!*

Sicher, wir hatten die Möglichkeit und die Chance, uns der Verantwortung komplett zu entziehen. Was hätten wir ein schönes Leben haben können. Doch stattdessen entschieden wir uns für den Dienst an der Menschheit, egal, welche Opfer es uns kosten würde. Ein Krieg bleibt immer ein Krieg und verläuft immer nach dem gleichen Muster: Zwei Menschen stehen sich gegenüber und jeder überlegt, wie er den anderen vernichten kann.

Wir vertauschten die Rollen. Wir stiegen in die kranke Charaktere hinein, um Chris zu erreichen. Und er in die gesunde, um uns zu erreichen. Da war es doch klar, dass keiner von beiden lange darin existieren konnte. Aber wir wollten herausfinden, wie lange der andere durchhielt. Und vor allen Dingen: Wer würde gewinnen?

Wir eröffneten den Krieg am 05. Mai 2010.

Jenny hatte die Klasse schon seit einigen Wochen wieder überstellt bekommen, mit der Auflage, einmal in der Woche ihren Unterricht mit Mrs. Twielang zu reflektieren, ihre Kritik anzuhören und ihre Tipps umzusetzen.

Ich bekam nun als stellvertretender Stationsarzt eine Halbtagsstelle, weil meine Krankenversicherung vorerst nicht mehr Stunden zuließ. Mein gesundheitliches Gutachten stand nicht zum Besten, und ich musste an Fortbildungen und Therapien teilnehmen, als hätte ich meine Ausbildung in der Lotterie gewonnen! Das war grotesk und demütigend für mich. Aber es war notwendig, um diese Studie entstehen zu lassen.

Dann kam der ersehnte Tag. Man war gerade dabei, das Zimmer für Chris herzurichten. Dr. Brisco hatte mich gebeten, Chris nun mit Christopher anzureden, um alte, festgefahrene Gewohnheiten und Erinnerungen zu lösen. Chris sollte diesbezüglich bei Dr. Koman bleiben, was er mit „selbstverständlich" bekundete.

Dr. Hamond war ja der leitende Stationsarzt, 18 Jahre älter als ich, pragmatisch, wortkarg, aber gradlinig. Er machte seinen Job. Chris würde sich wundern. Dr. Hamond kam, brachte seine Stunden makellos hinter sich und ging. Keine privaten Äußerungen, keine zusätzlichen Sorgen, kein privates Interesse. Die Art von Psychiater, die so eine Klinik braucht, um keine spektakulären Dinge passieren zu lassen. Er sollte also Chris' neuer Mentor sein.

Unsere erste Begegnung vor einigen Wochen war sehr korrekt verlaufen. Von einem festen Händedruck geprägt und höflich im Umgang. Genau das, was ich brauchte. Er gab mir nicht den geringsten Anlass, über die normale Arbeit hinaus über die Jungs nachzudenken. Er sagte nur: „Morgen wird uns Christopher Gelton überstellt. Es ist sein 13. Geburtstag. Wir müssen uns etwas einfallen lassen. Hätten Sie eine Idee?"

Ich fiel aus allen Wolken! Klar!, dachte ich, wir schenken ihm ein Buch. Da schreibt er gerne rein und bringt Sie damit zur Strecke.

Ich testete den neuen Arzt aus und sagte: „Er mag Kuchen. Und Blätter und Malfarbe. Er ist sehr kreativ." Dabei dachte ich, wenn Hamond Chris' Akte gelesen hätte, wüsste er sofort, dass Blätter und Malfarbe ein No-Go für Chris waren. Doch das hatte er wohl nicht, denn er sagte: „Eine gute Idee. Ich werde bis morgen einen Einkauf veranlassen. Sarah wird das erledigen."

Sarah? Wer war Sarah?

„Die neue Pflegerin. Annie ist weg."

Stimmt, ich hatte Annie seit letzter Woche nicht mehr gesehen. Unser Herzchen der Station. Ich fragte: „Warum?“

„Sie sagt, sie hat eine bessere Stelle gefunden.“

Ich nickte, wie auch immer sie das gemeint hatte. Ich konnte sie nicht fragen, ob es etwas mit Chris zu tun hatte. Dass er wieder auf diese Station zurückkommen sollte. Doch der Name Sarah machte mir Angst. Hieß nicht auch Chris‘ Mutter Sarah? Verdammt! Ich war wieder mittendrin!

Da Dr. Hamond Boss über alle Dinge auf dieser Station war, ließ ich den Einkauf von Malutensilien geschehen, zu neugierig, was passieren würde. Ich kaufte ein Blank-Paper-Buch als Geschenk für Chris.

Morgens um 8:30 Uhr kam Chris mit einer Tasche voller Kleidung in unseren Flur und setzte sich vor das Stationsbüro, wo nun Sarah waltete. Sittsam, ja fast steif und absolut bewegungslos wartete er auf Sarahs Aufmerksamkeit. In der linken Hand hielt er den Überstellungsbrief auf diese Station wie einen Fremdkörper.

Schon alleine, als ich „Hallo, ich bin Sarah“, hörte, lief es mir wie ein Schauer über den Rücken. Genauso hatte sich einst Chris‘ Mutter seinem Vater Dane Gelton in einer Klinik für Verhaltensforschung vorgestellt. Die Parallelen waren beängstigend. Sarah, unsere Stationspflegerin, war 22 Jahre alt, gerade mal neun Jahre älter als Chris. Bei dem Gedanken lief mir wieder ein Schauer über den Rücken.

Chris erhob sich gentlemanlike. Entzücken war seinem Blick zu entnehmen. Er hielt ihr zur Begrüßung anständig die Hand entgegen und sagte: „Angenehm, Christopher Gelton.“

Aha, er hatte die Lektion mit seinem Namen wohl auch lernen müssen und zeigte keinerlei Verfehlungen.

Wer schon ein bisschen Lebenserfahrung hat, erkennt schnell, wenn sich zwei Blicke mit großer Sympathie begegnen. Das war mein nächster Schreck an diesem Morgen, denn die beiden begegneten sich mit großer Vertrautheit. Es war wie ein Funke, den ich aufblitzen sah. Hamond stand neben mir. War ich der Einzige, der diese Zusammenhänge wahrnahm? Dr. Hamond schien erfreut über diese höfliche und vertraute Begrüßung. Ich war erschüttert, schon wieder am Rande eines Nervenzusammenbruchs, doch ich hielt die Stellung und grinste Hamond an. Er war der Boss, er trug die Verantwortung, ging auf Chris zu, begrüßte ihn im Namen aller Mitarbeiter und gratulierte ihm zum Geburtstag. Dann sahen alle auf mich, der noch an der Glastür zum Stationsgang stand. Ich kam näher und sah genau das, was Jenny mir Wochen zuvor gesagt hatte: Christopher Gelton war mutiert. Was für ein strammer Bursche! An Sarahs Stelle hätte ich auch ein Funkeln in den Augen gehabt. Er sah nicht wie dreizehn aus, eher wie siebzehn. Ein Teenie mit scharf markanten Gesichtszügen. Das Kind in ihm hatte sich verabschiedet. Vor mir stand fast auf Augenhöhe ein herangewachsener Jugendlicher, der mir auf Anhieb sympathisch erschien. Er schien das Erbgut seines Großvaters in sich zu tragen, was die Körpergröße betraf. Aus alten Aufzeichnungen wusste ich, dass Dane Geltons Vater eine große Erscheinung gewesen war. Chris sah wie ein Praktikant aus, mit dem Ziel, hier später als Arzt arbeiten zu wollen. Auch wir beide gaben uns die Hand, tauschten respektvoll gegenseitig unsere Namen aus und begannen wieder, gemeinsame Luft zu atmen. Nur, diesmal hatte ich nicht meinen *Sohn* vor mir, sondern einen gleichwertigen Herausforderer. Das regelte Chris schon mit seinem ersten Blick zu mir. Wissen Sie, wie er das gemacht hat? Na, er grinste. Grinsen heißt in seiner Sprache: Ich komme.

Dr. Hamond holte den Kuchen und die Geschenke aus dem Stationsbüro. Ich dachte an das Buch, das ich für Chris in meiner Arbeitstasche hatte. *Nicht jetzt*, kam es mir in den Sinn. *Das mache ich alleine mit dir.*

Hamond kam und übergab Chris den Kuchen und die Geschenke. Er nahm beides recht kühl entgegen, bemerkte „lecker“ zu dem Kuchen und „Malsachen?“ zu dem Geschenk. Hamond sah mich erbost an. Chris hatte seine Strategie geändert. Hatte er damit gerechnet, dass ich ihn aus der Reserve locken wollte? Dass ich ihn Hamond auf dem silbernen Tablett servieren wollte?

„Die Zeiten sind wohl vorbei“, hörte ich Chris bemerken. „Aber trotzdem, vielen Dank. Ich werde sehen, ob ich jemanden ausfindig machen kann, der dies zu nutzen weiß.“

Hörte ich richtig? Welcher Sprachgebrauch kam da aus Chris’ Mund? Jenny hatte in allem recht gehabt. Chris hatte einen völlig neuen Charakter angenommen. Kein Teenagerjargon mehr, nein, es waren Worte vom Feinsten. Kein Wunder, dass Dr. Brisco dachte, er selbst wäre ein Genie und hätte aus Chris einen neuen Menschen gemacht. Dabei war es umgekehrt gewesen. Es war Chris’ ganz eigene Entscheidung gewesen, diese Rolle jetzt anzunehmen. Psychopathen sind verflucht gute Schauspieler!

Dr. Hamond musste weiter, er hatte eine Therapiestunde mit David, einem 12jährigen Patienten, und Sarah musste zurück ins Büro.

Da standen wir beide plötzlich wieder – alleine – auf der gleichen Station. Ich geleitete Chris in sein neues Zimmer. Es war wieder hellblau, und kein Bild hing an der Wand. Er setzte sich auf sein neues Bett und starrte lange Zeit auf den Boden. Ich setzte mich auf einen Stuhl am Schreibtisch und starrte Chris an. Eine merkwürdige Situation. Eigentlich mussten wir uns als alte Freunde überwältigt in die Arme fallen, aber Dr. Brisco hatte uns beiden jeden Körperkontakt außer Händegeben verboten. Es war ratsam, das Verbot anzunehmen.

Plötzlich griff Chris in seine Tasche, in die er seine Utensilien gepackt hatte, und holte ein schwarzes Buch heraus. DAS BUCH! Er hielt es mir mit den Worten entgegen: „Das ist für Sie, Dr. Koman.“

Ich starrte das Buch einige Sekunden an, ehe ich es entgegennahm. „Danke“, sagte ich überrascht. „Ich habe auch eins für dich. Ein neues.“

„Ich weiß“, sagte Chris. Damit gab er mir das Zeichen für den Spielbeginn. Er hatte meine Strategie durchschaut, noch ehe ich ein erstes Gespräch mit ihm führen konnte.

„Meins ist aber leer“, sagte ich.

„Meins nicht.“

„Sollen wir tauschen?“, fragte ich.

„Sicher, warum nicht.“ Da war er wieder, der alte Chris.

Ich stand auf, ging mit seinem Buch in mein Büro, packte es in meine Tasche und holte seins, in Geschenkpapier eingeschlagen, heraus. Das brachte ich ihm. Vorne auf der ersten Seite hatte ich ganz formell eingetragen: *Lieber Christopher, alles Gute zum 13. Geburtstag. Dr. Koman.*

Chris begutachtete das Buch von allen Seiten und nickte dann. „Es sieht etwas anders aus als das alte.“ Das war alles, was er bemerkte. Ich nickte.

„Christopher?“, fragte ich. „Morgen bist du eine Stunde bei mir zum Einzelgespräch eingetragen. Wirst du kommen?“

Chris sah auf. „Sicher, wenn es so im Plan steht. Ich meine, selbstverständlich, Dr. Koman.“

Er hatte sich wieder kurz vergessen, dann aber zurückgeholt. Damit ließ ich unseren *Neuzugang* im wahrsten Sinne des Wortes allein und wandte mich den Sachen zu, die ich von Dr. Hamond aufgetragen bekommen hatte. Chris sah ich den ganzen Tag nicht mehr.

Durch die Halbtagsstelle war ich immer früher zu Hause als Jenny. So konnte ich mich, nachdem ein starker Kaffee durch die Maschine gelaufen war, dem mitgebrachten Buch von Chris widmen. Zunächst kontrollierte ich meine alten Eintragungen, die ich in der Schrift *seines Vaters*, oder sollte ich besser sagen *in meiner Schrift*, gemacht hatte. Chris hatte nichts verändert, hinzugetragen, durchgestrichen oder herausgerissen. Dafür hatte er vorne drei neue Sätze eingetragen.

Die Regeln zwischen uns waren klar: er schrieb vorne rein, ich hinten. In der Mitte würden wir uns begegnen. Das Showdown einer Geschichte stand an.

Ich las, was er geschrieben hatte:

Lieber Vater,
ich bin getauft, endlich.
Ich bin jetzt jemand.

War das alles? *Darf ich sein*? Chris fragte nach der Erlaubnis, existieren zu dürfen? Was sollte sein Vater wohl darauf antworten? Ich beschloss, auf Jenny zu warten.

Sie kam recht energiegeladen heim und erzählte von einem tollen Gespräch mit Mrs. Twielang. Eine sympathische Person, die Chris kaum Beachtung geschenkt hatte. Sie hatte ihm einfach keine Aufmerksamkeit entgegengebracht und „kann von Glück sprechen, das ihr nichts passiert ist!“, rief Jenny lachend aus dem Bad. „Sie meint, man sollte den Knaben einfach links liegen lassen. Dann pariert er schon.“

„Dann solltest du das auch tun“, rief ich zurück ins Bad.

„Vielleicht ist das der Weg, mit dem Chris wirklich klarkommt. Vielleicht dürfen wir seine Emotionen nicht wecken. Das weckt seine Erkrankung.“ Jenny lachte. Ich lachte. Und alles schien easy.

Ich zeigte Jenny Chris’ neue Eintragung im Buch und erzählte ihr, wie einfach der Junge mir das Buch anvertraut hatte.

„Wir sollten uns Zeit lassen zu antworten“, schlug Jenny vor. „Ihm signalisieren, dass er uns nicht mehr wichtig ist.“

Keine schlechte Idee. Ich nickte, schlich mich mit Jenny ins Bett und zeigte ihr, wie wichtig sie mir war.

Am nächsten Morgen erfuhren wir, dass Angie Twielang gestern Abend auf dem Heimweg über den Highway tödlich verunglückt sei. Bei ihrem Wagen hatten die Bremsen plötzlich versagt, und sie war mit voller Geschwindigkeit in einen LKW gefahren. Ein tragischer Unfall!

Gegen Mittag fand der Hausmeister ein Loch im Zaum des Freigeländes meiner Station. Es war kaum sichtbar gewesen. Man musste schon gut hinschauen. Niemand wusste, wie lange das Loch schon dort war. Es wurde sofort repariert, und ab diesem Tag wurde der Zaun täglich kontrolliert.

„Hallo, Christopher“, eröffnete ich das erste Gespräch zwischen uns. Er saß mir gegenüber, adrett, sympathisch, aber ernst.

Derzeit wusste ich von dem Loch im Zaun noch nichts und teilte ihm unmissverständlich die Nachricht mit, dass seine Lehrerin gestern tödlich verunglückt sei.

„Eine so gute Frau", sagte Chris und sah dabei zum Fenster hinaus.

Ich bestätigte nichtsahnend seine Bemerkung. „Wie hast du dich eingelebt, Christopher?", fragte ich, um dem Gesprächen einen Anfang zu geben.

„Gut. Danke der Nachfrage."

Wir schwiegen. Irgendwie war es wie immer.

„Möchtest du über irgendetwas mit mir sprechen?"

„Das wollte ich Sie auch gerade fragen, Dr. Koman."

Wie bitte? Jetzt sah Chris mich an und grinste. Dieses *Grinsen*! Es machte mich wahnsinnig!

„Es könnte ja sein, dass Sie mir etwas zu sagen haben."

Ich schaute ihn abschätzend an. „Nein", antwortete ich.

„Ach, wissen Sie", begann er, „Dr. Koman, ich habe da eine wichtige Frage, aber … es würde zu nichts führen. Sie haben sicher Wichtigeres zu tun." Er sah wieder aus dem Fenster und ließ mich gedanklich mit der Antwort allein. Ein Rätsel, kam es mir in den Sinn. Ich dachte darüber nach, wie er das meinen könnte. Dann kam mir die Lösung: Seine Frage in dem Buch: *Darf ich sein*? Ohne Antwort oder Erlaubnis von mir, dass er *sein darf*, könnte er nicht mehr mit mir reden. Ich fühlte mich mit dieser Idee inspiriert und herausgefordert. Sollte ich ihm die Frage jetzt beantworten oder lieber Jennys Empfehlung, damit zu warten, beachten?

Ich kniff demonstrativ meine Lippen zusammen, und Chris erhob sich. Er hatte mich verstanden und verließ ohne Kommentar mein Büro. Ich haderte mit mir, lief ihm dann aber hinterher und rief quer durch den Flur: „Ja!"

Chris ging ungerührt weiter, ging durch eine gläserne Tür, dann durch die nächste und verschwand um die Ecke in sein Zimmer. Ob er dabei grinste, weiß ich bis heute nicht, aber ich kann es mir gut vorstellen.

Ich stand noch auf dem Flur, als der Hausmeister von hinten

auf mich zukam und mir von dem Loch im Zaun berichtete. Ich nahm es gelassen hin und fuhr heim. Meine Arbeit war für heute beendet.

Auf dem Heimweg war mir zunächst etwas mulmig, dann schwindelig … und dann entblätterte sich der Zusammenhang von Mrs. Twielangs Unfall und dem Loch im Zaun. Ich hätte beinahe in mein eigenes Auto gekotzt, als ich daran dachte, Chris ein *ja!* hinterhergerufen zu haben. Er *hatte* gegrinst! Jetzt bin ich mir ganz sicher. Mit meiner Antwort hatte ich einem Psychopathen das Tor zur Freiheit aufgeschlossen!

Als ich zu Hause ankam, musste ich mich sofort übergeben.

Drei Tage lang war Chris zu keiner Therapiestunde bei mir eingetragen. Ich sah ihn nicht einmal im Gebäude oder Gelände herumlaufen und wurde unsicher, ob etwas passiert war. Vorsichtig fragte ich bei Dr. Hamond nach. Dieser sah von seinem Schreibtisch über seine Lesebrille hinweg zu mir und fragte: „Warum wollen Sie das wissen?"

„Weil er mein Patient ist."

„Steht etwas in Ihrem Terminplan?"

„Nein."

„Liegt eine Nachricht auf Ihrem Schreibtisch?"

„Nein."

„Hat er eine Gesprächsstunde mit Ihnen versäumt?"

„Nein."

Damit wendete Hamond seinen Blick von mir ab und sah wieder in eine Akte, die er gerade studierte. Ein blödes Spiel! Als ich mich abwandte, hörte ich noch, wie er sagte: „Dann hat er wohl genug zu tun, anstatt sich bei Ihnen sehen zu lassen." Das hieß so viel wie: *Hau ab, Kerl, und stör mich nicht weiter.* Das hieß aber auch, dass ich nicht mehr über meine Patienten nachdenken sollte als nötig.

Ich sagte „Ja, Sir", und kam der unausgesprochenen Ansage nach.

Nicht übel, kam es mir in den Sinn. Vielleicht sah ich die Dinge wirklich zu ernst. Dies war ein Job, nicht mein Leben.

Wieso besaßen alle anderen die Fähigkeit, so locker mit diesem Christopher Gelton umzugehen, nur ich nicht? Auch Jenny teilte mir mit, sie ignoriere Chris in der gleichen Art und Weise, wie es Mrs. Twielang ihr vorgegeben hatte. Und es funktionierte großartig.

Ich erinnerte Jenny daran, dass Mrs. Twielang jetzt tot und in dem Zaun ein Loch sei. Sie sah mich erschrocken an. Ich kippte mir eine halbe Flasche Johnny Walker rein und schrieb in Chris' Buch, direkt unter seine Frage *Darf ich sein?: Mach doch, was du willst!*

Als Jenny das am nächsten Morgen las, schrie sie mich an. Ich wäre ein Säufer und blöd zugleich. Anstatt im hinteren Teil des Buches etwas Besonnenes im Namen seines Vaters einzutragen und somit Chris in eine Falle laufen zu lassen, hätte ich den Kontext zwischen ihm und mir nun zerstört. Ich hielt das Buch zu Hause, um später, in besserer Verfassung, hinten etwas einzutragen.

Ich beobachtete, wie Chris mit Sarah zu flirten begann. Beide hatten wohl Gefühle füreinander entwickelt. Chris' Gesichtszüge veränderten sich, wenn er mit ihr redete. Sie wurden weich, liebenswert und ehrlich. Ich begrüßte eine solche Entwicklung absolut, aber nicht wenn sie zwischen Patient und Personal stattfand. So sah ich mich in der Pflicht, Dr. Hamond darüber zu berichten.

„Was gibt's?", fragte er genervt durch die Tür, als ich klopfte.

„Darf ich reinkommen?", fragte ich, um das Problem nicht durch die Tür hindurch zu besprechen.

„Sicher", sagte er, „wenn es nicht zu lange dauert. Habe gleich einen Termin. Besser, Sie melden sich vorher an."

Ich musste plötzlich daran denken, dass sein Vorgänger Dr. Pilburg und ich uns auch bis kurz vor seinem Tod immer mit Nachnamen angesprochen hatten. Erst kurz vor seinem Selbstmord entschlossen wir uns, zu den Vornamen zu wechseln. „Es geht um Sarah."

Hamond nahm seine Lesebrille ab. „Ja, und was ist mit Sarah?“

„Sie nähert sich Christopher Gelton. Mehr, als es gut ist.“

„Das wollen Sie beurteilen?“, fragte er bissig.

„Ich habe es gesehen. Beide scheinen etwas füreinander zu empfinden.“

„Und woran machen Sie das fest? Haben Sie beobachtet, dass sie sich in verfängliche Situationen begeben?“

„Nein, Sir, es ist die Art, wie sie miteinander reden.“

„Und die wäre?“

„Sehr emotional.“

„Kann emotional auch nett sein?“

„Sicher, Sir.“

„Also sagen wir, sie haben sich nett miteinander unterhalten, okay? Dabei belassen wir es erst einmal.“

Ganz klarer Rausschmiss! Ich überlegte, Dr. Brisco einzuschalten.

Auf dem Heimweg kam mir der Gedanke, dass ich immer an eine Homosexualität bei Chris gedacht hatte. Seine Vorgeschichte gab klare Anzeichen dafür her. Aber vielleicht lag bei ihm, genau wie bei seinem Vater, eine Neigung zur Bisexualität vor.

Jenny wurde immer entspannter, seitdem sie nicht mehr die Arbeit von Chris im Unterricht analysierte. Als ich ihr von meinen Beobachtungen erzählte, wurde sie sogar bissig. „Kannst du es nicht mal gut sein lassen und nur deine Arbeit machen?“, fuhr sie mich plötzlich an.

Ich hielt das Buch in die Höhe und biss zurück: „Und was ist hiermit? Das war unser beider Idee!“

„Gib es Chris zurück und sag ihm, du hast keinen Bock mehr auf seine Spielchen.“

„Und das Loch im Zaun?!“, schrie ich aufgebracht.

„Das Loch? Was für’n Scheißloch?“

„Im Zaun! Hast du das schon wieder vergessen? Da ist doch einer durch von unseren Patienten. Die Bremsen von Mrs. Twielang! Hallo! Die Bremsen waren sicherlich präpariert! Hallo!“

Jetzt reichte es auch Jenny. Sie zog sich kurzerhand einen Mantel über, rief Ben an und verabredete sich mit ihm in irgendeiner Bar. Der Knall der Haustür hinterließ große Wut in mir. Ich holte die Johnny Walker-Flasche aus dem Kühlschrank, goss den Rest in mich hinein, griff zum Stift und schrieb ins Buch:

Kerl, ich habe keine Lust mehr auf den Bullshit! Schreib hier rein, was du willst, aber behalte das Ding für dich! Gib es mir nie wieder. Lass mich in Ruhe damit! Lass Jenny in Ruhe! Sonst bring ich dich um! Und das ist mein Ernst!

Ich knallte das Buch zu und ließ es in meiner Arbeitstasche verschwinden. Ohne nachzudenken legte ich es direkt am nächsten Morgen in Chris' Zimmer. Danach hatte ich viel Büroarbeit. Viele Berichte waren zu erledigen. Ich hasste das! Und ich hatte nur vier Stunden! Scheiß Halbtagsjob! Geld war auch zu knapp!

Ich bringe ihn um, dachte ich fortwährend, fuhr nach der Arbeit in die nächste Kneipe und ließ mich volllaufen.

Jenny holte mich ab, als ich unter dem Tresen lag. Ihr Bruder war dabei und sah mich zum ersten Mal seit langer Zeit wieder in diesem erbärmlichen Zustand. Am nächsten Tag war ich krank. Katerkrankheit!

In meinem Büro lag ein Zettel: *Christopher Gelton fällt heute aus. Bitte zu Dr. Brisco ins Büro.*

Scheiße!, dachte ich, und mir fiel die kopflose Eintragung in Chris' Buch ein. Ich hatte eine Morddrohung niedergeschrieben! Scheiße, Scheiße, Scheiße! Damit war ich meinen Job los. Was konnte ich vorbringen, um mich vor diesem Gespräch erfolgreich zu drücken? Zeit gewinnen. Irgendwie. Jede Stunde zählte. Ich sah in meinen Dienstplan. Mist, der war auch leer. Was war hier los? War ich etwa schon entlassen? Ich sah wieder auf meinen Schreibtisch. Alles ordentlich. Es war Anfang Juni. Ferienbeginn. Auch für mich? Hatte ich Urlaub angemeldet und es vergessen? Aber was sollte dann dieser dämliche Zettel auf meinem Schreibtisch. Ich sah zu meiner Tür, ob überhaupt noch mein Namensschild dort hing. Ja, tat es. Das beruhigte mich.

Vorsichtig klopfte ich zunächst an Dr. Hamonds Tür. Wollte kurz wissen, was bei Dr. Brisco anstand. Das Büro war abgeschlossen, keiner drin.

Sarah war weg. Chris war weg. Wen ich traf, war unser Superpfleger für alle Fälle, Josh. Ich grüßte und fragte: „Was ist hier los? Alle weg?“

„Besprechung bei Dr. Brisco. Ferienprogramm.“

Josh wusste es, ich nicht. Hatte ich was verpasst? „Ah“, sagte ich wissend, und meine Angst, es könnte wegen Chris' Buch sein, ließ schlagartig nach. Mein Mut wuchs wieder, und ich klopfte mit hervorgestreckter Brust bei Dr. Brisco an. Josh hatte Recht: Ferienbesprechung.

Alle waren da. Dr. Brisco erwähnte den traurigen Vorfall vom letzten Jahr mit Chris und Dr. Pilburg. Das tragische Ende von Dr. Pilburg war aber auch ein Stück weit auf seine bislang unbekannte labile psychische Verfassung zurückzuführen gewesen. So etwas dürfte nie wieder geschehen. Es dürfte deswegen aber auch nicht auf die diesjährige Urlaubsfahrt mit den Patienten verzichtet werden. Man würde auch Christopher Gelton wieder mitnehmen wollen, weil er erhebliche Fortschritte gemacht habe, die von drei unabhängigen Psychiatern, darunter auch Dr. Hamond, dokumentiert und abgesegnet worden waren. Versicherungstechnisch sei damit alles abgedeckt.

Mir wurde schlecht, als ich das hörte, denn ich wusste, was jetzt anstand. Ich warte auf die Frage, und just in diesem Moment fiel sie: „Wer begleitet die Gruppe?“

Sarah sagte sofort zu, mit rot glühenden Wangen. War klar! Was hatte ich anderes erwartet? Es wäre *die Chance mit Chris*. Erfahrungen sammeln. Und was für welche!

Hamond wollte lieber auf der Station bleiben, weil er einen schwierigen Neuzugang bekommen hätte. So ein Mist. Brisco stimmte sofort zu. Diese Position war also vergeben. Sollte ich sagen, dass ich psychisch labil sei und nicht mitfahren könnte? Dann wäre es auch egal, ob sie früher oder später meine Eintragung in Chris' Buch finden würden. Den Job wäre ich damit sowieso los.

Als ich mit meinen Gedanken am Ende war, stellte ich plötzlich fest, dass mich alle anstarrten. Hatte ich meine Gedanken etwa laut ausgesprochen? „Was?", fragte ich provokativ.

„Dr. Koman, Sie haben viel Erfahrung mit Gelton und würden von dieser Seite die Reise zusätzlich absichern!"

Hörte ich richtig? Eine Reise mit Chris absichern? Ich? Mit mir würde es keine Sicherheit geben. Ich war für diese Art von Job nicht prädestiniert! Alles in mir schrie: „Tu's nicht!" Ich sagte: „Ich fahr mit." So ist das, wenn sich das Gehirn von Mund und Sprache abtrennt. Da geht plötzlich jeder seinen eigenen Weg, und man wird in tiefe Abgründe gestoßen. Ich hörte noch, wie Sarah sagte: „Das ist ja klasse! Jenny Keller fährt auch mit! Das ist doch Ihre Freundin. Dann machen wir alle zusammen Urlaub."

Akustisch nahm ich diesen Beitrag wahr, geistig nicht. Ich fuhr vollkommen taub heim und dachte an meine letzten Worte in Chris' Buch: *Lass Jenny in Ruhe! Sonst bring ich dich um! Und das ist mein Ernst!* Was hatte ich getan?

Meinem Verlangen, mich wieder in einer Kneipe unter den Tresen zu trinken, konnte ich Gott sei Dank widerstehen. Als ich heimkam, war Jenny nicht da. Es lag auch keine Nachricht herum. Dabei musste sie lange vor mir da gewesen sein. Ich war geladen, mit Wut, Angst und Verzweiflung. Die Stunden vergingen. Jenny wollte nicht kommen. Gegen 21 Uhr rief ich in der Klinik an. Susan, unsere Spätschichtschwester, bestätigte, dass Mrs. Keller bereits um 15 Uhr die Klinik verlassen habe. Ich rief Jennys Bruder an. Aber auch er hatte keine Verabredung mit seiner Schwester. Ich überlegte, wie ihre Freunde hießen und wen sie eventuell besuchen könnte. Die drei engsten rief ich an. Nichts. Ich wurde immer unruhiger und rief die umliegenden Polizeistationen an, dann alle Krankenhäuser. Nichts. Jenny war spurlos verschwunden! Ich tobte vor Angst!

Was hatte Chris ihr angetan?

Ich rannte zu meinem Wagen und schwor: Zuerst kontrolliert du den Zaun, dann massakrierst du Gelton!

In tiefer Dunkelheit fuhr ich mit quietschenden Reifen auf das Klinikgelände und rannte mit einer Taschenlampe zum Zaun. Auf die Knie, Meter für Meter, tastete ich den Zaun nach einem Loch ab. Ich muss das Abbild eines Wahnsinnigen abgegeben haben. Ich kam gerade zehn Meter weit, dann stand der Sicherheitsdienst hinter mir, zog mich brutal am Kragen hoch und verpasste mir einen gezielten Schlag in den rechten Nacken, der mich kurzzeitig bewegungsunfähig machte. In dieser Zeit legte man mir Handschellen an und schrie mich an. Ich verstand kein Wort und wartete auf meine wiederkehrende Geistesgegenwart. Die kehrte nach wenigen Minuten zurück. Und jemand sagte entrüstet: „Dr. Koman! Sie?“ Mittlerweile waren einige vom Personal und Dr. Brisco angekommen. „*Sie* haben das Loch in den Zaun geschnitten?“

„Ich?“, fragte ich. „Ich??!!“ Dann ging alles sehr schnell. Es würde mich jetzt zu viel Aufregung kosten, wenn ich den nachfolgenden Ablauf im Detail schildern würde. Hier die Kurzfassung:

Ich wurde aufs Polizeirevier gebracht. Natürlich war man der Sache mit dem Loch und den defekten Bremsen von Mrs. Twielangs Wagen genauso auf die Spur gekommen wie ich. Dafür muss man nicht sehr intelligent sein. Jetzt überlegten die Beamten einen Richtungswechsel. Hatte ich aus Eifersucht diese Tat begangen, um Jenny wieder zu ihrer alten Stellung zu verhelfen? Ich konnte es nicht fassen und erklärte unzählige Male meine Motive für dieses Verhalten! Und mit meinen Nerven stand es auch nicht zum Besten. Wo war Jenny? Wo Dr. Brisco, wo Dr. Hamond? Wo war meine Entlastung, mein Freispruch, dass ich unmöglich diese Tat begangen haben könnte?

Sie warfen mich auf eine Pritsche und holten mich am nächsten Morgen wieder raus. Das Verhör ging weiter. Dann die Erlösung: Jenny erschien und gab mir das Alibi, dass ich zur in Frage kommenden Tatzeit bei ihr gewesen war. Während sie ihre Aussage unterschrieb, holte mich Dr. Brisco von den Stümpern von Kriminalbeamten weg. Ich fragte ihn: „Wo war Jenny so lange?“

Er antwortete mir: „Wussten Sie denn nicht, dass Miss Keller für zwei Tage auf einer Fortbildung war?“

Wusste ich das oder war ich so sehr mit meinem paranoiden Verhalten beschäftigt gewesen, dass ich es überhört hatte?

Dass wir uns in den ersten Stunden zu Hause nichts zu sagen hatten, war klar. Jenny musste ihre Fortbildung wegen meines bescheuerten Verhaltens vorzeitig abbrechen. Immerhin musste sie mich nicht von irgendeinem Tresen wegschleifen. Brisco rief kurz an, er würde gerne mit mir reden. Wahrscheinlich wegen der Fahrt. Meine Fahrkarte wurde soeben eingezogen. Was mir gestern noch sehr entgegengekommen wäre, war mir heute ein Graus. Ich konnte Jenny unmöglich alleine mit Chris in die Ferien schicken. Unmöglich! Wie sollte ich Brisco das erklären? Wer würde mir noch glauben, nach allem, was ich in letzter Zeit in der Klinik an Verhalten gezeigt hatte? Mir blieb nur noch die Möglichkeit, Jenny zu bitten, nicht mitzufahren. Doch sie war überhaupt nicht gut auf mich zu sprechen. Ihr wäre es sicherlich recht gewesen, mal ein paar Tage von mir wegzukommen. Ich saß in meinem Sessel und stellte fest, dass sich die Rollen zwischen Chris und mir vertauscht hatten. Er war der Vernünftige, Überlegene, Kontrollierte geworden, ich die durchgeknallte Nummer für's Irrenhaus.

Mein Vater hatte recht gehabt, als er sagte: „Der Junge richtet dich zugrunde.“ Was konnte ich jetzt tun? Der einfachste Weg wäre, meine Stelle zu kündigen und mich von Jenny zu trennen. Das hätte Vieles verhindert, was danach passiert war. Aber ich bin eine Kämpfernatur. Und stur. Ich musste Dr. Brisco überzeugen, dass alles nur Missverständnisse waren und es mir hervorragend ging. Dabei half mir ein starkes Sedativum. Mein Nervensystem wurde taub, und ich schwebte als unbekümmerter Engel bei Dr. Bisco ins Büro hinein.

Nicht nur meine Nerven erfuhren so etwas wie eine Entspannungsmassage, nein, auch mein Wortgebrauch und meine Stimme bekamen etwas ungemein Beruhigendes und Überzeugendes. Ich stellte die Geschichte mit dem Zaun so dar, als sei es meine Sorge und Verantwortung für die Klinik gewesen. Dieses Vorgehen sei nur im Sinne der Sicherheit für die Klinik gewesen. Es hätte mir keine Ruhe gelassen, dass so etwas passiert sei. So etwas dürfe nie wieder passieren.

Ich weiß nicht mehr wie, aber meine Worte hatten etwas Beeindruckendes hinterlassen. Da mein Nervensystem durch das Medikament auch von meinem Verstand abgetrennt war, kann ich mich nicht mehr im Ganzen erinnern, was ich Dr. Brisco alles erzählt habe. Ich meine, wir Psychologen lernen es schließlich, überzeugende Berichte zu schreiben!

Ich hatte mein Ziel erreicht und durfte mitfahren. Als ich heimkam, stand ich noch immer unter starker Beruhigung und nutzte meinen Zustand, wieder Frieden mit Jenny zu schließen.

„Und du hast nichts getrunken?“, fragte sie unsicher. Ich hauchte sie an und versprach ihr das Blaue vom Himmel. Sedativum ist wie kiffen! Das böse Erwachen kommt später.

Am nächsten Morgen wurde mir klar, was ich angerichtet hatte. Und ich schlug meine Hände über dem Kopf zusammen. Wie sollte ich das ohne Beruhigungsmittel nur durchstehen? Zum ersten Mal musste ich an Dr. Pilburg denken. Hatte er etwa auch unter Sedativa gestanden, bevor er letztes Jahr in dieses Camp gefahren war? Hatte das vielleicht die extrem starke Wirkung ausgemacht, unter der er handlungsunfähig geworden war? Weswegen er sich anschließend umgebracht hatte? Ich sah, wie meine Hände zitterten. Ich musste mich beruhigen. Unbedingt.

Da ich Chris mehrere Tage auf der Station nicht gesehen hatte, fragte ich nach, wo er sei. Genervt antwortete Hamond: „Er hat einen Heimplatz in Kansas bekommen. Dort darf er gerade eine Woche probewohnen.“

Ich erstarrte! Chris in Freiheit? Das vernichtete sofort die

Wirkung meines Medikaments und warf meine nächste Frage auf: „Wann tritt er den Heimplatz an?"

„Ende des Jahres. Wir müssen noch ein sechsmonatiges Gutachten erstellen, bevor er diesen Platz antreten darf. Dann bekommt er grünes Licht. Bis dahin wollen wir ihm mehrere Heime zum Kennenlernen anbieten."

„So einfach?", entfuhr es mir. „Und was ist mit seiner Geschichte vom letzten Heim?"

„Er ist ein Kind gewesen. Völlig verstört. Er hat nun klare Regeln und gute Tagesstrukturen gelernt, um bodenständig und gegenwärtig zu sein. Er hat Testergebnisse, die unser Handeln unterstützen."

„Aber er hatte von mir voriges Jahr die Diagnose 'psychotische Schizophrenie' erhalten. Die löst sich nicht einfach auf."

„Widerlegt", sagte Hamond knapp.

„Widerlegt", sagte ich tonlos. „Das heißt, in sechs Monaten ist Christopher Gelton draußen."

Hamond sah mich an. „Das hört sich ja an, als würden wir einen Schwerverbrecher in die Freiheit entlassen."

Was sollte ich darauf sagen? Das ist einer? Ich fragte mich derzeit öfter, wie lange es noch dauern würde, bis man mich einliefern würde. Doch das sagte ich lieber nicht. Stattdessen fragte ich: „Ist schon was wegen des Lochs herausgekommen? Ich meine, wie es in den Zaun kam?"

Hamond schüttelte den Kopf. Also noch ein Nebelverfahren. Ich wollte nicht länger nachfragen und mich noch tiefer in die Situation hineinbegeben. Vielmehr ängstige mich jetzt die Frage, wie lange es dauern würde, bis Chris Jenny und mich jagen würde. Dazu brauchte er kein Loch mehr in einem Zaun. Er konnte bald das unverschlossene Tor benutzen.

Um die Situation wieder zu deeskalieren, beschloss ich erst einmal, mich weiter auf meine Studie zu konzentrieren, die ich sträflich vernachlässigt hatte. Deswegen fragte ich fachkundig: „Wie führt sich Christopher denn derzeit?" Wie immer in letzter Zeit hörte ich nur: „Tadellos."

Seit diesem Tag hörte ich in meinen Träumen eine Bombe

ticken. Es wurde zu einer Art dumpf klingendem Tinnitus in meinem Kopf.

Jenny packte. Es war soweit. Ich tat mich schwer, aber ich packte auch. Diesmal ging es nicht nach Utah ins Feriencamp wie letztes Jahr. Dort wollte man von uns, und vor allen Dingen Chris, nichts mehr wissen. Es ging mitten in die Rocky Mountains. Eine Ferienanlage in Ashcroft am Rande der Stadt sollte elf Patienten, zwei Pflegern, zwei Ärzten und einer pädagogischen Begleitkraft (Jenny) sieben tolle Tage bescheren. Mit mir fuhr Dr. Calhound von Station 2. Den kannte ich nur oberflächlich. Da dies auf Gegenseitigkeit beruhte, war das sehr beruhigend für mich. Ich fühlte mich von ihm nicht unter Beobachtung oder Bevormundung.

Am Tag der Abreise sahen Chris und ich uns nach drei Wochen das erste Mal wieder. Es war wie ein Fluch. Wenn ich ihn nicht sah, dachte ich ständig an ihn. Sah ich ihn, fehlte mir jeder klare Gedanke.

Chris lächelte, als er mich sah, und kam aufrechten Ganges und vollkommen kontrolliert mit seiner Reisetasche zum Bus. Ganz anders als die Jungs, die sich schreiend und laufend dem Bus näherten.

Chris wirkte wieder wie ein Praktikant vom Personal. Wenn ich daran denke, wie aufgeregt und kindlich er letztes Jahr noch gewesen war, als er mit Dr. Pilburg fuhr. Und vor allen Dingen, wie er ausgesehen hatte, als er wiederkam! Dieser Auftritt jetzt hatte nichts mehr mit dem 12jährigen Chris vom letzten Jahr zu tun. Ich dachte plötzlich an eine Schlange, die sich gehäutet hatte. Und je mehr Haut sie ablegte, umso schöner aber auch gefährlicher wurde sie. Ein Schauspieler, der in sein Kostüm schlüpfte.

Ich versuchte, mit Jenny flüchtig über meine Gedanken zu sprechen. Sie wehrte mich ab und sagte: „Chris ist in die Pubertät gekommen. Da ist jeder ein bisschen merkwürdig."

Der Begriff *merkwürdig* war schon mal gut. Also empfand auch Jenny ihn nicht als normal. Seitdem sie sich nicht mehr auf den

Jungen einließ, ging es ihr viel besser. Die Arbeit in der Schule machte ihr auch wieder Spaß. Sie hatte zu ihrer alten Gelassenheit zurückgefunden.

Mittlerweile löste das Denken bei mir Schweißausbrüche aus. Es setzte meinen Stoffwechsel unangenehm in Gang und Adrenalin frei. Dieses Stresshormon wurde mein engster Begleiter auf der Reise nach Ashcroft.

Der Bus setzte sich in Bewegung, und wir wurden wie Gefangene Richtung Süden transportiert. Es fehlten nur noch die Handschellen.

Chris saß völlig aufrecht in der sechsten Reihe und blickte aus dem Fenster. Neben ihm saß Benny, unser kleiner Schussel, der immer und überall alles vergaß. Er besitzt kein Kurzzeitgedächtnis und erfindet eigene Welten. Die meisten Jungs hatten Kopfhörer in den Ohren und schaukelten zu der mehr oder minder wilden Musik. Einige lasen, einige redeten. Nur Chris saß schweigend da, ohne irgendeine Beschäftigung, und starrte aus dem Fenster. Ich beobachtete ihn einige Zeit und stellte fest, dass sich nicht einmal seine Augenlider bewegten. Er saß da wie eine Wachspuppe. Warum zeigte sich bei ihm nicht der Reflex, der hin und wieder seine Augenlider schließen und öffnen ließ? Mir kam eine Meditation in den Sinn. Was würde passieren, wenn ich jetzt zu ihm hingehen und ihm überraschend die Hand auf die Schulter legen würde?

Er sah mich nicht kommen … dachte ich, doch kurz bevor ich ihn berührte, drehte er sein Gesicht zu mir, ohne dass sich ein Lid bewegte, grinste und sagte: „Es ist mir ein großes Vergnügen, mit Ihnen verreisen zu dürfen."

Ich zuckte zusammen! Sollte das Zucken nicht seine Reaktion sein? Ich stotterte: „Mir auch, … Christopher."

Aus seinem Rucksack zwischen den Beinen lugte das Buch heraus, in das ich zuletzt geschrieben hatte. Den Rest der Fahrt saß ich wie benommen neben Jenny und wartete auf den ersten Stop.

Ich kann mich an dieser Stelle nicht mehr daran erinnern, ob und wie oft wir angehalten haben. Meine bewusste Aufmerksamkeit kehrte erst wieder, als wir das Ortsschild *Aspen* passierten und an der Kirche *Prince Of Peace* rechts abbogen Richtung Ashcroft. Es ging bergauf. Ich meine die Straße. Links und rechts wuchsen unzählige Espen an rotschimmernden Felswänden. Wohl der Grund, warum dieser Ort *Aspen* hieß. Überall wuchsen diese Bäume, und es war das Rauschen der Blätter zu hören, wenn der Wind hineinfuhr. Ich schloss meine Augen und träumte, ich läge am Strand, und das Rauschen der Blätter wurde zum Rauschen des Meeres. Entspannend.

Dann hielt der Bus. Wir waren angekommen und fuhren in den Innenhof einer prächtigen Anlage aus rotem, schweren Backstein mit schweren Holzfenstern und kontrastreicher Bepflanzung. Irgendwie wirkte alles fundamental und luxuriös. Hinter uns schloss sich ein schweres Eisentor, in der Mitte ein Adler. Das Symbol der Freiheit. Was für eine Ironie!

Dr. Brisco hatte die Ferienunterkunft unter dem Kriterium gewisser Sicherheitsstandards ausgesucht, um die Jungs wenigstens halbwegs unter Kontrolle zu halten. Wir hatten ebenso besprochen, dass die Verpflegung nur vom Hauspersonal oder unseren eigenen Kollegen entgegengenommen werden dürfte, damit sich das Desaster mit den untergemischten Medikamenten vom letzten Jahr nicht wiederholen könnte.

Die Zimmer waren einfach fantastisch eingerichtet. Wer schon einmal einen Blick in Amerikas oder Kanadas Luxushotels werfen konnte, kann sich in etwa vorstellen, in welcher Qualität wir Möbel und Dekoration vorfanden. Wir waren in einem First-Class-Hotel gelandet! So etwas konnte ich mir privat nicht leisten, aber die Kasse der Klinik machte es möglich. Es lebe die gestörte Psyche!

Jenny und ich bekamen natürlich ein Zimmer zusammen, ebenso wie Sarah und Hannah, unsere Pflegerinnen. Nur Dr. Calhound musste alleine schlafen. Die Jungs legten wir auch weitgehend zusammen. Aber da es elf an der Zahl waren, stand sehr schnell fest, dass Chris ein Einzelzimmer bekommen würde. Er lebte nun schon eine ganze Weile alleine in der Klinik, und wir konnten nicht abschätzen, wie er sich bei einem

Zimmerkollegen verhalten würde. Eine Ferienanlage war nicht der richtige Ort, um so etwas herauszufinden.

Ich nahm Chris beim Verteilen der Zimmer kaum wahr. Er hatte sich nahezu unsichtbar gemacht. Das bereitete mir etwas Unbehagen, denn dadurch konnte er wieder Dinge ungeahnten Ausmaßes in Gang setzen. Der größte Fehler, den man bei Christopher Gelton machen konnte, war, ihn aus den Augen zu verlieren. Das war Dr. Pilburg letztes Jahr passiert. Jetzt war er tot. Mitnichten war sein Selbstmord durch diese Nachlässigkeit in Gang gesetzt worden.

Während Jenny und Dr. Calhound sich um die Jungs kümmerten, sprach ich mit dem Leiter der Anlage, Steve Hart. Steve war dreißig und strahlte ein sehr jugendliches Flair aus. Wir verstanden uns sofort und sprachen einige Regeln ab, die wir mit den Jungs bezüglich des Aufenthalts und des Umgangs in der Anlage besprochen hatten. Das gefiel Steve. Dadurch brauchte er keine eigenen Regeln mit uns zu besprechen. Er stellt mir Nancy, seine Ehefrau, vor. Sie kümmere sich um das Reinigungspersonal und die Abläufe in der Küche.

Als ich zu Jenny ins Zimmer kam und ihr erfreut mitteilte, dass alles perfekt eingerichtet sei, gab sie mir noch einmal zu verstehen, dass ich nun die leitende Person für den gesamten Programmablauf der nächsten sieben Tage sei. Da erst wurde mir bewusst, wie groß der Fehler gewesen war, diesen Job zu übernehmen. Sicher, ich hatte noch Dr. Calhound an meiner Seite. Der Gedanke machte meine Last ein wenig leichter.

Jenny fragte, ob ich schon Pläne hätte. Ich sagte (eigentlich) scherzhaft: „Wir geben jetzt allen täglich Beruhigungsmittel und fahren nach sieben Tagen wieder heim.“

Sie fand das überhaupt nicht lustig. Ich nahm also alleine meine Beruhigungspillen ein. Ohne die ging derzeit gar nichts. Es ging los.

Kaum war ich auf dem Flur, kamen sie von allen Seiten auf mich zu: „Dr. Koman, wo treffen wir uns? Dr. Koman, schon eine Idee für heute? Dr. Koman, wie sieht’s mit einer Nachtwanderung aus? Dr. Koman … Dr. Koman … Dr. Koman …“

Dr. Koman, wann geht's heim? – Das war meine Frage.

Ich beorderte zunächst alle in den Speisesaal, wo es in einer Stunde Essen gab. Immer wieder zählten wir die Jungen durch. Keiner von uns konnte abschätzen, wie sich psychisch gestörte Kinder verhalten, wenn sie ihrer gewohnten Umgebung entrissen werden. Das macht oft schon nicht gestörten Kindern zu schaffen.

Ich fühlte mich erstaunlich entspannt und fuhr meine Stimme auf den niedrigsten Pegel herunter. „Zunächst bekommen wir Essen. Es gibt drei Menüs zur Auswahl. Genießt es, so etwas bekommt ihr so schnell nicht wieder."

Alle lachten. 1:0 für mich.

„Danach wird uns Steve die Anlage zeigen, damit wir wissen, was wir hier machen können."

Alle grölten. 2:0 für mich.

Ich sah mich in der Runde um. Wo war Chris? Ich erblickte ihn halb verborgen hinter Benny sitzend. Tief in den Stuhl gesunken, hielt er etwas unter dem Tisch, was ihn beschäftigte. Schrieb er etwa in sein Buch? Ich redete weiter: „Danach werden wir uns vom Personal zusammensetzen und einen Plan entwerfen, während ihr draußen spielen könnt."

Jubel! 3:0 für mich.

Chris schien das nicht sonderlich zu interessieren. Ich wurde nervös und ging zu ihm hinüber. In der Tat, er hielt ein Schriftstück unter dem Tisch verborgen. Als ich näher trat, drückte er es zwischen seine Beine.

„Was machst du da?", fragte ich ihn. Er grinste mich an. „Was hast du da?", fragte ich weiter. Schließlich war ich hier die Leitung und hatte das Recht, alles sehen zu dürfen. Doch Chris fuhr mit seinem Grinsen unbeirrt fort. Erst als ich ihn aufforderte: „Gib mir das, was du zwischen den Beinen stecken hast", holte er das Schriftstück hervor. Unterschwellig hörte ich das Gelächter einzelner Jungs. Die Frage war ziemlich blöd formuliert. Chris reichte mir einen Plan. Ich entfaltete ihn und stellte mit einem knappen Blick fest, dass es sich um den Fluchtplan der Anlage handelte, wenn Feuer ausbrechen würde. Erstaunt und irritiert zugleich sah ich ihn an. „Einen Fluchtplan?", fragte ich spitz und registrierte, wie Jenny aufmerksam wurde. Ob es wegen meiner spitzen Bemerkung oder diesem außergewöhnlichen Plan war, kann ich nicht sagen.

„Ja, Sir", gab Chris zu verstehen. „Falls hier Feuer ausbricht, bin ich gut informiert und kann allen helfen, sich zu retten."

Schock! 3:1. Mein erstes Gegentor.

„Diesen Plan sollten alle Begleiter als Erstes lesen, Sir, nicht wahr?"

3:2. Wieder ein Gegentor.

Und dann noch: „Haben Sie diesen Plan schon studiert, Sir?"

Gleichstand.

Ich konterte schnell: „Da ich nicht so viel Zeit hatte wie du und mich zunächst um andere Dinge kümmern musste, werde ich nachher den Plan lesen. Noch befinden wir uns ja nicht richtig in dem Gebäude."

War das albern? Da lieferte ich mir doch tatsächlich mit einem 13jährigen einen verbalen Schlagabtausch. Chris nickte, ich nickte, als ständen wir uns wie zwei Boxer Nase an Nase gegenüber. Ich drehte, verärgert über meine dürftige Schlagfertigkeit, ab, und ging wieder zu meinen Kollegen. Hätte ich nicht einfach sagen können: Das lass mal meine Sorge sein? Verdammt! Es gab Mittagessen.

„Steve, wo finde ich die Fluchtpläne für das Gebäude, falls mal Feuer ausbricht?", fragte ich Steve.

Er sah mich erstaunt an. „Die hängen hier überall herum."

Ich fragte: „Wo, überall?"

Wir gingen sieben Stellen im Hauptgebäude, wo wir untergebracht waren, ab. Alle Pläne hingen an ihren Plätzen. Keiner fehlte. Ich holte Chris' Plan heraus und zeigte ihn Steve. Der fragte erstaunt: „Wo haben Sie den denn her?"

„Gefunden", log ich.

„Merkwürdig, die Pläne liegen bei uns im Büro irgendwo versteckt zwischen den Hausakten. Falls mal ein Plan von der Wand gerissen wird."

„Ist das Büro abgeschlossen?", fragte ich und spürte, wie mein Adrenalin anstieg. Das Sedativum gab gerade nach.

„Immer", versicherte mir Steve und bewies es mir, indem er es direkt mit mir kontrollierte.

Ich stand im Flur und dachte an Chris' Worte: *falls hier Feuer ausbricht.*

Steve zeigte uns die gesamte Anlage. Es gab einen großen Pool im Garten, angekoppelt an einen Erlebnisspielplatz. Im Gebäude gab es zwei Gesellschaftsräume, einen für ruhige Beschäftigungen, wie lesen, malen oder schreiben, und einen für laute, wie Fernsehen, Spiele und Unterhaltung. Unten im Keller gab es einen kleinen Fitnessraum mit Kicker und Trampolin. Es war göttlich. Wenn es regnete, konnten wir uns auf drei Räume verteilen und alles bestens beaufsichtigen. Doch es sollte gar nicht regnen …

Als wir die Räume durchliefen, konnte ich an nichts anderes denken, als an *Feuer.*

„Was ist mit dir?", holte mich Jenny irgendwann zurück. „Du bist ja gar nicht bei der Sache."

„Ist jemand unter uns, der raucht?", fragte ich mein Team unerwartet laut und hart. Im Ton völlig vergriffen. Alle sahen mich entsetzt an. Sarah hob langsam den Finger. „Ich", piepste sie.

Verdammt, ausgerechnet auch noch Sarah! Zu ihr würde Chris den meisten Zugang finden. In mir entstand soeben eine Verschwörungstheorie.

„Keine … einzige … Zigarette … hier! Verstanden! Alle Feuerzeuge sofort bei mir abgeben!"

„Dr. Koman", erwiderte sie, sichtlich erregt, „ich bin keiner Ihrer Patienten!" Sie fand schnell unterstützende Worte bei ihren Kollegen.

„Das finde ich aber auch", sagte Hannah, unsere Pflegerin von Station 2. Mein Blick blieb an ihr haften, als würde ich sie massakrieren wollen. Die bösen Blicke der anderen, die auf mich gerichtet waren, sah ich nicht. Ich beharrte weiterhin auf der Herausgabe der Feuerzeuge. Doch Sarah weigerte sich. Alle redeten plötzlich gleichzeitig auf mich ein. Ich dachte nur noch an Feuer. Feuer, Feuer, *Feuer*! Dann nichts mehr. Alles gelöscht.

Ich fand mich in meinem Zimmer in meinem Bett wieder. „Was ist passiert?“, fragte ich, als ich wieder zu mir gekommen war.

„Du warst plötzlich unterzuckert und bist weggesunken“, sagte Jenny, die an meinem Bett saß und mich bekümmert ansah. „Hast du das schon öfter gehabt?“

Unterzuckerung? Ich? Nicht, dass ich wüsste. Ich schüttelte den Kopf. Was wollte mir Jenny da weismachen? Steckte sie etwa unter einer Decke mit Sarah und Chris? Vielleicht war das die Lösung überhaupt! Alle drei waren so merkwürdig freundlich und verstanden sich bestens untereinander. Selbst Jenny hatte sich auf Chris‘ Seite geschlagen. Ob die drei etwas gegen mich im Schilde führten?

„Dr. Calhound hat die Gruppe übernommen“, hörte ich Jenny sagen. Sie lächelte sanft. Zu sanft, ja, geradezu berechnend sanft. Meine soeben erlebte Aggression führte sie also auf einen niedrigen Zuckerspiegel zurück und hatte ihre Kollegen bestimmt gebeten, diesen Vorfall nicht allzu ernst zu nehmen. Was auch immer sie im Schilde führte, sie baute gerade das Gerüst dafür auf. Ich spürte es. Wie hatte ich dieser Frau nur so vertrauen können?

Durch mein Zimmerfenster hörte ich das freudige Geschrei der Jungs, die sich im Pool vergnügten. Richtig, es waren Ferien. Wie gerne wäre ich jetzt am Strand gewesen. Ohne Jenny.

Gegen Abend war ich wieder dabei und sah, wie Steve und Nancy vergnügt mit unseren Jungs Holz im hinteren Teil des Gartens auf einen Haufen zusammenlegten, um ein Lagerfeuer zum Marshmellows grillen vorzubereiten. Schon alleine der Anblick machte mich sofort wieder aggressiv. Ich sah, wie Chris in einiger Entfernung dem Treiben grinsend zusah, mir dann zuwinkte und sein Buch hochhielt. In diesem Moment fragte ich mich, wer eine Studie von wem verfasste. Ich rannte in mein Zimmer und nahm eine doppelte Menge Beruhigungsmittel zu mir, um das Lagerfeuer unbeschadet zu überstehen. Ich ging zu Chris und sagte: „Gut, dass das Feuer draußen ist. Da brauchen wir wenigstens keinen Fluchtplan.“ Es sollte ein Scherz sein, doch es war keiner. Chris quittierte die Aussage mit dem Satz: „Sie sagen es.“

Wie im Nebel sah ich den ersten Abend am Lagerfeuer an mir vorüberziehen. Ich sah, wie Marshmellows braun geröstet verschlungen wurden und hörte den Gitarrenklängen von Steve zu, der Nancys Gesang begleitete. Ich lauschte den Witzen von Dr. Calhound und den Geistergeschichten von Jenny. Ich sah aber auch, wie Sarah mit Chris tuschelte.

„Hannah und Sarah schauen heute Nacht nach den Jungs. Wenn was ist, geben sie Dr. Calhound Bescheid“, hörte ich Jenny noch sagen, bevor mir die Augen zufielen. Kein Wunder, nach der gehörigen Portion Pillen, die ich abends eingenommen hatte.

In der Nacht suchten mich wilde Albträume auf. In jeder erdenklichen Art wurde ich verbrannt. Zuerst bekam ich Benzin über den Kopf gekippt und wurde angezündet. Danach stellte man mich auf einen Scheiterhaufen. Man sperrte mich in eine Besenkammer und legte ein Feuer davor. Das ganze wurde noch gekrönt, als ich sah, wie man mir Finger, Arme und Beine abtrennte, um diese einzeln in einem Lagerfeuer zu verbrennen. Diese letzte Szene wurde dann mit einem Aufschrei der Verzweiflung mitten in der Nacht von mir gestoppt. Mein Herz raste. Ich sah mich verschwitzt in der fremden Umgebung um. Jenny lag nicht neben mir. Ihr Bett war zwar benutzt, doch sie lag nicht neben mir! Sie war weg! Etwa auf der Toilette? Ich horchte, nein, im Bad war niemand. Ich horchte, ob ich im Flur etwas hörte. Vielleicht hatten sie Jenny wegen eines Problems gerufen. Doch auch im Flur herrschte absolute Ruhe. Ich stand auf, zog mir ein T-Shirt über und ging sie suchen.

Im Flur waren unzählige Notbeleuchtungen eingeschaltet, sodass sich niemand verirren konnte. Ich horchte an den Türen der Jungen. Alles war ruhig. Niemand flüsterte oder lachte. Ich horchte an Sarahs und Hannahs Tür. Auch alles ruhig. Bei Chris herrschte ebenfalls totale Stille. Dr. Calhound konnte ich durch die geschlossene Tür schnarchen hören.

Ich ging hinunter zu den Aufenthaltsräumen. Nichts. Ich ging in den Keller in den Fitnessraum. Auch nichts! Verdammt! Ich schaute durch die Fenster des Speiseraums, ob Jenny irgendwo im Garten saß und den sternenklaren Himmel beobachtete. Ich wusste, dass sie so etwas gerne gemacht hatte, früher, als wir uns kennengelernt hatten. Doch Jenny saß auch nicht im Garten. Verwirrt suchte ich den Weg zurück in mein Zimmer. Ich musste bis zum Morgen warten, um sie zu fragen. Na, wenigstens konnte ich jetzt unbemerkt einige Beruhigungspillen zu mir nehmen. Als ich wieder ins erste Stockwerk kam, hörte ich leise Stimmen. Ich folgte diesem Flüstern und fand mich vor Steves Bürotür wieder, presste mein Ohr an die Tür und vernahm Steves, Jennys, Sarahs und Chris' Stimmen. Ich wich entsetzt zurück! Was, um Himmels Willen, besprachen die vier hinter dieser verschlossenen Tür? Was war so wichtig, so geheim, dass sie es nicht morgen in meiner Gegenwart besprechen konnten? Ich versuchte dem Gespräch ein paar klare Worte abzuringen, um herauszufinden, was sie vorhatten, doch ich konnte nichts verstehen. Sollte ich ohne Anklopfen hineingehen und alle vier zur Rede stellen? Was, wenn sie mir eine vorher gut durchdachte Lüge servierten und mich der Lächerlichkeit preisgaben? Ich würde morgen zum Gespött des Tages werden. Na, dachte ich, dann hätten wir wenigstens schon mal ein Programmpunkt: Wir lachen Dr. Koman aus.

Ich versuchte mir weitere Ideen abzuringen, wie ich mich jetzt am besten verhalten könnte, ohne dabei zum Gespött der anderen zu werden. Plötzlich beruhigte mich ein ganz anderer Gedanke: Dr. Calhound war auch nicht dabei. Ich war also nicht alleine und dachte, wenn die da drinnen eine Gang bilden, dann werde ich mit Dr. Calhound eben auch eine Gang bilden, und ging entschlossen wieder zu Bett. Sollte Jenny doch die ganze Nacht mit ihren Kumpanen flüstern. Ich musste sowieso überdenken, ob Jenny, nach allem, was hier passierte, noch die richtige Frau für mich sein würde. Ich schluckte drei Pillen und schlief ein.

Der zweite Tag brach an.

Noch nie habe ich erlebt, dass eine Ferienanlage am frühen Morgen mit Countrymusik zum Leben erweckt wurde! Eine von Steves Ideen, jeden Morgen mit guten Klängen den Tag zu beginnen. Dr. Calhound hatte die Musik von Dolly Parton ausgesucht. Hätte ich das getan, hätte es *Highway to Hell* von *AC/DC* gegeben, und der Tag wäre für viele ruiniert gewesen. Doch mit Dolly strahlten wirklich alle und trafen sich gut gelaunt im Speiseraum. Nancy sang lautstark mit, servierte das Essen und tanzte dabei keck. Unsere Laune sprudelte regelrecht über.

Wenn ich daran denke, wie toll diese Ferien begonnen hatten und was dann daraus geworden ist …

Ich hatte meinen Groll von letzter Nacht zunächst vergessen. Dr. Calhound signalisierte mir, dass er gerne kurz mit mir alleine reden würde. Aha, jetzt kam das Treffen des Geheimbundes von letzter Nacht in Steves Büro zur Sprache! Dr. Calhound hatte es also auch herausgefunden. Ich signalisierte mit einer kleinen Geste: *Klar, ich komme gleich*. Klar!

Wir suchten uns einen kleinen Tisch im Garten, abseits des Geschehens, und brachten unseren restlichen Kaffee, der kein Koffein zu enthalten schien, mit. Ich wurde einfach nicht richtig wach und hatte den Eindruck, auch Calhound bewegte sich noch im Land der Träume. Dabei hatte er doch die ganze Nacht durch geschnarcht.

„Haben Sie eine Vorstellung davon …"

… was heute Nacht in Steves Büro los war?, dachte ich die Frage zu Ende. Doch es kamen ganz andere Worte über seine Lippen.

„ … was wir heute mit den Jungen unternehmen sollen?" Seine müden Augen sahen mich erwartungsvoll an. Da ich mit dieser Frage nicht gerechnet hatte, hatte ich auch spontan keine

Antwort. Soll ich ehrlich sein?, fragte ich mich insgeheim und sagte. „Klar!“ Klar??

Calhound wurde aufmerksam und nippte an seinem Schlafkaffee. Sein Blick signalisierte mir, meine Pläne auf den Tisch zu legen. Virtuell natürlich. Doch welche Pläne? Ich hatte nichts, weder im Kopf noch in den Händen und sagte. „Ich dachte da an Chris. Er hat eine ausgefeilte Fantasie. Wir sollten ihm die Chance geben, sich mit uns zusammen etwas einfallen zu lassen.“ Gedacht habe ich aber: Dann habe ich seine Ideen besser unter Kontrolle.

Calhound lächelte. Das gefiel ihm, zumal ich wusste, dass ich gewisse Differenzen mit Chris hatte, die ich nun pädagogisch und psychologisch auszuräumen versuchte. „Gute Idee!“, bestätigte mein Gegenüber. „Sollen wir ihn gleich holen?“

Ich hatte diesen Blödsinn noch gar nicht richtig durchdacht, da sollte ich schon den nächsten Blödsinn anzetteln. „Klar“, sagte ich und trank geschwind meinen Kaffee leer.

Hannah ging mit den Jungen auf den Erlebnisspielplatz, wo sie an Sicherheitsseilen klettern und sich schwingen konnten, während Jenny die Zimmer kontrollierte. Sarah und Chris standen an einer Ecke und flirteten. Das gefiel Sarah. Sollte sie nicht längst bei Hannah sein und ihr helfen? Doch stattdessen kokettierte sie mit ihrem Haar und Minirock vor den Augen eines Dreizehnjährigen herum. Das missfiel mir sehr, und ich rief Chris zu uns, während ich Sarah den Weg zum Spielplatz zeigte. Ich durfte jetzt nicht die Fassung verlieren. Ein bisschen mehr Sedativum heute Morgen hätte nicht geschadet.

„Sir“, sagte Chris, mit zwei Cola in der Hand. Er stellte die Getränke mit einer freundlichen Geste bei uns ab. „Für Sie.“ Oh, nein, dachte ich. So nicht, Knabe! Ich habe die Geschichte mit Dr. Pilburg letztes Jahr nicht vergessen! Es würde kein Déjà-vu geben! Außerdem hatten wir unter dem Team eine Absprache, was das Servieren von Getränken und Speisen betraf.

„Danke“, sagte Calhound erfreut. „Das ist aber nett von dir. Hast du dir keine Limo mitgebracht?“

Das konnte doch nicht wahr sein! Hatte Calhound unsere Absprache vergessen? Ich versuchte die Situation zu retten, indem ich Chris anwies, bitte auch für sich etwas zu trinken zu besorgen. Es wäre sehr warm, und er müsste auch trinken. Das wäre mir wichtig. Chris kam der Bitte sofort nach und verschwand damit aus unserer Hörweite. Ich beugte mich sofort zu Calhound und flüsterte: „Wir nehmen keine Getränke von unseren Patienten an. Letztes Jahr hat Chris Medikamente untergemischt. Das hatte fatale Folgen. Das hatten wir doch besprochen!"

Calhound sah mich verwundert an, als wollte er sagen: Hatten wir das? Und was fragte er? „Hatten wir das?"

Ich nickte eifrig und kippte unter den verwirrten Blicken meines Kollegen beide Cola ins Gras. Calhound sah mich irritiert an. Chris kam zurück und balancierte vorsichtig ein Glas Limo vor sich her. „Sie haben mich gerufen, Sir", sagte er, als er sich zu uns setzte.

In diesem Jargon konnte es unmöglich zwischen uns weitergehen. Ich hatte schließlich keinen Kollegen vor mir. „Ich hoffe, Sie haben gut geschlafen, Sir", setzte Chris mit triefender Freundlichkeit nach.

„Bitte lass das *Sir* weg, Chris. *Dr. Koman* reicht vollkommen aus."

Er konterte: „*Christopher* bitte, Dr. Koman."

Ich nickte. „Christopher." Gleichstand am Morgen, 1:1. Dr. Calhound erhob sich plötzlich. „Ich muss mal", sagte er und verschwand. Zurück blieben nur wir beide und sahen verunsichert zu Boden. „Und", begann ich, „wie gefällt es dir hier?"

Chris sah auf, an mir vorbei. „Gut. Gute Umgebung. Regt Geist und Seele an."

Ja, dachte ich, regt deinen Geist und meine Seele an. „Stimmt", gab ich zurück. Unser kurzes Gespräch verstummte damit ganz. Wir warteten auf die Rückkehr von Dr. Calhound, der unbedingt die Spannung zwischen uns nehmen musste.

Ich sah zu einem fröhlichen Ballspiel hinüber, das Sarah mit vier Jungen unweit unserer Wiese begonnen hatte. Alle hatten viel Spaß und wirkten entspannt und vergnügt. Ich sah aber auch, wie Chris Sarah nachsah, die sich einem Jungen näherte und ihn keck anstieß. Ich sah, wie sich Chris' Augen zu Schlitzen verengten und sich seine Körperhaltung straffte.

Dr. Calhound kam zurück und unterbrach unsere Beobachtungen. Er rieb seine frisch gewaschenen Hände aneinander. Chris wandte sich wieder zu uns. In seinem Gesichtsausdruck war nun Verärgerung zu sehen.

„So", sagte Calhound, „was hätten wir denn anstehen?", und sah Chris dabei an. So, als wäre der Junge jetzt sein Kollege, was mich sehr verärgerte. Ich fing die Frage ab: „Wir sollten Christopher erst erklären, was wir abgesprochen haben."

Calhound sah mich an. „Haben *wir* das?", fragte er.

Jetzt war ich noch verärgerter. Wollte mich etwa mein eigener Kollege vor meinem Patienten lächerlich machen? Daraufhin gab ich ihm eine fatale Antwort: „Wenn Sie, Dr. Calhound, nicht in der Lage sind, mir zuzuhören oder sich an Vereinbarungen, die zuvor getroffen wurden, zu halten, dann sollten wir überlegen, ob Sie überhaupt die richtige Person an meiner Seite sind." Das sagte ich ihm. Ich! Ausgerechnet ich! Ich blamierte Dr. Calhound mit der vollendeten Geste einer ausgestreckten Kampffaust und veranlasste ihn, sich kurzerhand zu erheben und mit hochrotem Kopf davonzugehen. Chris grinste. Er sah Calhound hinterher, bis dieser im Gebäude verschwunden war, und sah dann grinsend zu mir herüber. Meine Kampffaust hatte ich immer noch in Stellung. Ich hielt sie jetzt unter dem Tisch versteckt. Was hatte ich getan? Sollten mich meine Pillen nicht beruhigen?

„Das war wohl nichts", hörte ich Christopher sagen, sah ihn aufstehen und zu Sarah verschwinden. Dann sah ich Calhound wieder aus dem Gebäude kommen, ja nahezu herausstürmen, und zu Jenny laufen. Dort tuschelten sie, und sie zeigten mit dem Zeigefinger auf mich. Mein Gehirn verlangte nach mehr Medikamenten. Pille auf, Problem rein, Pille zu, runterschlucken. Diese Vorstellung trieb mich in mein Zimmer, um genau diesen Vorgang zu erledigen. Leider konnte ich meine Pillen nicht finden. Ich wühlte alles durch, vom Bad bis zum Schrank. Und ich räumte nichts mehr weg. Durch das Fenster sah ich Jenny ins Gebäude eilen. Oh Gott, sie würde jetzt kommen! Wie sah es hier aus! Ich begann, hektisch aufzuräumen und schenkte ihr ein unsicheres Lächeln, als sie zur Tür hereinstürmte.

„Wie sieht's denn hier aus?“, schrie sie.

Wieso? War doch alles aufgeräumt. Bis dahin teilten sich auch unsere Ansichten. Es hatte alles wieder seinen Platz, aber nicht seine Ordnung. Dann hielt sie die Pillendose vor mich hin. „Suchst du die?“

Ich versuchte, ihr die Dose mit einer kurzen Handbewegung zu entreißen, doch Jenny zog sie schnell weg. Scheiße, dachte ich. Darüber hatten die vier gestern Nacht im Büro debattiert. Und das ausgerechnet noch mit Chris! Damit war mir klar: Die hatten einen Plan ausgeheckt. Deswegen brachte Chris die Cola heute Morgen an den Tisch. War bereits eine Cola für mich präpariert gewesen? Mit Medikamenten? Hatte Chris neue Mitstreiter für seine Methode gefunden? Ich rannte an Jenny vorbei nach unten in die Küche.

„Ich brauche einen Gefrierbeutel!“, schrie ich die Köchin an, die mich verdutzt anschaute, so, als hielte ich ihr eine Waffe vor die Brust. Sie griff langsam und kontrolliert in eine Schublade. Ich dachte an einen Banküberfall, wo die Mitarbeiter einen entsprechenden Notknopf unter dem Tisch hatten. Den würde sie jetzt sicherlich drücken. Also stieß ich sie weg, sodass sie zur Seite stolperte, sich aber fing. Ich sah sofort nach, ob sie so einen Knopf in der Nähe der Schublade hatte, doch ich fand keinen. Alles, was ich fand, war eine Schublade voller Alu- und Frischhaltefolie und Müll- und Gefrierbeutel. Hätte ja sein können! Ich riss einen Gefrierbeutel von der Rolle ab und rannte in den Garten.

Wo hatte ich die Cola hingeschüttet? Wo nur? Ich ging auf die Knie und rutschte im Dreck herum, um zu fühlen, wo die Erde feuchter war als an anderen Stellen. Als ich glaubte, die Stelle gefunden zu haben, buddelte ich mit den Fingern ein Loch, hob eine kleine Erdmasse heraus und tat sie in die Tüte. Knoten rein und fertig fürs Labor. Ich würde meine Theorie damit locker beweisen können. Als ich mich erhob und den Dreck von meinen Knien schlug, sah ich Jenny, Dr. Calhound und Steve hinter mir stehen. Ich grinste und sagte: „Das muss ins Labor. Ich muss wissen, ob in der Erde Beruhigungsmittel sind."

Calhound kam auf mich zu, irgendwie zu langsam. So, als ob er ein eingeschüchtertes Tier einfangen wollte. Das machte mich nervös. Wollte er mir den Beutel mit dem Beweis entreißen? War er etwa auch an dem Komplott beteiligt? War dieser Ort gar kein Feriencamp, sondern ein Ort, an dem man mich *hinrichten* wollte? Ich sah nach links und entdeckte Chris an einer Hecke mit Sarah stehen. Er sah zu mir herüber und grinste. Ich sah nach rechts zu dem großen Eisentor der Anlage. Es war verschlossen. Ich sah geradeaus auf Calhound. Er grinste auch. Nur Jenny und Steve war das Grinsen vergangen. Ich saß fest, wie eine Katze im Käfig. Was machte jetzt Sinn? Sollte ich allen meine Vermutungen erklären? Dem Feind seine eigene Strategie erklären? Was hätte ich zu erwarten? Nein, ich musste klug handeln. Also ließ ich den Gefrierbeutel mit Erde fallen, grinste auch und sagte: „Ich tüftel gerade ein Spiel aus. Sieht wohl auf den ersten Blick etwas bescheuert aus, aber ich wollte den Ablauf kurz durchspielen." Nahmen sie mir diese Erklärung ab?

„Ein Spiel?", hörte ich Dr. Calhound fragen.

Ich nickte und sagte: „Es macht sich ja sonst keiner Gedanken darüber, was wir hier machen sollen."

„Bob", hörte ich Jenny sagen.

„Jenny", flehte ich zurück. Damit waren unsere Namen erst mal wieder geklärt. Sie kam auf mich zu und drückte mich auf einen Gartenstuhl, dort, wo ich soeben noch mit Chris und Calhound gesessen hatte. Auch Steve und Calhound setzten sich. Ich sah, wie Chris mit Sarah hinter der Hecke verschwand. Er nutzt die Chance, dachte ich. Es sind bis auf Hannah keine Aufsichtspersonen da. Er wird jetzt womöglich Sarah vergewaltigen. Und wir würden hier sitzen und über Pillen und Spiele diskutieren. Meine Not wurde größer, als Chris und Sarah nicht wieder erschienen. Ich hörte, wie viele Stimmen auf mich einzureden begannen, aber ich sah nur zur Hecke. Mein rechter Fuß begann zu wippen. Die Stimmen wurden lauter. Ich hörte, wie jemand in meinem Kopf zu mir sagte. „Jetzt legt er sie flach. Jetzt zerrt er ihr die Kleider vom Leib. Sie kann nicht schreien. Er hält ihr dabei den Mund zu. Er schlägt sie ins Gesicht."

„… ins Gesicht geschrieben", hörte ich Jenny sagen.

„Ins Gesicht?", fragte ich.

„Das sieht man doch", sagte sie daraufhin.

„Und warum sitzt ihr hier und helft ihr dann nicht?"

Ich sah, wie Chris seine Hose herunterzerrte, sein erigiertes Glied, seine Lust.

„Ihr?", fragte Steve.

„Er bringt sie um!", schrie ich. Wieder hörte ich meinen eigenen Namen. Als wenn ich den nicht kannte.

Jetzt drang er in sie ein! Sie bekam keine Luft! Er drückte ihr Nase und Mund gleichzeitig zu. Sie versuchte sich zu wehren, aber er war stark und stieß zu, wieder und wieder. Es war ihm eine Lust, sie leiden zu sehen. Sie gab nach, verlor die Kraft. Er löschte ihr mit dem letzten Stoß das Leben aus.

„Sie ist tot!", schrie ich.

„Wer ist tot?", fragte Calhound.

Jenny sagte: „Vielleicht meint er seinen Bruder Kevin oder seinen Vater. Die sind vor einigen Monaten kurz hintereinander verstorben."

Jemand nahm meine Hand. Ich erschrak zutiefst, fühlte Chris' Glied an meiner Hand, warm, glitschig, steif. Mir entrang sich ein Schrei, und das Glied zog sich zurück. Ich starrte weiter auf die Hecke. Warum unternahm niemand etwas? Vielleicht konnte man Sarah noch reanimieren.

Ich sah, wie Chris von ihr abließ und seine Hose wieder richtete. Vor ihm lag seine Mutter auf dem Boden, in einem rosa Minikleid. Das gleiche, das Sarah soeben getragen hatte. „Jeder bekommt das, was er verdient", sagte er zu dem leblosen

Körper. Ich sah, wie Chris neben ihr im Gras mit beiden Händen zu graben begann.

Jemand brachte heißen Kaffee zu uns an den Tisch. „Trink das", sagte Jenny.

„Er gräbt sie ein", sagte ich.

„Trinken Sie das", hörte ich auch Steve sagen.

„Aber wir müssen ihr helfen. Vielleicht lebt sie noch."

„Seine Mutter vielleicht", hörte ich Jenny flüstern. „Sie ist vor knapp sechs Jahren an einem Gehirntumor verstorben."

„Ja", sagte ich, „seine Mutter."

Alle nickten. Endlich verstanden sie mich.

„Dann tut uns ein heißer Kaffee jetzt gut", sagte Calhound.

Ich sah, wie das Loch, das Chris buddelte, größer und größer wurde. Direkt neben seiner Mutter.

„Ich schlage vor, wir warten mal ab", hörte ich Steve sagen. Nancy, seine Frau, kam dazu. Sie brachte Plätzchen mit. Wunderbar! Eine richtige Beerdigungsfeier! Nancy zog sich einen Stuhl dazu.

„Gleich schmeißt er sie ins Loch", sagte ich, „dann können wir nichts mehr tun."

„Sicher ihre Beerdigung", flüsterte Jenny, und Calhound nickte. Endlich hatten sie mich verstanden.

„Jetzt können wir ihr nicht mehr helfen", sagte ich und griff nach einem Plätzchen.

„Nein, können wir nicht", bemerkte Calhound und griff ebenfalls nach einem Plätzchen. „Wir lassen sie jetzt in Frieden ruhen."

„Man kann nicht immer allen helfen", sagte ich und trank heißen Kaffee dazu. Mein Blick zur Hecke verschwamm. Ich weinte. „Es ist vorbei."

Ich sah, wie Chris seine Mutter ins Loch stieß und es wieder zuschüttete.

„Vorbei", sagte nun auch Jenny.

Chris erschien an der Seite der Hecke. Alleine. Er stand da und sah zu mir herüber. Er grinste und winkte. Seine Hände waren schmutzig. Voller Erde. Ich winkte zurück. Auch meine

Hände waren voller Erde. Vater und Sohn hatten im Dreck gebuddelt. Dann verschwand Chris wieder hinter der Hecke. Ich sah durch sie hindurch, wie er ein zweites Grab mit seinen Händen auszugraben begann. Ein zweites Grab? Für wen? Für seinen Vater?

„Er hebt noch ein Grab aus“, sagte ich leise und sah entsetzt in die kleine Kaffeerunde.

„Für wen?“, fragte Jenny.

„Vielleicht für seinen Vater.“ Das war Calhounds Stimme. Ich nickte. Jenny nickte. „Lass ihn.“

„Ja“, hörte ich Calhound flüstern, „er nimmt gerade Abschied von seiner Familie.“

Alle nickten.

Chris buddelte weiter. Ich sah, wie er schwitzte. „Dad“, hörte ich ihn sagen. „Darf ich dich Dad nennen?“

Meinte er mich? Ich, sein Dad?

„Besser nicht“, antwortete ich erschrocken.

„Warum nicht?“, hörte ich Steve fragen.

„Weil er dann mich einbuddelt!“ Ich sah Steve ins Gesicht. Der sah Calhound an.

Siehst du, jetzt weißt du auch nicht mehr weiter, dachte ich bei mir.

„Wer?“, hörte ich jemanden fragen.

„Chris“, antwortete ich brav. Schweigen.

„Wo ist Chris übrigens?“, fragte Jenny endlich und brachte damit die Sache ins Rollen.

„Hinter der Hecke. Er hat Sarah begraben. Jetzt will er mich begraben“, erklärte ich. Alle sahen zur Hecke, dann zu mir. „Wir sollten mal nach ihm sehen“, sagte Jenny und erhob sich. Ja, dachte ich, und feststellen, wie weit mein Grab ist. „Das werde ich selber tun“, sagte ich, ging an Jenny vorbei und rannte zur Hecke. Ich hörte, wie alle hinter mir her rannten. Als ich um die Ecke bog, sah ich, wie Chris das Grab seiner Mutter mit verschiedenen Blumen bepflanzte. Die Anzuchttöpfe lagen verstreut um ihn herum. Wir alle sahen, wie er pflanzte. Die Köchin kam hinzu und sagte: „Macht er das nicht schön? Ein

Prachtkerl, dieser Chris.“

Alle nickten, außer mir. Ich hielt Ausschau nach dem anderen Grab, das Chris auszuheben begonnen hatte, und hörte, wie die Köchin sagte: „Gleich kann er mit dem Spaten da hinten anfangen.“ Die Köchin zeigte unweit des ersten Grabes eine weitere gekennzeichnete Stelle. „Da würde es sich auch gut machen – ein neues Beet.“

Jenny lächelte, Calhound musste lachen, aber Chris grinste nur. Er sah zu mir hoch, zeigte seine verschmutzten Hände und grinste mich hämisch an.

Die Köchin gehörte also auch dazu. Und sie hatte ihm einen Spaten gegeben, damit es schneller ging! Erst vergiften, dann verbuddeln!

Mir kamen meine Erdproben in dem Gefrierbeutel wieder in den Sinn. Den musste ich unbedingt retten. Darin befand sich der Beweis für das Komplott. Also stieß ich durch die Menge von Leuten, die um mich herumstanden, und rannte zurück zur Sitzgarnitur. Dort musste irgendwo der Beutel liegen. Ich ließ mich auf die Knie fallen und robbte herum. Wo, verdammt, war der Beutel geblieben? In meiner Hektik sah ich, wie Chris um die Hecke bog und auf mich zukam. Ich wurde panisch! Er wollte den Beutel sicher auch haben. Schließlich war er der Initiator des Komplotts. Seine Mitverschwörer hoben derweil sicher mein Grab mit dem Spaten aus. Je näher Chris kam, desto hektischer wurde meine Suche. Wie würde er mich umbringen wollen? Hatte er Werkzeug in der Hand? Tatsächlich, ich sah eine kleine Gartenharke in seiner linken Hand. War er Rechts- oder Linkshänder? In welcher Hand hatte er mehr Kraft? Würde er mir mit der schwächeren Hand die Harke in den Schädel rammen, würde sie vielleicht nur in den Schädelknochen eindringen, ohne schwere Verletzungen? Aber mit der stärkeren Hand würde er mir den Schädel spalten können! Ich musste hochkommen! Nur nicht vor ihm auf dem Boden kriechen! Das würde seine Tatabsichten noch begünstigen. Jetzt war auch der Beutel egal. Darum konnte ich mich später noch kümmern. Chris kam näher. Die Harke wechselte von der linken in die rechte Hand. Aha, also Rechtshänder. Er grinste. Das Grinsen der tausend Worte.

Ich wich zurück und sah geschwind zum Kaffeetisch. Vielleicht konnte mich eine zerbrochene Tasse retten. Besser wäre, ich würde an die Harke kommen.

Chris kam näher. „Dr. Koman …“, hörte ich ihn sagen.

„Nenn mich Dad“, sagte ich, „und lass es uns hinter uns bringen, Sohn.“

Er blieb plötzlich stehen. Sein Grinsen verschwand. Aha, jetzt wird's ernst. Da kann einem schon mal das Grinsen vergehen. Ich schlug die Kaffeetasse auf den Rand des Tisches und spaltete sie. Jetzt hatte sie scharfe Schnittkanten. Besser als gar keine Waffe.

„Dr. Koman“, hörte ich Chris erneut sagen.

Ich hob die Tasse zur Abwehr und stellte mich breitbeinig hin, um einen guten Stand beim Angriff zu haben. Hinter Chris sah ich seine Verbündeten hinter der Hecke hervorkommen. Aha, das Grab war ausgehoben!

„Nenn mich Dad“, forderte ich den Jungen erneut auf, lauter, aggressiver. Ich hörte Jenny schreien und sah, wie Chris verwirrt nach hinten sah. Das war meine Chance! Mein Blick richtete sich auf seine Harke. Die musste ich jetzt erwischen! Als Chris wieder zu mir hinsah und „Dad?“ sagte, entriss ich ihm die Harke, holte aus und rammte sie voller Wucht mit meiner linken Hand in seinen Schädel. Ich bin Linkshänder.

Mir würde nichts passieren, dachte ich noch. Es war Notwehr. Ich hatte den Gefrierbeutel als Beweis und sagte zu den anderen Beerdigungsgästen: „Ihr könnt ihn jetzt neben seiner Mutter einbuddeln.“ Die Blumen für die Bepflanzung standen auch schon bereit.

Nachwort:
Bob Koman wurde nach dieser Tat in eine geschlossene Psychiatrie eingeliefert. Niemand konnte mit Bestimmtheit sagen, wie es zu diesem Vorfall kam. Er hatte nach außen seine Gefühle und seine Geistesverwirrung so gut kaschiert, dass niemand diese Entwicklung kommen sah. Jenny hatte etwas geahnt, aber sie sah in dem letzten Ausflug eine gute Chance, Bob mit Christopher Gelton zu versöhnen, damit er endlich zur Ruhe kommen würde. Als sie jedoch Bobs Medikamente fand, die er bereits lange Zeit heimlich zu sich nahm, informierte sie das Team, um rechtzeitig eingreifen zu können. Niemand rechnete mit Bobs bereits krankhafter Paranoia, dem plötzlichen Zusammenbruch und dieser Handlung im Affekt. Um die Zusammenhänge zu verstehen, forderte man ihn auf, diese Geschichte aus seiner Sicht aufzuschreiben …

Christopher Gelton hat den Angriff überlebt, da die Harke seinen Schädelknochen nicht durchdrungen hatte. Er wurde ein Jahr später einem Heim übergeben, in dem er bis zu seiner Volljährigkeit lebte. Danach war er frei …

Die Schuldfrage bleibt ungeklärt.
Manchmal gibt es vielleicht keine Schuld.
Manchmal entwickeln sich die Dinge außerhalb jeglicher Macht.

Nachwort der Autorin:

Mit dieser Buchausgabe endet meine erste Trilogie.

Ich habe versucht, mich mit Menschen auseinanderzusetzen, die einst Opfer waren und dadurch an psychischen Störungen oder Krankheiten litten. Während des Schreibens habe ich mich in sie hineinversetzt und Szene für Szene entstehen lassen. Jeder, der diese Geschichte gelesen hat, sollte sich zu dem Ende seine eigenen Gedanken machen…

Danksagung:

Es ist nicht leicht, für diese Art von Geschichten Probeleser zu finden, die sich die Mühe machen, alles durchzulesen und kritisch/konstruktiv mit mir zu besprechen. Dazu gehört Interesse an dem Thema … und viel Durchhaltevermögen.

Deswegen ist es mir besonders wichtig, diesen Menschen dafür zu danken, dass sie sich so viel Zeit genommen haben. Ich danke besonders herzlich für die großartige Unterstützung:
Michael Stappers
Ruth Krings
Friederike Delater
Heike Pott
und Sandra Kobus

Ich danke meinem Mann Michael und meinem Sohn Tim, die das komplette Layout für eBook und Printausgabe übernommen und dieses Buchprojekt damit erst ermöglicht haben.

Ich bedanke mich bei Anja Klemsch, die sich die Mühe machte, die 2. Auflage noch einmal kritisch zu betrachten und Fehler im Text aufspürte.

Ich bedanke mich ebenso bei Elke Krüßmann, die diese Geschichte zum Schluss als Lektorin las und ihr noch den letzten Feinschliff gab.

Was wäre ein Schreiberling ohne die Menschen, die an ihn glauben?

Damit wäre ich bei den Lesern des Buches…

Ich danke allen Lesern, die dieses Buch und/oder die Gelton-Trilogie gelesen haben. Vielen Dank für euer Interesse!

Ich freue mich immer, wenn Rezensionen in Amazon hinterlassen werden. Das hilft mir herauszufinden, wie euch meine Geschichten gefallen.

Mit herzlichen Grüßen, eure Autorin Marion Schreiner

Weitere Bücher von Marion Schreiner

Die Scheune

Teil 1 der Gelton-Trilogie

Düster und brutal ist das Leben von Dane Gelton aus Kansas. Bereits als Vierjähriger ist er dem Missbrauch und der Gewalt auf der Farm seiner Eltern hilflos ausgesetzt. Unter großer Not erträgt er über viele Jahre seinen Peiniger, der sich nicht unter Kontrolle bekommt. Sein einziger Halt ist seine Mutter, die hilflos wegsieht. Dane verliert den Kontakt zu seinen Gefühlen und seiner Seele. Als junger Mann flieht er an die Küste Kaliforniens, um dort ein neues Leben zu beginnen. Als er viele Jahre später dort plötzlich auf seinen Peiniger trifft, tun sich Abgründe auf.
Der Tag der Abrechnung ist gekommen …

Wenn das Opfer zum Täter wird

"Die Scheune" wurde als eBook-Bestseller ausgezeichnet und für den „Indie-Author-Award 2014” auf der Leipziger Buchmesse nominiert!

Das blaue Haus
Teil 2 der Gelton-Trilogie

Wir alle dachten, dass Dane Gelton tot sei. Alles deutete darauf hin, und niemand hegte irgendwelche Zweifel. Ich hatte ein letztes Gespräch mit ihm geführt und seinen Amoklauf hautnah miterlebt. Er wurde gefasst und in eine Psychiatrie eingewiesen. Seine Frau Sarah hatte ihn dort wochenlang besucht, bis er am 18. Dezember 1996 vor ihren Augen verstarb. Sein Arzt, Dr. Brickson, hatte seinen Tod bestätigt. Das Beerdigungsinstitut Peace by Pearson hatte ihn unter die Erde gebracht. Was also sollte uns in Zweifel stürzen? Doch wie immer war alles, was Dane Gelton in seinem Leben getan hatte, eine Täuschung. Nur den alten Ragee konnte er nicht täuschen …

Ein altes Haus wird Zeuge menschlicher Zerstörung

„Das blaue Haus" wurde als eBook-Bestseller ausgezeichnet!

Stumme laute Schreie
Edition M – mörderisch gut!

Daryl ist zehn Jahre alt, als er seinen Vater an einem Strick hängend auf dem Dachboden findet. Seine Mutter ist bemüht, ihm und seinem Bruder Joe nach diesem schrecklichen Vorfall mit allen Mitteln wieder zu einem normalen Leben zu verhelfen. Doch Daryl ahnt, dass sich viele grausame Dinge mit dem Tod seines Vaters in Gang setzen werden. Und er behält Recht. Ein Jahr später verliert er seine Mutter unter nicht minder schrecklichen Umständen. Sie wird schwer verletzt im angrenzenden Wald gefunden und verstirbt zwei Tage später an den Folgen der Gewalt, die der Täter ihr angetan hat. Daryl bekommt eine Ahnung, wer seine Mutter auf dem Gewissen hat und begibt sich auf die Suche nach einem Mann, der Frauen hasst…

Wenn Mutterliebe krankhaft wird

„Stumme laute Schreie" wurde als eBook-Bestseller ausgezeichnet!

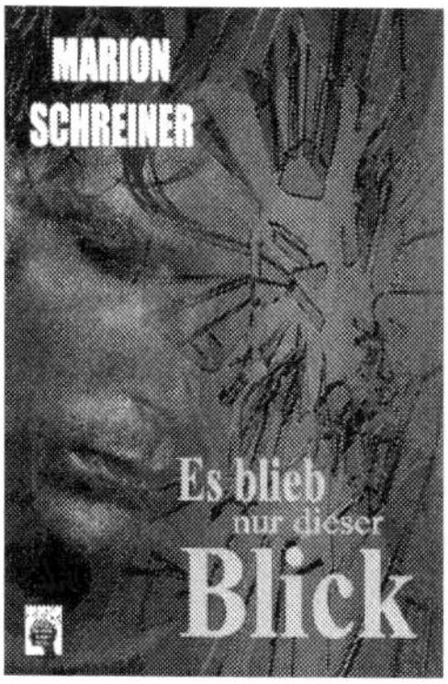

Es blieb nur dieser Blick
Teil 1 der Kale-Hatfield-Story

„Mr. Morgan ist ein guter Lehrer!“, hatte sein Vater ihm ins Gesicht geschrien, als Kale immer wieder von Ian Morgans Übergriffen auf seinen Körper erzählte. Jedes Mal, wenn der Junge auch nur den kleinsten Kummer seiner Mutter anvertraute, erzählte sie es seinem Vater, der ihn dafür bestrafte. Mit jedem Schlag, der seinen Körper traf, sei es mit der Hand, dem Gürtel oder gar der Holzlatte, schrie sein Vater: „Mr. Morgan ist ein guter Lehrer!“ Er wollte es dem Jungen solange einbläuen, bis er es glaubte. Mit 15 Jahren wird Kale Hatfield in eine Psychiatrie gebracht. Diagnose Schizophrenie. Doch er ist nicht schizophren. Kale hat eine multiple Persönlichkeit entwickelt und eine davon tötet …

Packender Thriller über eine multiple Persönlichkeit

“Es blieb nur dieser Blick” wurde als eBook-Bestseller ausgezeichnet

Lydias Haus
Teil 2 der Kale-Hatfield-Story

Was geschah im Wald, in dem Kale Hatfield angeblich zu Tode kam? Rachel Finley fühlt sich für seinen Tod verantwortlich und landet deswegen für vier Jahre in einer geschlossenen Psychiatrie. Nach ihrer Entlassung begibt sie sich auf die Suche nach der Grabstätte ihres Freundes, doch was sie findet macht sie fassungslos! Die freundliche Dr. Lydia Hays nimmt Rachel in ihrer Not mit in ihr mysteriöses Haus, in dem sie ein schreckliches Geheimnis über Kale Hatfield hütet…

Es gibt Menschen, die sollte man nie alleine im Wald leben lassen …

"Lydias Haus" wurde als eBook-Bestseller ausgezeichnet

Rachels Zimmer

Teil 3 der Kale-Hatfield-Story

Sie sahen aus, wie zwei verwahrloste Gestalten – zerschunden und zugrunde gerichtet. Lydia war genauso verletzt wie Kale. Sie wimmerte, aber das war ihm egal! Er schleifte sie durch das ganze Haus bis zur Terrassentür und ließ sie dort liegen. Dann ging er zum Gartenhaus und holte einen Spaten. „Grab! Hier!", schrie er sie an. Dabei zeigte er auf eine Stelle direkt unter Rachels Zimmer. Lydia sah ihn eingeschüchtert an und humpelte zu ihm herüber. Er hielt den Spaten in der einen Hand und den Revolver in der anderen.

Sie hatte die Wahl!

Manchmal stößt man an eine Grenze, die alles Normale verzerrt und man hält das Verzerrte für Normalität

"Rachels Zimmer" wurde als eBook-Bestseller ausgezeichnet!

Printed in Poland
by Amazon Fulfillment
Poland Sp. z o.o., Wrocław

82064179R00214